関西学院大学研究叢書　第98編

ロマン主義の自我・幻想・都市像

—E・T・A・ホフマンの文学世界—

木野 光司
Mitsuji Kino

関西学院大学出版会

ロマン主義の自我・幻想・都市像

——E・T・A・ホフマンの文学世界——

まえがき

本書は、一八世紀末にドイツで起こったロマン主義、とりわけ実作面で代表的な作品群を残したE・T・A・ホフマン（Ernst Theodor Amadeus Hoffmann, 1776-1822）をテーマとする研究書である。(1) 通常、研究書といえば専門家向けの書物と考えられているが、本書はもう少し広い読者を想定している。つまり、ドイツ文学の研究者には、ロマン主義時代とホフマンに関する詳細な資料と筆者の解釈を示すように心がけた。他方、ドイツ語やドイツ文学には格別の興味はないが、ホフマン文学に興味を持っているという人にも是非読んでいただきたいと考えた。そこでこの本の出版に際して、本文全体を読みやすいものに書き直し、専門的情報は傍注の形で示すことにした。また「章」単位で独立性を持たせ、興味のある個所から読み始められるように配慮した。その出来映えについては、読者諸賢のご批評を待ちたい。

さてホフマンの名前は、ロマン主義よりもむしろ「怪奇幻想小説」との関連においてよく知られている。森鷗外がホフマンの小説『スキュデリー嬢』を『玉を懐《いだい》て罪あり』（一八八九）という名で日本に紹介して以来、ほとんどの作品が日本語に翻訳されてきた。一九八〇年代には、日本におけるドイツ・ロマン主義受容の総括とも

（1）本名はエルンスト・テーオドール・ヴィルヘルム（Ernst Theodor Wilhelm Hoffmann）であるが、モーツアルト・ファンのホフマンは、一八〇四年にジングシュピール『愉快な音楽家』を作曲した時からWilhelmをAmadeusという筆名に変更した。司法官としてはヴィルヘルム、芸術家としてはアマデーウスと、名前を使い分けることにしたのである。

いうべき翻訳企画もなされた。前川道介氏編集の『ドイツ・ロマン派全集』（一九八三―一九九二　全二二巻）は、個別作家の代表作のみならず、従来日本語ではほとんど読めなかった論文・日記・手紙・絵画なども採録していて、この時代の芸術活動の多面性をよく示している。この全集においてホフマンただひとりが二巻を占めている。そこには『ブランビラ王女』や『大晦日の冒険』などが収められてあり、ホフマンが単なる怪奇幻想の作家でないことを示す、編者のすぐれた意図が反映されている。

この例に見られるように、日本におけるホフマン理解はこの一世紀で確実に深まってきたといえる。ところが、ドイツ本国での二百年にわたるホフマン受容の歴史を見ると、彼の作家としての評価は非常に大きな振幅を描いており、またその評価内容も一様ではない。なかでも一九世紀の専門家が書いた文学史に、否定的な評価の多いことが目につく。最近の研究によって、一九世紀文学史がそのような偏りを示した理由が明らかになりつつある。その一方で、ホフマンは外国で好評を博した数少ないドイツ人作家である。このような相反する受容状況そのものが、非常に興味深い現象と考えられる。そこでまず「序論」において、ドイツ本国、欧米各国そして日本において、ホフマン文学が受け入れられていった歴史を紹介し、そのあと、テーマ別の考察に進むことにしたい。

現在のドイツ文学界での評価によれば、E・T・A・ホフマンは、アイヒェンドルフ、シャミッソー、フケーなどと並んで「後期ロマン主義」（Spätromantik）あるいは「ベルリン・ロマン主義」（Berliner Romantik）の主要作家と見なされている。けれども、ドイツ文学史における「ロマン主義」という時代区分からして、ほかの文学史概念以上にやっかいな問題をはらんでいる。とりわけ大きな問題は、ドイツと他のヨーロッパ諸国の間に存在するロマン主義の理解に関する食い違いである。各国において、「ロマン主義とは何か？」という問いに対する答えが異なるという現象が見られるのである。このテーマに関する研究は現在も精力的になされているが、いまだに包括的な理解を得るに至っていない。(2)

また話をドイツに限っても、幾つかの問題がいまなお存在する。ドイツ・ロマン主義を「時代概念」

（Epochenbegriff）として捉える場合、ヴァッケンローダーの『芸術を愛する修道僧の真情の披瀝』が発行された一七九六年、あるいはF・シュレーゲルが『アテネウム』第一巻一号を出版し、ティークが『フランツ・シュテルンバルトの遍歴』を出版した一七九八年を、ロマン主義の始まりの年と規定することが通例となっている。(3)他方、ロマン主義終焉の時期については、明確な見解は出されていない。せいぜい次の時代である「三月前期」（Vormärz）が、「七月革命」の起こった一八三〇年から「三月革命」勃発の一八四八年までを指すという了解に従って、ロマン主義の終わりは一八三〇年頃と見なされているにすぎない。(4) しかしまた、一八一五年から一八四八年までの期間をひとつのエポックと見なし、「ビーダーマイアー時代」（Biedermeierzeit）という概念で括る見解も存在している。(5)

ドイツ・ロマン主義の位置づけの問題は、その開始・終焉時期にとどまらない。文学史では、下位区分として「前期ロマン主義」・（「中期ロマン主義」）・「後期ロマン主義」という時期による三区分、あるいは「イエーナ・ロマン主義」・「ハイデルベルク・ロマン主義」・「ベルリン・ロマン主義」という活動地による三区分、さらには中期ロマン主義を立てない二区分が存在する。それぞれの区分法に利点と欠点があり、こんにちまで議論が続いている。またドイツ・ロマン主義の特徴に関しても夥しい見解が提出されており、個々の見解の紹介だ

（2）研究書の数は夥しいが、ここでは特に Behler: Die europäische Romantik、Schumann: Nation und Literaturgeschichte、Sommerhage: Romantische Aporien、川崎寿彦『イギリス・ロマン主義に向けて』、イギリス・ロマン派学会『イギリス・ロマン派研究』等を参照。

（3）「一七九七年」と表記して一七九六年に出版することは、当時の出版界の慣行であった。本書の記述でも、実際の出版年と作品に印刷されている「発行年」が一年異なる場合があるが、このような事情によるものとご理解いただきたい。

（4）Dedner: Romantik im Vormärz, S.8 を参照。

（5）Sengle: Biedermeierzeit, 3 Bde. を参照。

けで大部な書物ができるまでになっている。(6) 本書では「ロマン主義とは何か?」という問いに関する正面からの議論はおこなわないが、第Ⅱ部第一章「ロマン主義の自我観・自然観」において、この問題を取り上げることにする。本書では、ロマン主義の区分法として、G・ホフマイスターがその概説書『ドイツ・ロマン主義とヨーロッパ・ロマン主義』(一九七八)でおこなっている穏当な区分を紹介しておく。それぞれの時期を特徴づける有名な人物名・著作名も参考として挙げておく。(7)

〈1〉前期ロマン主義(Frühromantik)

[時期] ヴァッケンローダー『芸術を愛する修道僧の真情の披瀝』(Herzensergiessungen eines kunstliebenden Klosterbruders, 1797)出版の一七九六年頃から一八〇四年頃まで
[中心地] イエーナからベルリン
[主な作家] シュレーゲル兄弟、ノヴァーリス、ティーク、ヴァッケンローダー
[主な著作] F・シュレーゲルによる雑誌『アテネウム』(Athenaeum, 1798-1800)、ノヴァーリス『青い花』(Heinrich von Ofterdingen, 1802)、F・シュレーゲル『ルツィンデ』(Lucinde, 1799)、ティーク『フランツ・シュテルンバルトの遍歴』(Franz Sternbalds Wanderungen, 1798)

〈2〉中期ロマン主義(Hochromantik)

[時期] アルニムとブレンターノがハイデルベルクへ移った一八〇五年から解放戦争の終わる一八一四年まで
[中心地] ハイデルベルクとその周辺
[主な作家] アルニム、ブレンターノ、ウーラント、ケルナー
[主な著作] アルニム『隠者新聞』(Zeitung für Einsiedler, 1808)、アルニム・ブレンターノ『少年の不思議な

角笛』(Des Knaben Wunderhorn, 1805-1808)

〈3〉後期ロマン主義(Spätromantik)

[時期] 一八一四年から一八三〇年の七月革命まで

[中心地] ベルリンが中心であるが、ウィーン、ミュンヒェンなどにも拡散

[主な作家] E・T・A・ホフマン、フケー、シャミッソー、アイヒェンドルフ

[主な著作] フケー『ウンディーネ』(Undine, 1811)、シャミッソー『影をなくした男』(Peter Schlemihls wundersame Geschichte, 1814)、アイヒェンドルフ『予感と現在』(Ahnung und Gegenwart, 1815)、ホフマン『ブランビラ王女』(Prinzessin Brambilla, 1820)、ホフマン『牡猫ムルの猫生観』(Lebens-Ansichten des Katers Murr, 1820/22)、アイヒェンドルフ『のらくら者の生活から』(Aus dem Leben eines Taugenichts, 1826)

〈4〉ロマン主義的リアリズム(romantischer Realismus)

一八三〇年から一八四八年までの時期であるが、ドイツ文学史では「ビーダーマイアー期」(Biedermeierzeit)、「三月前期」(Vormärz)などの名称の方がよく用いられる。

いささか文学史の講義風になってしまったが、本書で取り上げる時代と作家の紹介とご理解いただきたい。

(6) Behler: Die Aktualität der Frühromantik、Brinkmann: Romantik in Deutschland、Neumann: Romantisches Erzählen、Wiese: Deutsche Dichter der Romantik、石井靖夫『ドイツ・ロマン派運動の本質』等を参照。

(7) Hoffmeister: Deutsche und europäische Romantik, S.30-32.

目次

序論
ホフマン文学の受容について

一　ドイツにおけるホフマン受容史

ホフマン生誕二〇〇年記念「ホフマン展」（ベルリン博物館一九七六年開催）のカタログにおいて、先頃（二〇〇一年五月）亡くなった博学なドイツ文学者ハンス・マイアーは次のように述べている。

「ドイツ文学の大傑作『黄金の壺』の著者は、レンツ、ジャン・パウル、グラッベ、ビューヒナーとともに、「ドイツ学講座の主任たち」（Beherrscher des Deutschen Seminars）が研究者としては扱いたがらない「不愉快な作家」（unerquickliche Schriftsteller）の一人であった。彼らはそういう作家たちを私講師や民間の研究者に委ねたのだった。ホフマン研究は、そのすべての成果を大学にポストを持たないハンス・フォン・ミュラーとフリードリヒ・シュナップという二人の男性に負うている。わが国では今日に至るまで、ホフマンはドイツ文学における「奇態な例外現象」（skurriler Sonderfall）と見なされていて、彼が実際にそうであったもの、すなわち後代に大きな影響を持つ革新者、革命者とは見なされていないのである。」(1)

この指摘を一〇年後に研究書に転載したU・シュタドラーは、「喜ばしいことに、ここで示された構図はごく最近になって消滅する兆しが見られる」と述べている。(2)　この二人の研究者の発言は、一五〇年余りにわたってドイツ文学研究者たちの意識を規定していた「暗黙の了解」、外国人研究者には見えにくい、研究対象としての「ふさわしさ」に関するドイツ人ゲルマニストたちの考えを明るみに出したものといえよう。

ホフマン研究の歴史を振り返ってみると、マイアーの指摘が正鵠を射ていることが分かる。すでに述べたように、一九世紀に書かれた「文学史」にはホフマンの名前が存在しないケース、あるいは存在する場合でも、その記述が否定的なケースが非常に多い。(3) そしてその原因を遡って調べてゆくと、ホフマンの同時代の作家、哲学者にその起源があることが判明する。多くの資料の中からホフマン評価に関わる幾つかの重要な発言を抜粋し、時代順に辿ってみよう。

ホフマンの同時代の文学界の権威といえば、むろん「文壇の王」(Dichterfürst) とまで呼ばれたゲーテ (Johann Wolfgang Goethe, 1749-1832) である。彼は、ホフマン文学が一八一五年から一八二五年頃に読書界に及ぼした悪影響について、厳しい断罪をおこなっている。ウォルター・スコットが『外国季刊評論』(一八二七) に載せた論文を好意的に批評する中で、スコットに同調してホフマンを批判している。その結論部を引用してみよう。

「私はこの論文の豊かな内容をわが国の読者に大いにお勧めしたい。というのも、国民教育に心を砕く忠実な人は、この病める男 (=ホフマン) の病的な作品が、ドイツにおいて長年にわたって影響力を保ち、そのような誤った傾向が、重要かつ有力な新機軸として健全な心の持ち主たちの心に植えつけられるのを、悲しい思いで眺

(1) Feldges/Stadler: E.T.A. Hoffmann. Epoche-Werk-Wirkung, S.258 から引用。
(2) Feldges/Stadler: E.T.A. Hoffmann, S.258.
(3) ルドルフ・ハイムの『ロマン派』という一八七〇年に出版された九〇〇頁を越す大著の目次はおろか巻末の氏名索引にも、E.T.A. Hoffmann の名前はない。Haym: Die romantische Schule を参照。否定的評価については次に扱う。

めてこなかったであろうか。」(4)

この批判を読むと、ゲーテとその同調者は「国民教育に心を砕く忠実な人」とされ、当のホフマンは「病める男」であり、「病的な作品」を書いて「健全な心の持ち主」である読者を「誤った傾向」へ誘惑したということになる。けれども、そのように言うゲーテ自身がホフマンの作品をきちんと読んではいない。たとえば、ホフマンの初期の作品『黄金の壺』の場合、彼はそれをスコットによる英語訳の抜粋で読んだだけで、次のような感想を述べている。

「ホフマンの生活。『黄金の杯（原文のママ）』(den Goldenen Becher) を読み始める。気分が悪くなった。金色の蛇など忌わしい。」(5)

上述の批評やこの感想に見られるように、ゲーテは、ホフマンの作品を読む以前の段階において、すでに周囲の知人から耳にしていたホフマン文学の傾向を嫌悪していたように見受けられる。(6)

ホフマン文学への攻撃は、文壇の権威からなされただけではなかった。一八一〇年に設立されたベルリン大学において、一八一八年にフィヒテの後任として哲学講座教授に就任したヘーゲル（Georg Wilhelm Friedrich Hegel, 1770-1831）は、ホフマンがプロイセン内務大臣一派の弾圧政策に抗して裁判官の職を賭した戦いをおこなっていた頃、同じベルリンにあって、有能な御用学者ぶりを発揮していた。(7) ヘーゲルは、ホフマンの死後、一八二〇年代に大学でおこなった『美学講義』(Vorlesungen über die Ästhetik) において、ゲーテ以上に辛辣かつ不明瞭な言葉でホフマンを断罪している。その極端な一節だけを紹介しておこう。

「とりわけ最近では、不快きわまる不協和音の基底となる内面精神の寄る辺ない分裂状態が流行になり、醜悪

なフモールとイロニーの渋面とを広めた。その中では、たとえばテーオドール・ホフマンがご満悦だったのであるが。」(8)

（4）引用文強調は筆者による。検証用に原文を添えておく："Wir können den reichen Inhalt dieses Artikels unsern Lesern nicht genugsam empfehlen: denn welcher treue, für Nationalbildung besorgte Teilnehmer hat nicht mit Trauer gesehen, daß die krankhaften Werke des leidenden Mannes lange Jahre in Deutschland wirksam gewesen und solche Verirrungen als bedeutend-fördernde Neuigkeiten gesunden Gemütern eingeimpft worden."（Goethe: Schriften zur Literatur, S.928）

（5）一八二七年五月二一日の日記の記述。Goethe: Tagebücher, S.473.

（6）公平を期すために述べておくと、ゲーテは同時代の作家でホフマンのみを嫌ったわけではない。W・プライゼンダンツによれば、まだホフマン文学を知らない一八〇八年時点において、ロマン主義を「不自然」、「人工」、「奇矯」、「非現実」という言葉で否定的に形容しているそうである。Preisendanz: Wege des Realimus, S.28ff. を参照。またゲーテがクライストのドラマを酷評した際にも、ホフマンに対する場合と同様、「不自然」、「病気」というレッテルを貼っている。Roh: Der verkannte Künstler, S.203f. を参照。

（7）一八二〇年末に出版した『法哲学の基礎』の「序」において「理性的なものは現実的である、そして現実にあるものは理性的である。」という、よく知られた哲学原則を表明している。ヘーゲルは、法学生への講義でこの原則を唱えることが持つ政治的意味に疎いほど世俗離れした人間ではなかった。ヘーゲル自身が、時の宰相ハルデンベルクへの献本に手紙を添えて、現政権に役立つ哲学を売り込んでいる。Hegel: Grundlinien der Philosophie des Rechts, S.24 および S.516 を参照。W・ゼムトナーは、その講義を聴講したハイネがおこなうヘーゲル批判の軌跡を詳細に跡づけていて興味深い。Sembdner: Heine und die Hegelschule, S. 47, S.94f. を参照。またハイネは有名な『ドイツ・ロマン派』においても、次のようにヘーゲル一派を批判している。「現今の哲学者たちは、権力というきらびやかなお仕着せを身につけている。彼らは国家哲学者となった。すなわち、彼らは自分が雇われている国家の利害すべてを哲学的に正当化する方法を捻り出したのである。」（Heine: Die romantische Schule, S.94f.）

（8）引用文強調は筆者による。原文を添えておく："Vorzüglich jedoch ist in neuester Zeit die innere haltlose Zerrissenheit, welche alle widrigsten Dissonanzen durchgeht, Mode geworden und hat einen Humor der Abscheulichkeit und eine Fratzenhaftigkeit der Ironie zuwege gebracht, in der sich Theodor Hoffmann z.B. wohlgefiel."（Hegel: Vorlesungen über die Ästhetik, 1. Teil. 3. Kapitel S.289）

翻訳では穏やかな訳語を採用したが、傍注に示した原文の用語（Zerrissenheit, Abscheulichkeit, Fratzenhaftigkeit）を見れば、ヘーゲルの非難が非常に激しいものであることが見て取れる。

また影響力において右の両者とは比肩すべくもないが、ホフマンの後輩にあたる後期ロマン主義作家アイヒェンドルフ（Joseph Freiherr von Eichendorff, 1788-1857）も、晩年の一八五六年に著した『ドイツ文学史』（Geschichte der poetischen Literatur Deutschlands）において、ホフマンを厳しく批判している。

「このような結末（＝ロマン主義の没落）の的確な像をホフマンが提供している。いたわりとののしり、理性と放埒、戦慄と哄笑、感動と皮肉な嘲弄とが、あのよく知られた、自棄になって互いを食らいあったあげく尻尾しか残らなくなる二匹のライオンの如くに格闘をおこなっているのである。これこそがまさにホフマンに特徴的なことであった。」(9)

むろんホフマンの作品を肯定的に評価する人もいなかったわけではない。ハイネ（Heinrich Heine, 1797-1856）やヘッベル（Christian Friedrich Hebbel, 1813-1863）は、ホフマンの作品を高く評価している。特に同時代人のハイネは、ベルリン時代のホフマンの創作に注目しており、新作が出る度に読んで作品批評をおこなっている。ホフマンの親友であるヒッィヒさえ理解できなかった独創的な作品『ブランビラ王女』に関しても次のように的確な批評を発表している。

「しかし、『ブランビラ王女』は類い稀なる美女だ。この風変わりな作品によって頭がくらくらしない人間は、頭を持っていないに等しい。ホフマンは全く独創的だ。ホフマンをジャン・パウルの模倣者などと言う人間は、ホフマンもジャン・パウルも分からぬ奴だ。両者の文学は正反対の性格をもっているのである。[…]」[10]

けれども、後にフランスに移住するユダヤ人大学生の評価に耳を貸す人は、ほんの一握りにすぎなかった。学問史が示すように、「ドイツ学」(**Germanistik**)自体が、ドイツがナポレオンに蹂躙された時代のナショナリズムの高揚を基盤に生まれた学問である。その成りたちからして、一九世紀ドイツ学の研究者、とりわけ「ドイツ文学史」を著す学者は、他国の文学研究者にはない使命を担っていた。A・シューマンによれば、一八四八年頃まで、文学史という学問分野は「歴史学」の一領域と理解されており、政治的性格を強く帯びたものであった。[11]このような政治的事情を反映したもののひとつが、ドイツ独特のものとされる「詩人観」である。一九世紀ドイツ文学界は、歴史の浅いドイツ文学の中から傑出した作家を選び出して「詩人」(**Dichter**)に祭り上げ、その詩人に体現される「高貴な精神」、「高邁な理念」を国民統合の旗印に役立てようとしたのである。その名にふさわしい詩人の名は時代によって少しずつ変っていったが、まずは「国民の教育者」であるシラーであり、最高の「人間的完成」を遂げたゲーテであり、ギリシア独立の理想に身を捧げる人物を描いたヘルダーリンであった。

このように一九世紀ドイツ文学史家の大きな使命は、国民統合に有益な詩人の姿を国民大衆に伝えることであり、またドイツ精神の神髄を明らかにすることであった。ホフマンのように幻想小説やこっけいなメルヒェンを書いた「作家」(**Schriftsteller**)が、そのような「文学史」の中で席を奪われていったのは必然の成りゆきであっ

(9) Ohff: Joseph Freiherr von Eichendorff, S.111f. から引用。
(10) Heine: Briefe aus Berlin, 3. Brief, S.52. 原文は、第Ⅲ部第四章の『ブランビラ王女』論冒頭で引用する。
(11) シューマンは一九世紀ドイツ文学史が担った「ドイツ統一イデオロギー」の歴史的変遷を詳述している。Schumann: Nation und Literaturgeschichte, S.32-46 を参照。

た。一八二〇年代までドイツ国内で絶大な人気を誇ったホフマンが、その後七〇年間にわたり全く評価されなくなっていった理由は、このような事情に由来する。一九世紀半ばのドイツ学界を代表するゲルヴィーヌス（Georg Gottfried Gervinus, 1805-1871）が一八四二年に著した文学史は、リベラルな政治観と文学史との結合を強調する本であるが、そこでホフマンは次のように書かれている。

「ホフマンは原則としていかがわしい生活を送った。彼は自分の心を死の恐怖で苦しめ、幽霊や分身まで見させる興奮したおのれの神経を、酒と徹夜仕事でいっそう刺激したのだった。穏やかな生活が、心身にとって一番良いものだということを考えもせずに。かくして彼の人生とその最後は、人々に対する戦慄を催す「警告板」（Warnungstafel）となり、彼が書いたものは、ゲーテが推薦するイギリス人（＝カーライル）の判断に書かれているように、「阿片の乱用が引き起こす病的な脳髄が産み出した熱病の中の夢」なのである。［…］」(12)

この記述を読めば、E・T・A・ホフマンはまぎれもなく異常な無頼派の作家ということになる。ここには反動化したプロイセン政府に抵抗したホフマンの姿の片鱗も窺うことはできない。ゲルヴィーヌスのこの記述自体、カーライルが一八二七年の編書『ドイツの小説』に添えた解説の引き写しでしかない。複数の書物においてこのような解説を読めば、人は「ホフマン」の名を聞くだけで、「狂気じみた作家」をイメージするようになるだろう。ホフマンはこのようにして「善良な読者」から遠ざけられていったと考えられる。

トーマス・マン（Thomas Mann, 1875-1955）は、初期の長編小説『ブッデンブローク家の人々』（一九〇〇年完成）第三部において、「ホフマン」という作家を登場人物の性格を映す小道具として巧みに利用している。大学生モルテンがトニーの愛読書について尋ねる場面を引用してみよう。

「[…] ところで、失礼ですが、あなたはどういうものをお読みです、ブッデンブロークのお嬢様？」

「ホフマンをご存じ？」とトニーは尋ねた。

「あの『音楽監督』や『黄金の壺』の作家ですか？　ええ、それはとっても素敵ですが…。けれども、お嬢様、あれはどちらかというとおそらく御婦人方むきですね。男子たるものは今日もっとほかのものを読まなくてはいけません。」[13]

小説の設定では、この会話がおこなわれたのは一八四五年のこととされている。モルテンはゲルヴィーヌス的文学史の薫陶を受けた世代と推測されるが、お嬢様の口から有害無益な作家の名前を聞いて返答に窮している様がよく見て取れる。この場面に限らず、ホフマンの作品に関する幾つかの会話場面において、トニー、グリューンリヒ、モルテンそれぞれの社会的立場や人柄が巧みに浮き彫りにされている。トニーが、『ゼラーピオン同人集』に読みふける夢想的でロマンティックな令嬢（Romantikerin）であること、実業家グリューンリヒが、社交の道具としてゲーテ、スコットなど正統派の作家を読んでいること、そして庶民階級出身の大学生であるモルテンが、ホフマンの作品を読んでいるのだが、講義などでロマン主義文学の反動性、非社会性を学んだ結果、政治思想の観点からホフマンを否定していることなどが、ホフマンを巡る会話によって示されるのである。[14]
一八四八年に三月革命が失敗に終わった結果、モルテンが示していたような市民階級の政治改革の意欲は、急

（12）Gervinus: Neuere Geschichte der poetischen Nationalliteratur, 2.Teil, Leipzig 1842 の抜粋。Feldges/Stadler: E.T.A. Hoffmann, S.258/259 から引用。カーライルが一八二七年におこなった解説については、次節の「イギリス・アメリカでの受容」を参照。
（13）Mann: Buddenbrooks. Verfall einer Familie, S.130.
（14）Mann: Buddenbrooks, S.98, S.102f., S.130f., S.138ff. の記述を参照されたい。

速に萎えていったようである。けれども、J・ヘルマントによれば、そのような市民階級の政治意欲の変化とは無関係に、「ドイツ学」（Germanistik）の政治的役割は、一八七一年のドイツ帝国成立によっても変化せずに続いていったようである。(15) 長期にわたって否定的に喧伝された結果、ホフマンは一九世紀末の教養市民家庭では、教育に悪い作家という烙印を押されていた。ヴァルター・ベンヤミン（Walter Benjamin, 1892-1940）が、一三才の時の思い出として次のように語っている。

「[…] 私の両親はホフマンの読書を禁じたのである。私は幼い頃、内緒でしかホフマンを読めなかった。夜に両親が外出した時などである。」(16)

他方、ホフマンを話題にしたベンヤミンのエッセイがラジオで放送されている事実は、二〇世紀初頭に起こった「ホフマン・ルネサンス」のひとつの傍証ともいえる。本節冒頭に引用したマイアーの言葉にあったように、二〇世紀初頭に見られた最初のホフマン・ルネサンスの担い手は、大学に職を持たないホフマン愛好家やギムナジウム教員たちであった。ハンス・フォン・ミュラー（Hans von Müller, 1875-1944）は、ベルリンの「国立図書館」に勤務しながら、ホフマンの友人ヒツィヒが所有していた原稿などの一級資料をプロイセンの文書庫から発掘していった。彼の後継者となったフリードリヒ・シュナップ（Friedrich Schnapp, 1900-1983）は、放送局の録音部門に勤務する傍ら、ミュラーが彼に託した資料を整理、補完しつつ、詳しい註釈をつけていった。また専門知識を生かしてホフマンの音楽作品の収集と分析もおこなった。

二〇世紀前半に全集が出され研究資料も充実していった結果、戦後二〇年ほどすると、大学でのホフマン研究も急速に盛んになる。ドイツでは通例のことであるが、作家の没後一五〇周年（一九七二）と生誕二〇〇周年（一九七六）が続いた一九七〇年代には、二度目の「ホフマン・ルネサンス」が起こった。この時期には、新しい校訂版全集の出版に加えて、シュナップが整理していた『手紙』、『日記』などの一次資料が陽の目を見ることになる。これら基礎文献の充実によって、さらにホフマン研究者の数も増える。また、東西分裂後の東ドイツにおいても、多くのロマン主義作家が「反動的」であるとして否定的評価を受けた中にあって、ホフマンだけは例外的に、当時の社会の矛盾を批判的に描いた作家として肯定的に評価された。(17) 西ドイツでも、「博士論文」(Dissertation) でホフマンを論じる若い研究者の数が次第に増えていった。

しかし、一人前の大学教員であることを示す「教授資格論文」(Habilitationsarbeit) において、ホフマン一人を対象とするものは、長い間現れなかったように思われる。夥しいホフマン文献を系統的に調査した訳ではないので断定はできないが、ホフマンひとりを主対象とするD・クレーマーの著書『ロマン主義的メタモルフォーゼ』は、新しい傾向を反映した教授資格論文と考えられる。(18) このような著作の出現は、本節冒頭に引用したシュタドラーの指摘を裏づける例とも理解できそうである。けれども、このような少数の事例からドイツにおけるホフマン受容の動向を一般化することは性急であろう。クレーマーのケースは、「ドイツ文学史の歪み」の解明を進めるK・H・ボーラーが指導教授である特殊例かもしれない。(19) 現在のドイツには、国内外三〇〇名余りの

---

(15) Hermand: Geschichte der Germanistik, S.41-65 を参照。

(16) Benjamin: Das dämonische Berlin, S.684.

(17) 戦後東ドイツでのホフマン受容は、独特な性格を持っていたようである。ホフマンにリアリストの姿を認めて評価したルカーチの伝統を受けて、ホフマンの「社会批判」の側面を強調する流れと、イデオロギー的読解をやめて、文学の「詩的意味」を評価しようとする新しい流れが存在した。前者の代表がH・G・ヴェルナーであり、後者の代表がF・フューマン、A・ゼーガース、Ch・ヴォルフだった。Kohlhof: Franz Fühmann und E.T.A. Hoffmann, S.195ff.、Reimann: Hauptströmungen der deutschen Literatur 1750-1848, S.507-519、Feldges/Stadler: E.T.A. Hoffmann, S.267f. を参照。

(18) Detlef Kremer: Romantische Metamorphosen.(Metzler 1993) を参照。

(19) Karl Heinz Bohrer: Die Kritik der Romantik. (Suhrkamp 1989) などを参照。

ホフマン愛好者・研究者で構成される「E・T・A・ホフマン協会」(E.T.A.Hoffmann-Gesellschaft)が存在し、年報を発行するなど積極的な活動をおこなっている。[20] 過去において多くの悪評を被ってきたE・T・A・ホフマンがドイツにおいて一般にその真価を認められるまで、あと一歩というところに至っている。

二　外国におけるホフマン受容史

(1) フランス

ホフマンの死後、ドイツ国内で彼の作品を非難する声が高まっていったその時期に、ホフマンの作品はヨーロッパ各国に紹介され人気を獲得してゆく。その筆頭に挙げられるのがフランスである。ホフマンがフランスに紹介される時期はそれほど早くはない。生前、彼の作品がきちんとした形で紹介された証拠は見つかっておらず、一八二六年に「ドイツ文庫」という雑誌にその名前が紹介されたのが最初のようである。[21] 一八二七年には、最初のフランス語訳である『スキュデリー嬢』抄訳が出版されている。しかし、本格的にホフマン・ブームが訪れるのは一八二九年のことである。その中心となる雑誌は「ルヴュ・ド・パリ」誌で、その五月号にジラルダンが『黄金の壺』を紹介する。六月号以後、ロェーヴ・ヴェマール(Loève-Veimars, 1801-1854)が『騎士グルック』、『ドレースデン包囲』、『ドン・ファアン上演』を翻訳連載し、好評を博す。同年一一月にはロェーヴ・ヴェマール訳の最初の作品集が、ユジェーヌ・ランデュエル書店から『幻想物語集』(Contes fantastiques)という表題で刊行され、翌年五月には全一二巻の刊行がなされる。ところがホフマンの人気は高まる一方で、一八三〇年二月にはトゥスネルが『全集』(Œuvres Complètes)全八巻をルフェーブル書店から刊行し始める。それを見たロェーヴ・ヴェマールは『夜の物語集』（Contes nocturnes）という表題をつけて、急遽第一三巻から第一六巻を追加して刊行する。一八三三年には、さらに『物語とファンタジー』（Contes et Fantaisies）の表題を冠して、第一七巻から第一九巻を補い、第二〇巻にはヒツィヒによる最初の「ホフマン伝」を利用して、『E・T・A・ホフマンの生涯』という伝記を加えて全集を完結させている。[22] この二大全集の対決以降、爆発的なブームが起こる。一八三六年にはアンリ・エグモンが四巻からなる名訳を出版し、一八三八年にはエミール・ド・ラ・ベドリエールが八巻の作品集を出しているそうである。[23]

フランスでのホフマン・ブームの火付け役となったロェーヴ・ヴェマールが、ホフマンを紹介するに際して、一人の作家が重要な役割を果たしたことが知られている。それはホフマンのベルリン時代の友人、コーレフ博士（Johann Ferdinand Koreff, 1783-1851）である。ロェーヴ・ヴェマールはユダヤ系フランス人で、一八一四年にハンブルクで商業の研修をした後、ジャーナリズムに転じた人物である。ホフマンが没した一八二二年、彼がたまたまユダヤ系ドイツ人のコーレフ博士と知り合い、ホフマンという作家の存在を教えられたことが、上述したホフマン紹介のきっかけとなった。

コーレフという人物自身が、非常に興味深い人物である。彼は早い時期にヨーロッパで「磁気催眠術」

(20) ホフマン協会は一九三八年に設立され、現在バンベルク市に本部を持っている。組織・活動の詳細については E.T.A.Hoffmann-Jahrbuch, Bd.1, S.7ff. を参照。

(21) フランスにおけるホフマン受容については、『ユリイカ』第七巻二号（一九七五）の稲生永氏の論文と Feldges/Stadler の著書等から資料を得た。稲生永「ホフマン変幻」一二四―一三三頁および Feldges/Stadler: E.T.A. Hoffmann, S.273-278 を参照。

(22) ロェーヴ・ヴェマールのフランス語訳は、原文をかなり勝手に加工したものだったらしい。Feldges/Stadler: E.T.A. Hoffmann, S.276 参照。ヒツィヒが書いた伝記 "E.T.A. Hoffmanns Leben und Nachlass" は一八二三年に出版されている。

(23) Feldges/Stadler: E.T.A. Hoffmann, S.276.

（Magnetismus）を利用した治療で評判を得ている。フランス、スイス、イタリアを巡り、ウィーンで治療をしていた時に、プロイセン宰相ハルデンベルクに気に入られ、請われて侍医としてベルリンに赴いている。一八一六年にはキリスト教の洗礼を受け、ベルリン大学の教授になっている。その後もプロイセンの枢要な官職に就くが、一八二〇年にハルデンベルクの寵愛を失って左遷され、一八二二年にはベルリンを去り、若き日に活躍した舞台であるパリに戻っている。フランス当局に怪しげな人物として監視されながらも、コーレフは磁気催眠治療によって、ふたたび人気を得て社交界でも活躍したとされている。彼がロェーヴ・ヴェマールにホフマン文学を紹介したのは、このような状況下においてであった。

ベルリン時代のコーレフ博士の姿は、ホフマンの作品において幾度か描かれている。まず『廃屋』という作品では「K医師」の名前で登場し、作中で重要な役割を果たしている。『ゼラーピオン同人集』においては、六人のメンバーのひとり、陽気な磁気催眠術師「ヴィンツェンツ」として何度も登場している。(24) 彼はホフマンの友人ヒツィヒ同様、才能ある同化ユダヤ人としてホフマンの創作にさまざまな刺激を与えている。ホフマンの「磁気催眠術」に関する深い知識も、一部彼に負うている。また傑作『ブランビラ王女』を生み出すきっかけとなるカローの連作版画『狂人たちのダンス』（Balli di Sfessania, 1622）をホフマンに贈ったのも彼である。ホフマンは一八二二年に四六才で辛い最期を遂げるが、同じ年コーレフも失意の中でベルリンを去っている。(25) パリに移ったコーレフがホフマンをフランスに紹介した事実は、彼がホフマンとの友情を失っていなかったことの証と思われる。

もちろん、ホフマンがドイツ人作家として、『若きヴェルテルの悩み』（一七七四）で人気を博したゲーテ以来の爆発的人気を得たのには、それなりの理由があった。当時のフランス人は、ホフマンの作品に未知の世界、「日常的な驚異」（merveilleux naturel）を描く文学を見出して、新鮮な驚きを覚えたというのである。(26) 母国で徹底的に非難された幻想性、奇想、フモールの爆発が、皮肉なことに隣国のフランスでは賛嘆の対象となった。

ここで一九世紀フランスにおけるホフマン受容の特殊性について、補足しておく必要がある。上に述べたように、ホフマンの人気はドイツ人作家としてゲーテ以来のものであった。しかし、ホフマンは「ロマン主義作家」として人気を博したわけではなかった。なぜなら、フランスでは『ヴェルテル』のゲーテ、『群盗』（一七八一）のシラーが、「古典主義」ではなく「ロマン主義」の代表と見なされていたからである。(27) スタール夫人に仕えたシュレーゲル兄弟の努力にもかかわらず、当時のフランスでは、同時代のロマン主義思潮、ノヴァーリス、シュレーゲル、クライスト、ティークらの作品は、大方の関心を惹かなかったらしい。(28) ホフマンは、ロマン主義とは無関係な文脈において、その独創的な幻想性によってフランスの読者を惹きつけた。前節でも述べたように、「ロマン主義」理解の各国間の齟齬は、ドイツとフランスの間においても甚だしかった。当時のフランス作家で最もドイツ文学に詳しかったスタール夫人でさえ、その『ドイツ論』（De l'Allemagne, 1810/1813）において、「ドイツには古典主義文学は存在しないように思われる」と判定している。(29)

（24）『ゼラーピオン同人集』に描かれるヴィンツェンツの性格や特徴は、かなり正確にコーレフを写していると言われている。『ゼラーピオン同人集』二六〇頁以下を参照。

（25）確実な証拠はないが、一八二〇年のベルリンでコーレフが枢要な地位からはずされた原因として、反動化したプロイセン政府のユダヤ人締め出し政策が推定される。当時の社会におけるユダヤ人差別の実態については、第Ⅳ部第四章で紹介する。

（26）当時のホフマン翻訳者 Jules Janin のコメントによる。Feldges/Stadler: E.T.A. Hoffmann, S.275 を参照。

（27）「ドイツ古典主義」（deutsche Klassik）というドイツ文学史にとって重要な概念が孕む問題性については、多くの指摘が見られる。たとえば Malsch: Klassizismus, Klassik und Romantik der Goethezeit, S.381ff.、Voßkamp: Klassik im Vergleich, S.9ff. を参照。

（28）Hoffmeister: Deutsche und europäische Romantik, S.66.

（29）ヒツィヒのドイツ語訳から引用する："Es ergibt sich, so scheint es mir, aus den verschiedenen Betrachtungen im vorstehenden Kapitel, daß es in Deutschland keine klassische Poesie gibt, ob man das Wort klassisch im Sinne einer Nachahmung des Altertums nehme, oder darunter den möglichst hohen Grad der Vollkommenheit versteht."（Über Deutschland, S.189）

さて一八三〇年代に爆発的な人気を得たホフマンであるが、一九世紀半ばになるとその地位を、ボードレールが発見したアメリカ人作家エドガー・アラン・ポーに取って代わられる。(30) 読書界でポーに人気を奪われたホフマンは、今度はパリの舞台にその姿を現すことになる。すなわち、一八五一年にバルビエとカレが、作者と作中人物を混ぜ合わせて作った「ホフマン」を主人公とする劇『ホフマン物語』(Les Contes fantastiques d'Hoffmann, 1851) をオデオン座で上演する。一八七〇年になるとオッフェンバックが『砂男』から題材をとったバレー『コッペリア』(Coppelia, 1870) を舞台に載せる。オッフェンバックはすでに他所でオペラ化が決まっていた『ホフマン物語』の作曲の権利を強引に譲り受け、晩年の全精力をこの作品に注ぐ。けれども、上演にこぎつける直前の一八八〇年一〇月に死んでしまう。オッフェンバックの原作に手を入れて、一八八一年二月にオペラ・コミック座の舞台にかけられたオペラ『ホフマン物語』(Les Contes d'Hoffmann, 1881) は、未完作品にもかかわらず好評を博し、彼の代表作として名を残すことになった。(31) E・T・A・ホフマンは、フランスにおいて非常に特殊な過程を経て、単なる一ドイツ人作家以上の存在、半ば伝説的な虚構の人物へと変えられていった。

(2) ロシア

ホフマンの作品は一八三〇年代のロシアにもブームを巻き起こした。最初にロシア語に訳された作品は『スキュデリー嬢』であるが、この翻訳はヨーロッパで最も早くなされたものと見られる。(32) その後、ホフマンの作品は毎年一作以上のペースで翻訳されていく。一八三〇年代にはいると、フランスのブームが伝播して、ロシアでのホフマン人気は一段と加速した。一八四〇年頃には『黄金の壺』、『蚤の王』、『小人ツァヘス』、『牡猫ムル』、『クライスレリアーナ』等、めぼしい作品はすべて翻訳され、読書界に知られていたのである。(33) 若きドストエフスキー (Fjodor Michailowitsch Dostojevskij, 1821-1881) は、ホフマン人気が頂点であった頃の一八三八年八月九日、兄に宛てて次のような手紙を書いている。

「ぼくはペテルゴフですくなくとも兄さんに負けないほど読みました。ホフマンを全部、ロシア語とドイツ語で（つまり、まだ翻訳されていない『牡猫ムル』です）読みました。［…］僕はひとつの計画をもっています。気ちがいになることです［…］もし兄さんがホフマンを全部読んでいたら、きっとアルバンを思い出すでしょう。［…］」(34)

N・レーバーによれば、ホフマンとドストエフスキーを結びつける役割を果たしたのは、ゴーゴリ（Nikolai Wassiljewitsch Gogol, 1809-1852）であるらしい。特にゴーゴリの『狂人日記』、『鼻』、『外套』にホフマンの作風が反映されており、ドストエフスキーは彼の作品を介してホフマンを知ったと想定している。レーバーはホフ

(30) ホフマンとポーの関係については、この後の「イギリス・アメリカでの受容」で紹介する。

(31)『ホフマン物語』成立史については、Kracauer: Jacques Offenbach, S.333-352、オッフェンバック『ホフマン物語』二二七頁以下を参照。

(32)『スキュデリー嬢』のロシア語訳は一八二二年、『悪魔の霊液』の英語訳は一八二四年、『スキュデリー嬢』の仏語訳は一八二八年である。Felges/Stadler: E.T.A. Hoffmann, S.269を参照。

(33) ホフマンのロシアでの受容については、Passageの"The Russian Hoffmanists"に依拠するCheauré: E.T.A. Hoffmann, S.11-35、Reber: Studien zum Motiv des Doppelgängers bei Dostjevskij und E.T.A. Hoffmann, S.72f.、Felges/Stadler: E.T.A. Hoffmann, S.268-273、『ユリイカ』一一九―一二三頁の川端香男里氏の論文等から資料を得た。

(34) 川端香男里「ホフマンとドストエフスキー」一二〇頁。ドストエフスキーが、それほど有名でない作品『磁気催眠術師』に登場する悪魔的人物アルバンに関心を示している事実は、『悪霊』など、ドストエフスキー作品の主人公像を理解する上で参考になる。

マンの影響を受けたドストエフスキーの作品として『二重人格』の名を挙げている。[35] しかし、一八四五年以降になるとホフマン・ブームは急速に冷めていったようである。

ところが一九世紀末から再びホフマンに対する関心が高まる。その理由ははっきりしないが、一八九二年にはペテルブルクでチャイコフスキー作曲のバレー『くるみ割り人形』の初演がおこなわれ、また忘れられていたホフマンの作品が新たに出版されている。さらに、これはロシアに特徴的な現象であるが、ホフマンの演劇理論やドラマの性格を帯びた小説が、ロシアの演劇界で積極的に受容されたそうである。具体的には、一九二〇年に『ブランビラ王女』がドラマ化されて舞台に載せられている。[36] その後、ロシア革命後の一九二一年二月一日には、ペトログラードで、ヴィクトール・シクロフスキー、レフ・ルンクミハイル・スロニムスキなどが集まって、ホフマンの作品に因んだ作家サークル「ゼラーピオン同人」を結成している。[37] ロシアにおけるホフマン受容も、フランスとは異なる意味で興味深い特徴を示している。

(3) イギリス・アメリカ

イギリスでは、ホフマンの作品の翻訳は早くからなされたが、フランス、ロシアで見られたブームは起こらなかった。当時イギリスで流行していた「ゴシック・ノヴェル」の流れを引く作家と見られたこと、彼を批評したスコット（Walter Scott, 1771-1832）やカーライル（Thomas Carlyle, 1795-1881）が、ホフマンの作品と生活を極度に否定的な形で紹介したことなどが災いしたようである。たとえば、スコットはホフマンのメルヒェンを「夢遊病者が書いた狂気じみたもの」（Verrücktheiten eines Mondsüchtigen）に喩え、批評に値しないとまで断定している。[38] カーライルも、『黄金の壺』を収録した『ドイツの小説』（German Romance, 1827）の解説において、この作品を「詩人の創作」と見るよりもむしろ「麻薬吸引者の夢想」（the dream of an opium eater）と見るべきであると酷評している。[39] スコットとカーライルが用いた比喩的イメージは、その後勝手に増幅され、ホフマンは当人も知らないうちに夢遊病者や麻薬飲みにされてしまう。それでも、すでに一八二四年にはJ・G・ロックハートが『ブラックウッド・マガジン』誌にホフマン紹介記事を書き、R・P・ギリーズが『悪魔の霊液』の翻訳を出している。(40) 一八二六年には、ギリーズが『スキュデリー嬢』、G・ソーンが『蚤の王』、上述のカーライルが『黄金の壺』の翻訳をおこなっている。一八三五年頃までには、主要作品の英訳がなされたようである。B・フェルドゲスは、ホフマンのディケンズへの影響も指摘しているが、それを確実に裏付ける証拠は示されていない。(41) それに対して、ホフマンのイギリス幻想文学への影響は、部分的に明らかにされている。ルイス・キャロルの友人でもあるマクドナルド（George MacDonald, 1824-1905）は、ドイツ語も読め、ホフマンの諸作品も愛読したという記録が存在する。(42) けれども、マクドナルドのケースはあくまで例外のようである。H・オペルによれば、イギリス人が一般にホフマンの真価を理解するようになるのは、二〇世紀以降のこととされている。

(35) Reber: Studien zum Motiv des Doppelgängers bei Dostjevskij und E.T.A. Hoffmann, S.72f. を参照。
(36) 脚本、演出などについての詳細は不明である。Cheauré: E.T.A. Hoffmann, S.22f. を参照。
(37) これらの作家の作品については Drohla: Die Serapionsbrüder von Petrograd というドイツ語訳を参照した。
(38)『外国季刊評論』（一八二七）の論文 "On the Supernatural in fictitious Compositions" の記述。ゲーテの書評から引用。Goethe: Schriften zur Literatur, S.927 を参照。
(39) イギリスにおけるホフマン受容については、Oppel: Englisch-deutsche Literaturbeziehungen, Bd. II, Kranz: E.T.A. Hoffmanns Einfluss auf George MacDonald, Feldges/Stadler: E.T.A. Hoffmann から資料を得た。カーライルの発言の引用は Oppel, Bd.II, S.61 を参照。
(40) Kranz: E.T.A. Hoffmanns Einfluss auf George MacDonald, S.104 を参照。
(41) Feldges/Stadler: E.T.A. Hoffmann, S.280 を参照。
(42) Kranz: E.T.A. Hoffmanns Einfluss auf George MacDonald, S.102-108 を参照。ホフマンのマクドナルド、キャロルへの影響は興味深いテーマであるが、この受容史の枠を越えており、独立した考察が必要である。

アメリカでのホフマン受容も、スコット、カーライルの影響を受けている。ホフマンの影響を受けたのが確実なアメリカ人作家は、ポー（Edgar Allan Poe, 1809-1849）である。M・グラートによれば、ポーが自作『グロテスク・アラベスク物語集』（Tales of the Grotesque and Arabesque, 1840）の前書きで 'fantasy-pieces' という言葉を用いているが、これはカーライルが上述の作品集で『カロー風の幻想作品集』を "Fantasy-Pieces in Callot's Manner" と翻訳していたものの借用であるらしい。(43) ポーはまた一八三三年に自分の作品集を企画した際、複数のメンバーが語る形式を採り、『フォリオ・クラブ物語』（The Tales of the Folio Club）という表題を考えている。この企画は実現しなかったが、その体裁はホフマンの『ゼラーピオン同人集』とよく似ているといえる。グラートが挙げるこれらの例は、ポーがスコットやカーライルのホフマン紹介文に限らず、ホフマンの実作をドイツ語かあるいは英訳、仏訳で読んでいた可能性を示唆している。

（4）日本

最後に日本におけるホフマン受容の状況を紹介する。すでに述べたように、ホフマンを日本に最初に紹介した功績は森鷗外に帰せられる。明治二一年九月にドイツから帰国したばかりの鷗外が、「鷗外漁史」の名で明治二二（一八八九）年三月五日から七月二一日にかけて『讀賣新聞』に連載した『玉を懐《いだい》て罪あり』は、ホフマンの『スキュデリー嬢』の翻訳であった。(44) 鷗外のホフマン観を吟味した今田淳氏によれば、鷗外がドイツ文学翻訳の筆頭にホフマンを選んだことは、必ずしもホフマンを高く評価していたことを意味しないという。(45) たしかに鷗外がドイツ文学から翻訳した作品を概観すると、玉石混淆という形容がふさわしいと思われる。(46) しかし、日本の文壇へのデビューに際して、『スキュデリー嬢』が好適とにらんだ鷗外の判断は的確であった。この作品は謎とスリルに富み、新聞読者を惹きつけるには最適の作品であった。

鷗外と並ぶ明治の作家で英文学者の夏目漱石も、ホフマンと全く無縁とはいえない。漱石が『ホトトギス』に『吾輩は猫である』を連載して好評を博していた時、友人の藤代素人が「カーテル・ムル口述」と称する「猫文士氣燄錄」を『新小説』に発表している。(47) あの世のムルが藤代素人の夢枕に立って書かせた体裁をとるこの一文は、先行作品である『牡猫ムル』に対する礼儀を欠いていることを漱石にアピールするものであった。漱石も友人のユーモラスな文章に応えて、「吾輩」が死ぬ直前の箇所においてユーモラスな返答をさせている。(48)

ドイツ文学の先頭を切って、近代日本での華々しいデビューを飾ったホフマンは、大正、昭和を通じて活発に日本で翻訳、紹介されてゆく。明治から平成元年までの日本におけるホフマン受容史を示す書誌『日本におけるE・T・A・ホフマン』(一九九〇)によれば、過去百年におけるホフマン作品の翻訳点数は、確認されただけで三〇〇点にも及んでいる。(49) その内訳を見ると、『くるみ割り人形』は一六名の翻訳者によって一七点、『砂男』は一五名により一九点、『スキュデリー嬢』は一〇名により一五点、『黄金の壺』は八名により一四点もの翻訳が出版されている。翻訳作品の広がりという点でも、めぼしい作品はすべて翻訳がなされている。日本にお

(43) アメリカにおける受容については、Graat: E.T.A.Hoffmanns Spuren in den Werken Edgar Allan Poes, S.169-182、『ポオ全集』第三巻「ポオ年譜」八四七頁以下等を参照。
(44) 「讀賣新聞附錄」明治二二年三月五日号を参照。この後、定期的に一四回掲載されている。
(45) 今田淳『森鷗外とE・T・A・ホフマン——ホフマン受容史の一断面』一七—一九頁を参照。
(46) 森林太郎『鷗外全集』第一二巻「編纂後記」一—八頁を参照。
(47) 藤代素人「猫文士氣燄錄」(『新小説』明治三九年五月号)一—一一頁を参照。
(48) 本書第Ⅲ部第五章において、両者の特徴の比較をおこなう。ホフマンの猫と漱石の猫に関しては、吉田六郎『「吾輩は猫である」論』を参照。
(49) この書誌は、梅内幸信氏の手になる一九八九年時点での詳細なホフマン受容の資料である。日本ドイツ文学会誌『ドイツ文学』八五号(一九九〇)を参照。

けるホフマン受容は、世界的に見ても驚くほどの厚みと広がりを持っている。(50)
ところがホフマン研究の歴史を顧みると、翻訳とは対照的な様相を示している。上述の書誌には、ホフマンに関する研究書は吉田六郎氏による『ホフマン――浪漫派の芸術家』(一九七一)一冊しか挙げられていない。(51)研究論文は一八〇点記録されているのに研究書が一、二点しかないという事実は、個別作品の考察は魅力的であるが、その全体像を包括的に理解することは困難であるという、ホフマン文学の特徴を映し出していると思われる。

日本でのホフマン評価の特徴を具体的に検証してみると、日本の読者はドイツやイギリスで目立った偏見からは遠く、フランス、ロシアと同様にホフマンの幻想を肯定的に評価してきたことが明らかになる。(52)ところが、ドイツ文学研究者が著した書物の中に一九世紀ドイツで作られたホフマン像が持ち込まれるという現象が見られる。(53)たとえば少し以前まで利用されていた相良守峯氏の『ドイツ文学史』のホフマンに関する記述には、次のような一節がある。

「なおそのうえ、不思議なことに――ただしここに二重人格的な変り者、「お化けのホフマン」としてのホフマンたるゆえんがあるのであるが――昼は精励恪勤な司法官である彼が、夜になると、小さなカフェーにワルシャワ以来の友ヒツィヒや、シャーミッソー、フケー、ブレンターノ、アルニムなどという作家たちと集まって文学や音楽の話をしたり、また例のルッター・ウント・ウェーゲナーという地下室の酒場で飲酒に耽り、夜半帰宅してから創作の筆をとるという風で、健全な昼の生活と、放縦な酒飲みの夜の生活とではまったく別人の観があった。こうして病的になった彼の神経は、種々の怪奇な幻想を産み出し、それが彼の作品に妖気を漂わせる結果となったのである。」(54)

ここで無邪気に用いられている「二重人格」、「お化けのホフマン」、「放縦な酒飲み」、「病的な神経」などという性格描写は、ゲーテやカーライルなど、ホフマン文学の批判者がホフマンの死後に投げつけた悪罵の写しにほかならない。このような烙印を押された結果、ホフマンは英独において非道徳的で病的な作家として文学史から排除されていったのである。ところが、この点が日本のホフマン受容の特徴と言えなくもないが、相良氏はドイツ仕込みのホフマン像を日本の読者の好奇心をそそる手段に利用している。現在最も入手しやすいドイツ文学史である岩波文庫版『ドイツ文学案内』（手塚富雄・神品芳夫著、一九九三改版）では、ホフマン像にもかなりの修正が施されている。

「ホフマンが後期ロマン主義から初期写実主義への転換点に立っているといわれるのは、上述の二重生活につながるところが多いだろう。ひたすら夢の国に遊ぶというのではなく、現実的な俗人の世界が一方にあり、それ

（50）ホフマンの活発な受容については、ドイツの E.T.A.Hoffmann-Gesellschaft でもよく知られており、一九六三年には前川道介氏が、一九九〇年には識名章喜氏が会報で報告されている。

（51）その後、一九九七年には梅内幸信氏の『悪魔の霊液』、一九九九年には同氏の『童話を読み解く』が出版されている。

（52）雑誌『ユリイカ（ホフマン特集）』（一九七五年二月号）、『幻想文学（ドイツ幻想文学特集）』（一九八七年一月）、『世界のオカルト文学・幻想文学・総解説』（一九九一年）などにおけるホフマン紹介文のいずれにも、彼の作品を「正常・異常」という観点から判断し、その作者を断罪するという硬直した姿勢は見られない。

（53）本場で情報を仕入れてきた森鷗外のホフマン観にも、当時のドイツに広まっていた否定的なホフマン像が色濃く影を落としている。

（54）相良守峯『ドイツ文学史』上巻二八〇頁。また一九七三年出版の『ドイツ文学――歴史と鑑賞』には、巻末年表にすらホフマンの名前は登場しない。もちろんどの文学史もそうだったわけではない。一九七七年初版の藤本淳雄他著『ドイツ文学史』では、ホフマンに関する的確な記述がなされている。

に空想怪異の世界が対立するのであって、前者、現実界に割れ目ができて人々は後者へ落ちこんで行き、その結果、現実界の背後に潜む深淵が読者に突きつけられるというふうになるのである。現実が怪異を媒介するのである。ただ深淵への落ち込み方が無制約であり、彼だけの世界の乱舞になって、人を反撥させることもある。ゲーテが彼を否定したのも、そういうところから来ているだろう。」(55)

相良氏の記述と比較すると、「一九世紀ドイツ製」の偏見がだいぶ薄れていることが見て取れるが、なお昔ながらの紋切り型が残されている。ゲーテのホフマン批判自体が孕む問題性も認識されていない。(56) また一九九〇年に東京で開かれたドイツ学の国際学会(IVG)の際に作成されたカタログを見ると、明治時代の日独交流や森鷗外に関する豊富な記述があるにもかかわらず、なぜか日独文学交流史上重要な翻訳『玉を懐て罪あり』(一八八九)に関する記述が完全に脱落している。(57) このようなことも、明治以来ドイツ古典主義を模範としてきた日本の学界の姿勢の現れかと推測される。

ホフマンという作家に関する正確な情報が得にくい日本にあって、一九八四年にドイツで出版されたホフマン伝『E・T・A・ホフマン――ある懐疑的な夢想家の生涯』の邦訳が出版されたことの意味は大きかった。(58) この伝記の著者ザフランスキーはホフマンを冷笑的に描く傾向が見られるが、そのことで、ホフマン贔屓には書けない醒めたホフマン像が提示されているという評価もできよう。

三　本書の目標

「序論」では、ドイツを手始めに、欧米、日本におけるホフマン受容の歴史をおおまかに紹介した。その受容史から得られた認識を踏まえて、筆者が本書でめざしたことを簡単に述べておきたい。

本書の執筆の際に念頭に置いていたことは、日独における最近のホフマン研究と自分のホフマン研究の成果を統合し、ホフマン文学の特質を日本の読者に紹介することであった。文学の終焉が囁かれる二一世紀において、この試みが古めかしく見えることは、筆者もよく承知している。けれども、E・T・A・ホフマンという多才な芸術家の人生と作品は、二百年後に生きるわれわれにも理屈抜きで興味深いものに思われる。本書では、長年ホフマンを読んできた筆者の経験を頼りにしつつ、様々なテクスト、資料、証言にも拠って、この作家の創作と生の魅力をできる限り包括的に提示してみたい。まず読者にお願いしたいことは、「鬼才ホフマン」というイメージで塗り重ねられてきた、おどろおどろしくも魅力的な「肖像」を一旦放擲していただくことである。本書では長年にわたって紹介されてきた「お化けのホフマン」とは別のホフマン、ユニークな幻想世界を創造し続けたホフマンの特色を順を追って紹介してゆきたいと考えている。

すでに吉田六郎氏は一九七一年の著書において、詳細な研究に基づいたひとつのホフマン像を提示されている。それは「浪漫派の芸術家」というホフマン像である。吉田氏はホフマンの比較的初期の音楽活動と作家活動に重

(55) 神品芳夫『ドイツ文学案内』一八六頁。
(56) ゲーテのホフマン批判の問題性については、第I部第一章第三節で詳しく論じる。
(57) 神品芳夫他編『日本におけるドイツ語文化回顧展』一四・五八・一二二頁等を参照。
(58) ザフランスキー（識名章喜訳）『E・T・A・ホフマン』（法政大学出版局一九九四）

点をおいて、そのホフマン像を提出されている。しかし筆者は、ホフマンがベルリンに落ち着いた一八一四年秋以降の作品により大きな意義を認めている。それゆえ、吉田氏が詳しく考察されている主題、すなわち「ユーリア体験」、「狂気の音楽家クライスラー像」、『黄金の壺』、『悪魔の霊液』などを論じる際には、意図的に必要最小限の記述にとどめたことを断っておく。また梅内幸信氏が最近出版された研究書の内容にもひとこと触れておきたい。『悪魔の霊液——文学に見られる自己の分裂と統合』（一九九七）は、ホフマンの『悪魔の霊液』論と見せて、実はホフマン論の枠を越え、副題にある主題を縦横に論じている。もう一方の書『童話を読み解く——ホフマンの創作童話とグリム兄弟の民俗童話』（一九九九）も、ホフマンの創作童話六編の解釈を含んでいるが、著者の主要な関心はホフマン研究からグリム童話研究に移っていると拝見する。その意味で梅内氏の著書と本書が重複する箇所も比較的少ないように思われる。両者が共通して取り上げている作品については、両者の解釈を比較、対照していただければ幸いである。

筆者が本書で目指した今ひとつの目的は、ホフマン文学からその独創性、現代性において抜きんでたものを選び出し、それに関する新しい「解釈」（Lesart）を提示することであった。ホフマンの作品に現れるロマン主義的メンタリティーは、当時のドイツ人の心性を鋭く切り取っているのみならず、われわれ現代人の心性につながるものを含んでいると考えている。この観点からホフマンの作品を読み直すことで、ロマン主義と現代との連続性を確認できるのではないかと考えている。

本書の第三の目的は、これまでたびたび言及されてきたが、まだまとまった検討がなされていない仮説を検証することにあった。それは、ホフマンがヨーロッパ「都市小説」（Stadtliteratur）の先駆者であるという、にわかには信じがたい仮説である。ドイツ文学における「都市」の主題を扱う研究書の多くが、ホフマンに言及しているが、ホフマン文学と「都市」との関係を包括的に調べた研究を筆者は知らない。本書では、第Ⅳ部においてベルリンを舞台とする諸作品を取り上げ、この仮説の妥当性と限界とを検証した。この試みもホフマンの精神の現代性を探る目的の一環をなすものである。

このような意図で書かれていることをご理解の上、本書を読み進めていただければ幸いである。

第Ⅰ部
ホフマンの想像力観と創作理論

第I部では、E・T・A・ホフマンの創作の根幹をなす想像力観の変遷過程を解明する。従来のホフマン研究の多くが、作家としての活動期間が短期間であること、創作に直線的な発展過程が見られないこと、彼の思考を病的で異常なものと見なしてきたことなどの理由から、ホフマンの想像力観の変遷過程を丹念に跡づけることを怠ってきたように思われる。この試みは、その性質上長く複雑な論証を必要とする。けれども、まず最初に最大の難問を解明することで、ホフマン文学の底流をなす芸術観の全貌を把握することが可能になる。ホフマンの創作期間を概観し、鍵となる作品に依拠して彼の思考の変遷を追う道筋を大まかに示すと、以下のとおりである。

第一章—『黄金の壺』の結末部でホフマンが直面した課題
第二章—ホフマンの生い立ちと作家としてデビューする一八一四年までの足跡
第三章—ベルリン定住後に、第一章で示した課題を克服する過程
第四章—第三章までに明らかにした想像力観と創作原理との対応関係

第一章　ロマン主義的ユートピア

日本で幾度も出版された作品は、すでに見たように『くるみ割り人形』、『黄金の壺』、『砂男』、『スキュデリー嬢』などであった。最も早く岩波文庫に収録されたのは『黄金寶壺』（石川道雄訳　一九三四）で、翌年には『牡猫ムルの人生観』（秋山六郎兵衛訳　一九三五・三六）が収録されている。[1]　岩波文庫版『黄金の壺』（一九七四新訳）の「あとがき」において、二代目の翻訳者である神品芳夫氏は次のように書かれている。

「この物語が書かれたのは、ホフマン（一七七六―一八二二）が本格的に文学の創作に打ち込むようになって比較的間もない頃であり、ドイツロマン派の異才といわれるこの作家の思想と表現力のすべてがここには注ぎ込まれている。しかも同時に、ホフマンには珍しいほどの緊密な構成を備えていて、芸術的完成度も高く、名実ともにホフマンの代表作ということができよう。」[2]

この解説を読めば、『黄金の壺』の作家ホフマンという、文学史に定着されたホフマンのイメージを得ることができる。「序論」で引用したトーマス・マンの小説でも、モルテンが同様のホフマン像を示していた。けれども、本書はこれまでのホフマン像の偏りを修正し、今日まで十分には紹介されてこなかった側面に照明を当てる

（1）ホフマン（石川道雄訳）『黄金寶壺』（岩波文庫昭和九年）とホフマン（秋山六郎兵衛訳）『牡猫ムルの人生観』（岩波文庫上巻昭和一〇年・下巻昭和一一年）を参照。
（2）ホフマン（神品芳夫訳）『黄金の壺』一七七頁。

ことを目指している。(3) その第一歩として、彼の代表作とされてきた『黄金の壺』を筆者の視点からどのように評価するのかという点を明らかにしておこう。

一　幻のユートピア

(1)『黄金の壺』の独創性

一八一四年三月四日、ホフマンは最初のメルヒェンの清書を終えている。このとき彼はすでに三八才になっていた。彼は、このメルヒェンについて、収録予定の処女作品集『カロー風の幻想作品集――ある流浪の熱狂家の日記抜粋――ジャン・パウルの前口上付四巻本』(Fantasiestücke in Callots Manier. Blätter aus dem Tagebuche eines reisenden Enthusiasten. Mit einer Vorrede von Jean Paul, 4 Bde.) の出版者クンツに宛てて、次のように書いている。

「完成したメルヒェンを早速お送りする。イロニーが貫流するこのメルヒェンが、あなたの気に入ることを願いつつ。きわめて非現実的な事象(もちろんそれも深い解釈をすればそれなりの重みを持つのである)を次々と日常世界に介入させる構想は、ずいぶん思いきったものであり、私の知る限りどのドイツ人作家もこのように大規模に用いたことはないはずだ。」(『手紙』第一巻四四五頁)

実はこの手紙を書いた時にホフマンがおかれていた状況は、一八〇七年に経験したベルリンでの失業状態に次いでひどいものであった。というのも、『黄金の壺』草稿の完成を祝った直後の二月二五日に、劇団長ゼコンダと大喧嘩をしたあげく解雇通告を受けていたのである。この争いの経緯については次章で詳しく述べるが、ホフマンはゼコンダに対する怒りを宥め、迫りくる解雇の期日を凝視しつつ清書に励んだのである。

『黄金の壺――新しい時代のメルヒェン』(Der goldne Topf. Ein Märchen aus der neuen Zeit) は、比較的明るい雰囲気を持っている。(4) このメルヒェンは「夜話」(Vigilie) と呼ばれる一二の章で構成されている。物語の舞台は一九世紀初頭のザクセン王国の首都ドレースデン、時はうららかな陽気に恵まれた「キリスト昇天祭」の昼下がりである。物語は一人の青年がぼんやりしていて、「黒門」脇に露店を出していた老婆の商品を踏みつぶしてしまうところから始まる。この青年が主人公アンゼルムスである。彼は当地で法学を学ぶ大学生で、人並みに公務員という安定した職を得ることを望んでいるのだが、世慣れぬ性格と肝心な時に彼を襲う不運のせいで面接試験に失敗ばかりしている男、すなわちドイツの慣用語で「運の悪い男」(Pechvogel) と呼ばれるタイプの青年である。

露店の老婆になけなしの金を渡して無一文になったアンゼルムスは、楽しみにしていたビール一杯すら諦めなくてはならず、エルベ河畔の木陰に腰を下ろして身の不運を嘆く。するとそこに不思議な音が響き始める。超越世界が現実の一角に介入してくるのである。アンゼルムスは振り向いた先にいた緑色の蛇の美しい瞳に魅せられ

(3)「ドイツ文学史」記述の問題性が近年ようやく認識されてきたことは、「序論」に指摘したとおりである。現在のドイツでもホフマンに関する無理解は残っている。たとえば、一九八八年に出版された高校生向けの『黄金の壺』解説書において、著者P・ヴュールは、「日本語に翻訳されるまでになった傑作」(!) があまり読まれていないこと、西ドイツのギムナジウムの生徒は、まず『スキュデリー嬢』を読まされることで、ホフマンを「犯罪小説作家」と誤解する傾向があることを嘆いている。Wührl: E.T.A. Hoffmann. Der goldne Topf, S. 7 を参照。

(4)「メルヒェン」(Märchen) というジャンルは、通常「童話」と日本語に翻訳されるが、原語は「子供向けの話」に限定されない「不思議なお話」という意味で用いられる。

てしまう。この事件を契機にして、アンゼルムスは、何くれとなく彼の面倒を見てくれる副校長パォルマンとその娘ヴェローニカに代表されるドレースデンの「市民世界」と、緑蛇ゼルペンティーナとその父リントホルストが属する「超越世界」との間で板挟み状態になる。ヴェローニカとゼルペンティーナが、彼をめぐって恋の鞘当てを繰り広げる。その結果、アンゼルムスは「第一〇の夜話」においてようやくヴェローニカへの未練を克服し、ゼルペンティーナへの忠誠を誓う。「第一一の夜話」では、アンゼルムスを諦めたヴェローニカが代わりの男を見つけて結婚し、幸せになる話が語られる。それによって、エルベ河畔の都市に開かれた超越世界は閉じられることになる。そして最終章である「第一二の夜話」では、ゼルペンティーナと一緒に理想郷アトランティスへ移住したアンゼルムスの姿が描かれ、「新しい時代のメルヒェン」はめでたく閉じられることになる。

このようなストーリーを持つ『黄金の壺』は、同時代の他の作家のメルヒェンと次の点において大きく異なっていた。まず最もユニークなのは、当時のメルヒェンの常識を破って同時代の市民世界を舞台としたことである。枢密顧問官や文書官、大学の副校長が登場するメルヒェンというのは、前代未聞のことであった。この舞台設定が読者に与えた衝撃をわれわれが理解するには、たとえば律儀な市役所の課長、変人の県立図書館長、人の良い高校の教頭先生などが登場する「民話」を思い浮かべるのもひとつの方法であろう。

もうひとつ特筆すべき点は、当時のリアルな日常世界を途方もない神話と結合する際に、ホフマンが用いた巧みな手法であろう。どれほどユニークなアイデアであっても、単なる絵空事では読者を魅了することはできない。ホフマンはひとりの人物にふたつの顔を与えたり、不思議な出来事に現実的な装いを施す技法を用いてこの問題を克服した。このような物語技法は、素朴を旨とするメルヒェンには見られないホフマンの新機軸であった。

(2)『黄金の壺』最終章のトリック

実際、『幻想作品集』第三巻に収められたこの作品の評判は非常によかったらしい。ゲーテは蛇に惚れる青年に嫌悪を覚え、彼の意向を反映する「イェーナ総合文学新聞」は批判的な書評を載せたが、大多数の文芸紙は非常に好意的な書評を載せた。ゲーテ家の嫁オティーリエなども、ホフマンのファンになっている。(5)

たしかに『黄金の壺』は解りやすい図式と奇抜な構想を備えている。その中にあって唯一複雑な構成を示しているのが、「第一二の夜話」であろう。そこでは、「語り手」が登場人物の一人から招待状を貰って、その人物の家を訪問するという設定がなされており、ナラトロジーの観点から興味深い物語構造になっている。そしてこの部分の解釈が『黄金の壺』全体の理解に大きく関わっている。そこでこの部分に焦点を絞って、『黄金の壺』に隠された「仕掛け」を仔細に検討することにしたい。

「第一二の夜話」冒頭の副題には、次のような説明が付されている。

「文書官リントホルストの女婿となったアンゼルムスが移り住んだ騎士領についての報告と、そこで彼がゼルペンティーナと暮らしている様子——結び」(『黄金の壺』二五〇頁)

ところが、この説明に相違して、冒頭から「語り手」(Erzähler) と称する人物が、読者に向かって次のような趣旨の弁解を始める。すなわち、自分は「愛らしいゼルペンティーナと心から結ばれ、神秘に満ちた不思議な王国へ移住した学生アンゼルムスの至福を心底から感じていた」にもかかわらず、幾晩頭を悩ませても「アンゼル

(5)「イエーナ総合文学新聞」(Jenaische Allgemeine Literaturzeitung) におけるゲーテの関与については、Wistoff: Die deutsche Romantik in der öffentlichen Literaturkritik, S.139ff. に詳しい。この新聞の編集部が『カロー風の幻想作品集』とヴェルナーの『クニグンデ』をほめる書評を掲載しようとした時、ゲーテが「ヴァイマルとイエーナをそのような影響から遠ざけておくよう」に、指示を出したという記録がある。Sengle: Das Genie und sein Fürst, S.336 も参照。

ムスを取り巻く壮麗な情景を幾分なりとも表現することができない」というのである。
「語り手」が登場する手法自体は、この時代の文学に多く見られることであり、すでに第四章でもおこなわれていることであって驚くには当たらない。しかし、ホフマンはここで大胆なトリックを採用する。思い悩む「語り手」のもとに「文書官リントホルスト」から招待状が舞い込むのである。こうして物語は新たな次元を獲得する。すなわち「語り手」が「登場人物」の招待に応じてその館を訪ねることになる。「語り手」は用意されていた特製の酒を飲むことで、彼が何度試みても叶わなかった「アトランティスの情景」を目の当たりにする。アンゼルムスとゼルペンティーナとの出会いの場にも立ち会う。さらにありがたいことに、彼がその幻から目覚めると、彼が目にした情景がきれいに清書されて机上に置かれていた。「語り手」は大喜びするが、それも束の間、一転して身の不幸を嘆き始める。

「ああ、幸福なアンゼルムス、君は日常生活の重荷を投げ捨て、愛らしいゼルペンティーナへの愛の中で翼を拡げ、今やアトランティスの騎士領で至福と歓喜のうちに暮らしている！――だが哀れなこの僕は！――まもなく、そう数分後には、アトランティスの騎士領に及ばぬながらもすばらしいこの広間からあの屋根裏部屋に戻されてしまうのだ。貧乏暮らしにつきものの惨めなことがらが僕の心を占領してしまい、僕の眼は濃い靄のような災いで覆われてしまい、決してあの百合の花を見ることができないだろう。」（同上二五四頁）

リントホルストが「語り手」に次のような慰めの言葉をかけて、『黄金の壺』は閉じられることになる。

「あなたは今、アトランティスにおられたではないですか。あなたは少なくとも心の中の詩的な財産として、かの地にすてきな農場をお持ちではないですか。――そもそもアンゼルムスの至福とは、自然の神秘ともいうべき万物の調和が啓示される「詩の中での生活」（das Leben in der Poesie）にほかならないのです。」（同上二五五頁）

このリントホルストの言葉のあとに、「メルヒェンのおしまい」（Ende des Märchens）という言葉が置かれて、『黄金の壺』は閉じられている。

このユーモラスな結末をめぐって、これまでさまざまな解釈が試みられてきた。その中にあって、もっともユニークな解釈をおこなっているのがW・プライゼンダンツである。彼は『詩的想像力としてのフモール』（Humor als dichterische Einbildungskraft, 1963）において、作品末に置かれた「おしまい」という言葉は、ふつう理解されているような『黄金の壺』全体の「完」なのではないと言う。この「おしまい」は、アンゼルムスがアトランティスへ移住することで消え去る「メルヒェン的領域」（das Märchenhafte）の「おしまい」にすぎないのであって、「新しい時代のメルヒェン」そのものが完結したわけではないという。そして、「第一二の夜話」とは、メルヒェン的領域の完結部からはみ出た部分であると主張する。(6)

このような奇抜な主張を掲げた上で、プライゼンダンツは次のような解釈を提示する。すなわち最終章を除く一一章の内部において、「幻想的な相」（phantastischer Aspekt）と「日常的な相」（gewöhnlicher Aspekt）という互いに排除しあう異質な相が、二元的世界を形成していると。その二元性は、アンゼルムスの心の動揺に見られるように、「人物の内面」で交替したり、あるいは副校長という人物と日常的な相との結びつきに見られるように、特定の人物を一方の極に結びつける形で現れたりする。しかし、そのいずれの場合でも、登場人物には「現

（6）Preisendanz: Humor als dichterische Einbildungskraft, S.89-90を参照。以下も同頁。

実の両価性」（Ambivalenz der Wirklichkeit）の認識及び「人間の二重性」（Duplizität des Menschen）の認識は与えられず、したがってそれの克服もおこなわれないとプライゼンダンツは言う。その「両価性の認識」は、「メルヒェンのおしまい」の後でなされる語り、すなわち「第一二の夜話」という場において表現されるのだという主張が、プライゼンダンツの解釈の骨子である。彼は「第一二の夜話」を次のように位置づけている。

「アンゼルムスとゼルペンティーナの結婚、ヘーアブラントとヴェローニカの「湯気の立つスープ鉢を前にした婚約」によって、第一一の夜話の末尾において、二つの相の代表者たちはきれいに切り離されてしまっている。詩的フモールの中でのそれの仲裁、つまり両価性の認識と万物即ち一であるという理解は、さながら登場人物の背後において実現される。それは作家と読者のやりとりから生まれ、最終の第一二の夜話で完成される。そこでは主人公は「語り手」自身、舞台は六階の語り手の仕事部屋、時はまさに「第一二の夜話」執筆現場であり、ここでこれまでの一一の夜話の結末すなわち「メルヒェンのおしまい」が真の結末ではなく、いわばこじつけの決着であることが明らかにされるのである。」(7)

このうがった解釈の前提にあるのが、プライゼンダンツがホフマンの作品から抽出した「フモールの弁証法的構造」（dialektische Struktur des Humors）である。(8) その弁証法に照らしてプライゼンダンツの解釈を整理すれば、次のように要約できる。

〈1〉テーゼとしての「散文的現実」

＝『黄金の壺』の一一章におけるドレースデンの日常世界と日常的事件

〈2〉アンチテーゼとしての「イロニー」

＝激しい憧憬に駆られての日常の現実の否定、すなわち一一章で描かれる超現実的事件

〈3〉ジンテーゼとしての「フモール」
＝「現実の実体性に備わる真実」と「現実否定に含まれる真実」との媒介と止揚。すなわち「第一二の夜話」で完遂される、語り手による「現実の両価性」の認識とそれによる二元論の克服。

(3) 最終章で露呈したアポリア

プライゼンダンツが示した『黄金の壺』解釈は、三〇年以上を経た現在でも十分な説得力を備えている。その解釈は、結末の常套句にさえも特別な意味を読みとる点において機知に富み、また日常的側面と幻想的側面との弁証法的な止揚という解釈図式はすっきりしている。この点において、筆者もプライゼンダンツの説を評価している。しかし、この解釈の帰結として、ホフマンが「一八一四年三月の時点」で現実の両価性の認識に到達していたとする結論が導かれる点だけは、どうしても首肯しがたい。

筆者は、この点に関してプライゼンダンツが犯した論証手続き上の違反を指摘しておきたい。すなわち彼は、ホフマンを扱う章の冒頭において一八二〇年に書かれた『ブランビラ王女』の分析から「フモール」の弁証法を抽出し、それをほかの作品に適用する手続きをとっている。その弁証法を時期を遡って『黄金の壺』に適用した結果が、いま右に紹介した解釈である。

つまり、プライゼンダンツの『黄金の壺』解釈における問題点とは、後期ホフマン文学の鍵概念となる「二重

(7) Preisendanz: Humor als dichterische Einbildungskraft, S.103. 強調は引用者による。
(8) Preisendanz: Humor als dichterische Einbildungskraft, S.74.

性の認識」が、すでに『黄金の壺』の最終章で、「さながら登場人物の背後において」(**gleichsam hinter den Rücken der Figuren**) 表現されているという主張である。この主張は、『黄金の壺』執筆時のホフマンに「二重性の認識」が確立されていたという仮定を前提としている。しかし、筆者は多くの状況証拠からこの仮定を妥当とすることはできないと考えている。プライゼンダンツ説への反論も含めて、「第一二の夜話」で露呈する「新しい時代のメルヒェン」の問題性を明らかにしておこう。

F・マルティーニは『E・T・A・ホフマンの童話作品』という論考で、「アンゼルムスのアトランティス移住」について次のように述べている。

「はかない人間が通常この世界で得ることのできないものが、芸術家には与えられたかのようである。しかしこのことは次のことを意味する。――創作童話 (**Kunstmärchen**) は、民衆童話 (**Volksmärchen**) と違って、もう神話の客観性を帯びることはない。創作童話は、魔術的・創造的な言葉によって無条件にメルヒェンの王国に姿を変えることはなくなり、むしろ、詩人の美的空想という主観を手段とするアレゴリーの形をとった詩人の自己救済と化す。[…]『黄金の壺』の中で遂行される「救済のメルヒェン」は、「美的幻像」の空間にとどまっていて、そのことは語り手自身にもアイロニカルに実感されている。」(9)

マルティーニが創作童話一般に付随する問題としている現象は、『黄金の壺』のようなメルヒェン形式できわめて顕在化しやすいと考えられる。というのは、ホフマンの新機軸とは、すでに指摘したように、同時代の世界と途方もない古代の神話世界とを、作者の生きる都市空間内で巧みに衝突させる手法にあったわけである。ザクセン王国の首都ドレースデンを貫流するエルベ河畔に神話世界を開くというアイデアは、まことに奇抜で新鮮なものであった。

だがこのようにして開かれた異世界も、永続的に存在しうるものではなかった。アンゼルムスがゼルペンティーナの腕に抱き取られる時、神話世界もドレースデンから消え去る運命にあった。このように「選ばれた者」だけが体験しうる超越世界は、マルティーニが言うように、決して民衆童話に見られる「素朴な不思議」の範疇に属することができない。「新しい時代のメルヒェン」に残された可能性は、作家個人の「美的幻像（＝アトランティス王国）」の読者へのアピールか、不思議な世界をある思想の「アレゴリー（＝詩の中での生活）」として提示するか、そのどちらかしかなかったのである。

第一一章まで「現実世界」と「神話世界」とを巧みに溶け合わせてきたホフマンが、「第一二の夜話」において直面していた課題とは、まさにホフマン自身の「理想世界」を美的幻像として提示することであった。それがこの章の副題で予告されていたことであった。ここで求められていたのは、顧問官夫人になったヴェローニカの幸福を圧倒するような「神話世界の至福」の描写であった。それはまた、ノヴァーリスが『青い花』で描いていた「アトランティス王国」に匹敵することが望ましかった。

ところが、ホフマンはその課題を果たすことができなかった。（「すべての努力はむなしく終わった。」（二五〇頁））理想世界の創出に失敗したホフマンが編み出した苦肉の策が、「第一二の夜話」で実際に用いたトリックであった。すなわち、まず読者の同情を引き、次に『黄金の壺』で一番うまく描けた人物を登場させることで読者を煙に巻く。そして魔法という形を借りて、直接提出することがはばかられた「拵《こしら》えもののアトランティス」をそーっと差し出し、「アトランティス＝詩の中での生活」というアレゴリーまで添えて、童話劇に似た作品の幕を引いたのである。

（9）Martini: Die Märchendichtungen E.T.A. Hoffmanns, S.176.

このような決着のつけ方には、たしかに機知は含まれている。けれども、プライゼンダンツのように、この結末に「二重性の認識」が表現されていると見るのは、この作品を買いかぶりすぎることになる。この理由から、『黄金の壺』を作家ホフマンの代表作とする見解にも同意しがたい。ホフマンは、後に続く多くの作品において『黄金の壺』最終章で直面した問題と取り組み、最終的にきわめて興味深い解決法に至っている。そのことを考慮すれば、『黄金の壺』は、ホフマンが音楽批評から踏み出して、物語作家として立つきっかけとなった初期の成功作と見るのが適切であろう。

二　ユートピア像の不在

『黄金の壺』という作品の位置づけに関する筆者の見解は示した。しかし、なぜホフマンは理想郷アトランティスを直截に描かなかったのだろうか。この点が気にかかる。ところが、この問いは『黄金の壺』に限定される問題ではなく、ホフマンの全創作と彼の世界観全体に関わる大きな問題である。アトランティス描写の問題を念頭に置きつつ、この問いをより普遍的な形で考察する必要がある。すなわち、ホフマンの「美的ユートピア」とは、どのような世界であったのかということを明らかにする必要がある。

ホフマンが理想郷アトランティスを描けなかった理由について、マルティーニの指摘をもう一度思い出しておきたい。彼が指摘するように、「創作童話」はたしかに作家の個人的で私的な空想として読み捨てられる危険をはらんでいる。ところが、その危険を避けようとして作家が伝統的なモティーフに頼ると、今度は使い古されたトポスや陳腐なアレゴリーに接近することになる。ホフマンは、作品の前半では謎めいた超越世界の提示に成功している。ところが結末部において「アトランティス」という名を採用した結果、上述の危険を背負いこんでしまったのである。

もちろんホフマンも、ノヴァーリスがおこなったように、彼の理想郷を独自の筆致で描くことはできたはずである。おそらく彼は、第一二章執筆に際してそれを幾度も試みたことであろう。しかし、アトランティスを満足のゆく形に仕上げることはできなかった。苦肉の策として選んだのが、語り手が酩酊の中で見る「幻」（Vision）という体裁をとったアトランティスの提示であった。鮮やかな色彩と様々な楽器の音色が支配するアトランティスは、P・v・マットが適切に評したとおり、劇場の書き割りに似た「人工の楽園」（Paradis artificiel）そのものである。(10)

しかし、マルティーニが指摘した理由だけでは、ホフマンが理想郷を直接描かなかった理由を十分に説明したことにはならないだろう。たとえば、ノヴァーリスは『ザーイスの弟子たち』（Die Lehrlinge zu Saïs, 1798-1800執筆）に挿入した『ヒヤシンスとバラ』（Hyacinth und Rosenblüthe）において、民衆童話に匹敵しうる客観性を備えた創作童話を書いている。また、彼が『青い花』（Heinrich von Ofterdingen, 1802）で描いたアトランティスは、『黄金の壺』で露わになった問題を全然感じさせないのである。

このことはやはり、ノヴァーリスとホフマンの世界観や芸術観の根本的相違に関係していると考えられる。すなわち、ノヴァーリスが『アトランティス物語』で堂々と描いたユートピアは、ノヴァーリス個人の空想像でありながら、説得力をもって読者に訴えかけるだけの内実を備えている。創作童話であっても、すぐれた描写にはそれだけの客観性が備わるのである。それに対して、ホフマンがアトランティスを描けなかったのは、やはり彼

(10) Matt: Die Augen der Automaten, S.150ff. を参照。

の内に確たるアトランティス像が存在しなかったからだと推測するのが妥当であろう。すなわち、もしホフマンが芸術家としてであれ、一個の人間としてであれ、信ずるに足る超越世界のイメージを持っていたならば、たとえ主観的幻想と見なされようとも、その世界を「内面の真実」として描きえたと想像されるのである。

このような推測の間接的証拠として、ホフマンの著作に現れるユートピア像の特徴を挙げることができる。実際、彼の全著作を概観してみると、ホフマンに特定の超越世界に対する信仰といったものは存在しなかったように思われる。もちろん、「ユートピア像の不在」というこの仮説については、精密な検討が不可欠である。彼の作品に描かれる超越世界を取り上げて検証してみよう。

ホフマンが「超越世界」や「異世界」を描いている作品は数編ある。『くるみ割り人形』において、くるみ割り人形がマリーを案内するお菓子の国は「コンフェクトブルク」と呼ばれている。『見知らぬ子』という童話には、「妖精の国」が描かれている。『小人ツァヘス』にも、「ジンニスタン」という名の妖精の故郷が描かれている。『ブランビラ王女』には、作中物語として「ウルダルガルテン」という太古のユートピアが登場している。『蚤の王』では、登場人物たちの前世の国として「ファマグスタ」が登場する。また「理想郷」とはいささか性格が異なるが、『悪魔の霊液』において呪いと救済の源とされる「キリスト教的彼岸」も超越世界のひとつに数えることもできよう。

このように多くの超越世界が描かれている事実は、一見、ユートピア像の不在という筆者の仮説と矛盾するかに見える。ところが、これら六つの世界を仔細に検討してみると、その逆の結論に辿り着くように思われる。すなわち、ホフマンがそれらの作品で描いた超越世界に共通する「理念」や「象徴性」を探し求めても、ホフマンのユートピアを象る特徴を見いだすことができないのである。

その事情を言い換えるならば、ホフマンは作品に応じて超越世界を描き分けているが、そこに描かれた世界はホフマンが抱く理想世界の表現ではなく、それぞれの物語が要求する結末を形象化した世界でしかない。H・デムリヒも『黄金の壺』、『くるみ割り人形』、『ブランビラ王女』に描かれるユートピア的世界が、ユートピアに相応しい要件を欠いている事実を指摘している。特に『黄金の壺』のアトランティスには「個人的救済」を越えた「社会空間」のヴィジョンが形成されていないこと、ユートピアの到来に対する確信が存在しないことを指摘しているが、それは筆者の見解と合致している。(11)

ホフマンがこれらの超越世界や異世界を書いた動機について考察を進めると、次のような推測が妥当なように思われる。すなわち、ホフマンは特定の理想を表現するために「超越世界」を作品世界に導入するのではなく、むしろプライゼンダンツが指摘するように、彼が承服できない「現実世界」に対抗する勢力としての「別世界」を創造するのである。つまり、ホフマンには現実とは異なる世界、複数形で表現される「別世界」(**andere Welten**)に対する強い欲求が存在したが、心から信仰できる理想世界としての「ロマン主義の王国」(**das romantische Reich**)のイメージはなかったと考えられる。ホフマンが初めて「ユートピア」を描く必要に迫られた「第一二の夜話」執筆時に直面したのは、この事実であったと考えられる。

「超越世界」と同様のことが、「キリスト教的彼岸」についても言えるだろう。けれども、このことはホフマンの「宗教観」全般に関わる話であるから、本題からはずれることになるが、ここで別個に検討を加えておきたい。――ホフマンがある種の宗教的感情を持っていたことは、彼が日記にしばしば「神がうまく計らって下さいますように!」(**Quod deus bene vertat!**)という祈りの言葉を書きつけていることから十分に推測される。(12) また彼が多くの作品において、「キリスト教の祝日」を物語の発端に置いていることも、その推測を補強してくれる。

(11) Daemmrich: Wiederholte Spiegelungen, S.156-159を参照。
(12)『日記』一一四頁(一八一一年一月一九日)の例が、日記での最初の使用例と思われる。同じ祈りの言葉が一九三、二二一、二三〇頁にも見られる。

すなわち、ホフマンが宗教を否定する無神論者でなかったことは確かであろう。では彼がどの程度篤い信仰心を抱いていたのかと問うと、それほど篤い信仰心は抱いていなかったという結論が妥当かと思われる。最も宗教色の濃い作品は、『悪魔の霊液』という長編と『誓願』（Das Gelübde, 1817）という短編であろうが、ホフマンがそこで描いているのは、宗教的情熱や信仰心の問題というよりは、むしろ信仰の形をとった「人間的情熱」や「魂の深淵」の問題である。

ホフマンは過酷な運命に翻弄される中で、人智を超える力の存在を信じるようになったが、それは運命を司る「神」（Gott）であったり、様々な局面に介入してくる「霊」（Dämon）であったりする。ホフマンが信じる「超越原理」（das höhere Prinzip）は、ノヴァーリスのヴィジョンとして現れる理想世界とも、アイヒェンドルフが頼りにするカトリック信仰とも異なる、「宿命」に似た性格を帯びている。

A・ベガンは『ロマン的魂と夢』（L'âme romantique et le rêve, 1937）において、そのようなホフマン的「超越世界」を次のように特徴づけている。興味深い特性描写なので少し引用しておきたい。

「ホフマン的亡霊たちは、人間の生活に巻き込まれている場合と同様に夢の中でも、遠い国の住民ら特有の奇妙な様子で、住んでいる未知の空間から現れて、われわれの世界になだれこむのだ。彼らの眼差しや態度、そして彼らの振る舞いの滑稽なあるいは恐怖を与える異常性は、地上の世界では型破りであるが、彼らが常に住んでいる「名前のない故郷」においては、まったく純真に見えるに違いない。この名前のない故郷を目指す、ある郷愁がホフマンを惹きつけるが、これはティークやノヴァーリスを、幼年時という黄金の時代や、宇宙の古代的調和が再建されるであろう未来の時期や、堕落以前の時代に向かわせる郷愁に匹敵する。しかしこの点にこそ、ホフマンと彼のお気に入りの詩人たちとの大きい差異が現れている。彼においては、来るべき新しい楽園への願いや、この祝福された第二の時代を創造しようと欲する魔術的努力はどこにも現れていない。」(13)

筆者がホフマンの信じる「超越原理」と呼ぶものを、ベガンは「名前のない故郷」という比喩で表現している。その世界の存在はホフマンの精神にとっては自明である。ところが、その世界の内実はホフマンの意識にとっても「見知らぬ世界」でしかない。その世界は、ホフマンが作った世界ではなく、ホフマンの精神に働きかけてくる世界である。ベガンが言うように、ホフマンは、人類の「幼年期」にも、個人の幼年期にも、あるいは現世の「彼岸」にもその世界を措定することができない。「別の世界」は、目に見えない形ではあるが、この世界と同時に存在しているのである。

ベガンはまた、ホフマンのユートピアとの関連において、ホフマンは「人間の集団が漸進的に救済されてゆくことをまったく信じていない」とも述べている。[14] だが筆者はこの見解に対しては異論がある。ホフマンの「社会観」に関しては、ほかの研究者にも同様の誤解が見られるので、第Ⅱ部においてホフマンの社会観の変化を追うことにしたい。

(13) ベガン(小浜・後藤訳)『ロマン的魂と夢』五〇六頁。強調は引用者による。
(14) ベガン『ロマン的魂と夢』五〇七頁を参照。

三　狂気の中のユートピア

（1）ロマン主義者の悲惨な運命

さて、ホフマンはメルヒェンの舞台に「同時代の日常世界」を選ぶことで、独自のメルヒェン形式を創造した。それはまた「メルヒェン」というジャンルを「幻想小説」に接近させることになった。ここで短編小説に目を転じ、ホフマンがそこで描く私的なユートピアの問題を取り上げることにしたい。

まず最初に『黄金の壺』と対照をなす短編『砂男』（Der Sandmann, 一八一五成立）において、主人公が作り出す「理想世界」を見ることにする。この短編は、主人公ナタナエルが大学生であること、市民の娘クラーラと理想の恋人オリンピアの間でディレンマに悩むという設定において『黄金の壺』と似ていながら、全く対照的な結末を示している点、また成立時期が近い点において、ホフマンのユートピアを論じる際に避けて通れないものである。作品解釈は第Ⅲ部でおこなうので、本節ではナタナエルがオリンピアのそばに見いだした「理想世界」、彼ひとりが漂う私的なユートピアの描写のみを取り上げる。

「ナタナエルはかつて愛していたクラーラという女性の存在すら忘却してしまっていた。母親もロータルも皆、彼の記憶から消え失せていた。彼はひたすらオリンピアのために生きていた。毎日何時間もオリンピアのそばにつきっきりで、自分の愛や生き生きと燃え立つ共感や心の親和力について夢想し、オリンピアはそれらすべてを敬虔に拝聴していた。」（『砂男』三五七頁）

オリンピアは、「ああ！　ああ！」とか「さようなら、あなた！」といった片言しか話さない。ところがナタナエルには、この言葉が「永遠の彼岸における精神生活の認識と愛で満たされた内面世界の真の象形文字」として響く。彼はまた、この無口な女性に彼の「全存在を映し出し」、彼の心を清め、照らしだす「愛の星」を認めている。幻想に囚われたナタナエルは、精巧に作られた自動人形に盲目的な愛を捧げる。『黄金の壺』冒頭にも、これと似た場面が存在する。初めて緑蛇を目にしたアンゼルムスが、木の幹に抱きついて大声を上げ、通行人に狂人呼ばわりされる場面である。ふたりの主人公はよく似た体質を持っていると言えよう。

ところが、『黄金の壺』と『砂男』の結末には決定的な分裂が見られる。メルヒェンではない『砂男』では、アンゼルムスに用意されていた超越世界が与えられていないのである。『砂男』にも、「砂男」という民話的存在が登場しているから、何らかの不思議な世界が開かれても良かったはずであるが、ナタナエルの愛は報われることはない。それどころか、作者ホフマンは、ナタナエルを「ロマン主義的恋愛」の高みに飛翔させておいて、そこから真っ逆様に地上に叩き落とす。つまり、彼が結婚を申し込みにオリンピアを訪問すると、オリンピアが機械人形であることがグロテスクな仕方で暴露される。目玉をなくした恋人を目にしたナタナエルは、狂気の発作に襲われてしまう。

『砂男』ほど残酷な形は取らないが、主人公の青年が「ロマン主義思想」に熱狂した結果、現実を認識する感性を失い、精神的な闇の中に引き籠もってしまう話は、ホフマンの「芸術家小説」にもよく見られる。その代表作が、一八一六年に書かれた『Gのイエズス教会』(**Die Jesuiterkirche in G.**)である。——主人公の風景画家ベルトルトは、イタリアで手堅い写実的絵画の修行に励んでいた時、謎の老画家によって「高次な自然」の描出を目標とするロマン主義絵画を教えられ、「自然の模写」でしかないそれまでの画風を捨てる。彼はロマン主義絵画の表現法を求めて苦闘するが、なかなかそれを会得することができない。ところがある日、彼の眼の前に彼が夢で見ていた女性が出現する。ベルトルトはこの女性の姿を得て、ついにすばらしい宗教画を完成する。その後、ある事件がきっかけになって、彼はその女性を暴徒から救い出し、彼女を妻にしてドイツに戻る。彼女は人間としてすぐれているにもかかわらず、日常生活の中で芸術的「聖性」を失ってゆく。芸術的霊感の源を喪失したベルトルトは再び絵が描けなくなり、絶望のあまり精神に異常を来す。そうこうする裡に彼の妻と子が行方不明になり、人々はベルトルトが妻子をあやめたのではないかと疑う。——

この作品では、画家ベルトルトが自らの芸術の理想像と見た女性が、血肉を備えた人間として現れることによって、主人公の「理想」が破壊される結果に終わっている。ホフマンはこの作品において、ロマン主義芸術における理想像の役割を示す一方で、ロマン主義的熱狂と「欺き」との近似性も暗示している。

『砂男』や『Gのイエズス教会』で主人公が自らの周囲に作り出す理想世界に注目すれば、その一方は、理想の恋人と二人で産み出す「ロマン主義的な愛」(romantische Liebe)の世界であり、他方は、夢の中に見た理想を芸術によって表現するという「ロマン主義的芸術の理想」(romantisches Kunstideal)の世界と規定できよう。ところが、ロマン主義者であるはずのホフマンは、卑俗な日常世界を捨て去ってロマン主義的世界へ参入した彼らを、「狂気の世界」へ墜落させてしまう。ただし、この点が微妙かつ重要なのであるが、ホフマンは、自動人形に惚れ込んだナタナエルや生身の女性に理想像を見たベルトルトを、決して冷笑的に描いているわけではない。ホフマンは、「ロマン主義」に魅せられたために精神の闇に陥った人物を笑ったり、諷刺する意図は持っていない。われわれ読者は、これらの作品に現れた矛盾とも見えるホフマンの考えを、どのように理解すればよいのだろうか。なぜナタナエルやベルトルトは、幸運なアンゼルムスとは違って「狂気の世界」へ送り込まれてしまうのだろうか。この問題をさらに掘り下げて検討してみよう。

(2) ロマン主義的狂気の真実

「狂気」という主題を中心に据えた短編『隠者ゼラーピオン』(Der Einsiedler Serapion, 1818)は、独立した物語として書かれたものではない。ホフマンが出版者ゲオルク・ライマー(Georg Reimer)の誘いに応じて第三作品集を出す際に、「枠物語」をつけることを計画し、その枠物語の要《かなめ》として一八一八年末に書き下ろしたのである。この枠物語については第Ⅳ部で詳しく扱うので、ここでは『隠者ゼラーピオン』に限定して話を進める。

枠物語で描かれる作家のひとり、ツュプリアンが旅先で会った奇妙な隠者の話を始める。――彼は南ドイツのバンベルク近郊の山で道に迷った時、山中で隠者の庵を見つける。山を下りてから村人に事情を尋ねると、この隠者はかつて優秀な外交官であったP伯爵という人物だという。「彼の書くものは、燃えるようなファンタジー、深淵をも透視するような特別な精神に満たされていた」（『隠者ゼラーピオン』一九頁）とあるように、文才にも恵まれた人物でもあった。ところが今、P伯爵は自分が神の恩寵によって殉教からよみがえった紀元四世紀の聖者ゼラーピオンであって、テーベの荒野に庵を結んでいるという妄想に支配されている。事情を飲み込んだツュプリアンは、いささかの精神医学の知識を恃んでP伯爵を正気に戻そうとふたたび庵を訪れる。彼は、人間が千年も生きられないこと、周囲をよく見ればここがテーベではなくドイツであることは明らかだと隠者に説く。老人はツュプリアンの話を黙って聞いていたが、おもむろに「荒野の聖アントニウス」の例を持ち出し、ツュプリアンを時々自分を誘惑に来る悪魔の一人と決めつける。そしてツュプリアンの理性的説得に対抗して、同じ「理性という武器」を用いて見事な反論をおこなう。ツュプリアンは、狂気の老人が展開する正確な論理とその主張に込められた深い知恵に感服し、小賢しい治療を試みた自分を恥じる。

すっかり降参したツュプリアンに向かって、隠者は自分が今朝「見た」出来事を語って聞かせる。

「ゼラーピオンはひとつのノヴェレを語った。それは機知に富む、炎のようなファンタジーに恵まれた詩人だけが構想し、叙述しうるたぐいの語りであった。すべての人物がくっきりとした形姿と燃えるような生命を得て立ち現れ、私はその魔力に捉えられ、夢の中にいる時のように、ゼラーピオンが本当にこれらすべてを（テーベ

の）山頂で見たのだと信じざるをえなかった。」（『隠者ゼラーピオン』二六・二七頁）

弁論と詩の才に恵まれた狂人を支える「狂気の正当化」の論理は、ホフマンの「想像力観」を理解する上できわめて重要である。長くなるが、その箇所を引用する。ゼラーピオンは昨日交わしたというアリオストとの対話をツュプリアンに披露する。

「ちょうど昨日、アリオストが自分の想像力が産み出した像について語り、現実の時空内に存在したことのない人物と事件の創造に成功したと言った。私はそんなことは不可能だと否定した。詩人が特別な予言の才能によってはっきりと見るものを、自分の頭脳という狭い空間に閉じこめようとするのは、高次の認識が欠如しているからだという私の見解に、アリオストも承服せざるをえなかった。」（同上二六頁）

この箇所ではいかにもドイツ人らしい理屈が展開されている。この隠者の難解な主張を整理してみると、次のようになる。

〈1〉隠者が「見た」と称する出来事は、「アリオストの訪問」を含めすべて彼の妄想の中での出来事である。

〈2〉架空の対話の中で、アリオストが「すばらしい虚構世界の創造体験」を語ったという。

〈3〉隠者はアリオストの主張を否定する。そのような素晴らしい「創造」を、人間の「頭脳の産物」とみなす見解を否定するのである。この時、隠者は「詩人の想像力の独創性」に一切価値を認めない見解に与しているかに見える。

〈4〉しかし続きを読むと、隠者の主張はまさにその正反対であり、彼はアリオストの主張の不徹底性を非難していることが判明する。隠者ゼラーピオンの過激な主張を引用すると、次のような発言が得られる。

「私の眼前ではとても不思議なことがいろいろ起こる。皆はそれを信じがたいことだと考え、それは精神と空想の産物として形を取ったものを、私が勝手に外界で起こったことと妄想しているのだと言う。私はそんな考え方は小賢しいたわごとにすぎないと思う。そもそも、私たちの周囲の時空内で起こることを把握しうるのは、ひとり精神だけではないか。私の中で聞き、見、感じる者とは何か。それは眼とか手などという命のない機械であって、精神ではないとでもいうのか。〔…〕私たちの眼前の出来事を把握するのが、ひとり精神のみであることが分かれば、精神が「起こった」と認めたことは、実際に起こったことだと言えるのだ。」（同上二六頁）

〈5〉　すなわち隠者ゼラーピオンの主張とは、精神の認識力に「絶対的信頼」を寄せる極端な「精神万能主義」であることが判明する。

さて、この隠者の主張に筋が通っていることは、われわれも認めざるをえないだろう。外界の事象を認識するのは、目や耳ではなく、そこから送られてきた情報を総合的に判断する「精神」であるという主張は合理的である。ところが、この隠者の場合には、彼の主張を正当化するための大前提が失われている。すなわち、「内面像」と「外界の出来事」を識別する能力が、彼の精神から失われているのである。その結果、ゼラーピオンは、空想像と現実の出来事を同一範疇で認知するという状態に陥っている。そのせいで、幻のダンテやアリオストの訪問も、現実のドイツ人の訪問も、同様の現実感を伴って体験される。そして、隠者はそのような暮らしを神の恩寵として楽しんでいる。

いったいホフマンはこの奇妙な隠者の話をどのような意図から書き下ろしたのであろうか。この問いに対する筆者の理解は次のとおりである。——隠者ゼラーピオンの姿に表現されているのは、『黄金の壺』最終章の末尾で言及されていた「詩の中での生活」（das Leben in der Poesie）の一形態である。ホフマンは、『黄金の壺』執筆時には、「詩の中での生活」のアレゴリーとしてアトランティスの幻像しか提示できなかった。今、彼は『隠者ゼラーピオン』によって、初めて納得のいく「詩の中での生活」を提示しえたのである。

枠物語では、この狂人の物語は聞き手たちに不快感を引き起こす。しかし、しばらくするとこの狂気の隠者に対する評価は反転する。ゼラーピオンはこの文学サークルの「守護聖人」（Schutzpatron）に任命され、彼の精神を模範とする「ゼラーピオン原理」（Serapiontisches Prinzip）が提唱される。この原理については後の第四章で詳しく考察するが、文学サークルの守護聖人として「狂気の詩人」を祀ったことには、深い意味が込められている。

（3）「狂気の楽園」対「みじめな現実」

ここまでの考察の道筋をおおまかに要約してみる。まずホフマンが『黄金の壺』によって開拓した新しいメルヒェン形式の特徴を紹介し、次にその最終章に内在するユートピア描写の問題性を指摘した。続いて短編小説『砂男』、『Gのイエズス教会』の例によって、ロマン主義者が狂気へ落ち込む道筋を指摘し、前節では『隠者ゼラーピオン』によって、ロマン主義者が陥る狂気がホフマンの想像力観にとって本質的な要素であること、またホフマンがその狂気を必ずしも否定的形象として描いているわけではないことを明らかにした。

その考察によって明らかにしえたことは、ホフマンはロマン主義的志向を強く持つ芸術家であるが、決して盲目的なロマン主義者ではないという事実である。このことは、今なお残るホフマン像に修正を迫るものである。たしかに、ホフマンの作品世界はほとんどいつも現実世界の枠を超え出てゆく。彼が描く主人公は、普通の市民生活や貴族生活の中で泣いたり笑うだけでなく、「現実世界」そのものから離れていってしまう。その点において、ホフマンは「真正ロマン主義者」であったといえる。しかしその一方で、ホフマンは、想像力の力によって現実世界を自由自在に改変しうるとする「魔術的観念論」(magischer Idealismus)を信奉してはいない。ノヴァーリスは興味深い知的思弁によって魔術的観念論を提唱したのであるが、ホフマンは思弁の力による「現実の変容」を信じてはいない。むしろ変わりえぬ現実を離脱する想像力の飛翔体験の方を重視したように思われる。その点において、ホフマンはノヴァーリスよりも現実的であったといえる。自己の超現実的体験を肯定する一方で現実の強固さも承知している作家が自分の理想を表現する際に得た形象が、「狂気の楽園」に住む人物であったと結論づけられるだろう。

ホフマンの同時代人ゲーテは一八二九年頃に次のような定義をおこなっている。

「健康なものは古典的であり、病めるものはロマン的である。」(Klassisch ist das Gesunde, romantisch das Kranke.)(15)

しかしどうしてホフマンは、ゲーテが讃える「健康なもの」に眼を向けることができなかったのか。あるいは次世代の「詩的写実主義」(poetischer Realismus)の作家のように、「生活の中の詩」(die Poesie im Leben)をおのれの文学の原理とすることができなかったのか。ホフマンは、なぜ彼が暮らす国で積極的に活動する人々の物語を書けなかったのか。『スキュデリー嬢』などの作品を見れば、彼に写実的創作の才能が備わっていたことに疑いの余地はないのである。

この問いに対するH・クラフトの見解は、非常に説得力がある。クラフトは『歴史性とイリュージョン』

(15) Goethe: Schriften zur Kunst, S.1047.

（Geschichtlichkeit und Illusion, 1979）という論文において、上に引用したゲーテの言葉を取り上げた後に、次のような問いを提出する。

「健康なものが既に存在していたのなら、何がそれを病めるものに対して、あれほど抵抗力の弱いものにしたのだろうか？」[16]

ゲーテ自身もこの問いに満足のゆく答えを返すことは困難だろう。彼が讃える「古典的なもの」は、当時のドイツの現実世界には存在せず、ただ少数の人文的素養を持つ人たちの理念として存在したにすぎなかったし、「健康な精神」は現実から目を背けた所にしか見出せなかったのであるから。

上の問いに続けて、クラフトは、ホフマンに代表されるロマン主義文学の意義を次のように捉えている。

「ロマン主義は、経験した現実を描くための自分流の描出法を見出した。そしてロマン主義芸術が挫折した場合においても、その挫折の原因というのは、ロマン主義の芸術的成果を産み出したものと同じものであった。すなわち、その芸術の成功と挫折の客観的原因とは、現実の中に潜む病めるもの（das 'Kranke' der Wirklichkeit）であった。」[17]

またH・マイアーも『ホフマンの現実』（Die Wirklichkeit E.T.A. Hoffmanns, 1958）という論文において、次のように述べている。

「（当時の）ドイツの現実は、ホフマンの描写において、きわめて反精神的で反芸術的なものとして現れている。

[…]この国では芸術の完成は不可能であり、愛の成就も同様である。[…]」[18]

この二人の研究者は、ホフマンが生きた時代のドイツ社会が「健康なもの」を描くための要件を欠いていたという歴史的事実を指摘している。ゲーテは「古典的なもの」と「ロマン的なもの」を「理念」として同列に置いた上でその優劣を断じているが、クラフトは「ロマン的なもの」が産み出されてきた必然性を指摘して、ゲーテの比較方法の不適切性を明らかにしている。

プライゼンダンツも、ロマン主義者たち、とりわけホフマンが現実のドイツを肯定的に描かなかった理由を一般化して次のように述べている。すなわち、ホフマン文学の主題とは、「人間と外界との間に、外界が強制する関係以外の形が可能なのか、もしそうならばどの範囲においてか?」という可能性を探求することだというのである。[19] この見解も、ロマン主義が生まれてきた動機を明らかにする重要な指摘と思われる。

しかし、なぜロマン主義者たちが一世代前の古典主義者たちと異なり、健康的な古典的理念を旗印にして社会を導く道を取りえなかったのかという疑問は依然として残されている。この問いに答えるヒントは、ホフマンたちロマン主義者が生きたドイツの時代状況に隠されていると思われる。理念は現実とは無関係に存在を主張することはできないのである。そこで次章では、ホフマンの「生い立ち」の紹介を兼ねて、彼が作家になるまでの経歴を素描してみよう。

(16) Kraft: Geschichtlichkeit und Illusion, S.138. 強調はクラフト自身による。
(17) Kraft: Geschichtlichkeit und Illusion, S.138. 強調は引用者による。
(18) Mayer: Von Lessing bis Thomas Mann, S.210f..
(19) Preisendanz: Humor als dichterische Einbildungskraft, S.50.

第二章　ホフマンが生きた現実

ホフマンが生きた一七七六年から一八二二年にいたる半世紀は、ドイツ文学史上「疾風怒濤」、「古典主義」、「ロマン主義」の時代とされているが、その時代のプロイセンは、暗君フリードリヒ・ヴィルヘルム二世ならびに優柔不断な同三世の治世であり、フランス革命に続く戦争、ポーランド分割、ナポレオンによる占領、解放戦争など、戦乱続きの状態であった。多くの市民同様、ホフマンも王国の政治にはほとんど関心を持たない人間であったが、激動の時代にあって否応なく世の混乱に翻弄されることになった。

一　幼年期から司法公務員時代まで（一七七六—一八〇六）

一七七六年一月二四日、ホフマンはプロイセンの旧都ケーニヒスベルク、フランス通り二六番地に弁護士の三男として生まれた。[20] 次男が早世していたので、両親が離婚する際の調停により、二人の男の子は一人ずつ引き取られた。父親が長男を引き取り、母親が当時二才のホフマンを引き取ったのだが、実家に戻った母親は鬱ぎ込んで彼の世話を放擲したので、祖母、独身の叔母ヨハンナ、同じく独身の伯父オットーが養育に当たった。伯父はうだつの上がらない退職公務員で几帳面な性格だった。ホフマンは肌の合わない伯父に苦しんだが、彼自身がこの伯父にずいぶん質《たち》の悪い悪戯もしている。

孤独な少年期を送るホフマンの唯一の友は、一〇才の時に知り合ったヒッペルであった。二人は当地で一番良い学校に通っていた。母方のデルファー家に官吏が多かったことから、ホフマンも一七九二年春ケーニヒスベルク大学に入学し法学を学ぶ。新入生はカントの講義を聴講する慣習になっており、ホフマンも聴講したが、「全く理解できない」と公言していたそうである。彼が無味乾燥な「哲学的思考」に批判を加えていることや、後に『ゼラーピオン同人集』でカント派の学者を諷刺していることを考え併せると、ホフマンは、哲学、論理学、倫理学など、当時流行の観念論哲学を好まなかったようである。(21) しかし、彼が理屈に弱い芸術家肌の人間だったわけではない。ホフマンは職を得るための手段と割り切って法学をまじめにこなし、余暇をピアノ、作曲、絵などの稽古事に当てている。知人たちの証言を読むと、非常に頭の切り替えの早い人間だったようである。

三年半の学業を終えたホフマンは、一七九五年七月に最初の公務員試験に合格する。この頃、ドーラ・ハットという人妻との不幸な恋愛を経験しているが、一七九六年六月にその関係を一応清算し、もう一人の伯父ヨーハンが勤めるグロガウの裁判所で実習生として働く。その後一七九八年には、ヨーハン伯父の娘ヴィルヘルミーネ（＝ミンナ）と婚約し、六月には第二試験に合格し、八月には栄転した伯父に随いてベルリンの大審院に勤務している。楽しいベルリン生活を享受した後、一八〇〇年に第三試験に合格し、ポーゼンの高等裁判所へ司法官僚として配属されている。(22)

ところが、ポーゼンでの勤務がホフマンの「躓きの石」となる。一八〇二年春のカーニヴァルに催された仮面

---

(20) ホフマンの生涯の概観には、巻末の［ホフマン年譜］を参照していただきたい。ホフマンの生家や学校の様子は、Helmke: E.T.A. Hoffmann, S.7-18を参照した。

(21) ホフマンの生涯の親友ヒッペルの興味深い証言も参考になる。『同時代人の証言』一六頁以下を参照。また『手紙』第一巻五二頁、『ゼラーピオン同人集』一六頁も参照。

(22) ホフマンの「三度のベルリン生活」の詳細は、第Ⅳ部第一章でまとめて紹介する。またホフマンの勤務先としてよく現れる「高等裁判所」は、一八〇八年以前のプロイセンの呼称で "Regierung" と呼ばれていた。『手紙』第三巻一〇七頁を参照。

舞踏会で、同僚たちが企てた悪戯に加担し、当地行政府の幹部ツァストロフ将軍らの戯画を描いたのである。このことが露見して、ホフマンはプロックという辺境の小都市へ左遷される。ヒツィヒやヒッペルの証言によれば、旧ポーランド地区に配属された多くの公務員同様、この頃のホフマンは飲酒と女遊びの悪習に染まっていたらしいが、この事件もその現れと言えるかもしれない。(23) ホフマンはこのこともあってミンナとの婚約を解消し、ポーゼンで親密になっていた美しいポーランド娘ミヒェリーナ・ローラー(=ミーシャ)と結婚している。(24)

退屈な町プロックで二年間冷飯を食わされた後、一八〇四年春にようやくワルシャワへの転勤が叶う。翌年には娘ツェツィーリアが生まれ、ワルシャワの音楽愛好家たちと音楽協会を作ったり自作の演奏などもおこなって、幸福な一時期を迎えている。

二　失意のベルリン・バンベルク時代(一八〇七―一八一三)

ワルシャワでの楽しい生活も束の間、一八〇六年秋にナポレオン軍がプロイセンへ侵攻したことによって、彼の人生は再び変調をきたす。ホフマンが配属されていた「南プロイセン高等裁判所」(südpreußische Regierung)が一八〇六年一一月に閉鎖され、ワルシャワもフランスの支配下に入ってしまう。プロイセン政府の官僚たちは、フランス政府への臣従を宣誓するか辞職するかの選択を迫られる。ホフマンは後者を選び、職を失った上にワルシャワからの退去を命ぜられる。

一八〇七年一月に妻子をポーゼンの実家に避難させたホフマンは、同年六月に単身ベルリンに赴く。しかし失業公務員がうごめく首都には、就職のチャンスはなかった。一八〇七年八月には、妻の重病と一人娘ツェツィーリアの逝去という悲報も届く。おそらくこの時、ホフマンの精神的、経済的状況は、彼の生涯で最悪のものであっただろうと推測される。[25] 一八〇七年八月末、苦し紛れに「音楽監督を引き受けます」という新聞広告を出す。いくつかの就職話が壊れた後、翌年四月にようやくバンベルクの劇団との話がまとまる。ホフマンは、念願の音楽監督への第一歩を踏み出す機会を得たのである。一八〇八年六月、ベルリンを発ったホフマンは妻のいるポーゼンを経由して任地へ向かう。二人が由緒ある大司教座にして、バイエルン王国に編入されたばかりの古都バンベルクに到着したのは、一八〇八年九月一日であった。

ホフマンはゾーデン伯爵という人に招聘されてバンベルクに来た。ところが当地に着いてみると、彼を招聘した伯爵は劇場経営をクーノという男に譲ってしまっており、しかもディトマイアーというコンサートマスターが劇場の楽団員を束ねていて、ホフマンは招かれざる客という雰囲気であった。はたしてホフマンの危惧は早くも彼のデビューにおいて現実のものとなる。一〇月二一日、バルトンのオペラ『ゴルコンダの女王アリーヌ』がデビュー公演だったが、歌手もコーラスも楽団もひどい演奏をして、観客が怒り出す始末であった。[26] ホフマンはたった二度指揮をしただけで職務からはずされてしまう。ただ契約上「音楽監督」（Musikdirektor）の称号だ

(23)『同時代人の証言』五九頁および六九頁を参照。
(24)『手紙』第三巻二八頁の結婚の公示を参照。
(25) この時の窮状については、第Ⅳ部第一章第三節（2）の引用を参照されたい。
(26) この演目はホフマンにとって因縁深いものである。スポンティーニのベルリンでのデビュー作（一八二〇年八月三日、国王の五〇回目の誕生祝いの上演）も、『ゴルコンダの女王アリーヌ』であった。その時は、ホフマンがひいきにしていた女優ヨハンナ・オイニケがアリーヌ役を演じている。ホフマンは『蚤の王』で、「アリーヌ」という名前の「美少女」と「醜い老婆」を登場させているが、前者のモデルをオイニケ、後者のモデルをバンベルク公演でアリーヌ役を演じたフライシュマンと見ることができそうである。

けは残してもらった。ホフマンはこの件について多くを語っていないが、この時の屈辱を生涯忘れなかったことは、手紙などから窺うことができる。(27)

誰一人として知人がいない「外国」の小都市では、仕事を探す当てはなかった。かといってベルリンに戻っても、仕事にありつく見込みもなかった。ホフマンは仕方なく土地の名士の娘たちの歌の家庭教師、劇場の舞台装置係、新曲の批評の「音楽新聞」への投稿、ピアノや楽譜の委託販売など、思いつくかぎりの仕事をして生活する羽目になる。貴族や裕福な市民の家に出入りし、生活のために辞を低くし、屈辱に耐える経験もしたようである。

ホフマンの事実上の処女作となる『騎士グルック』（Ritter Gluck, 1809）とそれに続く連作短編『クライスレリアーナ』（Kreisleriana, 1810/14）は、このような失意と苦境の中で、ライプツィヒで発行されていた『総合音楽新聞』（Allgemeine Musikalische Zeitung）への掲載を目的として書かれた作品である。これら最初期の作品に見られる痛ましいまでに傷ついた魂の表白が、ロマン主義作家ホフマンの出発点となった。『騎士グルック』は、第Ⅳ部で詳しく論じるが、ベルリンで苦しんだ一八〇七年のホフマン自身を描いた物語であった。一方『クライスレリアーナ』では、バンベルクで経験しつつある芸術家としての誇りと屈辱を怒りと皮肉を込めて描いている。

たとえば『クライスレリアーナ』一の一番には、生活の糧を得るために神聖な音楽を市民の社交場で演奏するピアニストの

「ウンディーネ」の楽譜の前に立つクライスラー
ホフマンによる挿絵（1815）

苦悩が描かれている。彼は芸術を理解する心を持たない市民の前で、猿回しの猿のようにピアノ芸を披露する。『クライスレリアーナ』二の四番には、本物の猿が片手で二オクターブを弾き、後ろ足も使ったアクロバティックな演奏で市民の喝采を博する様子が、皮肉を込めて描かれている。また『クライスレリアーナ』一の三及び一の六では、市民道徳の視点から、「芸術的感動がはらむ危険性」や「娯楽としての音楽の有用性」がアイロニカルに説かれる。これら音楽エッセーの基調をなす激しい「イロニー」(Ironie)は、屈辱的な生活で傷ついたホフマンの憤りの表現であった。

ホフマンは音楽監督ヨハネス・クライスラーを次のような人物として造型している。

「ヨハネスはまるで波立つ大海に放り出されたかのように、彼の内面の形象と夢想によってあちらへまたこちらへと駆り立てられていた。彼は、それなくしては芸術家が何一つ創作することができない、あの心の安らぎと快活さとを保証してくれるような港を、むなしく探し求めているようであった。」(『クライスレリアーナ』二五頁)

憧れと苦悩の間を揺れ動くクライスラー像は、後にO・シュペングラーによって、「近代音楽家」の先駆的表現として称揚されることになる。(28) たしかにクライスラーの姿は、現代人が抱く音楽家のイメージの原型をな

---

(27)『音楽資料』八二・八三頁を参照。また先の注に紹介したように、バンベルク劇場でアリーヌを演じたフライシュマンを醜い老婆に描いたところに、ホフマンの恨みの深さが窺われる。

(28) シュペングラーは、ミケランジェロが大理石という素材と取り組んだ仕方を論じる中で、注の形で次のように述べている。「E・T・A・ホフマンの音楽監督クライスラー像のことも指摘しておきたい。この人物は、ファウスト、ヴェルター、ドン・ファンと並ぶファウスト的芸術家である。」また「当時、特に一八世紀ドイツには本当の音楽文化が存在した。その典型が、ホフマンの音楽監督クライスラーだった。」とも述べている。Spengler: Der Untergang des Abendlandes, Bd.1, S.352f. とS.363を参照。

している。芸術に対する熱狂に全霊を傾ける人、社会的規範に拘泥せずひたすら芸術のために生き、そのために社会的に不遇である芸術家、インスピレーションを得て一夜にして書き上げた曲を翌朝には惜しげもなく廃棄してしまう芸術家。現代人が抱く「芸術家像」の原型は、ホフマンによって産みだされ、その後フランスにおいて育まれたそうである。

ホフマンが描いた芸術家像は、ドイツにおいて多くの反撥を呼び起こした。H・シュラッファーの研究に従えば、ゲーテやその同時代人クロップシュトックらが、一八世紀末のドイツ社会に定着させようと努めた芸術家像は、「英雄としての詩人」というイメージであった。ふたりは首尾よくその目的を達し、ゲーテは生前に「文壇の王」（Dichterfürst）という名声を得ている。他方、ノヴァーリスやヘルダーリンが作中で讃えたのは、古代からの伝統に連なる「予言者としての芸術家」像であった。(29) これらの詩人像と比べると、ホフマンが創造した芸術家像は、その高邁さや格調において見劣りすることは否めない。けれども、激しい葛藤や市民社会との衝突に苦悩する姿が、近代芸術家が辿る運命を先取りして表現していたのである。そしてそのクライスラーの姿とは、バンベルク滞在中のホフマンその人の美化された自画像であったと言えるだろう。

三　ドレースデン・ライプツィヒでの音楽監督時代（一八一三―一八一四）

（1）音楽監督の「詩と真実」

バンベルクでの生活は、富裕階級への「寄生生活」に近いものであった。その生活に転機をもたらしてくれたのは、『クライスレリアーナ』や楽曲批評などの定期的寄稿を通じて繋がりができていた、ライプツィヒの『総合音楽新聞』編集者ロホリッツだった。ホフマンは彼の斡旋によって、ドレースデンで興行するオペラ劇団の

「音楽監督」の職を得る。

四年半にわたる屈辱的生活と訣別したホフマンは、一八一三年四月二一日早朝、新たな希望に燃えてバンベルクを立ち、二五日にドレースデンに到着する。しかし、劇団はその時はライプツィヒで公演をおこなっていた。ホフマンはライプツィヒへ来るように指示されるが、ちょうどその時、ロシア皇帝とプロイセン王が駐屯していたドレースデンにナポレオン軍が急迫していて、ライプツィヒへの道は閉ざされていた。五月二〇日になってようやく禁足が解け、ホフマン夫妻はライプツィヒに向かう。ところが、その途上馬車が転覆して妻が頭に傷を負い、同乗者には死者まで出た。ホフマン夫妻が劇団に合流したのは、バンベルク出発から一月以上経った五月二三日であった。休む間もなく五月二五日夜にオペラ『黒い城館』（Das schwarze Schloß）を指揮したホフマンは、無事に新しい劇団でのデビューを果たす。ところがその一〇日後、団長のゼコンダが経営不振を理由に劇団の解散を言い出し、団員の反対によってかろうじて解散を引き延ばす有様だった。戦争の危険をくぐり抜けてはるばるライプツィヒまで来たあげく、破産に瀕した劇団を眼にしたホフマンの落胆はいかほどであったことだろう。

だが運命はホフマンを見捨てなかった。ドレースデンにいたゼコンダの兄から思いがけぬ朗報がもたらされる。ドレースデン宮廷劇場（Hoftheater）で公演をおこなう許可が得られたのであった。劇団一行はあわただしく荷造りをし、九台の馬車を連ねてドレースデンに向かった。これによってひとまず解散の危機を免れたのである。

ホフマンは、六月二七日、ザクセン王国の首都の劇場で指揮をする栄誉を得ている。(30) 最初の演目は、ホフ

(29) Schlaffer: Epochen der deutschen Literatur in Bildern, S.114-131 を参照。
(30) ザクセン選帝侯国は、一八〇六年にプロイセンを裏切りフランス側についた褒美として、ナポレオンによって一八〇七年に「王国」に格上げしてもらっていた。実状はさておき、由緒ある宮廷劇場で指揮できることを、ホフマンは次のように誇らしげに語っている。「パエールが『サルジーノ』初演の指揮をした場所で僕が同じ作品を指揮できたことは、少なからず不思議に思われた。」（『手紙』第一巻三九五・三九六頁）

マンの愛するモーツアルトの『ドン・ファアン』（Don Juan）であった。こう書けば、ホフマンの栄光と感動はいかばかりかと誰もが想像するだろうが、現実はそう甘美なものではなかった。ホフマンの当夜の日記には次のように記されている。

「極度の金欠――悲惨な気分――ひどいオーケストラ――事がうまく運ばないことの責任を私になすりつけるゼコンダと口論――奴は粗野なロバ野郎だ――逃げ出したい気分――『ドン・ファアン』の惨めな上演（Miserable Darstellung des 'Don Juan'）」（『日記』二二四頁）

ドレースデンは、ロシアとプロイセンが反攻に立ち上がった一八一三年三月から、総勢五〇万人が戦った「ライプツィヒ近郊での大会戦」で両国が決定的な勝利を得る一〇月一八日までの半年間、両勢力の攻防拠点となっていた。この間、ドレースデンの占領者はくるくると替わり、宮廷劇場の観客も戦況に応じてフランス軍将校であったり、プロイセン軍将校であったりした。戦闘は市外でおこなわれていたが、砲撃、銃撃、手足をもがれた負傷兵や戦死者の姿を見ることは日常茶飯事となっていた。ホフマン自身も、あやうく砲撃の直撃を免れたり、銃撃を受けるといった経験をしている。彼は、死が日常となったドレースデンにおける解散寸前のオペラ劇団の指揮者という悲喜劇的な状況下で、九ヶ月にわたってオペラの指揮を続けた。その頃の仕事ぶりの一端を、一八一三年八月二二日の日記に見ることができる。

「早朝、町中がただならぬ動き――軍隊があわただしい活動――夜に上演される『タウリスのイフィゲーニェ』の最終プローベをやっとのことで終える。プローベの最中に、ロシア・プロイセン軍が急接近しているので、すべての市門と要塞が閉鎖されるという噂が入る。［…］夕方頃、落ち着いてきて『イフィゲーニェ』が上演でき

た！　その後、急いでザントにあるわが家からモーリッツ通りへ避難。」（『運命の三ヶ月』、『遺稿』三二五頁）

ホフマンは、このように不安定な状況下にあって、新しい演目を上演するために、昼はプローベ、夜は本番という厳しいスケジュールをこなしている。(31)　それだけではなく、バンベルク時代から進めていたフケーのメルヒェン『ウンディーネ』（Undine）をオペラ化する仕事も断続的におこなっており、九月三日には「第一幕」の作曲を終えている。さらにそれ以外にも、バンベルク時代にクンツと出版契約を交わしていた処女作品集『カロ風の幻想作品集』に収録する作品を書いている。八月一六日には『磁気催眠術師』（Der Magnetiseur）を完成し、一〇月二五日には『詩人と作曲家』（Der Dichter und der Komponist）を書き終え、一一月二六日に『黄金の壺』の執筆に着手している。ロシア・プロイセン連合軍の勝利によってドレースデンが最終的に解放された一一月以降には、『総合音楽新聞』に載せる『教養ある青年に関する報告』（Nachricht von einem gebildeten jungen Mann）や『自動人形』（Die Automate）も書いている。年が改まった一八一四年には『黄金の壺』を書き継ぎ、二月一五日には妻特製のパンチで『黄金の壺』の草稿完成に祝杯を挙げている。ドレースデンに来てからの一年間、ホフマンはバンベルク時代のうっぷんを晴らすかのように、精力的に音楽と文学に取り組んでいる。

ところが、苦しいながらも充実した芸術活動は、またしても不幸な事件によって暗転する。『黄金の壺』完成から一〇日後の二月二五日にその事件は起こる。この日の夜、一座は『旅芸人』（Die wandernden Schauspieler）というコミカルなオペラを上演したのだが、当夜は寒さが厳しくまた進行も遅れたので、ホフマンがその状況を判断し、歌手とも相談して、アリアを一曲省いたらしい。ところが、団長のゼコンダがそれを厳しく咎め、ホフ

（31）宮廷劇場では、ホフマンたちの劇団とイタリアの劇団が交互に出演する形になっていた。イタリア劇団の演目は四、五作品に限られていた。逆にホフマンの劇団は、次々と新しい演目を舞台に載せていった。『手紙』第一巻三九五頁を参照。

マンを罵ったことがきっかけで激しい口論となった。[32]翌日、ゼコンダは一二週間の猶予付きの「解雇」をホフマンに通告する。ホフマンは過労のせいで胸部と四肢の激しい痛みに襲われ、またゼコンダへの腹立ちもあって、それ以後の指揮をすべて拒否している。こうしてホフマンの二度目の「音楽監督」時代は突如幕を閉じる。

この事件の後、ホフマンは病床にあって創作に力を注いでいる。三月四日にはベッドの中で『黄金の壺』の清書を終えているが、その夜にはもう『悪魔の霊液』(**Die Elixiere des Teufels**) の着想を得ている。この時期のホフマンの微妙な心境は、三月一四日の日記に窺える。

「私はゼコンダとの間で起こったこの突発事の結末に慣れてきた。だがそれにもかかわらず、ある種の精神的不安を振り払うことができず、それが私をひどく苦しめ、特に私の創作を困難にしている。—これからいったいどうなることやら！—時折、勇気が萎えてしまい、そんなとき私は自分自身に絶望する。」(『日記』二四九・二五〇頁、強調は引用者)

このあと事実上の失業状態に入ったホフマンは、『ウンディーネ』第二幕の作曲と『悪魔の霊液』前半の執筆とを並行して進めている。[33]また待望の『カロー風の幻想作品集』第一巻・第二巻が、この年の復活祭の「書籍市」(**Buchmesse**) で発売されている。[34]

後代のわれわれが見た場合、ドレースデンでの音楽監督の経験は悪いことばかりではない。『魔笛』、『ドン・ファン』、『後宮からの誘い』、『タウリスのイフィゲーニェ』をはじめ、数十曲のオペラを指揮することで指揮者としての経験を積んでいる。オペラ『ウンディーネ』の作曲もおこなっている。『黄金の壺』など幾つかの作品を書き加えて、処女作品集の出版にもこぎつけている。けれどもこれらの業績は、ほとんど暮らしの支えにはならなかった。右の日記に見られるように、ホフマンの強靱な精神力が衰えるとき、彼はおのれの前途に開いた深淵に戦慄し、絶望に駆られるのであった。『黄金の壺』の清書を完成した当夜に『悪魔の霊液』の構想を得たという事実は、ホフマンの精神に生じていた著しい亀裂を象徴しているように思われる。芸術家としての自信が高まってゆく一方で、劇団長との諍い、心身をむしばむ苦労、将来に対する不安が、ホフマンの心の闇を一段と濃くしていたと考えられる。

(2) 思いがけない復職

途方に暮れるホフマンに幸運な出会いがもたらされるのは、一八一四年七月六日のことである。親友ヒッペルがスイスでの休養を終え、マリーエンヴェルダー高等裁判所の副長官の職に赴く途上、ライプツィヒへ立ち寄ったのである。ヒッペルに一四ヶ月ぶりに遭遇したホフマンは、またしてもこの友人の好意にすがる。(35)

「六日・七日――記念すべき二日間！　六日に突然ヒッペルがライプツィヒに現れた！――昔のままの奴だった！――ベルリンでの就職について即座に承諾してくれた――金《きん》の懐中時計などをくれた［…］」（『日記』二五三頁）

(32) この事件に関する情報は、『手紙』第一巻四四八頁、『日記』四五二頁および Safranski: E.T.A.Hoffmann, S.333 を参照。
(33)『悪魔の霊液』第一部を五月五日に完成している。『手紙』第一巻四五四頁では、筋の展開を音楽に例えて説明している。
(34)『カロー風の幻想作品集』初版は四巻に分けて出版された。当時の本の出版は、春秋二回の「書籍市」に合わせておこなわれることが多かった。第三巻は一八一四年秋の「ミカエルの日」(Michaelis＝九月二九日) 用に出版され、第四巻は一八一五年の「復活祭」(Ostern) 用に出版された。Förster: 160 Jahre E.T.A. Hoffmann- Forschung, S.89 を参照。
(35) ホフマンは一八一三年四月二六日、リンケ温泉で九年ぶりにヒッペルに出会っている。しかしその時はこれから音楽監督に就くところだった。一年後の再会の際には状況は一変していた。『日記』二〇一頁、『手紙』第一巻四七四頁を参照。

ゼコンダの劇団を馘首になって四ヶ月、自由芸術家暮らしの辛さが骨身に沁みていたところに現れたヒッペルは、まさに救いの天使、ホフマンの表現によれば「暗雲を破る一条の陽射し」であった。ホフマンは七月七日にヒッペルの助言に従って「ヒッペル氏宛の復職嘆願書」をしたため、当人に渡している。旧友の尽力が実り、幾度かの交渉の後、一〇月一日付でベルリン大審院に「無給の仮採用」の条件で勤務することに決まる。それはホフマンが希望した暇なポストではなかったが、少なくとも彼を底なしの不安から救い出してくれるものであった。

こうしてホフマンは一八一四年九月二四日にザクセン王国を離れ、二六日にプロイセン王国の首都ベルリンに到着する。このときホフマンは三八才になっており、ワルシャワで職を失ってから八年の歳月を経ていた。その後、数ヶ月の仮採用期間を経て正式に復職が叶う。一八一五年七月には、ジャンダルメン広場に面した一等地に立派なマンションを借り、一八一六年四月には、正式に「大審院顧問官」(Kammergerichtsrat) に任命されている。それからしばらくの間、運命はホフマンに微笑む。一八一五年から一八二二年までの暮らしは、ベルリンを舞台にした作品を考察する第Ⅳ部冒頭で紹介することにし、音楽監督ホフマン、作家ホフマンを産みだし、彼のロマン主義的芸術観・世界観を刻印した自由芸術家時代の紹介を終えることにする。(36)

第三章　ユーモア作家への道

一　クライスラー的葛藤の克服

第二章で見たように、ホフマンは厳しい流浪生活の中で作家としてデビューしている。これまで取り上げた作品は、『隠者ゼラーピオン』を除けば、すべてこの時期に執筆されたか、その時代の体験をテーマとするものであった。第一章で提示したような、「狂気の楽園」か「みじめな現実」かという否定的な選択肢しか持たない人間が直面するディレンマ――このディレンマを「クライスラー的葛藤」という言葉で要約する――が、この時期のホフマン文学の中心的主題となっている。(37) 前章で紹介したように、ホフマンを含む一七七〇年代生まれのロマン主義世代の作家たちは、青春期を戦争の混乱の中で過ごしている。彼らの暮らしぶりは身分や資産などによって様々であったが、一八〇〇年頃のドイツには、社会の未来に希望や理想を抱く基盤がほとんど存在しなかった。卑俗な現実を否定するロマン主義が広まった社会的要因として、このような閉塞した政治的現実を挙げることができるだろう。

さて、厳しい運命に翻弄されたホフマンの生活を見ることで、自由芸術家時代のホフマンが現実を肯定的に評

(36) これに続くベルリン時代の生活については、第Ⅳ部第一章第三節を参照されたい。

(37) この用語は決してクライスラー像が持つ多面的特徴を無視するものではない。後に用いる「ゼラーピオン的狂気」との対比によって、バンベルク時代のホフマンの精神状況を簡潔に特徴づける呼称とご理解いただきたい。

価できなかった理由も、おおよそ納得できたと考える。そこで再び『隠者ゼラーピオン』に立ち返って、第一章で中断した考察の結論を導くことにしたい。

ツュプリアンは、その隠者が幸福な狂気の中で安らかな死を迎えたことを報告し、彼の体験談を終える。聞き手の一人ロータルは、このような狂人に一旦激しい嫌悪感を表明するが、なにやら調べものをした後、突然自分の見解を翻し、隠者ゼラーピオン＝P伯爵の存在を評価し始める。ホフマン晩年の想像力観を示す重要な箇所なので、少し長くなるがロータルのP伯爵評を引用する。

「ツュプリアヌス君、君が会った隠者は、真の詩人（ein wahrhafter Dichter）だった。彼は自分が告げたものを現に見ていた。だからこそ、彼の言葉は人の心を捉えることができたのだ。気の毒なゼラーピオンよ、君の狂気とは他でもない、ある悪しき運命が君から二重性の認識（Erkenntnis der Duplizität）、それによって人間のこの世の存在が規定されている二重性の認識というものを奪ったことによる。内面世界は存在する。それを明瞭に、躍動する生命の完璧な光彩の中で見る精神の力もまた存在する。しかし、人間を封じ込めている外界が、人間精神を動かす梃子（Hebel）の役目を担うというのが、この世のわれらの定めなのである。それゆえ、内面世界の現象は、外界の現象が人間の周囲に描く圏内でしか現れえず、われわれの精神は、明瞭な像を結ばぬ漠然とした神秘的予感の中でしか、その圏外へ飛翔することができないのである。」（『隠者ゼラーピオン』五四頁、強調は引用者）

この人物評は、次章で「ゼラーピオン原理」を考察する際にも参照するが、想像力観との関連で重要な点は、ホフマンが「究極のロマン主義作家像」として隠者ゼラーピオンを創造し、彼こそは「真の詩人」であると認定する一方、その隠者の「狂気」の性質を詳細に分析し、彼に欠けていた認識に興味深い名前を賦与している事実である。

ロータルは、P伯爵の狂気の原因を、人間理性に備わるべき「二重性の認識」(Erkenntnis der Duplizität)が失われたことに見ている。そのことを説明する際に、「人間精神」と「外的現実」との関係は、次のように認識されている。すなわち、人間精神は「漠然たる予感の中でしか」外界が築いた圏域を脱出できないとされている。この見解は、ホフマンがかつて『黄金の壺』執筆時に望んだこと、「ユートピア」や「超越世界」の完璧な姿を見て写し取る可能性を否定するものである。

むろん右の引用を見れば、ホフマンが精神に加えられた制約を否定的に捉えていることは明白である。にもかかわらず、ホフマンはここにおいて、外界が精神に課す制約を全面的に否定する道は「狂気の中」にしかないと確認するに至っている。そして、これが最も重要なことであるが、ホフマンは、この苦い認識を受け入れることによって、長年の課題であった「クライスラー的葛藤」を克服する道を発見したと考えられるのである。もちろん、このような認識に至る道程は単純なものではなかった。さまざまな傾向を持つ作品の存在がその何よりの証拠である。けれども、紆余曲折、試行錯誤の中で次第にひとつの認識が形成されていったと考えられる。この認識の持つ意味をさらに考察してみよう。

ホフマンの新たな認識によれば、人間にはすばらしい「内面世界」とそれを見る「精神力」が賦与されている。しかし、その精神は、身体を含む客観的外界という檻に押し込められてしまっているという。精神はおのれを拘束する外界と緊張関係に陥り、人間はその緊張状態に「引き裂かれる存在」としてあり続ける。多くの人は、内面世界を放棄することでその緊張を解消してしまう。それは、ホフマンの言葉で言えば「俗物」(Philister)への道である。逆に、「魔術的観念論」に見られるように、人が自らの精神を恃んで外界を「恣意」(Willkür)によって改変すると、ゼラーピオンのような状態に陥ることになる。ロータルは、そのような狂気――これを「ゼラーピオン的狂気」という言葉で表現する――の様態を次のように説明する。

「隠者よ、しかし君は外界というものを定立しようとしなかった。君は、この隠された梃子、君の裡に作用する力を見なかった。ものを見、聞き、感じ、行為と出来事を把握するのはただ精神（Geist）のみであると、それゆえまた精神が事実だと認めたことはすべて実際に起こったことであると、恐ろしいほどの明敏さで君が主張した時、君は、外界が身体内に呪縛された精神を思いどおりに知覚作用へと強いることを忘却していたのだ。愛すべき隠者よ、君の人生とは絶え間ない夢（ein steter Traum）であった。きっと君は痛みを感じることなく来世で目覚めることができたことだろう。」（『隠者ゼラーピオン』五四・五五頁、強調は引用者）

先に「クライスラー的葛藤」という言葉で表現した状態とは、「俗物」か「ゼラーピオン的狂気」かという二者択一の前であがき苦しむ事態にほかならなかった。ホフマンは、クライスラーを創造した時点では、まだここで明らかにした結論に到達していたわけではなく、漠然とした形でこのディレンマと向き合っていたと推測される。その当時クライスラーが直面していた危険は、足下に開いた「深淵」（Abgrund）という比喩によって表現されていた。ホフマンは、今、その「深淵」の本質を明確にすることで、「クライスラー的葛藤」を克服する可能性を見いだしている。その可能性を表すキーワードが「二重性の認識」である。

二　精神の二重性の認識

ホフマンが人間精神との関係で「二重性」（Duplizität）という言葉を用いるのは、一八一八年執筆の『劇場監督の奇妙な悩み』（Seltsame Leiden eines Theater-Direktors）が最初であると思われる。(38) すぐれた演劇論を含むこの作品において、ある俳優が、舞台での演技中に生じる特殊な状態を説明する際に、この言葉を用いている。そこでなされる説明を引用してみる。

「彼（＝俳優）が言うには、舞台のまぶしい照明のせいで観客の表情も見えないし、彼自身そちらを見ようともしていないのだが、恐ろしい場面などでは、恐怖と戦慄にこわばった観客の顔が見えることがあるらしい。そんな時には、彼自身、演技をしながらぞくっと戦慄が走るのがわかるらしい。すると、この戦慄の中で役の人格が彼の内部で精霊のように目覚め、彼ではなく、その精霊のような人格が演技を続けるというのだ。もちろん、その間も彼自身の自我の意識ははっきりしていて、その人格を観察し、制御しているというのである。」（『劇場監督の奇妙な悩み』六三八頁、強調は引用者）

俳優の言葉を借りてなされるこの説明は、ホフマンが精神の「二重性」という言葉で、どのような精神状態をイメージしているのか、具体的に教えてくれる。それは『ゼラーピオン同人集』におけるロータルの抽象的な説明を明確なイメージで補ってくれる。(39)

ホフマンはその後、色々な作品において「二重性」と関連する比喩形象を頻繁に使用するようになる。『ブラ

（38）筆者の調査の結果であり、もっと早い使用例がある可能性は排除できない。
（39）「二重性」の説明が「演劇」との関わりでなされているのは、偶然ではなかろう。後にフリードリヒ・シュレーゲルも『言語と言葉の哲学』（一八二八・二九）で、同様の言及をすることになる。たとえば、『ドイツロマン派全集第一二巻――シュレーゲル兄弟』二八四頁を参照。

ンビラ王女』（Prinzessin Brambilla, 1820）では、「慢性二元論」（chronischer Dualismus）という言葉が初めて使われ、それは人が二重性に至る過程で罹る「眼の病」であるとされる。その主症状は「深刻な事柄が滑稽に、滑稽な事柄が深刻なことに見える結果、しばしば不安と立ちくらみにおそわれる」（『ブランビラ王女』三一三・三一四頁）点にある。またこの「慢性二元論」を説明するために、「二つ頭の王子」（Doppelprinz）という別の比喩も利用される。この比喩はホフマンのオリジナルではなく、一八世紀の物理学者にして作家であったリヒテンベルク（G.C. Lichtenberg, 1742-1799）からの借用である。下半身がくっついたシャム双生児の姿を借りて、次のような説明がなされている。

「一方の王子が悲しんでいれば他方が陽気になり、片方が座ろうとすれば他方が走りたがるというように、二人の好みが一致することがなかったのだ。［…］二人は交差状態でものを考えるので、彼の頭に浮かんだことを、本当に自分が考えたことなのか、それとも彼の双子の兄弟が考えたことなのか、明確に認識できなかったのである。これこそまさに真の紛糾というべきであろう。」（『ブランビラ王女』三二二頁）

さらにもうひとつ、二重性に至る過程を説明する重要な比喩として「分身」（Doppelgänger）という形象も用いられる。[40] ホフマンは「分身」の比喩を用いて、「二重性の認識」を「フモールの獲得」へと導き出すことに成功している。その箇所を引用してみよう。

「あなたのおっしゃることを正しく理解したとすればの話ですが、ウルダルガルテン国の住民にもたらされた「ウルダルの泉」（Urdarquelle）とは、われわれドイツ人が考えるフモール（Humor）のことでしょう。それは、自然の深い観照から生まれた思考の不思議な力のことで、自分のイローニッシュな分身（ironischen

Doppelgänger）をこしらえ、そいつの奇矯な茶番芝居（Faxen）を見て、おのれの茶番芝居と――私はこの大胆な言葉を手放さずにおきたいのですが――地上の全存在の茶番芝居を認識し、それを楽しむ力のことなのです。」（同上二五八頁、強調は引用者）

ここで取り上げた「二重性」という鍵概念、そこに至る過程で現れる諸現象を表す「慢性二元論」・「二つ頭の王子」・「分身」という概念・比喩形象などから、ホフマンがイメージする「人間精神」のきわめて独特な構造が浮かび上がってくる。すなわち、彼が認識した人間精神とは、当人でさえも明確に識別できぬ「二つの主体」から構成されるものである。ホフマンがその早い晩年の作品において読者に伝えようとしたのは、人間が「二重の組成からなる存在」であるという認識である。

ホフマンはさらに、西洋近代の自我観に囚われている人には受け入れ難いこの認識への到達過程を、一八世紀の文学以来優勢になりつつある「フモール」（Humor）の認識過程と重ね合わせることが可能だと考えている。(41) ホフマンの考える「二重体」という人間観については、第Ⅱ部においてさらに詳しく明らかにする。

（40）ホフマンは「分身」という語を現在用いられる "Doppelgänger" ではなく、"Doppeltgänger" と表記している。

（41）ホフマンの想像力との関連においてフモールの役割を考察する研究は幾つも出されているが、ここで試みたような、「想像力」、「フモール」、「人間観」という三者の対応関係を論証する考察は、筆者の知る限り、これまでなされていない。

三　ホフマンの想像力観の帰結

われわれは、ホフマンの「想像力観の変遷」過程を巡る長い考察を『黄金の壺』から始めた。この作品がホフマン創作の基本的構図を確立したことを考慮したからであった。この作品を検討する中で、『黄金の壺』末尾で描かれるユートピアの問題性を明らかにした。それはひとつの作品の決着を越えた問題であった。すなわち、ホフマンは超越世界が現実世界へ侵入してくる場面は描けるのだが、メルヒェンの大団円で提示すべき理想世界の像を所有していなかったのである。(42)

短編小説に目を転じると、ホフマンが『黄金の壺』で讃えた「詩の中での生活」を真摯に目指した主人公たちが、悲惨な結末を迎える例が多く見られた。彼らはロマン主義的恋愛観、ロマン主義的芸術観の要請に従って、卑俗なもの、平凡なものの領域を去って、高次な世界への飛翔を試みる。しかし、その結果は多くの場合「狂気の世界」への突入でしかなかった。これらの例は、ホフマン自身が『黄金の壺』のハッピー・エンドが孕む問題性を自覚していたことを示している。

ところが、ホフマンはこの問題を克服する道をなかなか見いだせなかった。彼が『ゼラーピオン同人集』の枠物語でその問題を乗り越える認識を提示するのは、『黄金の壺』から五年後のことである。そこでホフマンが示す「人間の二重性」という認識及びそこで得られた想像力観が、ホフマンの創作につきまとっていた「ユートピア」の問題に決着をつけることになった。ホフマンは、人間の内面に宿るユートピアは予感の中でしか顕現しえないこと、それを直截に描き出すことは不可能なことを明らかにし、それらの制約を避けがたい条件として受け入れることになる。このように見ると、『ゼラーピオン同人集』編集時点のホフマンは、『黄金の壺』執筆時点のホフマンから二重の意味で遠ざかっている。ひとつは、内面の理想世界に対する激しい「熱狂」の放棄である。

もうひとつは、外界を否定して自分だけの幻想世界の絶対性を主張する態度の放棄である。

以上で三章にわたった想像力観の変容過程の考察を閉じることにする。第四章ではホフマンの創作理論の特徴を紹介し、ここで明らかにした想像力観と創作理論の対応関係を示すことにしたい。

(42) 作品ごとに大団円の機能が異なっていることは言うまでもない。『くるみ割り人形』と『蚤の王』については、第Ⅲ部でおこなう作品解釈で筆者の読解を示すことにする。『王様の花嫁』、『見知らぬ子』の考察は、本書の構成上の理由から割愛せざるをえない。

第四章　ホフマンの「創作理論」の考察

ホフマンが明確な「創作理論」（Poetologie）を持っていたという見解は、研究者の間でもまだ必ずしも定着したものではない。ホフマン自身が唱えた創作手法さえも、長いあいだ真剣に受け止められずに放置されてきた。研究者たちが先入観に囚われて、ホフマンの創作に隠された思想や緻密な構成に注意を払わなかったこと、ホフマンが創作メモをほとんど残していないため、彼の創作理論と作品との間の深い関連性に目が向けられなかったことなどがその理由であろう。実際、ホフマンは、ゲーテやシラー、ノヴァーリスやシュレーゲルと違って、自分の文学に関する構想や下書きを僅かしか残していない。日記や手紙に残る短い記述から分かることは、彼が構想段階の作品について抽象的な言葉で説明することを避けている事実である。後ほど具体的に引用するが、ホフマンは出版者に宛てて作品の構想を語る時でさえ、その構想に相手を喜ばせるような脚色を施さずにはおれないようである。

けれども、創作ノートを残していないことを理由に、ホフマンを思いつきの幻想を書き殴った作家と見なしてきたことは大きな誤りであった。すでに生前において、ホフマンは批評家たちからそのような中傷を浴びせられていた。ホフマン自身も『ゼラーピオン同人集』の中で、興奮した神経が産み出す空想からまともな作品を産み出すことが不可能であることを明言し、批評家たちの不当な中傷に対してきっぱりと反駁をおこなっている。(43)

ホフマンは、ドイツ人にしては珍しく、概念や理屈を用いて語ることの非芸術性を自覚した作家であった。彼にとっては作品の出来映えこそが重要であり、作者の意図を抽象的な言葉で説明することは好まなかった。その気になれば、彼がいくらでも論理的に語れる人間であることは、『クライスレリアーナ』収録の音楽論文を見れば分かる。それで納得できない人でも、判事E・T・W・ホフマンが書いた「殺人犯ダニエル・シュモリングに関する鑑定書」（一八一八）を一読すれば、その緻密な論証に目を見張ることであろう。(44)

ホフマンは、彼が生前編集・出版した三つの作品集の内、二つの作品集の冒頭に「序文」に該当する短編を書き下ろし、そこで自分の創作の基本姿勢を語っている。それは処女作品集『カロー風の幻想作品集』の冒頭の短文『ジャック・カロー』（Jaques Callot, 1813）で表明した技法と、『ゼラーピオン同人集』の冒頭で提唱される創作原理である。前者は、ホフマン自身の表現を用いて、「カロー原理」ではなく、「カロー風」（Callots Manier）と呼ばれている。後者も、ホフマンの用語を踏襲して「ゼラーピオン原理」（Serapiontisches Prinzip）と呼ばれている。本章ではこの二つの創作技法ないし創作原理に込められたホフマンの創作観の特徴を明らかにする。

一　「カロー風」の独創性

（1）ホフマン文学のモデル

『カロー風の幻想作品集』には、ふたつの序文が置かれている。そのひとつは、出版者クンツが営業上の配慮からジャン・パウルに書かせた「前口上」（Vorrede）であり、もうひとつが、右に言及した『ジャック・カロー』

(43)『ゼラーピオン同人集』二五三・二五四頁を参照。
(44)『司法書類』九〇―一二〇頁を参照。

（Jaques Callot, 1813）という「自序」である。(45) この「自序」の記述を順に検討してみたい。

ホフマンはまず一七世紀の版画家カローの版画（『聖アントニウスの誘惑』）を取りあげ、カローへの語りかけの形をとって、無数の形象を限られた空間に描き込む技巧をほめている。

「あなた（＝カロー）の、無数の異質な要素からなる構図群をじっと見つめていると、幾千もの人物が次第に命を得て、はじめは気づかぬほどの背景深くから、力強く自然な風合いを帯びて輝きだしてくる。」（『ジャック・カロー』一二頁）

次に美術評論家がカローの版画に見られる構図や光線の処理法の不自然さを指摘していることを取り上げ、そのような些末な粗探しを批判する。

「そもそも彼（＝カロー）の芸術は絵画の規則を越えているのである。あるいはこういった方が良いだろうが、彼の描いたものとは、彼の活発なファンタジーの魔法が呼び出した、奇妙で不思議な諸現象を映しだすものなのである。」（同上）

すでにこのあたりから、カローの弁護がホフマン自身の作風の擁護と重なり始めている。ホフマンは、本来ロマン主義とは無関係なカローに対して、「ロマン主義的」という形容辞を用いる。

「日常生活から採られた最も月並みなもの、彼が描いた農民たちの踊りと、鳥のように木の枝に止まってその伴奏をする楽士の姿ですら、ある種のロマン主義的独自性の微光に包まれて描かれている［…］」（同上）

ホフマンは、カローがおこなう、人と獣を混淆する技法も高く評価する。

「人間の特性を動物のそれと交錯させることで、人間のみすぼらしい営みを嘲笑するイロニーは、深い精神の持ち主にのみ宿っている。だからカローの人獣混淆からなるグロテスクな形象は、洞察に秀でた真剣な鑑賞者には、奇矯さのベールに隠されている秘密の暗示を明かすのである。」（同上）

早くもここにおいて、ホフマンの人間観の鍵概念のひとつである「イロニー」（Ironie）の独特な用法が見られる。「イロニー」とは、洞察力に秀でた人のみに与えられた能力であり、高次の精神的視点から人間の本質を冷ややかにしかも的確に見抜く能力である。ホフマンはここで、イロニーを理解する人は「道化」や「奇形」など、奇妙な形象がもつ深い意味も理解できると述べている。カローの版画が示すイロニーの好例として、『聖アントニウスの誘惑』に描かれた、身体器官の一部が楽器になっている悪魔の姿も挙げられている。[46]続いてホフマンは、作品だけではなく、彼の信念に満ちた逞しい生き方にも共感を表明している。[47]

「カローが力強い版画と同様、人生においても勇敢かつ大胆であったことはすばらしい。人が伝えるところに

（45）些末事であるが、ホフマンは "Jaques Callot" という表題をつけている。そのモデルはフィレンツェ宮廷で活躍したロートリンゲン出身の版画家 Jacques Callot（1592-1635）である。

（46）カロー作『聖アントニウスの誘惑』（一六一六・一七）という有名な絵を画集などでご覧いただきたい。Schröder: Jacques Callot, Bd.2, S.1415-19を参照。

（47）カローの波瀾万丈の生涯については、Schröder: Jacques Callot, Bd.1, S.5-16を参照。

よれば、リシュリューがカローの故郷ナンシーの占領場面を描くように命じた時、「わが領主と祖国の屈辱を自分の芸術によって後代に残すぐらいなら、親指を切り落とす方を選ぶ」と言い放ったそうである。」（同上一三頁）

一八一三年のドイツの状況を考えれば、ホフマンがカローの勇敢な愛国心を讃える理由がただちに分かる。

このようにカローの人と芸術の特徴を紹介し、カローを誉めた上で、ホフマンは次の文言でこの短い文章を締めくくっている。

「詩人や作家の内面というロマン主義的精霊界に、日常世界の形象が立ち現れ、作家がおのれの精神界において、その形象および奇妙な化粧のようにその形象を包む光彩を描く時、作家がこの巨匠（＝カロー）の名を模範として掲げ、自分はカロー風に（in Callots Manier）創作したのだと弁明することは、許されるのではなかろうか。」（同上）

(2)「カロー風」とは何か

この論文は読者に対する恭しい弁明のスタイルをとっているが、ホフマンがこの文を並々ならぬ意欲をもって書いたことが、クンツとの文通から知られる。この件にはホフマンとジャン・パウルの関係も絡んでいるので、まずその経緯を紹介する。

すでに紹介したように、ホフマンは一八一三年四月にバンベルクからドレースデンに移っているが、バンベルクで親しくなっていたワイン業者クンツが出版業に進出する際、まだ無名だったホフマンの作品集を出版する契約を交わしていた。当時ホフマンが発表していた作品といえば、『総合音楽新聞』に掲載されていた『騎士グルック』(Ritter Gluck, 1809)、『ベートーベンの器楽曲』(Beethovens Instrumental-Musik, 1810)、『ドン・ファアン』(Don Juan, 1813)など、数編の音楽エッセーだけであった。

クンツが無名作家の作品集の売れ行きを慮って、有名作家に推薦文を依頼しようと考えたのも無理はない。ところが、彼が近くの町バイロイトに住むジャン・パウルに目をつけたのが、ホフマンの不運であった。ホフマンも儀礼的にジャン・パウルを訪問しているが、その印象は好ましくなかった。それにはクンツの知らない理由があって、ホフマンの昔の婚約者ヴィルヘルミーネ・デルファーの友達がジャン・パウルの妻になっていて、婚約者を捨てたホフマンの悪評が、妻の口からジャン・パウルの耳に入っていたのである。

現在も作品集の巻頭に置かれているジャン・パウルの「前口上」の意地の悪さは、この事情を踏まえてはじめて納得がいく。ジャン・パウルは、彼一流のユーモアと称して、作品集よりも先に出た「批評」という体裁でこの序文を書いている。彼はそこで『カロー風の幻想作品集』を推奨するどころか、その欠点をあげつらっている。そのひとつが「カロー風の幻想作品集」という表題に対する文句である。彼は出版前からクンツに『芸術短編集』(Kunstnovellen)という陳腐な表題に変えるよう要求していたのであった。

このジャン・パウルの横槍のおかげで、ホフマンが「カロー風」に込めた意図が後世に伝わるという皮肉なことが起こっている。この提案に対するホフマンの強い反対が、一八一三年九月八日のクンツ宛の手紙に残されているのである。

「「カロー風」という形容辞について、僕は十二分に熟考し、これによってさまざまなものを盛り込む余地を確保したのだ。『ベルガンサ』やメルヒェン(=『黄金の壺』)のことを考えてみてくれ。あの魔女の場面や広間での騎乗場面は、本当に「カロー風」にできているだろう。一度決めた表題のままにしておく方がいい。この件

であまりびくつかないでくれたまえ、君。」（『手紙』第一巻四一三頁）

ホフマンは、クンツが自分の意見を無視してジャン・パウルに迎合することを恐れたのか、同じ手紙の「追伸」において、もう一度、駄目を押している。

「急ぎ一言申し上げる。『ジャック・カロー』という論文に、表題の「カロー風」という修飾辞の説明がしてある。すなわち、著者が卑俗な日常の形象を見、把握する際の特別な主観的手法（die besondere subjektive Art）の弁明が書かれているのだ。第一巻の見本を至急一冊送ってくれたまえ！」（同上四一六頁、強調はホフマン自身）

自分の原稿の扱いに無頓着で、出版者に任せっきりということが多いホフマンなのだが、この表題だけは譲れないものであった。自らの創作技法を「カロー風」という言葉に託しているのであるから、表題の変更などもってのほかであった。

さて『ジャック・カロー』においてホフマンが述べたことを、「カロー風の規定」という観点から整理すると、おおよそ次のようにまとめられるだろう。

〈1〉　作品の素材には、日常の形象も人獣混淆のようなグロテスクな形象も積極的に取り入れる。人獣混淆形態には、イロニカーだけが見通しうる深い真理が隠されている。

〈2〉　作家の想像力は、平凡な形象にも奇妙なロマン主義的な加工（「化粧」）を施すことができる。するとその形象はオリジナルにはなかった表情を得る。言い替えると、作者が産み出す形象は、「想像力」

という名の内面精神の魔法が呼び出した像といえる。

〈3〉 このような手法で空想像を産み出す創作技法を、カローの画法に倣ったものとして、「カロー風」と呼ぶ。

従来、この自序にホフマンの処女作品集を統括する原理を読みとろうとする研究者はほとんどいなかった。その中にあって、H・A・コルフが『ゲーテ時代の精神』（Geist der Goethe-Zeit, 1953）において、比較的早い時期に「カロー風」に注目している。コルフは「カロー風」を取り上げて、「ロマン主義的含蓄をもつ幻想的リアリズム」と規定し、この手法による日常形象の変容とは、「戯画化」（Karikieren）のことであると述べている。またその「戯画化」も、ロマン主義精神から生まれ、「滑稽なものの背後に潜む高貴なもの」を暗示する役割を担うものだと説明している。(48)

（3）創作に見る「カロー風」の意義

「カロー風」を取り上げたコルフにしても、ホフマンの言葉を言い替え、要約するだけで考察を終えている。けれども、ホフマンが自序で述べている内容を細心の注意をもって検討すれば、ホフマン文学全体に関わる重要な特徴を見て取ることができる。たとえば、ホフマンは「彼（＝カロー）の描いたものとは、彼の活発なファンタジーの魔法が呼び出した、あらゆる奇妙な不思議な現象の反映に他ならない」と述べて、自分の創作法も「ファンタジーの魔法」に基づくものであることを暗示している。

（48） Korff: Geit der Goethe-Zeit, IV.Teil, S.592-597 を参照。

何より重要なことは、ホフマンが、おのれの創作のモデルとして「版画家」の名を挙げていることである。(49) これまで、ホフマンが版画家を手本としていることの意味を論じた研究はなかったと思われる。またホフマン自身は、手本に画家を選んだ理由を一言も述べていない。彼が版画家をモデルに選んだことの意味と効果を、様々な作品を参照しながら考察してみたい。

ホフマンは、「カロー風」を名乗ることで、「絵画の技法」を「文学の技法」に適用したといえるだろう。この視点から作品を調べてみると、幾つかの興味深い特徴が見いだされる。

まず第一に、ホフマンが「絵画作品」をモデルにして「文学作品」を書いていることが明らかになる。『カロー風の幻想作品集』には収められていないが、その翌年の一八一五年に執筆された『フェルマータ』(Die Fermate)と『アーサー宮廷』(Der Arthushof)において、この手法が初めて採用されている。つまりホフマンは、同時代の画家フンメル(Johann Nepomuk Hummel)の絵を題材にして『フェルマータ』を書き、一六世紀の画家メラー(Anton Möller)の絵に描かれた情景をもとに『アーサー宮廷』という物語を紡ぎだしている。この「流儀」(Manier)こそは、「カロー風」(Callots Manier)の考え方と直接に繋がるものであろう。ホフマンはこの技法をその後も繰り返し用いている。同時代の画家コルベ(Carl Kolbe)の絵を核にして、『総督と総督夫人』(Doge und Dogaresse, 1817)と『桶屋の親方マルティンとその職人たち』(Meister Martin der Küfner und seine Gesellen, 1817/18)という歴史的主題を扱う短編を書いている。

むろんこのような試みはホフマンだけの独創ではなく、すでにクライストなどの作家も試みている。(50) しかし、ホフマンの場合、この技法の利用の仕方が系統立っている上に、素材の活用の仕方にも多くの工夫が見られる。『ブランビラ王女』がその最良の例である。ホフマンは、カローの連作版画からアイデアを得るだけでなく、カローの版画を各章に置くなどの配慮をしている。「絵画的要素」を文学の中に取り入れるのが、ホフマン文学の際立った特徴であるといえるだろう。

もうひとつ、カロー風との関連においてホフマン文学の特徴を示すことができる。すなわち、ホフマンは、作品の構想を練る段階において、「理論的筋立て」よりもむしろ「絵画的イメージ」に強く依拠している兆候がある。もちろん構想段階の作家の思考を覗くことはできない。けれども、手紙に記された『黄金の壺』の構想には、あきらかに「イメージ」に依拠した痕跡が見られる。一八一三年八月一九日のクンツ宛の手紙を引用してみよう。

「たとえば枢密文書官リントホルストは、途方もなくひどい魔法使いで、緑色の蛇の姿をした三人の娘をクリスタル瓶の中で飼っている。けれども聖トリニティの日には、娘たちは三時間だけアンペルの庭園のにわとこの藪で日光浴をすることが許されている。そのそばには、コーヒーやビールを飲みに来る客が大勢行き来している。ところが、翌日の講義のことを考えながら、藪の陰でバターパンを食べようとしていた晴れ着を着た青年が、三匹の蛇のうちの一匹に対する激しい狂気じみた恋の虜になってしまう。――彼は婚約し――結婚し――嫁入り支度として、宝石がちりばめられた「黄金の溲瓶」（goldner Nachttopf）を貰う。そして彼がそれにはじめて小便をしたとたん、尾長猿に変わってしまう。」（『手紙』第一巻四〇八頁）

ホフマンは、この構想から三ヶ月後の一八一三年一一月二六日に執筆を始め、翌年三月四日に清書を完成して

(49) ホフマンは作品集の表題に用いる芸術家の候補として、当初からカローとホガースという二人の画家しか考えていない。このことから、具体名は別として、ホフマンが画家の名前を用いることを最初から決めていたことが推測される。

(50) 一八〇〇年頃、絵画から物語を紡ぐのが流行になったらしい。有名な例は、クライストの傑作『壊された瓶』（Der zerbrochene Krug, 1808）である。Schlaffer: Epochen der deutschen Literatur in Bildern, S.101 を参照。

いる。右に引用した「構想」と「完成作品」とを対照すると、この構想で描かれたイメージの多くが清書でも採用されていることがわかる。枢密文書官リントホルスト、緑蛇の姿をした娘、祝祭日（五月のキリスト昇天祭に変更）、実在の行楽地（リンケ温泉に変更）の賑わい、大学生の緑蛇への恋とその成就、嫁入り支度としての黄金の溲瓶（花瓶に変更！）など。

両者を対比することで、「カロー風」と称される創作過程が次のような段階を踏んだと推測できる。作者はまず彼の心をとらえたアイデアにふさわしい「舞台」を選び出す。時と場所が決まると、登場人物や事物のイメージを組み合わせて物語の構図を形成してゆく。そのイメージの採集は広範囲に及ぶ。『ジャック・カロー』で述べられているように、素材は芸術作品からも、日常の平凡な人物からも、動物界からも採られる。集められた素材はホフマンの内面世界で独自の「加工」を施される。この過程を経てすべての素材が「カロー風＝ホフマン風」に変化した時、作品は完成するといえよう。

第三の特徴として、「カロー風の創作法」が内包する弱点も指摘しなくてはならない。それはすなわち、確たる「創作理念」の欠如である。たとえば上に引用した「構想」が語るのは、魔法使いリントホルストが娘に懸想した学生に魔法の溲瓶を贈り、尾長猿に変えてしまうという奇想である。この時点で、ホフマンには『黄金の壺』に盛るべき「理念」はまだ浮かんでいなかったと考えられる。しかし、絵画的イメージ群のみで文学作品を生み出すことはできない。言語芸術には常に意味の析出が伴うのである。ホフマンが八月の構想をそのまま作品化していたなら、半年後には『黄金の溲瓶』というただ滑稽なだけの物語が生まれていたであろう。(51)

このような推論は決して筆者の勝手な想像ではない。『黄金の壺』の「構想」と「完成作品」との対照から導いた推論は、ホフマンの幾組かの類似作品を理解する上で有効な見方となりうる。たとえば、多くの研究者が、『黄金の壺』に見られるロマン主義賛美と『砂男』に描かれるロマン主義的主人公の破滅という対照的結末を前にして、ホフマンの「真意」について首をひねってきた。この現象を理解するには、「理念を欠く創作技法」という観点を導入するのが適切だと思われる。また『磁気催眠術師』（Der Magnetiseur, 1813）と『不気味な客』（Der unheimliche Gast, 1818）という非常によく似た作品も、上に述べたホフマンの創作の特質をよく表している。両作品は、磁気催眠術師がある貴族の家庭に入り込み、その家の娘の心を催眠術によって支配下におくという筋立てにおいて酷似している。ところが、『磁気催眠術師』の結末部ではその男の悪意による男爵一家の滅亡が描かれるのに対して、『不気味な客』においては、あわやというところで催眠術師が撃退され、ハッピー・エンドが得られる。同じ素材で同じ主題を扱いながら、対照的な結末をもつ作品が生まれる理由は、作者にその主題に関する一定の価値観、理念が欠如している事実にある。

『ジャック・カロー』には、カローの剛毅な性格への賛辞も含まれていたが、それは創作技法としてのカロー風には含まれていない。つまり、カロー風というのは想像力による形象の獲得と変容の手法のみを規定するものであり、語りの中から析出してくる物語の「内容」、「理念」、「価値観」に関する方向づけは包含していないのである。カロー風の「風」とは、文字通り作品を作る際の「流儀」（Manier）であって、「理念」（Idee）ではない。それゆえ、個々の物語の理念は、それぞれの主題に応じて、その度ごとに考案されなくてはならない。ホフマンが『カロー風の幻想作品集』執筆時点で抱えていた課題は、カロー風では覆い尽くせぬもの、すなわち自らが拠って立つべき理念、価値観の発見であったと考えられる。『黄金の壺』の結末にこの問題が露呈したことは、すでに第一章において検証したとおりである。

(51) ホフマンは溲瓶モティーフを捨てきれなかった。彼は『黄金の壺』でいったん捨てたこのモティーフを、『小人ツァヘス』という滑稽な物語に採用している。

二　「ゼラーピオン原理」の要諦

「カロー風」とは、ホフマンが作家としてデビューするにあたって熟考して得た斬新な技法であった。それからわずか四年後、ベルリン一の流行作家となったホフマンが出版者の提案に応じて第三作品集を出す際に書き下ろしたのが、すでに紹介した『隠者ゼラーピオン』であり、作品集を縁取る「枠物語」であった。その枠物語で描かれる作家たちの集いを統括する原理として提唱されるのが、「ゼラーピオン原理」（das serapiontische Prinzip）である。この原理は、作家としてのスタイルを確立したホフマンが、自分の創作の要諦を今一度確認し直したものと見ることができる。一八一八年のホフマンがこの原理を提唱した理由を理解するには、作品冒頭から「ゼラーピオン原理」提唱に至る過程こそが重要であると考えられる。そこで、いささか回りくどいけれども、その過程を順を追って紹介することにしたい。

(1)「ゼラーピオン原理」提唱まで

枠物語は、一二年ぶりに開かれた文学サークルの雰囲気に耐えかねて、メンバーの一人ロータルが思わず本音を漏らすところから始まる。彼は、歳月の重さも考えずに昔のままの愉快な会を期待して出席した自分の愚かさを白状する。この言葉をきっかけにして、同じ印象を持ちながら表面を取り繕っていた三名の仲間も、率直な感想を述べ始める。

そこでオトマールが、昔のことはいったんご破算にして、新たな会を結成しようと提案する。ところがロータルが反対する。規約を作り、定期的集会をもつのでは、今流行の俗物的な「クラブ」（Klub）と変わるところがないというのである。この意見に触発されて昨今流行の色々なクラブの紹介がなされる。プロイセン法の書式を模した厳密な規約で運営されるクラブ、王国のような身分制が敷かれた美食クラブ、国境の馬車駅員と税吏の二人だけのクラブなど、滑稽な実例が披露される。

クラブと俗物性（Philistrismus）を話題にした会話が盛り上がったところに、ツュプリアンが突然、いま彼の心を捉えて離さぬある隠者の話を始める。それがすでに紹介した『隠者ゼラーピオン』である。ロータルは、その狂気のあり方に嫌悪と戦慄を催す。そこでテーオドールが、陰鬱な気分を追い払う目的で『顧問官クレスペル』（**Rat Krespel, 1816**）という奇人の話を語る。その話の間にロータルはなにやら調べものをし、ある発見をして、テーオドールの話の終わりを待つ。テーオドールの物語が終わるや否や、ロータルはツュプリアンが紹介した隠者を讃え始める。ロータルの評価の急転をもたらした原因は、ゼラーピオンに関わる不思議な「暗合」（**Koinzidenz**）の発見であった。

つまり、ロータルは、この会がもたれている「一一月一四日」がちょうどP伯爵の命日に当たっていることを披露し、P伯爵の記憶がツュプリアンの心を捉えていた謎を解く。それだけではない。ロータルはもうひとつの不思議な暗合の存在も明らかにする。カトリックの暦では、「一一月一四日」は殉教者「聖ゼラーピオンの日」と記されているのである。ロータルは、この不思議な暗合に感動し、隠者の存在様式と主張とに含まれる「真実」を評価し始める。そこから前章で引用した考察が生まれ、続いて「ゼラーピオン原理」が提唱されることになる。

ロータルが提案する「ゼラーピオン原理」とは、次のとおりである。

「各人とも、朗読をする前に、自分が発表しようと思うものを自分の眼が本当に見たのかということを十分吟味するように。少なくとも、自分の内面に湧き上がった像を、その形、色彩、光と影において把握することに努めよう。そして自分がその像に熱狂していると実感できたなら、その像を形あるものに置きかえることにしよ

うではないか。」（『ゼラーピオン同人集』五五頁、強調は引用者）

"Jeder prüfe wohl, ob er auch wirklich das geschaut, was er zu verkünden unternommen, ehe er es wagt laut damit zu werden. Wenigstens strebe jeder recht ernstlich darnach, das Bild, das ihm im Innern aufgegangen recht zu fassen mit allen seinen Gestalten, Farben, Lichtern und Schatten, und dann, wenn er sich recht entzündet davon fühlt, die Darstellung ins äußere Leben zu tragen."

このようにして「ゼラーピオン原理」が定められ、「ゼラーピオン・クラブ」が正式に発足する。当初四人、途中から六人の作家が定期的にテーオドールの家に集まって、自作の朗読とそれに対する批評がおこなわれる。酒を酌み交わしながらいろいろな談義もおこなわれる。

（2）「ゼラーピオン原理」が求める精神

では「ゼラーピオン原理」とは、いかなる創作観を表現しているのか、いかなる規定を含んでいるのかについて検討してみよう。この規定の理解については、大別して二通りの見解が存在する。そのひとつは、この「原理」を右に引用したロータルの言葉に限定する考え方である。この立場に立てば、「ゼラーピオン原理」とは「内面に湧き上がった像」を明瞭に把握し、本当にすばらしいと自分で納得できるものだけを作品化せよという要請に尽きる。この解釈をとれば、「ゼラーピオン原理」はほとんど「カロー風」の再確認に等しいことになる。コルフはこの立場に立ち、「カローのように外的形象から出発して、それを幻想的に加工するか、それとも外界の材料を用いて幻想を産みだす内面世界を出発点にとるかという問いは、結局同じことを言っている」と結論づけている。(52)

もうひとつの考え方は、ロータルの直接的な規定に限定せず、その名の由来となった「隠者ゼラーピオン」に関する議論も「ゼラーピオン原理」の構成要素に算入しようという立場である。この立場は、ホフマンがわざわざ『隠者ゼラーピオン』という作品を書き下ろした上で、その人物にちなんだ名称をつけている事実を重く見る立場である。先に見たような煩雑な手続きを経て「ゼラーピオン原理」が導かれていることを考慮すれば、後者の立場に立つ方が、ホフマンの意図をより良く汲むことができると思われる。

では「ゼラーピオン原理」を広義に捉える時、それは具体的にどのような要請を含んでいるのだろうか。まだ確立された見解は存在しないが、筆者の理解を箇条書きによって要約すると、次のようになる。(53)

〈1〉 第一の要請は、隠者ゼラーピオンが「幻《まぼろし》」を「体験」として語った例に倣い、「生き生きと語れ」という創作上の要請である。これが、ロータルがメンバーに求めた「狭義のゼラーピオン原理」におおむね対応する。この要請の背景には、当時のドイツで見られた創作の流行と駄作の氾濫という社会現象がある。枠物語において、テーオドールが当時書かれていたメルヒェンを次のように批判している。

「これまでは、メルヒェンと名のつくものはみなオリエントに設定され、シェヘラザードのメルヒェンを模倣するのが普通と、いや規則とされていた。オリエントの風習に言い及ぶだけで、あてどなく中空を漂い、目の前で色あせる世界ばかりが産み出されてきた。それ故、これらのメルヒェンは寒々

(52) Korff: Geit der Goethe-Zeit, IV. Teil, S.597 を参照。
(53) I・ヴィンターは一九七〇年代までの諸説の整理をおこなっているが、自身の見解は明確に提示していない。Winter: Untersuchungen zum serapiontischen Prinzip E.T.A. Hoffmanns を参照。

として冷え切ったものでしかなく、人の心に灯をともすことも、人々の想像力をかき立てることもできなかったのだ。」(『ゼラーピオン同人集』五九九頁)

同時代のメルヒェンに対するこの批判は、第一の要請の間接的な説明となっている。すなわち文学的因習や規則に囚われず、「自分の目と心が見たものを語れ」という要請である。

〈2〉 第一の要請に付随する第二の要請として、「読者の想像力をかき立てる」ほど「完成度の高いもの」を創作せよという要請もなされている。すなわち、どれほど素晴らしいイメージを構想として持っていても、それを他者に伝える「技巧＝芸」(Kunst)が拙ければ、意味がないという芸術観である。〈1〉と〈2〉の要請は作品のオリジナリティと芸術的完成度を規定するものといえるだろう。

〈3〉 第三の要請は、「創作時における熱狂」と「人間存在の二重性の認識」とを共存させよという要請である。この主題はすでに第三章で取り上げたので、背景説明を繰り返す必要はないと考えられる。「ゼラーピオン原理」との関係で要約すると、「隠者ゼラーピオンのように創作せよ、しかし作品世界と現実世界との識別能力は喪失するな」という要請と理解できる。

われわれの目から見ればごく当然に見えるこの要請も、ロマン主義作家においては自明ではなかった。ホフマンの初期の芸術観においても、必ずしもそうではなかった。『カロー風の幻想作品集』執筆時点のホフマンは、芸術家は「芸術」(Kunst)と「生活」(Leben)の区別を撤廃するほどに芸術に没頭すべきであると考えていた節がみられる。『カロー風の幻想作品集』で案内役を勤めるホフマンの分身、「流浪の熱狂家」(der reisende Enthusiast)と自称する男は、次のように読者に紹介されている。

「再びカロー風の幻想作品をみなさんにお伝えするわけですが、この物語の出所は流浪の熱狂家の日記です。この男は、内面生活を外的生活からほとんど区別していないので、われわれはその境界を区別することができないのです。」(『大晦日の冒険』二五六頁)

ホフマンのもう一人の分身ともいえるクライスラーも、同様の芸術観を持っている。クライスラーは芸術的熱狂の中ですばらしい曲を産み出しておきながら、翌朝しらふの状態でそれを吟味しては、それが最高の出来ではないという理由で楽譜を燃やしてしまう。彼もまた生活のすべてを芸術に捧げる人物である。ホフマンが初期に創作した魅力的な作品、魅力的な人物の多くが、現実と空想の境界を想像力によって廃棄することで独創的形姿を得ていたことは否定できないだろう。

ところが今、「ゼラーピオン原理」において、そのような「芸術と生活との熱狂的同一化」が否定されるにいたっている。一八一八年時点のホフマンは、かつての自分の志向を修正して、空想で現実世界を覆い尽くす試み、その最終形態がゼラーピオン的狂気であるところの「詩の中での生活」を退けている。作家も人間の宿命である「存在の二重性」を甘受して生きなくてはならないというのである。

〈4〉

「ゼラーピオン原理」に含まれる第四の要請は、「集いの楽しさ」(Geselligkeit)あるいは「くつろぎ」(Gemütlichkeit)に貢献せよという規定である。これは創作理論とは異質な、場違いな要請に見える。しかし、「ゼラーピオン原理」がサークルの規約として提唱されていることを考慮すれば、この要請はなんら不思議なものではない。

たとえばテーオドールは、「隠者ゼラーピオンの規則とは、決して出来の悪い拵えものでお互いを苦しめあわないということに他ならない」(『ゼラーピオン同人集』五六頁)とさえ述べている。また友人を新たに同人に加えたいという提案がなされた時、オトマールがこの要請を持ち出して、レアンダーという候補者を退ける場面も存在している。オトマールが示す論拠を引用してみよう。

「レアンダーには、虚栄心の強い多くの作家との共通点がある。それは聞き手に回ることができないという性格だ。[…] 彼は、われわれの夕べを自分の長大な作品で満たそうとするだろう。そしてそれに対する抵抗を悪くとるだろう。そうすることで、彼はわれわれを結びつけている最良の絆であるくつろぎ（Gemütlichkeit）を台無しにしてしまうだろう。」（『ゼラーピオン同人集』一〇三頁、強調は引用者）

つまり、広義の「ゼラーピオン原理」には、作品の鑑賞者に対する配慮規定が含まれている。聞き手に対するこのような配慮は、当時のドイツでは自明のことではなかったようである。そのことは、当時ドイツの文学を観察したスタール夫人の目にもとまっている。

「フランスでは、明晰さが作家の主な功績のひとつとされている。ある作品を読むとき、読者が苦労しなくても済むこと、その日の夜会で称賛を得るように、朝の裡にさっと読むことができることが重んじられる。それに対してドイツ人は、明晰さは相対的な功績にすぎないと考えている。書物は、その内容と読者の関係がよいときに明晰だと感じられるにすぎないという。[…] ドイツ人は全く逆の欠点を持っており、難解さを好むのである。彼らはしばしばまっすぐな道を避けるために、明々白々たるものさえ夜の闇に包もうとする。」(54)

ホフマンが読者に配慮した作品を書く作家であったことと、彼が後にフランスで熱狂的に受け入れられたこととは、決して無関係ではないだろう。ホフマンの創作原理には、聞き手や読み手に対するさまざまな配慮が含まれている。もちろん、彼はこの配慮ゆえに母国において「娯楽作家」という不当な烙印を押されることにもなるのであるが。

以上の四点が、筆者が理解するところの「広義のゼラーピオン原理」の諸規定である。けれども、ホフマンがこの原理に則って書き下ろした作品は、『ゼラーピオン同人集』には収められていない。実情はその逆であって、一八一八年頃のホフマンの考えが、枠物語を書き下ろす際に整理され、原理という形で表明されたのだと考えられる。

右に要約した、「オリジナルな幻想の形象化」、「読者の想像をかき立てる完成度」、「芸術的熱狂と醒めた意識の共存」、「文学を他者とともに楽しむ社交性」という四つの要請は、この後に書かれる作品の実作に生かされ、晩年のホフマン文学の特徴を形作ることになる。第Ⅲ部で考察する『蚤の王』、『ブランビラ王女』、『牡猫ムルの猫生観』などに、これらの特性が現れてくるといえるだろう。

（54）Staël: Über Deutschland, S.137. スタール夫人の『ドイツ論』（De l'Allemagne, 1812）は、意外に近いところでホフマンとつながっている。ホフマンを様々な場面で援助し、彼に多くの同時代の作家を紹介したユダヤ系の友人ヒツィヒが、この本をドイツ語に翻訳・紹介しているのである。ホフマンがこの書物を知っていた可能性は非常に高い。Über Deutschland, S.749 を参照。

第Ⅱ部
ホフマンの自然観および社会観

第Ⅰ部ではホフマンの想像力観と創作技法に焦点を当て、彼の創作の発展を通時的に跡づけることを試みた。この第Ⅱ部では、第Ⅰ部とは異なる共時的視点からホフマンの特徴を見ることにする。すなわち、他のロマン主義の作家たちとの対比において、ホフマン文学の特徴を取り出すことにする。ここでも個別の作品解釈には踏み込まず、彼の創作全般から明らかになるユニークな自我観、自然観、社会観を浮き彫りにしたいと考える。その道筋を示すと次のとおりである。

第一章——他の作家との比較によって、ホフマンの「自我観」と「自然観」の特徴を描き出す。構成上の理由から、前期ロマン主義を代表するノヴァーリスをおもな比較の対象とし、他の作家は必要に応じて言及する。

第二章——ホフマン文学の本質と直結しないという理由から、これまで注目されることが少なかった、ホフマンの「社会観」の特徴を描き出す。作品から窺われる社会観の変化、多くの作品に埋め込まれた社会諷刺、晩年に余儀なくおこなった内務大臣一派との対決のせいで被った筆禍事件を取り上げ、ホフマンの政治意識、社会意識を明らかにする。

この考察によって、ホフマンが「二重生活」（Doppelleben）という言葉に表現される皮相な意味においてではなく、人間存在の深いレベルにおいて、真の「二重性」（Duplizität）を生き抜いた人間であったことを示したい。

第一章　ロマン主義の自然観

一八世紀前半にドイツに及んだ啓蒙主義は新しい自然観をもたらした。H・シュナイダーによれば、一八世紀前半に「自然」（Natur）という言葉が内包していたイメージとは、「人間の手が加えられていない、誰の目にも明らかな昔ながらの自然」であった。(1) また一八世紀啓蒙主義は、美的な意味での「自然の発見」もおこなったとされる。(2) それはいわゆる「風景」（Landschaft）の発見であった。この時になって、人々は「自然」を「美しい自然」として捉え、探求の対象と認識するようになったのである。(3) 啓蒙主義において、「自然」という概念は、総じて人間を取り巻く「自明な外的自然」という意味を帯びていたようである。(4)

時代を下った一八〇〇年前後のドイツでは、啓蒙主義、疾風怒濤、古典主義、ロマン主義と呼ばれる思想や文学潮流が相次いで現れ、様々な領域で相互に影響を及ぼし合っていた。一八世紀啓蒙思想の流れを受け継ぐ機械論的自然観は、自然科学者の間で支配的であったが、ガルヴァーニの動物電気の「発見」、メスマーの動物磁気の「発見」などは、有機的自然観にも力を与えていた。また人間中心主義の観点から、自然を客観的観察の対象

（1）Schneider: Naturerfahrung und Idylle in der deutschen Aufklärung, S.289 を参照。
（2）Schneider: Naturerfahrung und Idylle in der deutschen Aufklärung, S.293ff. を参照。
（3）イギリス文学の研究書では、「風景、ゴシック、ピクチャレスク—こういった感性が育って、やがてロマン主義に結実していったというのは、英文学史上の一つの常識である」と述べられ、風景の発見がロマン主義と結びつけられている。独英ロマン主義の性格の相違はここにも見られる。川崎寿彦『イギリス・ロマン主義に向けて』一〇頁を参照。
（4）一八世紀後半に啓蒙主義に対抗してドイツに起こった「疾風怒濤運動」では、「自然」という概念を、人間の「内なる自然」、「本性」の意味に転用する傾向が生じたようである。広瀬千一『ドイツ近代劇の発生』三四—七二頁を参照。

としか見ない自然観も存在した。その中にあって、もっとも独特な自然観を展開したのが、ノヴァーリス（Novalis, 1772-1801）であった。彼は、フィヒテの自我の哲学、カントの哲学、シェリングの自然哲学、ヘムスターホイスの道徳哲学、ゲーテの自然学、ベーメの神秘学とならんで、リッターから最新の化学、物理学を学び、フライベルク鉱山学校では地質学、鉱物学を学び、独学ながら数学、心理学も学んでいる。二九年という短い生涯にノヴァーリスが書き残したものの大部分は、これら人文・自然両面にわたる研究の中で彼が得た知見や構想の断片である。このロマン主義的人間の構想の一端を見ることにしよう。

一　ノヴァーリスの自我観・自然観

ロマン主義の幕開けを宣言する雑誌『アテネウム』（Athenaeum, 1798-1800）第一号第一冊に、ノヴァーリスの処女断章『花粉』（Blüthenstaub, 1798）が掲載されている。ロマン主義的世界観が鮮やかに描かれているのが次の断章である。

「想像力は未来の世界を天上か地底かに措定する、あるいは輪廻という形で私たちの住む世界に措定する。私たちは夢の中で宇宙をめぐる旅を見る。——そうすると、宇宙は私たちの中にあるのではなかろうか。私たちは自分の精神の奥底のことを知らない。——神秘的な道が内部へと通じているのだ。永遠と世界——過去と未来は、私たちの内部にあって他の場所にはないのである。外界は影の世界であり、それはおのれの影を光の王国に投げかけている。たしかに現在、私たちの内部はこんなに暗く、孤独で形のない有様に見えるが、この闇が去って影をなす物体が取り除けられれば、ずいぶん違った風に思われるだろう。私たちは以前より多くのものを享受することになるだろう。なぜなら、私たちの精神はずいぶん長く不自由に耐えてきたのだから。」(5)

ノヴァーリスは、人が「人間精神の奥底」（die Tiefen unseres Geistes）を知りえないことを仮説の出発点に据え、「心の奥底経由で宇宙に通じる道」を想定している。そして、その先に「過去と未来、永遠の時と世界」一切を措定するという大胆な発想を提示している。しかもノヴァーリスは、この考えを人を驚かすための奇想として提示しているのではない。彼が真剣にその世界を構想していることが、創作、日記、手紙から了解できる。(6)

ノヴァーリスが構想した独特の世界は、現代人の眼には奇妙に映るが、その世界観を産み出すだけの素地が当時のドイツに存在したようである。現代人には、人間の内面世界に宇宙一切を包含する無限世界を想定することは難しいが、当時、世界の存在を「自我」（Ich）の活動によって説明するフィヒテの哲学が存在した。ノヴァーリスは、その「自我の哲学」を自分流に押し進めたのである。(7)

（5）Novalis: Werke, Tagebücher und Briefe, Bd. 2, S.233.

（6）ノヴァーリスはその不思議な発想のせいで、神秘思想家的詩人に祭り上げられてきたが、彼の日記を読むと別の姿が明らかになる。ノヴァーリスが青年らしくおのれの生き方に悩む様子が、方々に見られるのである。一例を引用する。「[…] 午後アスムスを読み、幾つか気に入った文章を見つける——無気力な散歩——家で睡眠——すっかり淫らなことに身を任せる——つまらぬ手紙を書き、不満と懐疑癖に満たされているのを感じる。僕は人生諸局面の変化の中で、自分のより良き自己を探さなくてはならないし、気分の変化の中で、それを貫徹することを学ばなくてはならない。たえず自分のこと、自分の体験ばかりを考えている。[…]」（一七九七年五月二五日）ノヴァーリスの諸断章は、ここに記されている「より良き自己」（mein bessres Selbst）を求める意志から産み出されてきたと考えられる。Novalis: Tagebücher, Bd.1, S.467f. を参照。

（7）コルフは、フィヒテが「自我の哲学」で措定した観念的「絶対自我」の能力が、「経験的自我」にも分有されているはずであることを、ノヴァーリスが見出した結果、この「自我＝宇宙」観が生まれたと解説している。Korff: Geist der Goethe-Zeit, Ⅲ. Teil, S.238-255 を参照。

またA・レッカーは、ノヴァーリスが独自な世界観を構想するに至る別の要因として、彼が敬虔主義の家庭で育ち、黄金時代の再来を説く「千年至福説」(Chiliasmus) の考えになじんでいたこと、次に引用するようなヘムスターホイス (**Frans Hemsterhuis, 1721-1790**) の歴史観の影響を強く被っていたことを挙げている。

「ヘムスターホイスによれば、今日の人間は、かつて持っていた諸器官の最後のひとつである道徳的器官しか保持していない。無限なものに対する感受能力を時とともに喪失した結果、人は宇宙に現に存在する統一と調和を認めることも、体験することもできなくなっているのである。——人が過去にこの能力を持っていたという事実は、ノヴァーリスに消滅した器官の再生の希望を与えた。ノヴァーリスの考えでは、より高次の認識器官が「詩的想像力」(dichterische Einbildungskraft) の中に現れているということになる。それ故、詩は神々しい由来を持つものであり、詩の言葉は啓示であり、詩人は未来の黄金時代の消息に通じている者ということになる。」(8)

レッカーのこの指摘は、ノヴァーリスの自然観の由来をよく説明している。ヘムスターホイスが調和的世界の感受能力の喪失を懐古的に嘆くのに対して、ノヴァーリスは過去にその能力が備わっていた事実を前向きに捉え、将来——それは来世かもしれないが——人間と宇宙とが再び過去の調和状態に統一されることを夢見るのである。ノヴァーリスの多くの断章に見られる再調和のイメージは、この期待の表現であると考えられる。

ノヴァーリスの思想は、フィヒテ、敬虔主義、ヘムスターホイスとの関係だけで説明できるほど単純なものではないが、彼の自我観・自然観の由来を知るには、上に引用した説明でひとまず十分だと思われる。(9)

続いて彼の自我観・自然観を具体的に示す断章を見ることにしよう。ノヴァーリスは、「自我」に未発見の力が秘められていると考えている。

「人間の内面がこれまでわずかしか観察されてこず、かくも愚かな扱いしか受けてこなかったのは奇妙である。いわゆる心理学というのも、真の神像が祀られるべき聖所を占拠した偶像の類にすぎない。人はまだほとんど、人の心のために物理学を活用していない。また、外界のために人の心を活用してもいない。悟性、想像力、理性——これらはまだ私たちの内部宇宙の粗末な骨組みでしかない。これらの不思議な混合、形成、変容についてまだ一言も言われていない。——これまでのところ、誰一人として、新たな未知の力を探し出し、それらの融和的関係を明らかにすることを考えつかなかった。どんな素晴らしい結合、素晴らしい新世代が私たちの内面の未来に待ちかまえているのか、誰にも予見できないのである。」(10)

またノヴァーリスは、「自我」と「外界」との葛藤をいとも簡単に克服してしまう。

「私が「万有」(Weltall)を私の内部に持っているか、私を万有の中に措定するかは、同じこと(einerley)である。スピノザはすべてを外に置いた——フィヒテはすべてを中に入れた。同じことは自由についても言える。自由が全体の中にあれば、自由は私の中にもあることになる。自由を必然と呼ぶならば、必然は私の中にあり、逆も真である。[…]」(11)

---

(8) Loecker: Zwischen Atlantis und Frankfurt, S.19. 強調は引用者による。
(9) ノヴァーリスの思想とフィヒテ、シェリングの思想との関係については、薗田宗人「符牒としての自然」、今泉文子「〈自然学〉への聖なる道」を参照。
(10) Novalis: Fragmente und Studien 1799/1800, Bd.2, S.771.
(11) Novalis: Das allgemeine Brouillon, Bd. 2, S.620.

この考えは、次節で紹介するホフマンの「自我」観と全く異なる前提から出発している。次に挙げる「身体」観も、ホフマンのそれと対照的な性格を帯びていて興味深い。

「世界にはたった一つの寺院がある。それは人間の身体である。この高貴な形態以上に聖なるものは存在しない。人前で身をかがめる動作は、肉の形を取って現れた啓示に対する敬意の表現である。(男根と乳房――立像に対する恭しい崇敬)人が人間の体に触れるとき、人は天に触れているのである。[…]」(12)

ノヴァーリスは、「自然」と「神」の関係を次のように説明している。

「[…]つまりわれわれは、神と自然を区別しなくてはならない――神は自然と何ら関係はない――神は、自然がいつか調和すべき目標なのである。自然は道徳的になるべきである。その場合には、カントが言う道徳神(Moralgott)と道徳性は、全く異なる相をみせることになるだろう。「道徳的な神」(der moralische Gott)は、「魔術的な神」(der magische Gott)よりもはるかに高次な何かなのである。」(13)

引用を重ねれば際限がないが、ノヴァーリスが、自我、身体、外界、自然についておおよそどのように考えているかを知ることはできた。

さてわれわれは、この世界観がひとりノヴァーリスだけのものでなかったことも考慮する必要がある。ノヴァーリスの周囲には、そのような思考を育む土壌が存在したと推測される。たとえば、ノヴァーリスが物理、化学について学んだ、紫外線の発見者リッター(Johann Wilhelm Ritter, 1776-1810)という物理学者でさえも、ノヴァーリスとよく似た思想を含む断章集を出版している。(14)その中からひとつの断章を引用してみよう。

「人は眠りの中で普遍的有機組織の次元まで下降してゆく。そこでは彼の意志すなわち自然の意志であり、またその逆でもある。この両者は今やひとつとなる。そこでは人は真の意味で身体的に全能であり、真の魔術師たりうる。あらゆるものが彼の意志に従い、同時に彼の意志とは、とりもなおさず全有機組織の意志に従うことである。そこではすべての望みが充足される。彼は自分の抱くべき望みしか持たないのである。」(15)

この断章をノヴァーリスのものと言っても、疑う人は少ないだろう。リッターのような物理学者も、ノヴァーリスに典型的に見られるような学問の進め方、あらゆる学問領域の知見を統合しようとする試みをおこなっている。そのような展望を開いた自然科学上の「発見」が、当時大いにもてはやされた「メスメリスムス」＝「動物磁気説」(animalischer Magnetismus) そして「動物電気説」(Galvanismus) であった。これらの説は、鉱物などの無機物と生命体とを媒介するエネルギー(動物磁気・動物電気)を「発見」することによって、両者の原初的一体性を想定するロマン主義的自然学に力を与えたのであった。

現代人の目から見ると奇異に映るこうした学説や思考が、この時代に続々と現れ、人々に受け入れられたのにはそれなりの理由がある。当時のドイツの諸領邦では、矛盾を孕んだ「上からの啓蒙」がおこなわれていた。それはレッシングやモーゼス・メンデルスゾーンなどが唱え、推進した、理性に基づいて社会の民主化を促進する

(12) Novalis: Fragmente und Studien 1799/1800, Bd.2, S.762.
(13) Novalis: Das allgemeine Brouillon, Bd.2, S.482.
(14)『ある若き物理学者の遺稿断章』(Fragmente aus dem Nachlass eines jungen Physikers, 1810) である。
(15) Ritter: Fragmente, Nr.475.(日本語訳『太古の夢・革命の夢』一〇六頁)

運動としては拡がらず、むしろ悟性で説明のつかないものを排除する悟性中心主義、また人間の実生活に役立たないものを排除する実用主義という偏狭な社会風潮に堕していた。

ロマン主義は、このような似非啓蒙的な時代風潮に対して起こった「疾風怒濤」運動を受け継ぐ、より深化した対抗運動という性格を持っている。リッターやG・H・シューベルトは、自然学の分野で「機械論的自然観」に対抗する「有機的自然観」を提示し、ノヴァーリスやF・シュレーゲルは、理性的概念を駆使して、当時の「理性的思考」を煙に巻く超理性的思想を展開した。これらの試みは、誰にも分かりやすい「常識」や「現実感覚」に逆らって、しかし神秘主義とは違い、理性の言葉に拠ってどれほど遠くまで人間の思考を飛翔させうるか、人間精神の境界をどこまで拡大しうるかを計る大胆な知的実験であった。それ故、これらの言説には、滑稽にみえる奇想に混じって、現代思想に重要な示唆を与えるものが含まれている。たとえば、アナクロニズムにも見える「予言者的詩人観」を披露するノヴァーリスが、次に見るような現代的な文学観を披露しているのも、そのひとつの例である。

「[…]文学とは、内面の気分、繪あるいは洞察、ひょっとするとさらに精神の踊りなどを引き起こすための、いわば単なる機械的道具に他ならないのではないか。文学=情動喚起術(Poésie = Gemütherregungskunst)」[16]

われわれ現代人は、フロイトが描いた自我像に完全に捉えられてしまっているので、ノヴァーリスの説く自我観に耳を傾けることができなくなっている。[17] そのような現代人には、次に紹介するホフマンの自我観の方が幾分かは理解しやすいと考えられる。

二　ホフマンの自我観・自然観

J・シュミットは、天才観の変遷をテーマとする著書において、ノヴァーリスとホフマンの間に生じた思想的潮流の変化を次のように指摘している。

「ホフマンの立脚点は、『ファンタズス』におけるティークのそれと最もよく比較しうるであろう。［…］彼のほとんどすべての作品が、芸術的主観性と外的現実との対立によって生きている。彼の根本的仮定とは、「天才的・魔的内面性」(genialisch-dämonische Innerlichkeit) の措定である。しかし、その内面性とは、軽々と世界から飛翔し去るものではなく、この世界と問題多き関係、そこから繰り返し苦悩、破壊、狂気が生じるような関係に立つものである。［…］ホフマンは一貫して主観性を幻想的なものに変形する。そこに見られる気まぐれで、熱狂的で、グロテスクで騒がしいものはすべて、創造的ファンタジーの作用に新しい質を賦与している。ホフマンの滑稽なほど人工的な幻像の数々が、ほんの十年、二十年前に「自然なるもの」(das Natürliche) という概念に依拠していた創造的内面性に対する信頼の喪失を暴露するに至っている。」(18)

(16) Novalis: Fragmente und Studien 1799/1800, Bd.2, S.801. 一九九七年春の「蓼科ゼミナール」で、諸断章の根幹をなすノヴァーリスの思想がこの断章にあるという示唆をくださったコンスタンツ大学のU・ガイアー教授に感謝したい。
(17) ユングは「集合的無意識」(das kollektive Unbewußte) や「元型」(Archetypen) という考えを取り入れて、ロマン主義の遺産を引き継いでいる。
(18) Schmidt: Die Geschichte des Genie-Gedankens in der deutschen Literatur, Philosophie und Politik 1750-1945, Bd.2, S.2.

この文章を見ると、シュミットもホフマンの作品に関して筆者と同様の疑問を抱いたことが窺われる。その疑問に対するシュミットの見解がここに表明されているのである。もちろん、ここでシュミットが述べている「十年、二十年」の変化を厳格に捉える必要はないだろう。同時代にきわめて異なる時代感覚の人間が共存していることは、われわれの経験が教えてくれるところである。同時代の作家でありながら、ノヴァーリスが理想的な自然と自我の調和を構想したのに対し、ホフマンはその自然観を研究しながらも受け入れなかったのである。(19)

では、シュミットがホフマンに近いと言っている『ファンタズス』(Phantasus, 1812/16) 創作時のティーク (Ludwig Tieck, 1773-1853) の世界観は、どのようなものであろうか。(20) 初期の代表作『金髪のエックベルト』(Der blonde Eckbert, 1796) を見ると、たしかに不思議な世界と日常世界が融合された世界が見られる。しかし、その不思議な世界は、ノヴァーリスの『アトランティス物語』ともホフマンの『黄金の壺』とも異なり、陰鬱で不気味な世界として描かれている。このメルヒェンの結末において、老婆はすでに破滅が決定づけられた主人公を執拗に苦しめる。

「なぜベルタは私を騙して逃げ出したのか。あんなことをしなければ、すべてがめでたく終わっていたのに。彼女の見習い期間はもう終わっていたのに。彼女は牧童のところに預けられた騎士の娘、お前の父の娘だったのだよ。」(21)

この老婆の言葉は、カフカの『法の門前にて』(Vor dem Gesetz, 1914) の門番の言葉に似て、不条理かつ聞き手にとって残酷なものである。『ルーネンベルク』(Runenberg, 1802) もまた悲惨な結末を描いている。主人公が森に姿をくらました後、再婚した妻は、呪われたように親の死、火事、飢饉、奉公人の裏切りにあう。戻ってきた主人公は、襤褸をまとい、精神に異常をきたし、石英や石ころを宝石と思いこんでいる。彼が憧れて赴いた山中で娶った「黄金のヴェールをかぶった美しい女」が、はたしてどんな妖怪か知れたものではない。

ティークはすでにその創作の起点において、「不気味な自然」と「ロマン主義的心性の暗黒面」を描いている。それがノヴァーリスの自然観と異なることは明白である。けれども、このようなティークの自然観は、ホフマンの自然観とも異なっている。シュミットのように、ホフマンをティークの自然観・自我観の流れを引く作家と即断すると、両者の間の相違が消去されてしまう。すでに見たように、ホフマンもロマン主義者の悲惨な運命を描いている。しかし、ティークのメルヒェンにあるように、ロマン主義者が憧れた「超越世界」の実体が彼を欺く「悪魔的存在」であるという発想は、決してホフマンのものではない。たとえば、「暗黒小説」の代表作『悪魔の霊液』においてさえ、その超越世界自体は神の恩寵の世界であって、決して悪魔的世界とされてはいない。この点だけでも、ホフマンの世界観はティークの世界観と根本的に異なっている。ホフマンの超越世界への強い信頼は、彼の世界観の中核をなしていると考えられる。シュミットはホフマンの幻想の源を「天才的・魔的内面」と呼んでいたが、マットはホフマンの「自我観」を次のように説明している。

「活気あるもの、神的なもの（その他いかなる名で呼ばれてもかまわないが）は、その人の胸中の灼熱するマ

---

(19) プライゼンダンツも一九六四年の論文において、同様のことを述べている。「ノヴァーリスは、フィヒテと同一哲学の影響圏内で、「私たちは世界の設計図を探す――私たち自身が設計図なのだ」と言って、すべての現実体験を自己受胎と規定することができた。この精神と現実の統一が、ホフマンにおいてはきわめて問題あるものと化している。現実的なものの理念的所与と経験的所与の分裂が、彼の物語の中心モティーフなのである。」Preisendanz: Wege des Realismus, S.33 を参照。

(20) 半世紀に及ぶ作家歴を持つティークの世界観をここで取り上げることはできない。『ファンタズス』所収の代表的メルヒェンに表現された世界観を瞥見するにとどめたい。

(21) Tieck: Phantasus, S.146.

グマのような核としてのみ存在し、他のどこにもない。しかもそこにあってさえ四方を壁に囲まれているような状態にある。この鼓動する中心――ホフマンはそれをペレグリヌス・テュスの胸の中の「輝くザクロ石」で形象化したのだが――その中にすべての芸術は源を持たねばならない。ただそこでのみ、詩人が、例の意味において見て、言葉に置きかえるべき形象が生じるのである。」(22)

マットがここで的確に特徴づけている「ホフマン的自我」の存在様態は、明らかにノヴァーリスの「魔術師的自我」とは異なる。ホフマンの「自我」は、マグマのように灼熱し、活発な想像活動を営みながらも、人間の身体の中に密封されているのである。

ホフマンも一八一二年以降、シェリング、ノヴァーリスなどの著作を読み、強い関心を示しているが、ノヴァーリスの調和的な自我観を受け入れていない。彼が共感を覚えたのは、シェリングの弟子で自然哲学者のG・H・シューベルトの著作であった。シューベルトも太古に人間と自然の調和状態が存在したことを説くが、人間はバビロンの言語混乱以降、自然の言葉を理解しえなくなったと述べている。シューベルトは『夢の象徴学』(Die Symbolik des Traumes, 1814) において、人間精神の内にあって当人に意識されない存在を「隠れている詩人」(versteckter Poet) あるいは「善と悪のデーモン」(der gute und böse Dämon) と呼び、それを人間を動かすものとしている。(23) ホフマンの自我観は、このシューベルトの説に多く依拠している。

ホフマンはまた、バンベルクにおいてマルクスやシュパイアーという医師たちから最新の精神医学も学んでいる。ホフマンの自我観は、精神医学の知見からも大きな影響を受けている。それがどのように描かれているか、ホフマンの記述に拠って具体的に検証してみよう。まず最初に初期の音楽論文の一節を引用する。

「音楽とはなんと不思議なものだろう。その深い秘密を人間はどれほどわずかしか探れないことだろう。――しかし音楽は人間自身の胸の内に住み、いともやさしい姿で心を満たしてはくれないだろうか。全感覚がそのやさしい姿に向かい、清らかな新しい生命が、すでにこの世において人間を地上の圧迫や気の滅入る苦痛から引き離してはくれないだろうか。――そう、神々しい力が心を貫き、人は、精神が内面に生ぜしめた感情に幼子のように敬虔な気持ちで身を任せ、「あの未知のロマン主義的精霊界」（jenes unbekannten romantischen Geisterreiches）の言葉が話せるようになるのだ。そして彼は、まるで師の魔法書の呪文をそれと知らず唱える弟子のように、知らぬ間に数々の壮麗なまぼろしを自分の心の内に呼び出すのである。［…］」（『クライスレリアーナ』三三頁）

ホフマンが「ロマン主義的精霊界」について最も雄弁に語りうるのが、音楽との関係においてである。彼が芸術の中でほとんど唯一のロマン主義的芸術と信じる音楽に対する信仰が、彼を「ロマン主義者」たらしめている。(24) ロマン主義の芸術観が、ホフマンの音楽体験にふさわしい言葉を与えてくれたのである。ホフマンは音楽において超越世界の「実在」を体験しうるのである。

ホフマンは、「自然音」や人間が見る「幻」にも、超越世界の関与を察知している。

「われわれを取り巻き、しばしば奇妙な響きや不思議な「幻《まぼろし》」の形をとって現れる「神秘的な精霊界」（die

（22） Matt: Die Augen der Automaten, S.17.
（23） Schubert: Die Symbolik des Traumes, S.56-70（日本語訳『夢の象徴学』六九―八三頁）を参照。
（24） ホフマンは音楽のことを、"die romatischste aller Künste" あるいは "allein echt romantisch" と形容している。『クライスレリアーナ』四一頁を参照。

geheimnisvolle Geisterwelt）が、現実に存在することは否定できません。恐怖や驚愕の戦慄というのは、おそらく地上の有機体の衝動に由来しているのでしょう。そのような形をとって現れるのは、「幽閉された精神のうめき声」（das Weh des eingekerkerten Geistes）なのです。」（『ゼラーピオン同人集』六〇二頁）

『悪魔の霊液』で描かれる恋人の「幻」の出現や、『顧問官クレスペル』に見られるバイオリンとアントーニエとの「共感現象」は、右の引用に見える「幽閉された精神」の発露という認識によって象られていると考えられる。晩年になると、ホフマンは「自我」にもっと積極的な活動性と創造性を認めるようになる。その代表的な例が、次に見る『ブランビラ王女』の一節である。

「おお親愛なる読者よ、ひょっとしたらあなたも私のように、人間の精神こそがこの世で考えられるかぎり、もっとも不思議な童話（das allerwunderbarste Märchen）であると、お考えではなかろうか。――われわれの胸中には、何と素晴らしい世界が秘められていることだろう。――それはいかなる恒星圏にも閉じこめられていないし、その財宝は万有の被造物の無尽の宝庫をも凌ぐほどである。――もし「世界精神」（Weltgeist）が、自然の傭兵であるわれわれの心に、あの無尽蔵のダイヤの鉱脈を与え、すでにわれらのものとなっている不思議な国（das wunderbare Reich）を燦然と照らしてくれなかったなら、われわれの人生はいかに生気がなく、貧しく、真っ暗であることだろう。」（『ブランビラ王女』二六〇頁）

この三例のみでは、ホフマンが考える「自我」の全貌を示すには不十分であるが、ホフマン自身が「自我」について考えていることの輪郭は明らかになったと思われる。次節では、ホフマンの自我をノヴァーリスのそれと比較することによって、ホフマンの創作の基底をなす自我の特徴をさらに明らかにしたい。

三　ノヴァーリスとホフマンの対照

前節までの記述によって、ノヴァーリスの自我とホフマンの自我の基本的特徴は明らかにしえたと考える。しかし、両者の相違点を総括するにあたって、両者の比較を可能にした共通点について、ここで指摘しておく必要がある。すなわち、ノヴァーリスとホフマンに共通し、彼らを啓蒙主義者から分かつ点が存在するのである。それは、人間の「内面世界」を「宇宙」につながる「高次な由来のもの」とする考えである。彼らは自我と宇宙の「原初における調和」を想定しているのである。このことを確認した上で、両者の自我の対照的な特徴を、本章ですでに引用した文章を活用して解説する。

（1）ノヴァーリスの自我観

ノヴァーリスは、「内面世界」を「真の神像が祀られるべき聖所」と呼んでいる。また「自我」の内と外との関係を形式的なものと捉えている。「万有を私の内部に措定する」ことと「私を万有の中に措定する」ことは、同じことだとまで言い切っている。彼はまた「精神」と「身体」の関係についても、調和的なものと捉えている。肉体を、世界で「たった一つの寺院」、「肉の形を取って現れた啓示」と呼び、「この高貴な形態以上に聖なるものは存在しない」とさえ述べている。

ノヴァーリスは「自然は道徳的になるべきである」とも述べて、自然にも道徳的発展の可能性を見ている。『キリスト教世界としてのヨーロッパ』（Die Christenheit oder Europa, 1799）に見られるように、個人と社会・国家・宗教との関係についても、調和的で発展的な関係を構想している。

(2) ホフマンの自我観

ホフマンは、人間の内面世界を「もっとも不思議な童話」、「ロマン主義的精霊界」と呼んでいる。この点ではノヴァーリスと大きな隔たりは見られない。しかし、「内面」と「外界」との関係に関しては、決定的な対立、不調和を見ている。すなわち人間精神にとって、外界は「牢獄」(Kerker)と認識されているのである。さらにホフマンは、自らの「身体」についても、目覚めている間は精神を「奴隷仕事」(Sklavendienst)に利用する「専制君主」(Tyrann)と呼んでいる。[25] 現代人の自我観と多くの共通点を持ちつつも微妙に異なるホフマンの自我観の精密な理解は、個別作品の解釈にとって重要な前提をなすので、いささか図式的な形ではあるが、ホフマンにおける「自我=精神」、「身体」、「外界」、「超越世界」の相互関係を要約しておく。

〈1〉 精神を拘束するものとして「身体」があり、それを取り巻く世界として「外界=日常世界」が存在する。すなわち精神は、覚醒時には身体と外界によって二重に拘束されている。

〈2〉 精神が「超越世界」と接触をもてるのは、意識と身体の拘束がゆるむ「夢」、異常な状況下における「予感」、激しい情動を伴う「恋愛」などの場合に限られる。

〈3〉 自我の構造に注目すると、ホフマンの考える「自我」は、日常世界と交渉を持つ「意識的自我」とふだん意識されない「内的自我」から成り立っている。

〈4〉 「内的自我」の活動のメカニズムに注目すると、恋愛、芸術的熱狂、恐怖などの特殊なきっかけによって、ふだん眠っている「内的自我」(=「ザクロ石」(Karfunkel)という象徴で表現される)が目覚め、それが超越世界との交流を開始する。けれどもその内面での交流には「五官」が介在しないため、「内的自我」は「超越世界」を直接知覚することはできず、ただ予感しうるのみである。その結果、人は予感した超越世界を表現する際に、音楽、絵画、文学などの芸術的手段をとらざるをえない。ところが、その際にも二つの制約が横たわっている。第一に、「内的自我」の活動開始は当人の意志では制御できない不随意的なものである。第二に、超越世界を音や絵や言葉によって表現するにも、現実世界の像や素材を借用せざるをえない。(26)

右に詳述したように、ホフマンが理解する自我・精神の有り様は、ノヴァーリスが考える自由な精神とは異なり、何重もの制約の中に置かれている。喩えて言うならば、ノヴァーリスがイメージする「自我」は、太古の「海」のように地球全体をおのれの故郷としている。そこでは、新たな陸地や河川の形成が自由におこなわれうる。それに対して、ホフマンの「内的自我」は、現在の地球に点在する「内陸湖」のように太古の海から切り離されている。故郷につながる川さえも、「意識的自我」や「身体」によって管理されている。その「内陸湖」にも昔大洋につながっていた記憶は残されているが、母なる海との合一は叶わぬ夢でしかない。ホフマン自身もその状況を残念に思っているが、それを現代人が運命づけられた「この世での運命」(irdisches Erbteil)だと考えている。(27)

ここまでホフマンとノヴァーリスの自我観の特色を対比的に論じてきたが、ここで得られた知見が、第I部で考察したホフマン文学における「ユートピア不在」と関連していることも指摘しておきたい。すでに述べたように、ホフマンが描く超越世界はいずれもユートピアの明るさや幸福感を欠いたもの、どこかしら平日の遊園地の

(25)『蚤の王』七六五頁を参照。
(26)ホフマンが音楽を「もっともロマン主義的な芸術」と呼ぶ理由は、このことと関係している。音楽は現実世界の素材に依存する度合が最も低いので、超越世界をもっとも純粋に表現しうるということが、その根拠になっている。
(27)『ゼラーピオン同人集』五四頁を参照。

ような趣を帯びている。その理由として、ホフマン自身がユートピアの像を持っていないことを指摘した。このことは、上に見たホフマンの自我観とも関連している。ホフマンはノヴァーリスと違って、幽閉された内的自我が解放され、古代の調和が回復される日が再び訪れることを信じていないのである。ホフマンはまた、精神が超越世界を見る能力も想定していない。夢の中でおぼろに見えた不思議な風景を描くにも、既存の言語素材を用いなくてはならない。ホフマンが描く「ユートピア」が人工的に見えるのは、彼が用いる素材とイメージの両方が、本物に似せた「人工物」であることに起因している。そして、ホフマンが描く自然風景の特徴もこのことと関わっていると考えられる。

四　ホフマン文学における自然描写

(1) ロマン主義の自然

ロマンティックな自然と聞いて、人がイメージする風景は様々であろう。薔薇園に囲まれたヨーロッパの城館を思い浮かべる人もいるだろう。スイスの山岳地帯をイメージする人もいるだろう。断崖に立つ荒城をイメージする人もいよう。絵画に詳しい人は、フリードリヒの黄昏の海辺や宗教的光景、ターナーの描く荒々しい自然を思い浮かべるかもしれない。ここでも「ロマン主義」という言葉が指し示す内実が非常に多様であることがわかる。また国によってもロマン主義的自然の内実は異なっているように思われる。たとえばイギリス・ロマン主義にとっては、ワーズワス、コウルリッジが讃えた「湖水地方」は欠くことのできない自然のようである。[28] しかし、ドイツ・ロマン主義においては自然風景や自然描写の意義は意外に小さいように思われる。

日本の研究者は「ヘルダーリンの自然」、「ノヴァーリスの自然」、「アイヒェンドルフの自然」、「メーリケの自然」など、好んでドイツ・ロマン主義の自然描写に注目してきたが、それはむしろ日本人の自然に対する強い関心の反映であった。その研究の結果、ドイツ・ロマン主義の自然は日本人が考える自然と根本的に異なっていることが明らかにされている。(29) ドイツ・ロマン主義で「自然」(Natur) という言葉が用いられる時、多くの場合、自然風景ではなく観念的な自然が問題にされているのである。L・ピクリクも「前期ロマン主義」を解説する書物の「人間と自然」の章において、次のように述べている。

「自然に対するロマン主義の熱狂と自然に対するロマン主義の関与は、自然との近親感から育ってきたものではなく、自然から遠ざかったという意識から生まれたのである。それは人と自然の原初の一体性が失われたというメランコリックな思いに根ざしており、失われた一体性を取り戻したいという憧憬に駆りたてられている。その意味で、自然に対するロマン主義の関係は、シラーの言葉を借りれば「センチメンタル」(sentimentalisch) ということになる。[…] ロマン主義の自然理解は、部分的に相互に独立し、部分的に相関する三つのレヴェルで

(28) 高辻知義編『ヨーロッパ・ロマン主義を読み直す』五二—一一一頁、岡地嶺『イギリス・ロマン主義と啓蒙思想』二八頁を参照。

(29) 日独の自然観の相違の報告は幾つもなされている。十九世紀研究会編『十九世紀ドイツ文学の展望』および『ドイツ近代小説の展開』所収の諸論文を参照。特に神品芳夫氏の「アイヒェンドルフの詩における自然」、久保田功氏の「アイヒェンドルフにおける風景描写」という論考は、アイヒェンドルフの自然を「暗号文」、「大きな絵本」、「神秘的な文字」と解説している。また久保田氏は、「しかし、ロマン主義者であることを自己の文学的信念としてかたくなに堅持し続けたアイヒェンドルフに、風景描写のリアリズムを求めることはできない」(三三七頁) と述べている。この見解はホフマンを含むドイツ・ロマン主義の特徴を明らかにしたものである。

展開し、その姿を見せている。すなわち、文学作品（Dichtung）、自然哲学（Naturphilosophie）、自然科学（Naturwissenschaft）の分野においてである。」(30)

ピクリクが確認しているこの自然意識は、われわれ日本人が「自然」という言葉で想起するものとは異なる原自然（Urnatur）や原初の状態（Urzustand）に関係しているのである。ノヴァーリスの自然観を紹介したところで具体例を挙げておいたように、前期ロマン主義が関心の中心に据えている自然とは、自然哲学や自然科学的な思弁の対象としての自然なのである。日本人が自然の表現として興味を示す「作品に描かれる自然」とドイツ・ロマン主義の「自然」とは相当その内実に相違があると考えられる。ピクリクは、ノヴァーリスの『ザーイスの弟子』、ティークの『金髪のエックベルト』と『ルーネンベルク』に描かれる自然をロマン主義的自然として紹介しているが、この選択もドイツ風の自然観に基づくものと考えなくてはならないだろう。

(2) ホフマンが描く自然

ホフマンはルソーの『告白』を三〇回読んだと述べている。ホフマンが時折見せるセンチメンタルな表情と『告白』の愛読とは、相通ずるところがあるように思われる。すでに紹介したように、ホフマンは親の愛情に恵まれずに育っている。そのためか彼は素直な愛情表現を苦手としている。ホフマン自身も、女性を前にして自分の気持ちをうまく表現できない自分はルソー似であると記している。(31) ところがケーニヒスベルク市内のマンションで育ったホフマンは、ルソーの自然愛だけは共感できなかったようである。友人のヒッペルは次のように証言している。

「ホフマンは自然や田園生活には全く何の興味も示さなかった。彼が自然の中に足を踏み入れる時、彼はただそこでの気晴らしや休息を求めていたにすぎなかった。それはホフマンにとって都会生活（Stadtleben）の中のスパイス（Würze）というべきものであった。」（『同時代人の証言』二二四頁）

この傾向が単に好みの問題にとどまらぬホフマン作品の特質となっていることは、研究者の目にもとまっている。マットはその特徴を次のように意義深いものと捉えている。

「ホフマンは、具体的な、感覚で捉えうる芸術作品の形成を、一八世紀初頭と同様の認識、正確な「模倣」（Nachahmung）という意味での imitatio の過程と理解している。しかしホフマンの場合、それは神が創造した「完全な被造物としての自然」の模倣ではなく、自己の内面とそこに起源を有する形象世界の模倣なのである。」(32)

「ひょっとするとホフマンは、自然に向かうという意思を決して持たなかった彼の世紀でただ一人のドイツ作家ではなかろうか。」(33)

では「自然志向」を持たないホフマンが、どのように自然を描いているのかを見てみよう。はじめに「ユートピア的自然」の描写に注目する。『黄金の壺』最終章でアンゼルムスがアトランティスを訪れた場面は、次のよ

(30) Pikulik: Frühromantik, S.241f.. 強調は引用者による。
(31) 一八〇四年二月一三日の記述。『日記』S.73を参照。
(32) Matt: Die Augen der Automaten, S.30f.. 強調は引用者による。
(33) Matt: Die Augen der Automaten, S.117. 強調は引用者による。

うに描かれている。

「光線はますますまばゆさを増し、やがて明るい陽光の中に広大な杜が開けてくる。私（＝語り手）はその杜の中にアンゼルムスの姿をみとめた。――輝き立つヒヤシンス、チューリップ、薔薇が美しい頭をもたげ、その芳香が愛らしい音色をたてて幸運な青年に呼びかける。「私たちの中を歩みなさい、私たちのことを理解した愛しい方、私たちの香りは愛の憧れ――あなたを愛し永遠にあなたのものです。」――黄金の光線がきらめく音色で燃える。「僕たちは愛の火によって灯された。芳香は憧れ、そして火は熱情。それは君の胸に住んでいる。僕たちは君のもの。」」（『黄金の壺』二五三頁）

「そのとき茂みの至るところで稲妻が走る。――ダイヤモンドがきらめく瞳のように地中から顔を出す。――泉からは噴水が高く湧き上がる。――奇妙な香りが翼の音をたてて近づいてくる。それは百合に忠誠を誓い、アンゼルムスに幸福を告げる四大の霊たちである。」（同上二五四頁）

われわれはこれらの描写をためらいなく「自然描写」と呼ぶことができるだろうか。ここには自然の中を歩むアンゼルムスの目に映る「風景」そのものの描写は乏しく、彼に語りかける花、光線、木々、小川、鳥の言葉ばかりが書き連ねられている。ホフマンが描くアトランティスは、草木・鳥獣が人間の言葉で語る、まるで童話のような世界である。その世界はわれわれ日本人が考える「自然」とは異なる「観念的世界」である。マットがホフマンのアトランティスを評して「人工楽園」（pradis artificiell）と呼んだのも、この性格を踏まえてのことであろう。

しかもこの現象は『黄金の壺』のみに見られるものではない。『ブランビラ王女』に登場する古代の王国「ウルダルガルテン」の描写を第二の例として引用してみよう。

「むかしむかし、懺悔の火曜日に続く灰の水曜日のように「太古」に続いたある時代に、オフィオホという若い王が「ウルダルガルテン」という国を治めていた。[…] その国は牧草とクローバーに恵まれ、口の肥えた家畜さえもこの祖国を出たいとは思わなかった。また草木や獣、芳香に満ちた山林にも恵まれ、朝夕の風が存分にその中を動き回っていた。葡萄酒、石油、あらゆる種類の果物もふんだんにあり、銀色にきらめく川が国を貫流し、山は裕福な人のようにうっすらと鉛色の衣装をまとい、その下に金銀を蔵していた。人は少し努力すれば砂床から宝石を掘り出し、それをシャツのボタンに利用することができた。」(『ブランビラ王女』二五〇頁)

この例からも、ホフマンが理想郷として描く自然が、きわめて観念的、人工的かつ紋切り型のイメージで構成されていることが分かる。その自然は、四大の霊や妖精や鳥獣、草木、宝石に満たされた世界である。U・プランタも『見知らぬ子』という童話の考察において、「ブラーケルハイム」の自然が具体的に描写されていない事実を指摘している。(34) このことはホフマン文学全般に見られる特徴と言って差し支えないだろう。

次に現実世界の自然描写を取り上げるが、そもそも適切な自然描写を探し当てることからして容易ではない。驚くべきことに、短編作品にはほとんど自然描写が見られないのである。そこでホフマンの二編の長編小説から、それぞれもっとも風景描写らしい箇所を抜粋してみる。『悪魔の霊液』第二章冒頭に、主人公が立ち去ってきたバンベルクの修道院を顧みる場面がある。

(34) Planta: E.T.A. Hoffmanns Märchen "Das fremde Kind", S.99f. を参照。

「修道院は青い靄に包まれて、私の足もと、谷間の中ほどに立っていた。爽やかな朝風が湧き起こり、風を起こして、修道士たちの敬虔な歌声を私のもとへ運んできた。私も思わずその歌に唱和していた。太陽が明るい日差しとともに町の彼方に姿を見せた。きらめくような黄金の光が木々に映り、木々の露は無数のきらめくダイヤモンドのように、ぱらぱらと色とりどりの昆虫たちの上に落ちかかったので、虫たちは羽音を立てて飛び上がった。」(『悪魔の霊液』四五頁)

『牡猫ムル』第二巻には、クライスラーが身を隠した修道院の周囲の描写がある。

「修道院にほど近いところに農場管理人の建物があった。谷間をさらに降りたところには、この修道院の建つ丘を花冠のように取り囲む美しい村カンツハイムがよこたわっていた。その谷間は彼方の山並みの麓まで広がっていた。きらきらと輝く小川によって仕切られた牧草地では、いくつもの家畜の群が草を食み、点在する村の農民たちは実り豊かな麦畑の間を陽気に歩んでいた。気持ちの良い草むらからは鳥たちの陽気な歌声が聞こえ、遠くのほの暗い森からは憧れを誘うような角笛の音が響いてきた。谷間を貫流する広い川では、沢山の荷を積んだ船が白い帆に風をはらんで滑ってゆき、船頭たちが交わす挨拶を聞くことができた。至る所にたっぷり与えられた自然の恵みと活発で止むことのない人の営みが見られた。」(『牡猫ムル』五三四頁)

筆者の印象では、このふたつの描写が全著作中でもっともよく自然風景を描く箇所であると思われる。筆者は風景描写を渉猟する中でこの記述を見つけたのであるが、選び出した両者を並べてみると驚くほど共通点が多い。すなわち、どちらの描写も修道院を風景の中心に据え、高台から下方に広がる豊饒な谷間の自然と人の営みを眺める構図になっている。(35) 前者のモデルになったのは当時バンベルクに実在したカプチン会の修道院であり、後者のモデルはバンベルク近郊に実在したベネディクト会修道院であり、どちらもバンベルク時代にホフマンが訪れた場所である。また両場面ともに、静謐な自然ではなく、物音と色彩と動きに満ちた自然が描かれている点が特徴的である。

風景描写の多寡を客観的に示すことは困難であるが、ホフマンの作品に自然を写実的に描いた箇所は非常に少ないと思われる。たとえば『快癒』(Die Genesung, 1822) というホフマン最後の完成作品は、「緑色が失われた自然」しか見えなくなった老人を描いている。まさに自然を主題とする作品であり、風景描写の存在を期待させる短編である。しかしそこで語られるのは、老人の「狂気」と彼を看護する若き男女の「恋」であって、「自然の緑の回復」というテーマは脇に置かれてしまっている。ここにもホフマンの自然に対する関心の薄さが窺われる。またホフマン自身がそのことをほのめかしている箇所が『蚤の王』に存在する。それを引用してみよう。

「物語の主人公は、激情に駆られると、森の中とか、少なくとも人気《ひとけ》のない茂みの中へ行くのが古くからの慣習となっている。そのような慣習は現実世界でも通用しているものであり、なかなか結構なものである。そういうわけで、ペレグリヌス・テュスもロスマルクトの自宅を飛び出し、一気に郊外の草むらへ走っていった。また小説の中では、草むらにはざわめく枝葉、ささやくような夕風、呟くような泉、おしゃべりする小川などが欠かせぬものとされているので、ペレグリヌスが見つけた避難所にもそれらがあったと想像される。」(『蚤の王』七六三頁)

(35) ホフマンの小説において「修道院」が「避難所」(Asyl) として描かれていることと、豊かで平和な周囲の描写がなされることは無関係ではないだろう。

『蚤の王』の語り手がここで述べていることは、ホフマンが「風景描写」をどのように理解していたのかを率直に表明しているように思われる。すなわち、彼の創作における風景というのは、物語にリアリティを持たせるために必要な「背景」でしかない。それ故、ホフマンは風景を描く際、なんら独創的な風景を必要としない。ホフマンは当時の小説に広く流布していたトポス、すなわち感傷主義的色彩を帯びた風景、ロマン主義的な神秘的自然などを場面ごとに使い分けたのである。ホフマンの作品においては、「自然」は舞台の「書き割り」（Kulisse）に等しい役割を担っていたと言っても過言ではなかろう。

けれども、このような自然に対する無関心と風景描写の少なさは、なんらホフマン文学の価値を下げるものではない。この特徴はむしろホフマンの現代的な「心性」（Mentalität）の現れと見ることができる。この観点からすれば、ホフマンの関心がドイツの自然の美しさではなく、人間の心の謎や都会の謎に向けられていたことを積極的に評価できるだろう。ホフマンの友人ヒツィヒも、彼が一八二三年に著した最初のホフマン伝において次のように書いている。

「ホフマンは自然には特別親しみを抱いていなかった。人間との交わり、人間の観察が彼には何よりも興味のあることだった。」(36)

ヒツィヒが伝えるホフマンの性格こそは、彼の精神の現代性を語っている。われわれ現代人はむしろ、自然描写が豊かな小説、たとえばジャン・パウルの『生意気盛り』で延々と描かれる徒歩旅行やシュティフターの諸作品で丹念に描かれる自然描写を読むとき、その作家と自分が生きる時代の相違を強く感じるのではなかろうか。ホフマン文学には、そういう意味での違和感はほとんど感じられないように思われる。

ロマン主義者たちに共有されていた社会観を探し出すのは、自然観の場合よりもいっそう難しい。出自も身分も宗派も異なる作家たちが、特定の傾向を示していたという資料は見あたらない。ロマン主義的社会観というものも理論的にありうるのだが、ドイツではロマン主義の時代にナポレオンのドイツ侵攻があったせいで、ロマン主義とナショナリズムが不幸な結合を遂げてしまっている。その中にあって、ノヴァーリスが統一ヨーロッパを理念的に構想した『キリスト教世界としてのヨーロッパ』は数少ない例外といえるだろう。ユンカーであるアヒム・フォン・アルニムは、ユダヤ人を排除した保守的封建体制への復帰を望み、没落貴族の家に育ったアイヒェンドルフは、カトリックと良き貴族性とによる社会の再生を望んでいるが、それらの願望はロマン主義思想と直接のつながりはないと考えられる。

また時代の激動の中で自らの思想を大きく転換する作家も多かった。一七九九年に『ルツィンデ』(Lucinde)によって進歩的な恋愛観を表明し、また共和制が「唯一の理性的政治体制」であると表明していたF・シュレーゲルが、一八〇八年にはユダヤ人の妻ドロテーアとともにカトリックに改宗して世間を驚かせている。またその後、ウィーンではメッテルニヒの保守的体制に帰順している。A・W・シュレーゲルやティークも長い遍歴の後にロマン主義と縁を切り、カトリックに傾斜している。(37) けれども、このようなロマン主義者たちの変化を根

(36) Hitzig: E.T.A. Hoffmanns Leben und Nachlass, S.442 を参照。
(37) Peter: Friedrich Schlegel, 51ff. を参照。

拠にロマン主義をカトリシズムと結びつけたり、一律に保守反動と判定することも正当ではない。『アテネウム』時代のF・シュレーゲルの見解がドイツ・ロマン主義の最良の理論書であることは、そのことで根底から覆るわけではなかろう。彼らの評価を高めているのは転向後の思想・作品ではないのであるから。ホフマン自身は生涯をとおしてロマン主義者であり続けたが、すでに第I部で跡づけたように、彼の世界観も時とともに少しずつ変化している。ホフマンの社会に対する姿勢も、シュレーゲル兄弟たちの場合とは全く対照的な形ではあるが、彼の生活状況の変化に応じて変遷を遂げている。その軌跡を跡づけることにしよう。

一　ホフマンの社会観の変遷

（1）流浪時代の社会観

すでに紹介したオッフェンバックのオペラ『ホフマン物語』は、『砂男』、『顧問官クレスペル』、『クライスレリアーナ』の登場人物を自由に組み合わせた創作である。この作品に登場するホフマンは戯画化された熱狂的芸術家であり、作家の実像とは全くの別物である。しかし、あえてその虚構に近いものを挙げれば、それはバンベルク時代のホフマンであろう。この時期のホフマンの暮らしについてはすでに第I部第二章で紹介した。ホフマンは不慣れな南ドイツで失業し、家庭教師などをして糊口を凌いでいた。この時の彼の心情は『クライスレリアーナ』に表現されている。

「かつてどの芸術家が日々の政治のことを気にとめただろうか。――芸術家はひたすらおのれの芸術の中でのみ生き、それに時を捧げたのだ。しかし困難で不幸な時代が彼を鉄の拳で捕まえてしまったので、芸術家も痛さのあまり、元来、彼に無縁なはずの悲鳴をあげることになる。」（『クライスレリアーナ』五五頁）

この言葉には芸術に没頭して生きたいと願いつつ、政治や社会の混乱のせいで、生活のことに心を砕かざるをえないホフマンの憤りと嘆きが表現されている。その屈折した表現が、誇りを傷つけられた芸術家が吐き出す次のような「イロニー」（Ironie）である。

「芸術の目的は人に心地よい楽しみを作りだすことに他ならない。そして人を真剣な営み、というよりもむしろ、唯一のまともな仕事、すなわち国家の中でパンと名誉とをもたらす仕事の緊張から、気持ちよく回復させてあげるのが芸術の役目なのだ。そうすれば、人は一層充実した気力で本来の存在の目的、つまり国家という紡織機の有用な歯車という仕事に戻り、（この比喩を続けるならば）糸を紡いだり小刻みに動いたりできるのだ。」（同上三六頁、強調は引用者）

「健全な理性と成熟した見識の持ち主なら、最高の芸術家でさえも、雄弁な説教師とか、お役人が税務署で使ったり商人が事務所で使うクッションの職人ほどには高く評価しないだろう。一方は不可欠なものを作るのに対して、芸術家は心地よいものを生み出すにすぎないのであるから。」（同上三九頁、強調は引用者）

これらの記述に見られるように、バンベルク時代のホフマンに特徴的なのは「貶められた芸術家」という被害者意識であった。これはホフマンのバンベルク体験の中核をなしている。だがホフマンが産み出した「クライスラー像」は、単なる個人的ルサンチマンの表現にとどまらなかった。『クライスレリアーナ』は、「芸術的熱狂」

と「窮乏生活」との葛藤の中で狂気の淵に立つ人物の内面を巧みに表現することで、パトロンなき近代芸術家の運命を予見し、その苦悩と至福を表現していたのである。この時ホフマンが眼にしていたのは、芸術を解さぬ卑俗な貴族や富裕市民階級が威張る社会、芸術家が屈辱に耐えて真の芸術的高みを目指して苦闘せざるをえない社会であった。

ドレースデンへ移ったホフマンが目撃したのは、ヨーロッパ史上最大の戦争に決着をつける大会戦であった。ホフマンがドイツを占領し自分を失業のどん底生活に突き落としたナポレオンを嫌っていたことは確かである。けれども、ドレースデン宮廷劇場で指揮をする間、彼がひたすら望んだのはオペラ上演ができる平穏状態であった。この時期のホフマンは、史上稀に見る大戦争のさなかにいながら、ひたすら芸術の中で生きることを求めていたのであった。

(2) 社会統制と検閲体制の実情

アメリカの研究者 Ch・ヘイズは、ホフマンの社会意識を考察した論文『E・T・A・ホフマンの作品における空想と現実』において、ホフマンの作品に資本主義的思考に侵された市民社会の活写があることを評価する一方で、ホフマン自身は「社会批判者」(Gesellschaftskritiker) ではなかったと断言している。

「なるほど彼の作中の多くのものは批判のように見えはするが、ホフマンは実際には社会批判者ではない。なぜなら彼は社会的現実に対して、どこにおいても積極的に抗議をおこなっていないから。またそのような抗議も彼には容易ではなかっただろう。彼はそのような抗議の本になる確信、つまり悪しき社会が変革されうるし、またされねばならない、そして社会構造の変化が人間の内面の変化をもたらすのだという確信を持っていないから。彼の人物は何の変化も発展も知らない。それらの人物は、彼らを取り巻く世界同様に静的である。」(38)

このような見解はヘイズ一人のものではなく、多くの読者もホフマンの作品を読んだとき、同様の印象を抱くことが予想される。事実ホフマンの作品には、彼が理想とする社会像がほとんど描かれていないし、社会問題が扱われている箇所も見られない。ホフマンの作品に登場するのは、エクセントリックな芸術家、滑稽かつ不気味な魔術師、内気な大学生、芸達者な犬や猿といった動物などであり、社会批判が正面きっておこなわれる作品は存在しない。そのような作品に隠されたホフマンの社会批判の実相を明らかにする前提として、ヘイズが投げかけている根本的な疑問に答えてゆくことにしたい。

ヘイズは、ホフマンが社会批判者ではないと断じる論拠として、「積極的に抗議をおこなっていない」ことを挙げている。しかし、ヘイズの要求は当時の厳しい政治状況を無視した暴論である。その頃プロイセンでおこなわれていた検閲の厳しさは、現代人の予想を超えるものである。具体例を挙げると、ホフマンは一七九六年三月一三日のヒッペルへの手紙の中で次のように書いている。

「[…] さて検閲官殿よ、個人糾問官殿よ、この手紙には宗教、国家、公的・私的安寧に反する記述がないことがおわかりでしょう。あなたがこの手紙を読み通す労を惜しまれなければ、人は母親の死んだ夜に陰謀をたくらむようなことはしないことがお分かりになるでしょう。」(『手紙』第一巻八八頁)

この記述から分かるとおり、著作物は言うに及ばず、私信までも開封、検閲される状況下では、手紙で政府批

(38) Hayes: Phantasie und Wirklichkeit im Werke E.T.A. Hoffmanns, S.200.

判をおこなうことすら危険であった。(39)

この状況は解放戦争後に一旦緩んだが、「ライプツィヒ大会戦」記念日の一八一七年一〇月一八日におこなわれた「ヴァルトブルクの祝典」(Wartburgfest) に各大学の学生など四六八名が参加し、一部学生がコツェブー、ハラー、カンプツら反動的人物の著作を模した紙束を焚書刑に処した頃から再び取り締まりが厳しくなる。一八一八年に各国政府代表が「カールスバート決議」(Karlsbader Beschluss) でドイツ統一運動弾圧策を打ち合わせ、一八一九年三月二三日にイェーナ大学生ザント (Karl Ludwig Sand) がコツェブー (August von Kotzebue) を刺殺するに及んで、私信の開封を含む徹底した検閲が再開されることになる。(40) さらに一八一九年七月一日、レーニング (Karl Loening) がナッサウの行政長官フォン・イベル暗殺未遂事件を起こすに及んで、大規模な秘密結社狩り、学生組合狩りが「デマゴーグ追求」(Demagogen-Verfolgung) の名でドイツ各地に展開される。その先頭に立ったプロイセンは危険分子と見なす人物を片っ端から拘束し、被疑者たちの文通などから芋蔓式に秘密結社のメンバーを洗い出し、逮捕していったのである。この強引な取り締まりに批判的なリベラリストの政治家たち、ヴィルヘルム・フンボルトや前宰相のシュタイン、軍人のグナイゼナウらは、辞職を余儀なくされたり、デマゴーグの容疑をかけられたりした。(41) この時のプロイセン反動体制の担い手は、耄碌した宰相ハルデンベルク配下の貴族官僚である官房大臣ヴィトゲンシュタイン、内務兼警察大臣シュックマン、警察長官カンプツであった。

運の悪いことに、ホフマンはその弾圧の尻拭いをする司法機関として一八一九年一〇月一日に設置された「プロイセン王直属調査委員会」(Königliche Preußische Immediat-Untersuchungs-Kommission) の司法側委員に推挙されてしまった。ホフマンと二人の同僚は、警察が拘束した被疑者たちを法に則って公正に取り調べ、次々に「釈放」の決定を下していった。これにあわてたのがシュックマンやカンプツである。調査委員会の長トリュチュラーに圧力をかけて審理の差し戻しをしても、ホフマンたち裁判官は政府が望む「有罪判決」を拒み続けた。

頑固な裁判官に手を焼いた政府は、二ヶ月後の一八一九年一二月に「閣僚委員会」（Ministerial-Kommission）という組織を作り、「直属調査委員会」の決定を審査する機関とした。両委員会の対決はほぼ二年間にわたって続く。そして政府が「閣僚委員会」を「直属調査委員会」の上部機関に格上げしたとき、ホフマンたちの抵抗は終わりを告げる。(42)

政府が最後にとった措置は、行政機関の恣意を法律よりも優先させた重大な原則違反であった。また当時の状況にあっては、社会を批判することはおろか、社会問題の存在を指摘しただけで検挙され、「懲役六年から一〇年の刑」に課せられる危険さえあった。(43) 二〇世紀後半の合衆国に生きるヘイズが、このような当時の政治状況をきちんと認識した上で、ホフマンに対する判断を下したのかどうかが問われるところである。

ヘイズによるホフマン批判のもう一つの論拠、「ホフマンは抗議の前提となるべき確信、社会変革の必要性と可能性、それに伴う人間の変革可能性についての確信を持っていない。ホフマンの人物は何の変化も、何らの発展も知らない」という見解を検証してみよう。まず社会変革の可能性を信じていなかったという点については、

---

(39) 一八〇七年五月一四日のヒツィヒ宛の手紙でも、「もちろん政治的事件については話さないことにする。」という記述が見られる。『手紙』第一巻二〇九頁を参照。

(40) 一八二〇年頃、手紙の開封は盛んにおこなわれていたようである。『手紙』第二巻二六三頁および **Kleßmann: E.T.A. Hoffmann, S.447ff.**を参照。

(41) **Kleßmann: E.T.A. Hoffmann, S.453f.** および **Wilhelmy: Der Berliner Salon im 19. Jahrhundert, 116f.** を参照。

(42) この間、司法側委員と内務省・警察省官僚との間で交わされた激しい応酬の詳細は、『手紙』第三巻の「公務上の手紙」一一五―二二三頁及び『司法書類』二二一―五二二頁に詳しい。

(43) プロイセン軍の野戦病院での兵士の扱いの惨状をグナイゼナウに訴えた作家シェッツィは、逆に軍から「名誉毀損」で告発され、あやうく懲役刑に処せられるところであった。ホフマンがこの件を担当して無罪判決を下したが、法務大臣キルヒアイゼンはホフマンの寛大な判決に激怒したという。『手紙』第二巻一〇四頁、『司法書類』三二一・三二二頁を参照。

ホフマンがそれとは逆の見解を最晩年の作品『いとこのコーナー窓』で表明している事実を示そう。

「わがいとこ君よ、市《いち》を観察することで僕の確信は深められたのだが、ベルリンの民衆は、高慢な敵がこの国を占領しドイツ人の精神を抑圧しようという試みに［…］失敗したあの大変な時期に、注目すべき変化を遂げたと思われる。ひとことで言えば、ベルリンの民衆は公徳心（Sittlichkeit）を身につけたと言える。」（『いとこのコーナー窓』六一九頁）

ベルリンがフランス軍に占領された一八〇六年秋頃以後、ベルリンの民衆の間で暴力沙汰が減り、たとえ喧嘩が生じても人々が仲裁に入ることで穏やかな解決が見られるようになったこと、人々が他の市民に配慮を払うようになったことが、主人公の観察結果として指摘されている。

ヘイズの念頭にあるとおぼしき体制変革の可能性について言えば、たしかにホフマンはその可能性を信じていなかったと考えられる。だがドイツの歴史を見れば、ヘイズよりもホフマンの現実把握の方が正確であったことが分かる。一八一五年当時のドイツには、社会体制を変革する萌しは存在しなかったのである。

最後に登場人物が「何の発展も知らない」という主張に関して言えば、ヘイズはあきらかにホフマンの作品を見誤っている。ホフマンの後期の代表作、『ブランビラ王女』や『蚤の王』は、主人公の成長、発展の過程を主題とする物語なのである。ところがヘイズはこれらの作品の主人公にさえ何らの発展を認めず、そこに見られるのは「諦念」（Resignation）であると述べている。

「詩的な性格の人物は、彼の叶えられぬ幻想像を自ら狂気になることによってのみ実現できる。晩年の諸作品では現実との和解がめざされている。しかし現実は決して変わることはないのであるから、この和解とは諦念に

すぎない。」(44)

だがホフマンの作品で最も愉快な諷刺作品『小人ツァヘス』、途方もない想像力の飛翔を示す作品『ブランビラ王女』、そして敵を無実の罪に陥れる警察長官を諷刺する『蚤の王』などをきちんと読めば、そこに「現実との和解」や「諦念」などという老人めいた態度を読みとることなどありえない。これは推測にすぎないが、ヘイズは流浪期のホフマンの作品だけから自説を組み立てたのではなかろうか。後期のホフマンが裁判官という職務から得て、物語に織り込んでいる見解にまったく目が届いていないのである。そのために、ホフマンの社会意識というユニークな論点をいち早く取り上げ、「ホフマンはドイツ市民たちの虚偽性を知っており、どうして人間がかくも歪められていながら、なおかつ「正常」だと見做されうるのかを理解しようと努めた」といった興味深い指摘をする一方で、「ホフマンは社会の外側に立ってこの社会の全体を拒絶し、その社会の日常の惨めさを嘲った」などという、ありきたりのホフマン理解に逆戻りしてしまったのである。(45)

けれどもヘイズの見解とそれが示す矛盾は、ホフマンの社会観を考察する際に人が陥りやすい誤解をよく教えてくれている。われわれはホフマンが『小人ツァヘス』、『蚤の王』、『牡猫ムル』など、一見きわめて無邪気に見える作品に込めた社会諷刺を、当時の社会統制の実態を理解しつつ解読する必要があるといえよう。

(44) Hayes: Phantasie und Wirklichkeit im Werke E.T.A. Hoffmanns, S.184.
(45) 引用は共にHayes: Phantasie und Wirklichkeit im Werke E.T.A. Hoffmanns, S.212.

二　ホフマンの社会諷刺

放浪時代のホフマンは、生きるのに精一杯で社会批判を展開する余裕すらなかった。けれどもベルリンに戻り官職に復帰したホフマンには、復古期のプロイセンの醜悪な実態が目につくようになる。しかし、公然たる政府批判はたちまち警察の取り締まりの網にかかってしまう。このような状況にあってホフマンが用いたのは、「戯画」（Karikatur）と「パロディー」（Parodie）であった。動物を登場させその口から社会批判の言葉を吐かせるという手法も用いている。いずれの場合でも「語り手」（Erzähler）の口から批判めいた発言をすることは避けられており、ましてや作者自身の政治的見解が表明される箇所も見当たらない。ここでは『小人ツァヘス』（Klein Zaches genannt Zinnober, 1818）、『牡猫ムル』（Lebens-Ansichten des Katers Murr, 1820/22）、『蚤の王』（Meister Floh, 1822）という晩年の主要作品を取り上げ、何重ものカムフラージュの下におこなわれる批判を紹介する。

（1）時代錯誤の貴族支配

ホフマンは市民階級出身の官吏として、貴族と市民との差別待遇を数多く体験し、見聞している。ホフマンの世代は青春期にフランス革命とナポレオン戦争を経験しており、ドイツの小国分立と封建制度が時代遅れの代物であることをはっきり認識していた。ところが現実にはオーストリアとプロイセンの支配階級によって、旧態依然の政治が復活されてしまった。ホフマンは、とうの昔に時代遅れになっていながら、厳然として社会を支配している一八一五年以後の封建体制のグロテスクさを、『小人ツァヘス』において痛烈に諷刺している。舞台となる小国の政治は次のように描かれている。

「デメトリウスが死んで、若きパフヌティウスが跡を継いだ。［…］彼は支配する決心をして、すぐに近侍のアンドレスをこの国の首相に任じた。アンドレスは彼が外国の宿屋に財布を置き忘れた時に六ドゥカーテン貸してくれ、苦況から救ってくれたことがあった。『おい、私は統治したいのだ！』とパフヌティウスは呼びかけた。アンドレスは主人の眼差しにその気持ちを読み取り、彼の足元に身を投げ出して荘重な口調で言った。『陛下！遂に時が到来しました！――陛下のお力により暗愚の混沌の中から帝国が燦然と生み出されるのです！［…］陛下！　啓蒙（Aufklärung）を導入なされませ！』――パフヌティウスは首相の高貴な思想にすっかり感動してしまった。彼は首相を抱え起し、激しく掻き抱いてすすり泣きつつ言った。『首相よ、アンドレスよ――私はお前に六ドゥカーテン借りがある――それだけではない、私の幸福、わが国あるのもお前のお蔭だ！――おお、賢明なる忠臣よ！』――パフヌティウスはすぐさま勅令を大きな活字で印刷させて、本日只今より啓蒙が導入された旨、そして誰もがそれに倣うべき旨を街角に張り出させようとした。」（『小人ツァヘス』一五・一六頁）

この箇所では、ドイツで多く見られた「上からの啓蒙」の馬鹿らしさ、君主が気まぐれにおこなう任官の愚劣さが痛烈に諷刺されている。この君主国は「一二折り判の宮廷」（Duodezfürstentum）と呼ばれるちっぽけな国家とされている。当時ドイツに存在した三〇〇余りの国家は、一八〇三年にナポレオンが整理統合してくれていたが、それでもなお三九もの小国が生き延びていた。ホフマンは、勅令一枚で啓蒙主義を導入した小国が、警察力を使って「妖精狩り」をおこなう様、宮廷全体が妖精の魔法に他愛なく翻弄される様などを、面白おかしく描いている。この諷刺によって、「啓蒙」と「専制君主」との間の矛盾すら解決できないドイツの現状を嗤っているのである。

『牡猫ムル』の舞台、ジークハルツヴァイラーという旧侯国の宮廷はもっとグロテスクである。この侯国は右に紹介した整理統合によって隣の大公国に併合され、国家としての実体を喪失してしまったのに、侯爵は相も変わらず宮廷を営みつづけている。その様子は次のように描かれている。

「つまり彼（＝イレネーウス侯爵）は、自分が支配者であるかのように、宮廷と宰相と財務官僚などをまだ保持しているかのようにふるまい、勲章を授与し、接見もおこない、宮廷舞踏会を催した。舞踏会の折には、参内条件が大宮廷よりも厳しく設定されていたので、たいてい一二から一五人ぐらいしか人が集まらなかった。そして市民たちは、善良にも、この夢想的宮廷の偽りの光輝を自分たちに栄誉と名声をもたらすものだと思っていた。」（『牡猫ムル』三二六頁）

『牡猫ムル』できわめて写実的に描かれるイレネーウス侯爵のモデルは、一八〇六年に廃位されて後、バンベルクに居を構えていたヴィルヘルム・イン・バイエルン公とされている。[46] 彼はバンベルクに引きこもった後も昔を懐かしんで宮廷を営んでおり、ホフマンもそこに出入りして「夢想的宮廷」（träumerischer Hof）を眼のあたりにしていた。ナポレオンによるドイツ領邦再編以降、このような幽霊宮廷が各地に存在していたのである。それらは政治的実体を喪失しながらも、因習と共同幻想に支えられ、民衆の意識の中で生き延びる「妖怪」であった。『牡猫ムル』は、この幽霊宮廷の君主が、この体制の延命のためには、自分の私生児の隠匿、その事情を知る女性の幽閉、娘と殺人犯との政略結婚など、あらゆる非人道的行為さえ厭わないことを暴露し、現存する時代遅れの宮廷が滑稽な存在であるのみならず、有害かつ危険なものであることを示している。

(2) 啓蒙主義・古典主義・ロマン主義

ホフマンの考えによれば、ドイツで展開された啓蒙主義運動の誤りは、理性的な社会の実現に向けた努力には手を着けないまま、不思議なもの、未知なる現象に対する畏怖、自然への敬意などを「啓蒙」の名において否定したことにある。ホフマンの批判は、啓蒙主義の理念というよりはむしろ彼が実見した啓蒙の風潮としての悟性崇拝、実用主義に向けられている。その風潮の典型として学者と自然科学者が描かれる。

「モッシュ・テルピンの講義はケレペス中で最も受講者が多かった。すでに述べたように、彼は自然学の教授であった。彼はどのようにして雨が降り、雷が鳴り、光るのか、なぜ太陽が昼に照って、月は夜に出るのか、なぜ、どのようにして草が生えるのかなどを子供でも分かるように説明した。また自然を意のままに扱い、どんな質問に対しても即座に答えが取り出せるように、全自然を小綺麗な「要覧」にまとめ上げていた。彼は数多くの物理実験によって、「闇は、おもに光の欠如に由来する」という事実を解明したことで最初の評判を築いたのであった。」(『小人ツァヘス』一二二頁)

ホフマンは、テルピン教授が大衆受けする実験で多くの学生の人気を集めていることを書いている。これは当時の大学教授たちの物理実験を写実的に描いたものである。(47) その上で批判の俎上に載せられるのは、右の引用に見られるような実用主義的で機械論的な自然観である。テルピンは人智を越える自然の神秘を解さない近代的物理学者の戯画である。ホフマンはこの教授が私欲に駆られて妖精の魔法に騙される様を書いて、学者の人間性の底の浅さを笑うのである。同じような理科系の学者はホフマンの作品によく登場する。『砂男』にはイタリ

(46) バイエルン公 (Herzog in Bayern) はプファルツ＝ビルケンフェルトという所領を治めていたが、ナポレオンによって退位させられた。一八〇六年からは「退位させられた君主」という資格でバンベルク郊外に「宮廷」を構えていた。『日記』五七〇頁および Safranski: E.T.A. Hoffmann, S.216f. を参照。

(47) 当時は大学教授が自宅の広間で実験や講義をするのが普通だったようである。ハレのトマージウス、ケーニヒスベルクのカント、ゲッティンゲンのリヒテンベルクなども自宅そばの広間で講義をおこなっている。一八〇〇年前後の大学の様子はE・ヴァイグルの著書に詳しい。Weigl: Schauplätze der deutschen Aufklärung, S.49, 149, 189f. を参照。

アの高名な生理学者と同姓の物理学教授スパランツァーニが登場し、『蚤の王』には犬の人工受精実験で名を残すリューヴェンヘックと顕微鏡の開発者スワメルダムという二人のオランダ人学者が登場する。彼らは全員、「学識」という名の限界に拘束された狭量な人間として描かれている。

ホフマンは機械論的自然観を象徴する自然科学者を笑いものにすることで、当時過度に買いかぶられていた「人間理性」や「悟性」が人間のエゴと結びつく時、どれほどグロテスクな形を取りうるかを提示している。このことはホフマンが非合理主義者であることを意味するものではない。彼は、物理学者が必ずしも論理的な行動をとる人間ではなく、倫理学の教授が必ずしも倫理的な人間ではないという、ごく当然の事実を描いているにすぎない。だが彼はそれらの人物を声高に批判するわけではない。ホフマンが描く学者の戯画には、政治的諷刺の場合とは違って、人間的弱さを笑うユーモアが伴っている。

啓蒙主義と古典主義の「演劇改良運動」も諷刺の対象とされている。『犬のベルガンサの最近の消息』(**Nachricht von den neuesten Schicksalen des Hundes Berganza, 1813**)では、人の言葉を話す犬の口を借りて同時代の啓蒙主義演劇と古典主義演劇が陥っている誤りが批判される。

「そもそも君たちの劇場の衰退が始まったのは、人間を道徳的に改善することを劇場の最高で唯一の目的と考え、舞台を躾の学校にしようとした時代からだと僕は見ている。そうなると、楽しいものも人を楽しませることができなくなった。何しろどの冗談の背後にも道徳教師の鞭が見えていて、生徒たちがすっかり楽しみに身を任せるところを狙いすまして罰を加えようとしているのだからね。[…]君たちドイツ人はあの数学者のようだね。その数学者というのは、グルックの『タウリスのイフィゲーニェ』を聴いてうっとりと余韻に浸っている隣の観客の肩をつついて、「けれどもこれでいったい何が証明されたのですかな?」と笑いながら尋ねたというのだ。[…]つまりあらゆる楽しみは楽しみで終わっては駄目で、健康とか道徳の役に立たないといけない[…]とい

うわけだ。」(『犬のベルガンサ』一三二頁)

ホフマンは、純粋な精神の「遊び」や良い意味での「娯楽」を評価する術を知らず、常に有用性を求める啓蒙主義劇、理念や形式に囚われて劇的効果を二の次にする古典主義劇をドイツ演劇の根本的欠陥として批判している。[48]

ホフマンがそれに対して推奨するのが、『ブランビラ王女』で描かれるコメディア・デラルテの喜劇、『劇場監督の悩み』ですばらしい劇団とほめられるマリオネット劇、ホフマン自身がバンベルクの劇場で上演に取り組んだクライストのロマン主義劇『ハイルブロンのケートヒェン』及びモーツアルトのオペラ作品である。これらホフマンが推奨する演劇を列挙するだけで、ホフマンが好ましいと考える演劇の輪郭が明らかになるだろう。ホフマンは多くの作品で演劇論を展開しているが、その見解は彼の豊富な劇場体験に基づいており、見かけによらず真摯なものである。

また演劇を模した手法で書かれた小説も多く見られる。『ブランビラ王女』を筆頭に、シラーの名作のパロディー小説『群盗』(Die Räuber, 1820)、イタリア風ノヴェレ『フォルミカ氏』(Signor Formica, 1819)などは、「演劇風小説」と形容したいほど劇的要素を多く含んでいる。『黄金の壺』、『小人ツァヘス』なども演劇的場面に満ちている。ホフマンはこれらの作品において一貫して、啓蒙主義劇や古典主義劇が陥っている「ドイツ的深

(48) ゲーテが指揮したヴァイマルの劇場がその典型である。『ブランビラ王女』二六五頁以下にゲーテの不自然な古典主義演劇論の諷刺とヴァイマルでの『アラルコス』初演(一八〇二年五月)大失敗の愉快な諷刺が見られる。ゲーテの劇場運営については、Sengle: Das Genie und sein Fürst, S.375ff. を参照。ホフマンによるゲーテ流演劇法の諷刺は、Eilert: Theater in der Erzählkunst, S.155-188 に詳しい。

刻さ」、「教養主義」、「道徳性志向」とは対照的な、読者の心を日常性から解き放つようなロマン主義的世界を作りだそうと試みている。

H・デムリヒは、古典主義のみならず、ロマン主義思想や理念も空疎なパロールへ堕していったことを指摘している。[49] ホフマンも『王様の花嫁』においてロマン主義かぶれの大学生アマンドゥスをロマン主義者の戯画として描き、『花嫁選び』でもロマン主義かぶれの素人画家エドムントを登場させて、空虚な夢想に囚われたロマン主義者を笑いものにしている。そこに見られるのは、流行と化したロマン主義、形骸化したロマン主義の滑稽さを嗤う精神である。この行為は当然、過去の自分に対する自己批判も含んでいた。[50]

(3) 新興上層市民階級

同時代の市民、とりわけ上層市民階級も諷刺のやり玉に挙げられている。ホフマンの鋭い視線は市民の仮面を透視して、彼らの心を占めている考えを容赦なく剔抉する。ただし彼はその心の醜さに憤るのではなく、そのような人間の生態を巧みな戯画に仕上げてみせる。

そのもっとも辛辣で巧みな試みは、「魔法のコンタクトレンズ」という卓抜なアイデアであろう。『蚤の王』の主人公は、蚤の王からもらったレンズを塡めて知人と話をする。すると相手の思考が視神経経由で見えるのである。この道具によってフランクフルト市民のエゴイズムが次々と暴露されてゆく。その一例を挙げると、ペレグリヌス・テュスは遠縁の少女と路上で遭遇する。彼女は次のような親しい言葉をかけてくれる。

「まああなた、こんな所でお目にかかれるなんて。[…] うちの母が聡明なあなたのことをどんなに気に入っているか御存じないんでしょう。近々いらしてくださるとお約束なさってくださいな。さあ私の手にキスをしてく

ださい。」（『蚤の王』七四三頁）

ところが彼女の思考は次のように語っていた。

「あらどうしたのかしら。少し驚かせようと思ったのに。いつもは女の人を見ただけで逃げだすくせに、今日は立ち止まって変な眼つきで私の眼を覗き込んで、落ち着いて手にキスまでしているじゃないの。ひょっとして私に惚れているのかしら、まさか！――母さんはこの人は少々おつむが弱いといってるけど、それがどうしたって言うの。私はこの人を貰っちゃおう。馬鹿な夫は、彼のようにお金持ちだったら最高の夫じゃないの。」（同上）

市民の娘ばかりではない。近所の医者はテュスに「お元気で何よりです」と愛想良く言葉をかけてくれるが、内心では「奴は金が惜しくて病気をせんのじゃないか？［…］まあ、わしのところへ来おったら、少々のことでは起き上がれんようにしてやるからな」と考えている。また父の知り合いの商人は、テュスから財産を巻き上げることしか考えない。商業都市フランクフルトを舞台に、時代の新しい兆候である資本主義的思考が次々と暴露されてゆくのである。

もうひとつホフマンが好んで揶揄するのが、「芸術的お茶会」（ästhetische Teegesellschaft）と呼ばれる上層市民のサロンである。それは男たちの「クラブ」（Klub）と対をなす、ホフマンの時代に流行した女性中心の社交

（49）Daemmrich: E.T.A. Hoffmann, S.86.
（50）ロマン主義者の自己批判については『蚤の王』、『牡猫ムル』の考察で取り上げる。

場である。ホフマンはそこで交わされる気取った会話を諷刺しているが、このお茶会については、当時のベルリン社交界の様子を取り上げる第Ⅳ部において詳しく見ることにしたい。

(4) 政府による思想弾圧

ホフマンが思想弾圧を諷刺し始めるのは、『小人ツァヘス』執筆の一八一八年頃である。すでに詳しく述べたように、一八一七年一〇月のヴァルトブルクにおける「学生組合連合」(allgemeine Burschenschaft)の結成や、そのメンバーであるザントによるコツェブー殺害を契機に、ドイツ諸邦で強引な取り締まりが開始されている。ホフマンは『小人ツァヘス』において、学生組合弾圧のカリカチュアとして、啓蒙君主パフヌティウスが「啓蒙警察」(Aufkläungs-Polizei)を使って妖精を一斉摘発するという物語を書いている。

ところが、ホフマン自身が政治犯を審理する役目を押しつけられてしまう。すでに述べたように、彼は学生組合の学生や「体操運動の父」ヤーンの審理を公正におこない、「釈放」の決定を下して官房や内務省ににらまれる。しかしその判決の根拠は明快そのものであった。すなわち、法律は人間の「犯罪行為」を裁くものであり、個々の発言、手紙、日記などに記された「思想・信条」(Gesinnung)を根拠になされた逮捕は、あきらかな法律違反であるというものであった。

裁判官として抵抗するかたわら、ホフマンは様々な形で思想弾圧を批判している。『牡猫ムル』では猫と犬の争いという偽装を用いて、プロイセンの思想弾圧を痛烈に諷刺している。

「しばらくせぬうちに屋上のわれわれ(=猫の学生組合)の愉快な集会は、致命的な一撃を被ることとなった。——すなわち猫の楽しみを妨害する憎き敵が、今回はアキレスという大きな図体をした怒れる俗物の姿をとってわれらの前に立ちはだかったのだ。[…]アキレスはもともと身分の低い肉屋の犬だったが、「番犬」(Hofhund)

の職を仰せ使っていた。〔…〕そのアキレスが、彼が本来犯罪から主人の家を守るために巡回すべき夜中に、猫の宴会によって眠りを妨害されて立腹したのだ。彼はわれわれを「平安を乱す輩」(Ruhestörer)と決めつけ、殺してやる、破滅させてやるぞと脅した。けれども彼がその鈍重な体では屋根裏へ、いわんや屋上にまで登って来れようはずもなかったので、われわれは彼の脅迫など歯牙にもかけず集会を続けていた。しかしアキレスは別の「措置」(Maßregeln)を取った。彼はすぐれた将軍がいくさでやるように、われわれへの攻撃をまずひそかな工作から始め、それから戦闘に移ったのだ。」(『牡猫ムル』五四七頁)

アキレスは、猫たちが学生組合の歌を始める度に家来のスピッツたちにキャンキャン吠えさせ、飼い主を怒らせておいて、その怒りを猫に向けることに成功する。こうして学生組合員狩りが組織される。

この場面にはプロイセン政府の「デマゴーグ追求」に対するホフマンの見解が明瞭に表明されている。同時代の読者には一読して、「飼い主」＝国王フリードリヒ・ヴィルヘルム三世、「アキレス」＝警察長官カンプツ、「スピッツ」＝カンプツ配下の密偵(Spitzel)という構図が明らかになる。また「番犬」(＝宮廷の犬)、「平安を乱す輩」(＝政府が自由主義者につけた呼び名)、「措置」(＝官庁用語)などの言葉も政治的諷刺となっている。このように露骨な諷刺が検閲にかかる危険性は十分あったと推測される。ホフマンはその場合には、猫が書いた戯言にすぎないとでも言い抜けるつもりでいたのであろう。ところが『牡猫ムル』の諷刺は何の咎めも受けなかった。これが災いしたのかも知れないが、まさに「宮廷の犬」の攻撃はホフマンの予想せぬところからなされた。『小人ツァヘス』、『牡猫ムル』に比べれば、はるかに諷刺と分かりにくい『蚤の王』の一節が、ホフマンを窮地に陥れることになる。その「筆禍事件」の背景には二年間にわたる司法官僚と内務省・警察省の対決があることが資料から明らかになっている。けれども、ここではその詳細を紹介する紙幅はない。ここでは晩年のホフマンが社会正義に非常に深く肩入れした結果、巻き込まれることになった政治的事件の核心だけを紹介しておきたい。

三　プロイセン貴族官僚との対決

(1)「クナルパンティ事件」の真相

二一世紀に生きる人間の目には、一八二〇年頃のドイツの政治は馬鹿げて見えるかもしれない。ヨーロッパでおこなわれていた「検閲」(Zensur)もそのひとつに数えられる。けれども当時の作家にとって、それは馬鹿馬鹿しいどころか死活に関わる問題であった。

ここで問題になるのは、ホフマンが『蚤の王』に挿入したエピソードである。彼は最後のメルヒェンとなるこの作品に、ある小国の執事クナルパンティが主人公を強引に王女誘拐犯に仕立て上げることで、君主のご機嫌を取り結ぼうとする話を挟み込んだ。この一見他愛のないエピソード――研究者は「クナルパンティ・エピソード」(Knarrpanti-Episode)と呼んでいる――が、重大な結果を招くことになる。このことが筆禍事件に発展する経緯は次のとおりである。――事の発端は一八二二年一月初旬のある夜、ホフマンが行きつけの飲み屋「ルター・ウント・ヴェーグナー」(Luther und Wegner)でいつものように気持ちよく談笑していたとき、執筆中の作品に辛辣な諷刺を忍ばせたことをほのめかしたらしい。その場だけで済めば何の問題もなかったが、ひとりの卑劣漢(それはカンプツの密偵であった可能性が高い)が、警察長官カンプツに御注進に及んだ。カンプツは早速ホフマンが執筆中の作品の出版者を調べさせ、それが自由都市フランクフルト・アム・マイン在住のヴィルマンスであることを探り当てた。カンプツは一月一七日に手下のクリントヴォルトをフランクフルトに派遣し、当地のプロイセン大使ゲルツを通じてフランクフルト市長グアイタまでも動かしている。本来ならプロイセンの権限が及ばぬ自由都市であったが、大使を通じて事件の捜査協力を求められては、市長も協力を断れなかったようである。また出版者ヴィルマンスはきわめて善良な市民で、お上の捜査に全面的に協力して印刷中の原稿をすべて差し出した。それだけならまだしも、ホフマンが調査のことを聞きつけて、原稿から不都合な箇所二ヶ所の「抹消」を依頼した「一月一九日付の手紙」を自発的に警察へ提出してしまった。ホフマンは『蚤の王』の原稿自体よりも、原稿訂正を依頼したこの手紙によって窮地に追い込まれる。すなわち依頼の理由に関する弁明に苦しむことになる。

ホフマンの原稿と手紙を入手したカンプツは、内務大臣シュックマンと相談して、二月四日に正式に宰相ハルデンベルク宛に詳しい「告発状」を提出している。そこには次のように書かれている。

「大審院顧問官ホフマンは公務員であるのみならず、直属調査委員会のメンバーでもある故に、国王陛下によって下され、自らその遂行命令を受けた法的措置を嘲笑の対象となし、その名誉を傷つけんと試み、ついにそれを陰険なる諷刺と中傷の対象となしたるは、国王陛下に払うべき畏敬の念と忠誠とを著しく傷つける行為と見なされる。被告は、この過失により守秘義務違反と公文書公表の罪を公務遂行との関連においておこなったと見なされ、あらゆる点から見て、義務を忘却し、信頼のおけぬ、危険ともいうべき国家公務員であることを自ら示したものと考えられる。」(『手紙』第三巻二四二頁)

ハルデンベルクはこの告発を受けて、ホフマンの件を国王に報告したようである。二月七日には、フリードリヒ・ヴィルヘルム三世名で法務大臣キルヒアイゼンに宛てて厳しい通達が出されている。すなわち、この件に関して大審院長官をとおしてホフマンの尋問をおこない、その調書を「二四時間以内」に提出せよというのである。[51]

けれどもこの時点でホフマンの健康状態は急に悪化していた。この時、所用でたまたまベルリンに来ていた旧友ヒッペルが、またしてもホフマンのために奔走する。ヒッペルはハルデンベルクに働きかけ、また二月九日に医師の診断書を添えて大審院長官に手紙を書き、被疑者重病のため尋問を延期して欲しいという申請をおこなっている。ホフマンに好意を抱いていた長官ヴォルダーマンはその申請を受け入れてくれ、ホフマンが尋問不可能である旨を法務大臣に伝えている。こうしてホフマンの尋問は二月二二日まで延期される。ホフマンとヒッペルは与えられた時間を利用して、シュックマンの告発の要点とそれに対抗しうる論拠などを比較検討し、尋問の後に自発的に提出する予定の「弁明書」(Verteidigungsschrift)を練り上げている。尋問は二月二二日にホフマン宅でおこなわれる。その翌日、尋問を受けて書いたという体裁で用意してあった「弁明書」を提出する。その結末部でホフマンは自分の創作姿勢を次のように述べている。

「この物語が、世の営みと同時代の事件を素材とする諷刺的作品ではなく、現実の諸形象を鏡に映すようにユーモアの抽象作用を通して(in der Abstraction des Humors)描きだす、「ユーモア作家の想像的産物」(phantastischen Geburt eines humoristischen Schriftstellers)であるという観点をお忘れにならぬよう切にお願いしたい。この観点は私の作品をもっともよく説明してくれますので、私の作品がいかにあるべきか、事実どうなっているかということをご理解いただけると思います。そうしていただければ、現在私を深く傷つけているあらゆる嫌疑に関して、私が潔白であることが明らかにされることでしょう。」(同上二六二頁)

彼はこの結語に先立つ文章で、シュックマンが告発状で提起した個々の嫌疑に対して克明かつ周到な反駁を加えている。紙幅の関係で引用することはできないが、その反駁文は裁判官ホフマンを窺わせるきわめて緻密なものである。

はたして弁明書が功を奏したのか、ヒッペルの尽力が効いたのか、それとも一月末以来床を離れられなくなったホフマンの病状を斟酌してのことか、内務大臣が早期の処分を幾度働きかけても、「懲戒手続き」(Disziplinarverfahren)に関する国王の裁可が降りないまま春が過ぎてゆく。ホフマンは二月二八日に問題のエピソードが削除された『蚤の王』の結末部を、目を閉じて口述する形で終えている。その後、病状は悪化の一途をたどり、三月二六日には遺言状を作成している。四月には小康状態を得たのか、ホフマンの文学的遺言ともいうべき短編作品『いとこのコーナー窓』を口述によって書いている。四月一四日夜、西プロイセン高裁長官の職務に戻るヒッペルと最後の別れを惜しんだホフマンは、五月には全身麻痺状態に陥っている。けれどもその状態でなお『快癒』(Genesung)などの短編を口述している。六月に入ると口述すら困難になり、六月二五日に四六歳でこの世を去っている。

(2) 筆禍事件の政治的背景

ホフマンはポーゼン時代に市幹部のカリカチュアを描いて左遷された経験を持つ。今回の事件も表面的には同様の失敗に見える。多くの研究書がこの事件の背景を正確に把握していないために、そのような見方をとっている。けれども、今回の事件はプロイセン内務省の長が大審院判事に対して加えた「政治的報復」に他ならない。

この事件の背景には、一八一九年一〇月から一八二一年一一月までの二年間にわたる「内務省・警察省 vs 大審院判事」という構図の対決と、それに伴うシュックマン、カンプツ、ビューロウらのホフマン、ゲルラハ、ク

(51) この通達を起草したのがカンプツの手下で、直属調査委員会「政府側委員」のチョッペという官僚であるから、通達の内容が厳しいのは当然である。

ールマイアーたち裁判官に対する憎悪がある。(52) 筆者自身も『司法書類』に収められている当時の裁判書類に目を通すまで、ホフマンたち判事がこれほどまで頑強に内務省・警察省の方針に抵抗した事実を認識していなかった。書類に記録された彼らの筋金入りの順法精神は感動的でさえある。残念ながら、未だ立憲国家でない時代にあって、司法官たちは「国王の臣下」であり、最終的には「法」の上に立つ国王の「勅令」(Edikt)に従わざるをえなかったが、それでも最後の切り札である勅令が出されるまで、司法官たちは、政治的理由で拘束された被告の法的権利を擁護し、被告やその支持者たちの信頼を得たのであった。

『蚤の王』にカンプツへの痛烈な当てこすりが含まれていたことは事実である。悪賢くて卑劣きわまりない「クナルパンティ」(Knarrpanti)という名前自体が、"Narr Kamptz"(阿呆のカンプツ)のほぼ完璧なアナグラムであることがその証拠である。被疑者の日記から都合の良い記述だけを抜粋し、それを証拠に犯人をでっち上げるクナルパンティの悪辣な手口も、現実にカンプツが取っていた方法である。けれどもホフマンはこの廉だけで告発された訳ではない。告発状には、(一)国王の出した法的措置(=デマゴーグ追求)を笑いものにしたこと、(二)公判書類に手を加えて利用したこと、(三)ある公務員(=カンプツ)を公けに中傷したことという、三つの理由が挙げられている。(53)

いずれにせよ、ホフマンが『蚤の王』に諷刺を忍ばせたという情報は、これまで煮え湯を飲ませられてきた敵に仕返しをする絶好の機会をもたらした。一国の大臣や警察長官が、一裁判官相手に個人的感情から陰謀を企むはずはないと考えるのが常識というものであろう。ところが、保存されている政府の公文書を読むと、この二人にはそのような常識は全く通用しないことが分かる。たとえば、カンプツは個人的恨みを抱いていた体操家ヤーンを強引に逮捕させてから、ヤーンが反政府活動をおこなっていたという匿名の中傷記事を新聞に掲載させている。ところが、その記事の出所がカンプツ当人であることが露見してしまう。ヤーンは「名誉毀損」の廉でカンプツを告訴する。ホフマンがその告訴を受理して審理を開始すると、被告人カンプツは、その中傷記事の執筆と掲載は公務であったと開き直る。それでもホフマンが審理を中止しないと見るや、国王の勅令まで取りつけてその審理を中断に追い込んでいる。[54] 彼らはまた、審理の上「無罪」とされた政治犯たちを、法的根拠がないまま数年間も拘禁させたり、供述を拒否する被疑者の拷問を迫ったりしている。最も忌まわしいのは、それらの措置が個人的怨恨と身内贔屓に彩られていることである。

ホフマンが犯した失敗は、酒の席で諷刺のことをぽろりと洩らしたことだけである。この言葉をカンプツに伝えた人物は知られていないが、カンプツがすぐに調査に動いていることから判断すると、たしかな筋の情報であったと推測される。ホフマンの過失は無邪気なものであったが、時期と相手が悪かった。密偵、密告、犯罪の捏造に秀でたカンプツ一派にとって、わずかな材料から、「告発状」で描かれる「危険な公務員」（einen gefährlichen Beamten）をでっち上げることは造作もないことであった。彼らの手には公安警察という強大な権力組織があったのである。

事件の推移を見ると、ホフマンには死ぬより他に何らかの懲罰を逃れる道はなかったように思われる。シュックマンのハルデンベルク宛の告発状には、反体制的公務員への「見せしめ」（ein warnendes Beispiel）として、ホフマンをポーランド辺境の地インスターブルクへ左遷し、当地の長官ホヨルの厳しい監視下におくようにという提案が記されている。[55] またホフマンの死後六年目の書類にも、シュックマンが他の裁判官にも増してホフ

(52)『司法書類』には「司法 vs 行政」の厳しい対立を示す文書の応酬が記録として残されている。特に五一八・五一九頁を参照。
(53)『手紙』第三巻二四〇―二四三頁。
(54)『手紙』第三巻一五〇頁。
(55)『手紙』第三巻二四三頁。名前を挙げられているホヨルという人物は、昔ポーゼンにおいてホフマンのカリカチュアの餌食になった市幹部の一人である。

マンを憎悪していたことを示す証拠が残されている。[56] ただし、国王自身はシュックマンらによるこの告発をやりすぎと判断していた形跡もあるらしい。

当時の政府文書に見られる激しい応酬を読むことによって、ホフマンが、国王を除く「万人の法の前での平等」という原則を盾に、時の警察大臣兼内務大臣を敵に回していかに勇敢に立ち向かったかを知ることができる。この勇姿は、彼の作品や日記、手紙を読んでいては全く見えてこないものである。ホフマンが「国王直属調査委員」として下したヤーン、レーディガー、ミューレンフェルス、フォレニウスに対する判決文、また野戦病院の施設改善を政府に訴えて逆に軍から告訴された女流作家シェッツィに下した無罪判決などは、原稿の督促に対して嘘の言い訳を繰り返した作家とは別人のような「大審院顧問官E・T・W・ホフマン」の姿を教えてくれる。

最後に、『蚤の王』出版前後の人々の様子にも目を向けておきたい。ホフマンが消耗しきった状態で口述し、諷刺部分も削除された骨抜きの作品は、一八二二年四月に出版された。すでに出版前から諷刺に関する噂がドイツ中に広まっていて、人々はこのメルヒェンを争って読んだ。ところがどこを捜しても「痛烈な諷刺」が見あたらず、読者は狐につままれたような有様であったらしい。ホフマンを愛読していたハイネは、一八二二年一月二六日付の『ベルリン通信』第一号で、「政治的諷刺を沢山含む」作品の出版が近いことを書いている。続く第二号では、ホフマンが政治的諷刺の件で取り調べを受けていることも報告している。そして一八二二年六月七日付の第三号では、現物を読んだ印象を次のように書いている。

「ホフマンの『蚤の王』について詳しい報告をすることを前号で約束しました。作者に対する調査は終わりました。当人は依然病気のようです。あの大変話題になっていた本をやっと読みました。そこにはデマゴーグ活動に関する話は一行も見つかりませんでした。[…] 第一章は最高です。続く他の章は不愉快です。」[57]

ハイネの作品批評はなかなか的確である。しかしその一方で、ホフマンの動向にこれだけ注意を払っているハイネでさえ、死の床にあるホフマンの病気を「鼻の病気」と聞いており、クナルパンティ事件の実態については何ら情報を得ていない。このことから、当時の市民がどれほど僅かしか政府や警察の情報を得られなかったを窺うことができる。一般市民は、関係者から流れてくる噂から政府内の動きを推測するぐらいしか手段を持たなかったようである。

幸運にも一九〇六年、ホフマン研究の草分けのひとりであるゲオルク・エリンガーが、プロイセン政府資料の中から「削除された文章」を発掘してくれた。またミュラーとシュナップが、プロイセン政府と在フランクフルト大使館との間の通信文も発見した。この両方の資料によって、われわれは『蚤の王』のどの箇所がどのように削除、改変されたのかを正確に知ることができる。シュックマンとカンプツが「告発状」で指摘した問題箇所も読むことができる。筆者の検証の結果を述べるならば、カンプツがホフマンに対しておこなった「告発」は、「讒訴《ざんそ》」（**Verleumdung**）以外の何物でもない。ホフマンは、政治犯をめぐる対立の中でカンプツに見てとった陋劣な性格を「クナルパンティ像」に描いたのであった。ところが、当のカンプツが『蚤の王』事件で見せた悪辣さは、ホフマンが描いた人物をはるかに凌ぐものであった。

このような陋劣な人間が政府の中枢に巣くった原因は、H・スキュラが伝記『ヴィルヘルム・フォン・フンボルト』で書いている当時の政権内の状況から知ることができる。

（56）「直属調査委員」の遺族に生前の功労に対する報奨金を追贈する申請が法務省から出された時、シュックマンはホフマンの遺族にだけは絶対報奨金を出さないと怒りも露わに反対している。結局ホフマン未亡人だけが報奨金の対象から除外された。『手紙』第三巻二二一―二二二頁を参照。

（57）Heine: Briefe aus Berlin, 3. Brief, S.51.

「ハルデンベルクは難聴に加えて体も弱っていた。しかしあまりにも虚栄心に囚われていたので、宰相の地位を放擲する気はなかった。かつてシュタインの戦友でありリベラル派の代表だった人物は、今や王の寵児で政治警察長官をしているザイン＝ヴィトゲンシュタイン侯爵に頼り、また甥の大蔵大臣フォン・ビューロウ、内務大臣シュックマン男爵など、信念も能力もない人物と話すことを喜ぶ弱腰の妥協主義者へと堕してしまっていた。宮廷の貴族一派は、すぐれた政治家たちが戦争とウィーン会議で（ベルリンを）不在にしていたチャンスを、政治改革を押しとどめ、進歩勢力の監視組織を整備することに利用したのであった。」(58)

ホフマン自身はまったく政治的野心も関心も持たない芸術家ではあったが、大審院判事に復帰した後、特に「プロイセン王直属調査委員会」の「司法側代表」という枢要な職にあった時は、否応なしに同時代の激しい政治闘争に加わらざるをえなかった。ホフマンは国王の臣下という立場上、ヘイズが期待したような体制批判を公言することはできなかった。けれども、彼が裁判官としておこなった数々の審理の報告書は、彼がきわめて公正な裁判官であったこと、当時の政府の横暴な反動的施策に勇気を持って反対していたことを示している。ホフマンはまた、裁判官の立場ではできない体制諷刺さえ、その文学においておこなったのである。

(58) Scurla: Wilhelm von Humbolt, S.491. W・フンボルトが政権中枢から排除される過程については S.516-565 を参照。また D・ブラージウスもフリードリヒ・ヴィルヘルム四世の伝記で、ブランデンブルク貴族の利害を代表するアンキロン、ヴィトゲンシュタイン、シュックマン、ビューロウらが一八二〇年頃の政府を牛耳っていたことを指摘している。Blasius: Friedrich Wilhelm IV., 57ff. を参照。

第Ⅲ部

ロマン主義的心性を描く作品群

第Ⅰ部・第Ⅱ部では、様々な作品を引用しながら、ホフマンの文学観、人間観、自然観、社会観の全体的把握を試みてきた。第Ⅲ部では彼の代表的作品を取り上げて、詳細な考察をおこなう。作品の取捨選択に当たっては、筆者が重要な特徴と考える次の三点を考慮した。

〈1〉「ロマン主義的心性」を描く作品――ホフマンの作品には、アンゼルムスやナタナエルのように、理性で割り切れない衝動に駆られて普通の生活から離脱してゆく人間が登場する。このようなロマン主義的な人間は、一九世紀ヨーロッパに限らず、現代の日本にも見られるように思う。近代人に特徴的な、この「ロマン主義的心性」(romantische Mentalität) をテーマとする、特色ある作品三編を選び出した。

〈2〉独創的な創作技法からなる作品――ホフマンを独創的作家たらしめている一因は、ユニークな作品形式にある。その特質をもっともよく示すものとして、晩年の傑作二編を取り上げた。

〈3〉諸ジャンルを代表する作品――ホフマン文学の多彩さを考慮して、子供用のメルヒェン、幻想短編小説、大人用のメルヒェン、カプリッチョ、長編小説を、それぞれ一編ずつ選び出した。

これら以外にも紹介したい作品は幾つかあったが、本書では五作品に絞って筆者の解釈を提示することにした。

第一章　世界初の児童幻想文学
――『くるみ割り人形とねずみの王様』（一八一六）

『くるみ割り人形とねずみの王様』（Nußknacker und Mausekönig）の名前は、多くの絵本やチャイコフスキーのバレー『くるみ割り人形』（一八九二年初演）によって有名である。原作者がホフマンであることは一般には知られていないし、原作もそれほど読まれていないと想像される。それでも、絵本などの知識からおおよそのストーリーはよく知られているように思われる。ところが、この童話が出版された当時の書評は芳しいものではなかった。この時代には、グリム童話集を筆頭に、伝承から話を収集したとする「民衆童話」（Volksmärchen）と、作家が作った「創作童話」（Kunstmärchen）の両方が、大量に出版されていた。これら膨大な数のメルヒェンのほとんどは、ほどなくして忘れ去られるか、あるいはよくしても文学史の片隅に追いやられてしまった。その中にあって、ホフマンの『くるみ割り人形とねずみの王様』（＝以下『くるみ割り人形』と略記）が世界的な知名度を得たのは、バレー化などの幸運によるとはいえない。(1)　本章では「絵本」に単純化された『くるみ割

『くるみ割り人形』
ホフマンによる初版本の表紙絵

（1）ロシアでは、原作『くるみ割り人形』が一一回も翻訳されているそうである。チャイコフスキーによるバレー化の経緯については、Cheauré: E.T.A. Hoffmann, S.101-115 および梅内幸信『童話を読み解く』二九一―三〇四頁を参照。

り人形』からは得られない、原作だけがもつ魅力を明らかにしたいと考える。

一　『子供のメルヒェン』の出版

一八一六年一二月七日、ロマン主義作品の出版で有名なゲオルク・アンドレアス・ライマーの書店から、クリスマス用にポケット版の童話集が発売された。(2) 表題は『子供のメルヒェン』(Kinder-Mährchen) となっていた。これはホフマンが企画し、別の出版社に持ち込んで断られ、ライマーによって採用された子供向けの童話集であった。最初にホフマンの友人コンテッサの『別れの宴』(Das Gastmahl, 1816) が置かれ、次にフケーの『小人の国』(Die kleinen Leute, 1816)、最後にホフマンの『くるみ割り人形』が収められていた。どの程度の売れ行きを示したのか定かでない。しかしこの年の八月、シャゥシュピールハウスで初演されたホフマン作曲、フケー原作のオペラ『ウンディーネ』(Undine) の大成功は、ホフマンをベルリンでもっとも評判の作家・作曲家にしていた。(3) この童話集の評判が良かったのか、それともライマーがホフマンを買っていたのか、ホフマンは翌年のクリスマスにも、同じ表題と体裁で第二集を出版している。それには、先頭にホフマンの『見知らぬ子』(Das fremde Kind, 1817)、次にコンテッサの『剣と蛇』(Das Schwert und die Schlangen, 1817)、最後にフケーの『覗きからくり』(Der Kuckkasten, 1817) が収められている。ホフマン編集による童話集の出版は、この二冊で終わっている。

この童話集の評判は一八一六年の童話集に対するいくつかの書評から窺うことができる。いずれの書評の評価も大体一致しており、コンテッサの作品を誉め、フケーの作品はフケーのお決まりのパターンとして受け流し、ホフマンの『くるみ割り人形』には総じて厳しい批判が加えられた。当時の読書界の雰囲気を伝える一節を抜粋してみよう。

「この小さな版に収められた三つの童話の中で、子供たちを気持ち良く無邪気に喜ばせるという使命を最もよくはたしているのは、コンテッサの『別れの宴』である。［…］――二つ目の童話、フケーの『小人の国』は、余りに思索的な学問に耽ると騎士に必要な武術の感覚が滅ぼされてしまうということを教えている。［…］――三つめのホフマンの童話は、くるみ割り人形とねずみの戦いを描いている。どのようにしてこの数々の馬鹿げた話をひねり出したのか、作者ならでは答えがたい。色々な着想を伴う高熱が作者の助けになったに違いない。［…］しかし、誰がこれを子供に読み聞かせられようか。私どもの考えでは、この話は紳士淑女用の童話集に収められた方が適切だったと思われる。」(4)

ゲーテの意向を反映する「イエーナ総合文学新聞」の批評はさらに辛辣で、「作中に点在する不適切な冗談によって、まったく鼻持ちならぬ堕落しきったものになっている」と酷評し、「作者は今回、自分が誰に向かって

（2）ライマー（G.A. Reimer）は、一八〇〇年にBuchhandlung der Königlichen Realschuleを買収して以来、ノヴァーリス最初の『著作集』二巻、ティークの『ファンタズス』、グリム兄弟の『子供と家庭のための童話』、ホフマンの『夜景作品集』、『ゼラーピオン同人集』等、ロマン主義の重要作品を次々と出版している。彼は自由主義者として政府からにらまれていた。

（3）ロマン主義オペラ『ウンディーネ』は、一八一六年八月三日にプロイセン国王誕生日の祝祭企画として初演され、その後一年間に一三回も再演されるほど好評を博していた。ところが一八一七年七月二九日に起こった王立劇場の火災によって、シンケル製作の豪華な舞台装置、衣装一式が焼失してしまい、ホフマン作曲のオペラは劇場のレパートリーから消えてしまった。

（4）"Morgenblatt für gebildete Stände"の一八一七年一一号の書評。E.T.A. Hoffmann u.a.: Kinder-Mährchen. S.298-300を参照。

作品を書いているのか、自分の作品が幼い子供たちの理解力にふさわしいか否かということすら考えてみなかったようである［…］」と続け、更に「醜い外来語の乱用」まで非難している。(5)

これらの書評が、相当ホフマンの癇に触ったのだろう。この童話を再録した『ゼラーピオン同人集』(Die Serapions-Brüder, 1819)の枠物語で、ホフマンは書評でなされた批判を再録して、それに皮肉たっぷりの反論をおこなっている。――同人のひとりオトマールが、次のように書評子の言葉を再現する。

「もし君がこの作品(＝『くるみ割り人形』)を多くの読者のもとに届けるつもりならば、分別に富んだ多くの人たち、とりわけ、よくあることだが、生まれてこの方子供だったことのない人たちが肩をすくめ、首を振り振り、馬鹿げた、けばけばしい、愚にもつかぬ作品だなどと言うことだろう。健全な人間にはこんな下らぬ作品は書けないという理由をつけて、君が高熱の助けでこれを書いたのだろうと言うに違いなかろうね。」(『ゼラーピオン同人集』二五三・二五四頁)

これを受けて『くるみ割り人形』の作者の役割を与えられたロータルは、次のように反論する。

「そのようにお上品に首を振る方々の前では、ぼくはただ頭を垂れ、胸に手をあて、愁いを含んだ口調で次のように言うしかあるまいね。――哀れな作者には、錯綜した夢の中に様々な幻が現れても、それほど助けにはなりません。筋を構成し、調整する理性がそれを吟味し、加工し、そこから一貫したストーリーを紡ぎだすことができなければ、そのような幻は何の役にも立たないのです［…］とね。」(同上二五四頁)

しかしホフマンがこれらの書評にまったく耳を貸さなかったわけではない。翌年『見知らぬ子』の執筆の際に、ホフマンは『くるみ割り人形』で被った批判を十分意識していた。その結果、『見知らぬ子』は『くるみ割り人形』と比べると、童話らしい無邪気さを多く備えている。ホフマン自身、この作品の「子供らしく、敬虔な」性格を強調しているが、この発言をホフマンの世評への迎合ととるか、批評子たちへの当てつけと見るかは判断の分かれるところである。しかし、このような配慮を加えて書かれた『見知らぬ子』は、その分『くるみ割り人形』ほどの独創性を発揮できなかったように思われる。もちろんこの童話にも『くるみ割り人形』にはない独特の魅力と恐ろしい場面があるのだが、文学史では完全に『くるみ割り人形』の陰に隠れてしまった。(6)

二　同時代のメルヒェン群

一八世紀初めに『千一夜物語』やフランスの妖精物語に刺激を受けて芽生えたドイツのメルヒェンは、一九世紀に入って急速に多様な発展を遂げていた。(7) ナポレオン戦争を契機に高まったドイツ人の国民意識は、一八

(5) "Jenaische Allgemeine Literaturzeitung" の一八一七年六五号の書評。強調は筆者による。E.T.A. Hoffmann u.a.: Kinder-Märchen. S.300f. を参照。ゲーテの肝いりで創刊されたこの新聞は、『黄金の壺』の書評の時と同様、ホフマンの作品を否定的に批評している。第Ⅰ部第一章第一節の傍注を参照。

(6) 『見知らぬ子』については、Planta: E.T.A. Hoffmanns Märchen "Das fremde Kind" 及び Richter: Das fremde Kind の考察が参考になる。

(7) ドイツにおける一八・一九世紀の児童文学の発展過程については、リヒターに詳しい記述がある。Richter: Das fremde Kind, S.175ff. を参照。

一二年と一五年にライマー書店から出たグリム兄弟の『子供と家庭のための童話』(Kinder-und Haus-Märchen)に結実していた。グリム兄弟は、民衆の間に伝えられ、今まさに失われんとしているドイツ人の文化遺産を収集保存しようと考えたのである。(8) その基本理念が、一八五七年の第七版に至る改訂の度に徐々に変質していったことはよく知られているが、民俗学的関心から編纂された民衆童話は、ホフマンのメルヒェンとは全く対照的な性質を持っている。

ホフマンの時代に書かれた創作童話群に目を転じると、多種多様ですぐれた出来映えのものが生まれている。同じ「メルヒェン」の名で呼ばれるものにも、ゲーテの『メルヒェン』(Das Märchen, 1795)から、ティークの『金髪のエックベルト』(Der blonde Eckbert, 1797)まで、ずいぶん幅がある。H・モーザーが、この時代の創作童話をその特色に応じて三種類に分類しているので、それを紹介しておこう。そのひとつは、ゲーテやノヴァーリスの作品のような、象徴的でアレゴリカルな内容を持つ思想的なメルヒェンで、「理念を担う創作童話」(ideentragende Kunstmärchen)と呼ばれている。ふたつ目は、ブレンターノやハウフのメルヒェンのような、民衆童話の素朴な語り口を模した創作である。これは「民衆童話風の創作童話」(Kunstmärchen im Stil des Volksmärchens)という名で括られている。そして最後のグループが、ティーク、ホフマンの多くのメルヒェン、フケーの『ウンディーネ』、シャミッソーの『影をなくした男』などである。これらは「童話風の物語」(märchenhafte Erzählung)と呼ばれている。(9)

すでに述べたように、この時代の「メルヒェン」は、子供用に限定されない流行の文学ジャンルであった。ほとんどのメルヒェンは、成人読者を念頭に置いていたのである。また右に引用した書評でも述べられていたように、「子供のメルヒェン」(=童話)であっても、それは親が子供に読み聞かせてやる物語であって、子供自身が読むものではなかった。これら創作童話の中から、子供の不思議な体験を描くすぐれた作品を選ぶとすれば、ティークの『妖精』とコンテッサの『別れの宴』がその代表的なものであろう。この両者と『くるみ割り人形』

との比較をおこなうことにしよう。

まずティークの『妖精』（Die Elfen, 1812）の冒頭に注目したい。

「マリーはいったいどこにいるのだ、私たちのマリーは？」――「外の野原で遊んでいますよ、お隣の坊やと。」(10)

このような夫婦の会話で始まるティークの童話は、「むかしむかしあるところに…」（Es war einmal …）で始まるグリム童話の世界と異なる世界へ読者を案内する。この夫婦が領主から借りた農地の経営に成功し、財産を築きつつあることが続いて語られる。そこに不思議な世界が介入する。――豊かな村の外れにある寂れた不気味な家の敷地にマリーが足を踏み入れると、外目には荒れ果てて見えていたジプシーの小屋が、壮麗な世界へと一変するのである。その家が、人間に恵みをもたらす妖精たちの住み処であることが明らかになる。マリーはその家の娘たちと楽しく遊び一晩を過ごす。そして彼女が翌日橋を渡ってわが家に戻ってみると、七年もの歳月が経っていたのである。――

コンテッサの『別れの宴』（Das Gastmahl, 1816）に目を転じてみよう。

（8）グリム童話集初版の「序文」には次のように書かれている。「たぶん今がこれらのメルヒェンを記録する潮時だったのかもしれない。これらの話を護り伝える人が、次第に少なくなってきているので［…］。」Brüder Grimm: Kinder- und Haus-Märchen, Bd. 1, S.VII. 現実には、この童話集も当初は人気がなく、廉価版のアンソロジー出版を余儀なくされている。

（9）Moser: Sage und Märchen in der deutschen Romantik, S.269ff. を参照。

（10）Tieck: Phantasus, S.306.

「山岳地帯のふもとからほど遠からぬさわやかな谷間に、ヴァルトホーフと呼ばれている見事な自由領がある。」(1)

この領地を数年前に手に入れたアルノルト一家は、懸命に働いて幸せに暮らしていたのだが、二度にわたる戦乱が彼らの領地を荒廃させてしまい、負債の形《かた》に家屋敷を手放さざるをえなくなっている。屋敷を去る前にささやかな送別の会を催そうと考えたアルノルトは、子供たちを招待客の所へ行かせる。そこで不思議な事件が起こる。――二人の子供はいくら歩いても森を抜けることができず、次々と妖精や魔物たちに遭遇する。そして彼らが皆、自分がその招待を受けようと決めてしまうのである。翌日の夜遅くに客として現れたのは、父の友人たちではなく、森に住む鬼火、水の精、魔王たちであった。彼らの奇妙な振る舞いに一家は驚き呆れることになる。――

このふたつの作品に共通しているのは、封建体制の崩壊しつつある一八〇〇年頃のドイツの農村を舞台にとり、新たに財を築きつつある働き者の一家を中心に据えていることである。また土地経営、負債、戦乱、飢饉など一九世紀初頭に現実に見られた動乱にさらされている一家の子供が、新しい時代の息吹からとり残された場所(村外れの寂れた家、深い森の中)で、昔から自然界に棲む不思議な生き物と触れ合い、彼らの恵みによって経済社会から得られない幸せを得る(『妖精』前半、『別れの宴』)という点でも共通している。同様の状況設定は、フケーの『小人の国』やホフマンの『見知らぬ子』にも見られる。当時のドイツ語圏では、国民の八割以上が農業に携わっていたことを考慮すれば、ここに描かれた農村生活は、当時の多くの人々が知悉している世界であったと考えられる。また都市に住む読書階級の人々にとっても、村外れや森で子供たちが不思議な生き物に遭遇する話は、決してなじみの薄い話ではなかった。

三　『くるみ割り人形』の独創性

(1) 新しい物語世界の選択

「一二月二四日、シュタールバウム衛生顧問官の家の子供たちは、昼の間ずっと中の間へは無論、それに続く客間へ入ることすらも禁じられていた。フリッツとマリーは、一番奥の小部屋の隅にかがみこむように座っていた。いつの間にか深い夕闇が部屋に忍び寄ってきていたのに、この日はいつもそうなのだが、誰も明かりを持ってきてくれなかったので、二人はすっかり怖くなってしまった。」(『くるみ割り人形』一九八頁)

衛生顧問官の子供部屋の描写で始まる『くるみ割り人形』の世界は、グリムの民衆童話は言うまでもなく、前節で紹介した『妖精』や『別れの宴』とも、ずいぶん趣が異なっている。主人公の父シュタールバウム氏が「衛生顧問官」で、「高等裁判所顧問官」ドロッセルマイアー氏がこの家に親しく出入りしていることから、マリーの家は中核都市の中心街にあると察せられる。また下の階にパン屋があることから、彼らの住居が集合住宅の二階か三階にあることもわかる。クリスマスに、広間に大きな樅の木を立て、金銀の着色をした林檎やロウソクやお菓子で飾りつけをし、プレゼントとして大きな玩具の馬や鉛の兵隊一式、大きなロウ人形や絹の服、絵本を用意できるこの一家は、相当裕福な家庭と見受けられる。ここに描かれているのは、一九世紀に勃興してきた上層市民の家庭であると考えられる。

I・ハルダッハ=ピンケは『ドイツの幼年期一七〇〇―一九〇〇年』において、一八世紀末から一九世紀初頭

(11) E.T.A. Hoffmann: Kinder-Mährchen, S.8.

にかけて市民階級に生じた生活様式の変化を、次のように解説している。

「一八世紀には、市民の母親は家事や庭仕事に忙しく、一日中子供の面倒を見る時間がなかったので、子供を子守り女や兄弟、親戚などに預けた。［…］小売業がまだ未発達だったため、服やロウソク、石けんなども家で作り、多くの品を家に貯蔵し、野菜や果物も自家栽培するのであった。

一九世紀の前半に市民の生活形態に変化が生じた。小売業の発達によって、今や日常生活の必需品は買うことができるようになり、ニスを塗った床の出現により、床磨きをしなくても良くなった。石油ランプなどの新しい照明器具の登場により、暮らしが簡便になった。主婦や母親は、以前ほど多く生産活動をしたり監督したりする必要がなくなった。一九世紀以前には、育児と躾は主婦の沢山の仕事のうちのひとつであったのに対して、［…］今や子供たちの心身両面にわたる健康への配慮が、有産教養市民層の主婦の最も重要な、そして経済状態が許す場合には、唯一の仕事になることも多かった。」(12)

衛生顧問官の家庭環境を理解する上で、右に引用した社会変動の説明は非常に参考になる。すなわち、都市の核家族化した上層市民階級にとって、子供の世話と教育が以前に比べて大きな比重を占めるようになったのである。

『くるみ割り人形』に描かれる家庭は、この新しいタイプの家庭をきわめて具体的に描きだしている。この作品に現れる上層市民家庭を示す特徴は、次のような点に見られる。

〈一〉子供に独立した寝室が割り当てられていること
〈二〉子供を喜ばせるために、盛大なクリスマス行事が催されていること
〈三〉人形を相手に夜更かしをするマリーに、母親が寛容な態度を示していること

〈四〉ねずみとの戦いで怪我をしたマリーに手厚い看護がなされていること
〈五〉母親が子供たちに、フランスの「妖精物語」を読み聞かせていること
〈六〉母親がドロッセルマイアーの「恐ろしい話」を遠ざけようと配慮していること
〈七〉両親が子供の空想に対して、ある程度まで理解のある態度を示していること
〈八〉父親が子供の「嘘」に対して、厳しい叱責はおこなうが、体罰を加えていないこと

ホフマンの同時代の大部分の読者にとって、『くるみ割り人形』に描かれた家庭は、自分の生活実態とはかけ離れた世界、洗練された憧れの家庭と映ったのではなかろうか。都会のマンションに舞台を設定し、家具、調度から教育方法に至るまで、新時代の息吹を感じさせる上層市民家庭を描いたところに、『くるみ割り人形』という作品の構想の斬新さ、独創性を認めることができるだろう。

(2)「幻想童話」の創造

『くるみ割り人形』にはもうひとつ独創的な特徴が見られる。『くるみ割り人形』の「語り」自体に、他の童話に見られぬ仕掛けが施されていると考えられる。この特徴を説明することは技術的に難しいのだが、『くるみ割り人形』の各所に点在する「奇妙な記述」を手がかりにして、それを示すことにしたい。

そもそもメルヒェンにおいては、どのように不思議な事件も許容されている。その意味において、くるみ割り人形が突然口を利いても、廊下に置かれている衣装簞笥がお菓子の国とつながっていても、それ自体は怪しむに

(12) Hardach-Pinke: Deutsche Kindheiten 1700-1900, S.22.(日本語訳『ドイツ/子供の社会史』二三二頁)

足りない。むしろそれがメルヒェンらしいといえよう。ところが、『くるみ割り人形』にはその類の不思議とは性質の異なる「謎めいた記述」が散在する。それを直接説明する方法がないので、他のメルヒェンとの対比によって提示することにしたい。

たとえば、先ほど紹介したコンテッサの『別れの宴』の場合、宴が進むにつれて、水の精や鬼火が人間の装いを投げ捨て、妖精や魔物の本性を露呈してくるが、それを目にした父も母も、驚きこそすれ、妖精の実在を疑うことはできない。この物語では一家全員が「童話のディスクール」の中に置かれている。読者であるわれわれも、この物語の記述を信用する限り、妖精や魔王の実在を受け入れざるをえない。またティークの『妖精』の場合には、マリーとその娘のエルフリーデの二人が「童話のディスクール」の中に置かれていて、妖精の存在を知らないマリーの両親とマリーの夫アンドレスが、ひとまずその世界から排除されている。結局、この両者の対立が結末の破局を招くことになるのだが、読者は、『別れの宴』の場合と同様に、妖精の実在を支持する立場をとらずには、『妖精』を一貫した物語として読むことはできない構造になっている。またそのように読めば、この作品は納得のゆくものとなる。

ところが、『くるみ割り人形』の場合、右の二作品と同様の読解法では解決しない「結び目」が存在する。『くるみ割り人形』の重要な箇所には、相矛盾し、打ち消しあう記述が置かれているのである。この「謎めいた記述」こそが、ホフマンのメルヒェンの重要な特徴と考えられる。具体的にその箇所を抜き出してみよう。『くるみ割り人形』の最初の山場をなす「七つ頭のねずみの王」の登場場面を見ると、次のように書かれている。

「彼女（＝マリー）のすぐ足元で、地獄の力に駆られたように、砂や石灰、砕かれた床石が吹き出した。キラキラ光る冠を載せた七つの頭が、シュッ、シュッ、ピー、ピーといやらしい音をたてて床から現れた。しばらくすると、七つの首をつけた胴体全体が姿を現した。ネズミの一群は、七つの王冠に飾られた大ネズミに向かって、声を合わせて三度鳴き声をあげた。」（『くるみ割り人形』二一〇頁）

この後、ねずみと人形の戦闘中にマリーは気を失ってしまう。真夜中に様子を見に来た母親が、けがをしたマリーを発見する。母親は、「お前の周りにフリッツの鉛の兵隊や人形たちが散らばっていた」とか、「くるみ割り人形が、お前の出血している腕の上に横たわり、少し離れた所に左足の靴が転がっていた」（同上二一六頁）ことを証言し、マリーが経験した「戦闘」が現実に起こったことを裏付けるかに見える。ところが、『くるみ割り人形』のテクストは、この戦闘が起こったことの動かぬ証拠ともいうべき穴、ねずみの王が部屋の床に開けた穴に関してかたく口を閉ざし、両親はマリーの体験を夢としか思わない。

同様の「謎めいた記述」は、後半部の山場、くるみ割り人形がねずみの王を討ち果たした場面にも見られる。――人形とねずみの二度目の戦いがおこなわれた深夜、くるみ割り人形がマリーの寝室をノックする。マリーがドアを開けると、くるみ割り人形は、右手に血のついた刀を、左手に小さなろうそくを持って立ち、マリーに次のように報告する。

「私に戦士の勇気を与え、あなたを嘲弄した高慢な者を討ち果たす力を与えてくださったお嬢様。あの陰険なねずみの王は打ち倒され、おのれの血の海でのたうっています。おお、お嬢様、終生あなたにお仕えする騎士の手から、勝利の証をどうかお受け取りください！」（同上二三九頁）

マリーは「勝利の証」である七つの王冠を喜んで受け取る。その後、くるみ割り人形は廊下にある大きな衣装箪笥の不思議な梯子を使って、彼が支配する「お菓子の国」（Konfektburg）へマリーを連れてゆく。

ところが翌朝マリーが目を覚まし、昨夜の不思議な体験を両親に語っても、頭から信じてもらえない。そこで利口なマリーは自分の部屋へ走って行き、昨夜の決闘の動かぬ証拠品である七つの王冠を持参して両親に見せる。しかしお父さんは、マリーの話を信じるどころか、その美しい王冠の出所についてマリーを厳しく詰問し、最後には「嘘つき娘！」と叱る。『くるみ割り人形』のテクストは、ここにおいてもまた、マリーの体験の決定的証拠となるねずみの王の死骸と流れ出た血について完全な沈黙を決め込んでいる。その結果、われわれ読者も、どこまでが不思議な出来事なのか、どこまでがマリーの幻覚なのか、確かなことが見えない中途半端な状況に放置されることになる。

ツベタン・トドロフは、このような記述を含むテクストを「幻想的」という名で呼んでいたように思われる。彼の定義を参照してみよう。

「幻想とは、こうした不決断の時間を占めているもののことである。いずれかの答えが選択されてしまえば、たちまちに幻想からは離脱し、「怪奇」あるいは「驚異」という隣接ジャンルのいずれかにはいることとなる。幻想とは、自然の法則しか知らぬものが、超自然的様相を持った出来事に直面して感じるためらいのことなのである。」(13)

トドロフはまた、幻想文学の本質をなす「ためらい」に関して、別の箇所で次のように述べている。

「このためらいは、当の出来事を現実界に属すると認めるか、想像力の結実、ないしは幻覚の所産とみなすか、いずれかに決することができれば解消する。」(14)

われわれは、トドロフの定義に従って、このような「ためらい」が支配する『くるみ割り人形』を「幻想童話」（phantastisches Märchen）と呼ぶことが許されるであろう。[15]

（3）「子供の思考法」の記述

『くるみ割り人形』を「幻想童話」という名称で呼ぶことにしたが、それは一般の「幻想文学」と完全に一致するわけではない。その理由は、「幻想童話」の場合には、トドロフが右の定義をおこなった際に自明の前提としていた能力、すなわち「現実の出来事」と「想像の産物」を截然と区別する能力を、無条件に措定できないからである。このことも『くるみ割り人形』のテクストによって、具体的に明らかにすることにしたい。

われわれが「童話」というテクストを扱う際には、トドロフが幻想文学を論じる際に想定していない要因、すなわち「子供の心性」、「子供の思考様式」という特殊要因を考慮に入れる必要がある。筆者は、この要因が『くるみ割り人形』に見られる「謎めいた記述」を理解するためのもうひとつの鍵であると考える。

物語の冒頭にさりげなく置かれている記述を紹介しよう。場面は、両親が広間でクリスマス・ツリーの飾りつけをし、子供たちが別室で待っているところである。以下の論証を納得してもらうためには、この箇所の一語一語が重要であるので、原文も添えておく。

（13）トドロフ（渡辺・三好訳）『幻想文学――構造と機能』四一頁。強調は引用者による。
（14）トドロフ二三七頁。
（15）筆者は、『くるみ割り人形』を「幻想童話」あるいは"phantastisches Märchen"と定義づけている例も、この用語を用いている研究書も知らない。けれども、ホフマンのメルヒェンを「幻想童話」と形容することは、その特質を表現する上で適切であると考える。

「つまり、子供たちは、お父さまとお母さまが素敵なプレゼントを買ってくれていて、それを今二人でテーブルに並べているのだということをよく知っていたのですが、またその際に、嬰児《みどりご》イエス様が優しく敬虔なまなざしでそれを見つめてくださり、どのクリスマス・プレゼントも、祝福された御手で触れられたように、他の贈り物とは比べものにならないほど、喜びを与えてくれるのだということも確信していました。」（『くるみ割り人形』二〇〇頁）

"So wußten die Kinder wohl, daß die Eltern ihnen allerei schöne Gaben eingekauft hatten, die sie nun aufstellten, es war ihnen aber auch gewiß, daß dabei der Heilige Christ mit gar freundlichen frommen Kindesaugen hineinleuchte und daß wie von segensreicher Hand berührt, jede Weihnachtsgabe herrliche Lust bereite wie keine andere."

ここに記されている嬰児イエスの存在が、子供たちによって比喩的に理解されているわけではなく、その実在が信じられていることは、そのあとに続く記述で保証されている。

「一条の光がサッと壁を掠めていった。子供たちは、今イエス様が輝く雲に乗り、他の幸運な子供たちのもとへ飛び去ったのだということを知っていた。」（同上二〇〇頁）

"Ein heller Schein streifte an der Wand hin, da wußten die Kinder, daß nun das Christkind auf glänzenden Wolken fortgeflogen zu andern glücklichen Kindern."

大変微笑ましいクリスマスの光景の寸描である。ホフマンが、子供の無邪気さ、敬虔さを表現するものとして、童話の冒頭に置いたものと考えられる。子供たちは、両親が用意してくれているプレゼントの所にイエス様が訪れて、プレゼントに特別の光輝を与えてくれていると信じている。

非常に「子供らしいものの見方」が、ここに描かれていることが認められるだろう。しかしこのことを厳密に考えると、この部分の記述は、本来ならば相容れないはずの二つの解釈を両立させていることになる。すなわち、フリッツとマリーは「クリスマス・プレゼント」に関して、理性的に考えれば相容れないはずの「ふたつの解釈」を、共に真実として受け入れている。トドロフがおこなう「幻想文学」の定義は、ひとつの出来事に「ふたつの真実」を認めることを想定していない。この点において、『くるみ割り人形』は普通の幻想文学には見られぬ特別な要因を含んでいることになる。

われわれは、フリッツとマリーの「子供らしい」思考形式を、「精神の未熟」とか「幼稚な思考」という言葉で片付けてしまってはならない。子供の思考形式は、通常考えられている以上に複雑なメカニズムを持っていると考えられる。また子供がそのような思考形式を取る必然性が、現実の中に存在すると思われる。この点に関して、筆者は次のような「仮説」を提示したい。

すなわち、子供はごく限られた生活体験の中から、彼らを取り巻く謎に満ちた世界の仕組みやルールを習得しなくてはならない。さもないと、正直なマリーが経験したように、父親の叱責や家族の嘲笑にさらされることになる。しかしその一方で、クリスマス・プレゼントの例が示すように、大人が常に真実を教えてくれるとは限らない。大人というのは、自分たちの都合に応じて子供に真実を隠したり、嘘を信じ込ませたりする。(16) 子供にとって大事なことは、大人が与える嘘と隠蔽混じりの情報と自分の僅かな体験とだけから、世界の「真実」を探り当てることである。しかし彼らが手に入れる真実は、多くの場合、絶えず修正が必要な不完全な真実ばかりである。このような真実の不確実性に対処するために、子供は常に真実を「括弧つき」で処理する思考法、あるい

(16) マリーの両親も、広間で贈り物を並べ終えた後、「さあ、お入り、イエス様が何を下さったか見てごらん！」と言っている。

は「複数の真実」を併存させる思考法を発達させるのではないだろうか。これが筆者の仮説である。ホフマンが、妖精や魔物の故郷から遠く離れた都会の、しかも自宅から一歩も出ない空間を舞台とする『くるみ割り人形』で描いたのは、このように複雑な「子供の想像力のメカニズム」であったと考えられる。ホフマンが子供が保有する独自の能力を察知していた証拠が、次の一節に見られる。

クリスマスから数日後、ドロッセルマイアーが病床のマリーに、彼女のクリスマスの夜の体験と符合する点の多い『固いクルミの話』を三晩にわたって語り聞かせる。その数日後、元気になったマリーは久しぶりに玩具ケースの中のくるみ割り人形を眺める。

「すると突然、彼女は不安になった。そう、ドロッセルマイアーおじさんが話してくれたことはみんな、このくるみ割り人形のこと、このくるみ割り人形と、マウゼリンクスとその息子一党との争いのことなのだとわかって、不安を覚えたのだ。マリーは今、彼女のくるみ割り人形があのニュルンベルクのドロッセルマイアー青年、哀れにもマウゼリンクスによって呪いをかけられてしまった、ドロッセルマイアーおじさんの甥に他ならないということを知っていた。」（同上二三二頁、強調は引用者）

確固たる準拠枠を身につけた大人からすれば、ばかげた空想としか映らないが、右に提示した「仮説」に従えば、「お利口で、頭のいい」マリーがこの場面でおこなっている推論は、筋の通ったものである。マリーが、人形を人形と知りつつ、同時にその人形が呪いをかけられた青年であることを認識することは、全く正当な結論なのである。大人が理解できないメルヒェンの「真実」とは、このような真実である。このような「二重思考」の存在は、『くるみ割り人形』に限らず、E・T・A・ホフマンの他のメルヒェンにも見られる特徴といえよう。(17)

四　ホフマンの童話観

『くるみ割り人形』のテクストに見られる「謎めいた記述」を中心に据えて、ホフマンの童話作品の特徴を考察した。その結果、舞台を大都市の新興市民階層の住宅に設定するというアイデアの新しさ、メルヒェンの約束事である無条件の不思議ではなく、不思議な出来事を、「現実」とも「幻覚」とも決めかねる「幻想的手法」で記述する手法、そしてその不思議な出来事が「真実」となりうる根拠が、「子供の思考法」を想定することで得られることを論証した。

先に引用したホフマンの同時代の批評家は、ホフマンが「誰に向かって作品を書いているのか考えてもみなかった」と非難していた。しかしホフマンは、当時ドイツで育ち始めていた「活発な、想像力に恵まれた子供たち」(『ゼラーピオン同人集』二五二頁) に向けた作品を書いたのである。ホフマンが時代に先駆けて「子供の心性」に関する深い認識を持っていたことは、本章における考察でも明らかになったが、作者自身の証言も存在する。ゼラーピオン同人の口を借りて表明されている、ホフマンの子供観を紹介しておこう。

「ぼくは思うのだが、活発な想像力に恵まれた子供たちが、[…] しばしばメルヒェンという名前で現れる中身のない、下らぬおしゃべりで満足するなどと、大人が考えているとすれば、それはとんでもない勘違いだ。子供

(17) ここで用いた「二重思考」という用語は、ハックスリーの未来小説『素晴らしい世界』で描かれるものとは異なり、否定的コノテーションを持たない。むしろこの思考は、ホフマン独自の人間観である「人間存在の二重性」と関連を持つと想定される。

たちはもっと優れた作品を求めるし、彼らが、偉いパパでもうっかり聞き逃してしまうことまで、正確に、生き生きと心の中で理解する能力といったら、まさに驚嘆に値するほどである。」(『ゼラーピオン同人集』二五三・二五四頁)

ホフマンの童話は、『別れの宴』や『妖精』に見られたような、妖精やコーボルトなど、不思議な生きものが子供を助けるという伝統的な童話世界から離れてしまっている。彼は、都市の市民家庭の子供たちがなじんでいる時計、人形、衣装箪笥、ケーキなどを使って、人工的な幻想世界、動き出す人形たち、レモネードの川やケーキのお城、チョコレートの街など、都会の子供の「夢の世界」を描いて見せたといえる。ホフマンは、この作品によって、大人が子供に読み聞かせる教育的なお話ではなく、子供が子供部屋で読むための文学、不気味さと楽しさを兼ね備えた「幻想童話」というジャンルを創出したと言えるだろう。残念ながら、この流れはホフマンの死後一旦途切れてしまう。その後、一九世紀半ばにイギリスに現れるルイス・キャロルやジョージ・マクドナルドたちの作品群が、「幻想童話」の流れを受け継ぎ、独自のジャンルへと発展させたように思われる。(18)

第二章　ロマン主義的な自動人形――『砂男』（一八一五）[19]

『くるみ割り人形』には、マリーとくるみ割り人形の結婚という、とってつけたハッピー・エンドが描かれている。P・v・マットはこの結末に関して、「ホフマンは未解決の問題が存在しないふりをしているにすぎない」と述べ、物思いに耽るマリーが、将来、狂気に陥る危険性をほのめかしている。[20] マットが抱く危惧は、『くるみ割り人形』と『砂男』との比較考察から生まれている。たしかにマリーの体験には、不思議なものよりも不気味なものの方が優勢であったと言えるかもしれない。本章で考察する『砂男』には、少年期に異常な恐怖を体験した青年がたどる、宿命的ともいうべき悲劇が描かれている。S・フロイトが「眼の喪失＝去勢」というテーゼを核とする仮説を提出して以来、この作品に関する多くの解釈が試みられている。本書の考察もその流れに連なるものである。

「覗き見をするナタナエル」
ホフマンによる挿絵

（18）ホフマンのG・マクドナルドたちへの影響については、Kranz: E.T.A. Hoffmanns Einfluss auf George MacDonald, S.102-108を参照。
（19）この作品は一八一五年一一月に書かれている。けれども、ホフマンの第二作品集『夜景作品集』第一部（刊行年一八一七年）に収められて出版されたのは、一八一六年末のことであった。
（20）Matt: Die Augen der Automaten, S.91f. を参照。

フロイトが論文『不気味なもの』（Das Unheimliche, 1919）で『砂男』に注目したのは、「自動人形」と「砂男」というふたつのモティーフであった。たしかにこの両モティーフは、青年の精神を狂わせ、死に駆り立てる原因として作用している。解釈が分かれるのは、「砂男＝コッペリウス」という人物をどのように解釈するか、「自動人形オリンピア」をどう捉えるか、ナタナエルの狂気の主因をどちらに求めるか、ナタナエルの狂気とは何かという点である。これらの点に関して多くの考察がなされてきたが、「砂男」モティーフと「オリンピア」モティーフを整合的に説明する解釈が欠けている。両者を繋ぐ「鍵」をここで探し出すことにしたい。まず両モティーフの核となる箇所を、順に取り出すことにしよう。

一　幼少年期の砂男体験

(1) 砂男をめぐる欺瞞

ナタナエルの幼年期と少年期の記憶は、それぞれ砂男を核に形成されている。その体験は作品の三分の一を占める手紙で語られる。幼年期の体験は、彼らの住居を訪れる「姿の見えない訪問客」であり、母親がその客に関して与える見え透いた「嘘」である。――ナタナエルの記憶によると、父は夕食後の団欒に思い出話をしたり、本を読んだりしてくれる優しい人であった。夫婦と子供三人の職人の家庭である。ところが、夜の団欒を時折妨げる人物がいた。その人物が一家の住むマンションのドアを開ける音がすると、母は「さあ子供たち、寝る時間ですよ、砂男が来たのよ！」と言って、子供たちを寝室へ追いやってしまう。そのあと、階段を上ってくる足音とドアの開閉の音が「砂男」の来訪を子供に知らせる。

ナタナエルが寝室へ行く時、「ねえお母さん、僕たちをお父さんのそばから追い払う意地悪な砂男って、誰なの？どんな顔をしてるの？」と尋ねると、母は次のように言う。

「坊や、砂男なんていやしないのよ。お母さんが「砂男が来た」って言うのはね、お前たちが眠くなって、砂粒を目に入れられたときのように、目を開けていられなくなることを言ってるだけなの。」（『砂男』三三二頁）

ところが、母の説明はもちろんナタナエルを満足させない。彼らは現にマンションの階段を上ってくる足音を耳にしていたのであるから。母が子供騙しの「嘘」をついていることは明らかである。

こういう場合にいつも秘密を教えてくれる存在が乳母である。ナタナエルが、妹の世話をしている乳母に「砂男」のことを尋ねると、今度はナタナエルが予想していたよりも恐ろしい説明が返ってくる。

「あら、タン（＝ナタナエルの愛称）ちゃん、まだそんなことを知らないの。砂男というのは悪い奴でね、子供がぐずって寝ないときにやって来て、その目に一握りの砂を投げつけるのよ。するとね、血塗れになった目玉がふたつ、ぽろりと顔から落ちるの。砂男はそれを袋に放り込んで、自分の子の餌に持って帰るのよ。砂男の子供たちは半月《はんげつ》に住んでいて、ふくろうみたいなくちばしを持っているの。そのくちばしで悪い子の目玉をつついて食べるのよ。」（同上三三二・三三三頁）

ヨーロッパでは何世紀にもわたって、こうした乳母の話が語られ、またそれの教育上の有害性も問題にされてきた。だがこの恐ろしい説明でも、母のごまかしよりは子供に満足を与えるものであった。それ以後、ナタナエルは砂男の足音を聞いただけで身震いを覚える。けれども、乳母から教えられた砂男の姿は、ナタナエルの心を虜にしてしまう。彼は妖精やコーボルトの物語にもまして砂男に興味を示し、その恐ろしい姿をあれこれと想像しては、絵に描いて遊んだと報告されている。ナタナエルは、大人が子供に対しておこなう二種類の「子供騙し」に遭っている。[21] しかも、砂男の訪問は数年間も続いたというのである。

(2) 恐怖の虐待

より衝撃的な体験は、少年期を迎えた主人公が「砂男」から被った恐ろしい暴力である。――ナタナエルが一〇才になり一人部屋に移った時、砂男の正体を見極めるチャンスが生まれる。砂男が来る気配を見て取ったナタナエルは、寝に行くふりをしてうまく父の部屋に潜り込み、洋服掛のカーテンの陰に隠れる。そこに父に導かれて砂男がやって来る。砂男の顔を見ると、その正体は、時々昼食にやってくる意地悪な弁護士コッペリウスであった。二人は壁にしつらえられた隠し戸を開き、竈に火をおこして、なにやら実験を始める。しばらくすると、眼のない人間の顔をもった金属塊が現れ、ナタナエルはおびえる。その時、コッペリウスが「眼をよこせ、眼を！」と叫んだので、ナタナエルはおもわず叫び声を出してしまう。続く場面はここでの解釈にとって重要な箇所なので、少し詳しく引用する。

「コッペリウスは僕を捕まえ、歯をむき出し、いやらしい声で、「獣だ、小さな獣が出てきおった！」と叫んで僕を竈の上に載せた。炎が僕の髪の毛を焦がした。「さあ目が手に入った。すてきな子供の目玉が。」コッペリウスはそう囁いて、赤く熱した砂粒を取り出し、僕の目に振りかけようとした。」（同上三三六頁）

それを見た父がコッペリウスに懇願して、ナタナエルの目玉を取ることは赦してもらう。しかし、コッペリウスはナタナエルをただでは許してくれなかった。

「「だが手足のメカニズムだけでも、じっくり観察しておくことにしようか。」そう言うと、コッペリウスは僕の体を強く握ったので、関節がごきごき音を立てた。それから僕の手をねじ切り、足先もねじり取って、あちこちにつけ替えはじめた。「どこもうまく合わないな。やはり元の場所が一番具合がいい。あのご老体はよく心得ていたというわけか。」[22]［…］僕の周りが真っ暗になり、突然のけいれんが神経と手足を襲い、僕はなにも解らなくなってしまった。」（同上）

ナタナエルは、数週間も床に就いた後にようやく意識を回復する。その後、父がコッペリウスとの交際を絶とうと決心し、これを最後と決めてコッペリウスの来訪を受け入れた夜、父の部屋で爆発が起こる。父は焼死してしまい、コッペリウスは殺人の訴追を逃れて姿をくらましてしまう。

二　青年期のオリンピア体験

幼少年期の回想では、母が不愉快な真実を隠すために拵えた「子供騙し」が、親の意図とは逆に、子供の想像

（21）F・キットラーは、母親がおこなったこの「欺き」をナタナエルの狂気と関連づける解釈を提示している。Kittler: "Das Phantom unseres Ichs" und die Literaturpsychologie, S.140-166（日本語訳「『われらの自我の幻想』と文学心理学」）を参照。

（22）「あのご老体」（=der Alte）とは、「神」を指すと考えるのが妥当であろう。R・ドゥルクスやF・ヴィティヒもそう解釈している。Drux: Marionette Mensch, S.86 および Wittig: Maschinenmenschen, S.66 を参照。

力と好奇心を異常に育む様子、好奇心に駆られて禁じられた部屋に忍び込んだ子供が味わった懲罰の恐怖が、まざまざと描かれていた。その少年期と物語の現在の間の数年間に関しては、いっさいの説明が省略されている。ナタナエルが物理学を学ぶ大学生になっていること、幼なじみの少女と婚約しているという事実から推測しうるのは、彼が父の死後まじめに勉強してきたことである。

ところが、コッペリウスに似た晴雨計の行商人コッポラが彼の下宿に現れたことで、ナタナエルは狼狽してしまう。このことは、一〇才の時の「心の傷」(Trauma)が、長い歳月を経ても癒えていないことを示している。コッポラの顔を見ただけで、心の古傷から血が噴き出すのである。それを抑えてくれるのが、婚約者のクラーラであり、その兄ロータルであった。

しかしコッペリウスは、ナタナエルをそっとしておいてはくれない。ナタナエルの先生スパランツァーニ教授と組んで、共同実験を始めていたのである。スパランツァーニの目的は、彼が考案した自動人形を改良して人間に近づけることであり、それに協力を申し出たコッペリウスの目的は、ナタナエルという「獣」を狩りたてることにあったように見える。利害の一致した二人が用いた道具は、コッペリウスが用意する「望遠鏡」と「目玉」、スパランツァーニが精魂こめて開発した「自動人形」オリンピアであった。

ナタナエルは、二人の陰謀にまんまとはめられてしまう。コッペリウスが持参した望遠鏡で教授宅のオリンピアを見た時から、ナタナエルは彼女の美しさに魅せられてしまう。彼は、教授の家で開かれた夜会において、憧れのオリンピアと近づきになり、毎日彼女を訪問するようになる。

「彼(=ナタナエル)は、オリンピアの横に座り、彼女の手を握って、自分にもオリンピアにも理解できない言葉を用いて、熱狂的におのれの愛について語った。ひょっとすると彼女だけは理解していたのかもしれなかった。というのも、ナタナエルの目をじっと見つめて、何度か「ああ! ああ!」と嘆声を洩らしたのである。それを見たナタナエルは、「おお、聖なる女性よ！　約束の彼岸、愛の国から射しこむ光よ！　僕の全存在を映し出す深き心の女性よ！」などと叫んだ。」（同上三五四・三五五頁）

ナタナエルはオリンピアに夢中になってしまうが、彼の友人は、オリンピアの言葉の少なさ、彼女の動作のぎこちなさを指摘して、ナタナエルの盲目の恋に警告を発する。それに対するナタナエルの反論が、彼とオリンピアの愛に隠された「真実」を正確な言葉で語っている。

「君たちのような散文的な人間には、オリンピアは不気味に思えるかもしれない。詩的な心を持つ人にだけ、同じ心を持つ人の本質がわかるのだ。彼女の恋する眼差しは、僕一人にだけ向けられ、僕の心を射し貫いたのだ。僕は彼女への愛の中で、はじめて僕自身を見いだしたのだ。」（同上三五六・三五七頁）[23]

ナタナエルがおこなう区別、すなわちオリンピアを怪しむ「散文的な連中」と彼女の本質を理解する「詩的な人間」の区別、また彼がオリンピアと自分との愛の本質を説明する用語などが、彼が依拠する思想を明らかにしている。「詩的な心情」（poetisches Gemüt）、「愛の星」（Liebesstern）、「内面世界の象形文字」（Hieroglyphe der innern Welt）、「不思議な共鳴」（wunderbarer Zusammenklang）といった表現は、ノヴァーリスやシュレーゲル兄弟によって表現された「ロマン主義的愛」（romantische Liebe）の語彙である。[24]　友人がオリンピアの奇妙さを

(23) この文の原文は、次節でこの文章のもうひとつの読解をおこなう箇所に掲載する。
(24) ここで引用した言葉はすべて、ナタナエルの発言からの引用である。『砂男』三五六・三五七頁を参照。ロマン主義的愛の鍵概念は、F・シュレーゲルの『ルツィンデ』、ノヴァーリスの『アトランティス物語』を参照。

いくら指摘しようと、ナタナエルは耳を貸そうとしない。彼は物言わぬオリンピアの眼差しに魅入られ、日常世界を忘れ、日々詩作に励み、それを恋人の前で何時間も朗読するようになる。
筆者の考えでは、この場面に象徴されるナタナエルとオリンピアの「共感」（Sympathie）や「心の親和力」（psychische Wahlverwandtschaft）を、「ロマン主義的愛」とは別の視点から読み解くことで、「砂男体験」と「オリンピア体験」を統一的に理解する可能性が開けるように思われる。

三　「砂男」と「オリンピア」を繋ぐ糸

(1) フロイトの解釈

フロイトは、自らの解釈を彼自身の臨床的研究によって根拠づけている。フロイトの基本テーゼは次のとおりである。

「[…] それに対して心理分析の経験は、目を傷つけられるとか失うということが、恐ろしい「子供の不安」（Kinderangst）となっていることを教えている。[…] また夢、想像、神話の研究は、目を失う不安、盲目になる不安が、十分なほど多くの場合、「去勢不安」（Kastrationsangst）の代替物であることを教えてくれる。」(25)

フロイトは、このテーゼによって、『砂男』に見られるいくつかの謎を説明できるとし、このテーゼを認めない解釈は、それらを解明できないとしている。フロイトはその謎として次の点を挙げている。

〈1〉　なぜ目を失う不安が父親の死と密接に関係づけられているのか？
〈2〉　なぜ砂男は毎回愛の妨害者として現れるのか？——砂男はナタナエルと婚約者クラーラやその兄ロータルとを仲違いさせている。砂男はナタナエルの第二の「愛の対象」（Liebesobjekt）オリンピアを壊している。そしてクラーラとの幸せな結婚を控えたナタナエルを自殺へと強いている。

フロイトは「目を失う不安」を「去勢不安」と読み、「砂男」を「去勢をしに来る恐るべき父親」と読むことによってはじめて、右の問いに適切な回答を与えられると述べている。この前提に立ってフロイトがおこなう『砂男』の具体的解釈も紹介しておく必要があるだろう。その解釈の要点を取り出しておこう。

〈1〉　父親とコッペリウスは、アンビヴァレンツによって二つの対象に引き裂かれた「父親のイマーゴ」である。一方は目の剥奪（去勢）の脅しをかけ、良い父親は子供の目を護ろうと懇願する。
〈2〉　このコンプレックスの中で一番強く抑圧されているもの、すなわち意地悪い父親の死を願う願望は、作品の中ではコッペリウスの犯罪とされる「良い父親の死」という形で描かれる。
〈3〉　スパランツァーニ教授と眼鏡売りコッポラが、少年期の良き父親とコッペリウスに対応する。この二人も分裂した「父親イマーゴ」である。すなわちオリンピアとナタナエルの父親たちである。
〈4〉　コッペリウスがナタナエルの手足をはずす場面は、去勢行為の等価物であり、コッペリウスとスパランツァーニの「内的同一性」を示し、オリンピアの解釈を準備している。

(25) Freud: Das Unheimliche, S.243. フロイト説の要約は、すべてこの論文の記述に拠る。

〈5〉　オリンピアとは、幼児期のナタナエルが父親に対して取った女性的態度が実体化されたものである。スパランツァーニとコッポラは、ナタナエルの二人の父が再現されたものである。

〈6〉　オリンピアとは、ナタナエルから切り離され、人格として現れた「コンプレックス」である。ナタナエルが強迫的に彼女を愛するのはそのためである。

〈7〉　ナタナエルのオリンピアへの愛を「ナルシス的」と呼ぶことができる。

〈8〉　イエンチュが強調する「生命を得る人形」のモティーフは、むしろ「人形が動くこと」を求める子供の願望と矛盾する。

(2) フロイト解釈の修正

フロイトは自分の解釈の正当性を「謎解き」によって根拠づけていた。けれども、その謎解きには、フロイトが主張する「目の喪失不安＝去勢不安」という鍵が必ずしも不可欠でないと考えられる。フロイトが彼の反論者に課した謎解きの試練に挑戦することにしよう。

まず最初の謎かけは、「目の喪失」モティーフと「父の死」との密接な関係の理由を問うものであった。これに対する回答は簡単である。すなわち『砂男』のテクストには、この両モティーフを密接に関連づける箇所は見あたらない。この関連づけは、『砂男』に「去勢不安」を見るフロイトによっておこなわれているにすぎない。

第二の謎かけは、「砂男が三度ナタナエルの愛を妨害する」ことの理由を問うものであった。この点については、三度のケースを個別に検証する必要がある。まず最初のケースについて言えば、ナタナエルがクラーラ、ロータルと仲違いするのは、直接「砂男の妨害」によるものではない。彼らの仲違いは、両者が求める幸福の「内実」に大きな齟齬があることから生じている。クラーラが求めたのは、「内面が引き裂かれたナタナエルが決して与えることができない［…］落ち着いた家庭的幸福」（三六三頁）であり、ナタナエルが求めたのは、前節で紹介したような真の「魂の共鳴」であった。

第二のケースでも、オリンピアの破壊が砂男の意図であったと断定することは難しい。フロイトの解釈では、オリンピアは「人格として実体化されたコンプレックス」とされているが、オリンピアを「コンプレックス」のアレゴリーとする解釈を支持する文章は見られない。

第三のケースで、コッペリウスがナタナエルを自殺へと向かわせる力を何によって得たのか、テクストから窺うことはできない。

すなわち、フロイトが自説によって説明可能になるという「謎」自体が、フロイトの「解釈」の産物であるように思われる。われわれは、むしろ「目の喪失不安＝去勢不安」という前提を取り下げ、右に引用した『砂男』の記述を尊重することで、『砂男』の「謎」をより良く解明しうると思われる。

そこで筆者は、フロイトの説に大きな修正を施すことにしたい。すなわち、少年期のナタナエルを襲った驚愕の最大要因を、現実にはおこなわれなかった「眼の剥奪の恐怖」ではなく、ナタナエルが現実に被った恐怖、つまり「手足をねじ切られた驚愕」と見ることを提案したい。フロイトは手足をねじり取る行為も「去勢の等価物」と見ているが、筆者はその解釈を取らず、ナタナエルの報告どおりに、「手足の分解実験」、「人間改造実験」と読むことにしたい。

（3）ナタナエル自動人形説

ここから、少年期に「手足をねじ切られる体験」を被った人間の悲劇として『砂男』の解釈をおこなうが、その前にナタナエルの体験を「去勢」ではなく、「人間改造実験」と解釈する根拠を示しておこう。第一の根拠は、コッペリウスと父が長年おこなっていた実験が、ハンマーなどを用いて「灼熱する金属塊」から人型を製造する実験であったと記されていることにある。第二のより強力な根拠は、すでに引用したコッペリウスの言葉、「どこもうまく合わないな。やはり元の場所が一番具合がいい。あのご老体はよく心得ていたというわけか。」という言葉である。コッペリウスは、ナタナエルの手足を方々つけ替える実験をする中で、ナタナエルを作った「ご老体＝造物主」の技術の優秀さを認めている。この箇所は、コッペリウスの実験が「人間製作」実験であったことを明確にしている。(26)

さてコッペリウスがナタナエルに加えた「分解実験」が、彼の精神に手ひどい「傷」(Trauma) を負わせたことは、意識を取り戻すのに「数週間」もの期間を要したという記述から確実である。少年の意識を奪ったこの体験を「自動人形化体験」と呼ぶことにしよう。

ナタナエルの少年期の体験を「自動人形化体験」と捉えることによって、オリンピア・モティーフを新しい視点から見ることが可能になる。これまでの解釈はいずれも、自動人形オリンピアを「欺瞞の道具」と位置づけてきた。しかし、ホフマンのテクストは、その説とは逆のことを語っていると読める。すなわち、『砂男』の文章は、自動人形オリンピアが、ナタナエルの「恋人」としてふさわしい存在であったと述べているように読めるのである。このことを示すために、ナタナエルがオリンピアを賛美する言葉をもう一度詳しく吟味してみたい。

「「おお深い心情をもつ女性よ！」部屋に戻ったナタナエルは嘆声を発した。「君だけが、君一人だけが僕を完全に理解できるのだ。」ナタナエルは、自分の心とオリンピアの心の中ですばらしい共鳴 (Zusammenklang) が、日ごとに現れくることを思って、身も震えるような陶酔を感じた。」(同上三五七頁)

恋するナタナエルが、寡黙なオリンピアとの間に見い出した「すばらしい共鳴」とは、いったい何であろうか。何が二人の間で共鳴したのであろうか。筆者は、それをナタナエルの意識下に長い間隠されていた「自動人形の心」と解釈しうると考える。すなわち、ナタナエルがオリンピアに感じた「共感」とは、自動人形同士の共感なのである。前節で引用した時、「ロマン主義的愛」の表現と理解されたナタナエルの言葉の背後には、文字どおりに読むことで明らかになる「自動人形的共感」が隠されていたのである。先ほど引用した文章を、この視点から読み直すことにしよう。原文がホフマンの仕掛けを明らかにしているので、それも添えておくことにする。

「君たちのような散文的な人間には、オリンピアは不気味に思えるかもしれない。詩的な心を持つ人にだけ、同じ心を持つ人の本質がわかるのだ。彼女の恋する眼差しは、僕一人にだけ向けられ、僕の心を射し貫いたのだ。僕は彼女への愛の中で、はじめて僕自身を見いだしたのだ。」（同上三五六・三五七頁）

"Wohl mag euch, ihr kalten prosaischen Menschen, Olimpia unheimlich sein. Nur dem poetischen Gemüt entfaltet sich das gleich organisierte! — Nur mir ging ihr Liebesblick auf und durchstrahlte Sinn und Gedanken, nur in Olimpias Liebe finde ich mein Selbst wieder."

ロマン主義的な「愛の賛美」と見た発言を、新たな視点から読むことによって、「同じ心を持つ人」（das gleich organisierte）が、文字どおり「同じ組成を持つ存在」（das gleich organisierte）、すなわち自動人形であることを、指し示していることが分かる。ナタナエルは、それと認識する前に、オリンピアと自分が同じ作りの存在であることを直感していたのである。またナタナエルが、オリンピアの愛の中に再発見した「自己」（Selbst）とは、

（26）手足を分解して「人間のメカニズム」を調べるというモティーフは、ホフマンの他の作品にも見られる。『くるみ割り人形』二二四頁、『磁気催眠術師』一五一頁の記述を参照。ヴィティヒも、筆者の見解と同じく、コッペリウスによる「身体の分解」を「眼の剥奪」よりも重要な要因と考えているが、筆者がここで提出する解釈には至っていない。Wittig: Maschinenmenschen, S.66を参照。

彼が長い間忘れていた自分の「自動人形性」と読める。この解釈は、フロイトの解釈に劣らず奇異に映るかもしれない。けれども、この解釈によってはじめて、「幼少年期の体験」と「現在の体験」を整合的に理解することが可能になる。

この解釈の利点は他にもある。たとえば、ナタナエルが婚約者クラーラを忘れ、友人の警告にも耳を貸さず、オリンピアへの激しい愛に燃え上がる必然性が、この解釈によってはじめて説明可能になる。また、フロイトがオリンピアに関しておこなっている指摘も無理なく統合できる。すなわちコッペリウスは、フロイトが言う意味からはずれるが、ナタナエル、オリンピア両方の製造に関与したという意味で、彼らの「父親」といえるだろう。同様に、オリンピアが、ナタナエルにとって最適の「愛の対象」（Liebesobjekt）であるというフロイトの見解にも同意できる。

筆者の解釈によれば、オリンピアが破壊された場面で、ナタエルが凶暴な狂気の発作に陥った理由も説明できる。つまり、オリンピアが自動人形であることの「暴露」自体をナタナエルの発作の原因と見る従来の解釈では、狂気に至るほどの主人公の驚愕を十分に説明できなかった。その解釈に従えば、オリンピアが人形であることの暴露は、主人公を欺瞞から解放するものであり、その認識がいかに衝撃的でも、凶暴な発作を引き起こす動機とは想定しにくいのである。しかし、オリンピアこそが、ナタナエルが無意識に求めていた唯一無二の「同じ作りの存在」（das gleich organisierte）であったと捉えれば、破壊され目玉の取れた無惨な恋人の姿が、彼を狂気に突き落としたことを十分納得できるだろう。

四　残された謎

テクストの記述に忠実に依拠する方法によって、『砂男』の新しい解釈を進めてきたのであるが、その方法でも説明しきれない謎が残されていることを認めざるをえない。

第一に、コッペリウスが執拗にナタナエルにつきまとう理由が解明されていない。この問いに対する答えは、『砂男』の記述には直接見あたらない。ただ、ナタナエルが、「自分の人生を覆う暗いヴェールは、死なないと破れないかもしれない」(三三七頁)という予感を語っている。またコッペリウスが自分とクラーラの仲を引き裂くだろうという陰惨な詩も書いている。この記述を根拠として、コッペリウスをナタナエルとその父親に取り憑いた「宿命の人格化」と言うことはできよう。けれども、この説明によって『砂男』のテクスト解釈に新しい視点が導入されるようにも思えない。

むしろ、この作品の「原像」(Urbild)に立ち戻って、「砂男」=「コッペリウス」=「親の言葉に従わない子供の目玉を奪う妖怪」という視点によって、コッペリウスの行動を無理なく理解できるかもしれない。こう考える場合、ナタナエルの父は、「父なる神」だけに許された「人間製造」の秘密を探ろうとした不遜を罰せられたといえよう。だがナタナエルの場合、彼が犯した罪は、たしかに親の言いつけに背いたとはいうものの、父親の実験を盗み見したことにすぎない。このささいな過去の罪過ゆえに命まで奪うのは、余りにもむごいと思われる。

『砂男』を離れて他の作品にヒントを求めてみると、コッペリウスに似た不気味な人物は何人か描かれている。穏やかに暮らす一家を訪れ、その一家を悲嘆の淵に突き落として行方をくらます人物として、ドストエフスキーも関心を示していた『磁気催眠術師』のアルバンが挙げられる。彼が悪行をおこなう動機は、磁気催眠術によって「神の認識」に近づいたという傲慢と、他者を支配することでおのれの権力を確認したいという衝動であった。コッペリウスは、アルバンとは異なり、人間の感情を備えた存在というよりは、半ば「怪物的存在」として登場している。けれども、彼が人間支配に執着している点は似ている。J・バルクホーフは、アルバン像を検討する中で、ホフマンは「魔術的全能性の夢が、技術的全能性の夢に移行する歴史的境界の時期の鋭い観察者である」と述べて、ホフマンが描く不気味な人物が、非近代的魔術性・悪魔性と近代的技術性・超人性とを兼ね備えている点に注目している。(27) コッペリウスにもバルクホーフが指摘する両方の特徴を見ることができる。人を苦しめておいて高笑いする悪魔的な性格と、錬金術や自動人形製作に対する関心がコッペリウスの特徴である。コッペリウスにアルバンと同様の悪魔的動機、人の運命を弄ぶことでおのれの力を確認するという動機を見ることも可能であろう。しかし、コッペリウスの不気味さの本質は、説明不可能な「悪」、突如として人生に介入してくる悪そのものにあるという感覚が残る。それが『砂男』という作品の不気味さの根底をなすのだと言ってしまえば、解釈の放棄になるであろうか。

第二の謎は、『砂男』結末で語られる「塔上の出来事」である。市庁舎の塔上でナタナエルが二度目の狂気の発作に見舞われ、婚約者を「木の人形」（Holzpüppchen）として塔から投げ落とそうとすること、その後、コッペリウスの姿を見て自ら身を投げることの解釈は容易ではない。筆者は「塔上の事件」については、次のように考えている。

ナタナエルは長期間の狂気から回復した後に、婚約者クラーラの元に戻るが、彼がクラーラに改めて認めたのは、「清らかで、聖なる、すばらしい心情」（himmlisch reines, herrliches Gemüt）であると書かれている。(28) だがナタナエルは、かつてオリンピアのことも、「すばらしい、聖なる女性」（herrliche, himmlische Frau）と呼んでいた。(29) 同じ形容辞の使用から窺えることは、ナタナエルが、クラーラにもかつてのオリンピアと同じ役割を期待している事実であろう。すなわち、ナタナエルは彼の自己を映し出す「鏡」の役割を恋人に求めているのである。

塔上での事件を引き起こす直接のきっかけは、ナタナエルが望遠鏡でクラーラを見つめたことにある。彼が望遠鏡を通して見たものは、クラーラの「回転する二つの目玉から炎が吹き出す」情景だと書かれている。それを見たナタナエルは、オリンピアが破壊された時と同じ叫び声、「木偶人形、回れ！」という叫びを挙げ、前回と同じ凶暴な発作を起こす。この描写はあきらかに「オリンピア破壊」の驚愕を「再現」する形で描かれている。

狂気を導くきっかけとなる「望遠鏡」に着目すると、この道具は以前ナタナエルに彼の「真の恋人」がオリンピアであることを示していた。その同じ望遠鏡が、塔上において再びナタナエルにクラーラの「本質」を示したと解釈することはできよう。つまり、クラーラがその本質において、目玉が炎をあげて飛び出してしまう欠陥自動人形、木偶人形にすぎないことを示したのである。

このふたつの観察を重ね合わせると、次のような解釈が得られる。すなわち、ナタナエルが自分の自己を映す鏡であるはずの恋人クラーラに欠陥自動人形の姿を見た時、オリンピア破壊の時に彼を襲ったのと同じ「狂気のメカニズム」が作動したと考えられる。ナタナエルが恋人を投げ捨てようとする行為は、またしても不良品であることが判明した自動人形を投げ捨てようという衝動であろう。

結末部で描かれるナタナエルの姿は、それまで慎重に隠されていた彼の「本質」をもっとも露わにしている。塔上を熊のようにうろつくナタナエルの姿もまた、彼が婚約者に認めた姿、メカニズムが壊れた欠陥自動人形の姿そのものである。その自動人形性をさらに強調しているのが、コッペリウスの奇妙な発言とナタナエルの反応

（27）Barkhof: Magnetische Fiktionen, S.204 を参照。
（28）『砂男』二六一頁
（29）同上三五五頁

である。コッペリウスは塔の下にやってきて、群衆と一緒に塔上の狂人を見上げている。

「人々は暴れている男を取り押さえに行こうとした。その時、コッペリウスは笑いながら言った。「ははは、まあ待っていなさい。あいつはもうじき自分で降りてきますから。」［…］ナタナエルは突然立ち止まり、身をかがめて下を見た。そしてコッペリウスを見つけると、「ああ、きれいおめめ、きれいおめめ！」と鋭い叫び声をあげ、手すりを越えて飛び降りた。」（同上三六二頁）

コッペリウスの態度には、熟知した機械について語る技術者のような自信が見られる。また何の恐怖も示さず、コッペリウスめがけて飛び降りるナタナエルの姿には、完全に自動人形化した存在が現れているといえよう。ただ、その自動人形が最後に望んだ「きれいおめめ」が何を意味するのか、「完璧な自動人形」であったのか、それともコッペリウスが彼から奪った「眼」であったのか、判然としない。石畳に頭蓋骨をうち砕かれた青年の姿を見届けてゆうゆうと姿を眩ます「砂男」の謎は、ここにも残されている。

ホフマンは、『王様の花嫁』のように牧歌的なメルヒェンや、後にワーグナーが楽劇の題材に利用する愉快な歴史小説『桶屋のマルティン親方とその職人たち』なども書いているが、ここで論じた『砂男』は、「砂男」という童話的モティーフを取り上げながら、きわめて現代的な人間認識を示している。悪意に満ちた他者による無力な子供のマニピュレーションを、「砂男」、「自動人形」、「ロマン主義的恋愛観」という三つの異質な要素を組み合わせて描いたこの小説は、その独自性において卓越している。その所為もあって、『砂男』が人々の関心を惹くようになるのは、二〇世紀に入ってからのことであった。その時にようやく、『砂男』が人間の内面のメカニズム、他者の内面の操作という現代的主題を扱った作品であることが認識されたのである。この作品に典型的に見られるように、ホフマンは、ロマン主義者でありつつ、ロマン主義者が現実の中で陥る葛藤を冷徹に透視する眼を備えていた。けれども、ホフマンの人間洞察は、同時代のロマン主義者や古典主義者のみならず、一九世紀の写実主義者、自然主義者にも受け継がれることはなかった。(30) その意味において、ホフマンはきわめて現代的な作家であったといえるだろう。

(30) 貴重な例外は、「序論」で紹介したハイネと、『レオンスとレーナ』において人間を自動人形として描いたゲオルク・ビュヒナーであった。

第三章　ロマン主義者の心理療法――『蚤の王』（一八二二）(31)

『砂男』では少年期の恐怖体験と悪意ある他者の陰謀が、青年の精神を破壊するプロセスが描かれていた。ホフマン最後のメルヒェン『蚤の王』でも、一人の青年の「心」の問題が主題とされている。この作品は『牡猫ムル』完成直前の一八二一年一〇月頃に着手され、最終章を除く六章余りは、一八二二年一月中旬にできあがっている。ホフマンがこの作品に挿入した諷刺に対する弾圧の真相はすでに紹介した。本章ではそのエピソードは扱わない。ここでは、ホフマンが晩年に試みた、ロマン主義者の「病」の治療過程を見ることにしたい。

一　生い立ちと現在の病状

（1）誕生から思春期まで

物語の舞台は、ドイツの商業都市フランクフルトである。(32)

主人公は、ペレグリヌス・テュス、三六才、無職、独身。彼は商会経営者であった父親が遺した屋敷で孤独に暮らしている。奉公人は、父親が哀れんで雇ったアリーヌという老女中一人である。冒頭から彼が孤独な暮らしを営むに至った事情が語られる。それはすなわち、主人公が典型的な「ロマン主義者」＝

『蚤の王』
ホフマンによる装丁画

「社会不適応者」に育つ過程を描いている。ホフマンは、主人公を生まれながらの非適応者に描いている。テュスがロマン主義者になる兆候は、すでに彼の乳児期に現れている。

「その子は、どこも悪くないのに、昼夜を分かたず二、三週間泣き続けたかと思うと、突然静かになり、身動きひとつしなくなった。何も感じなくなったように表情が凍りついて、人形のようになってしまった。」（『蚤の王』六八二頁）

「人形化」したペレグリヌスの精神を目覚めさせたのは、名付け親が持参した「道化人形」（Harlekin）であった。ペレグリヌスは、道化人形を目にした瞬間、生気を取り戻し、その人形を抱きしめた。幼児期になると別の症状が現れる。つまり、子供が言葉を話す年頃になっても、ペレグリヌスはひとことも話さない。だがある夜、乳母は彼が言葉を話せることを発見する。ペレグリヌスは、一人きりの時には、幼児語の少ない正しいドイツ語を呟いていた。賢明な母親がそのことを聞いてもそっとしておいたことで、この問題もおのずから解消する。

（31）この作品は従来『蚤の親方』と日本語に訳され、筆者も長い間その訳語を用いてきた。しかし、今回、その由来を調べると、"Meister"とは蚤の共和国を治める議会（Senat）の「長」を表す「官職名」と書かれている。この官職に「親方」という訳語は不適切であり、「議長」、「統領」などの訳語が望ましい。一方、作中では一度「蚤の王」（Flohkönig）という表現も使われている（七六四頁を参照）。本書では、表題としてのわかりやすさを最優先して『蚤の王』という語を採用してみた。

（32）ホフマンは、この本の出版者ヴィルマンスの住む都市を舞台にするというサービスをおこなっている。ホフマン自身はフランクフルトを訪れたことはない。

少年期には第三の問題が生じる。彼はきちんとした学習ができないのである。「ペレグリヌスは、静かで行儀の良いまじめな子だった。けれども、家庭教師たちが望んだような体系的学習（systematisches Lernen）には縁遠かった。彼は熱中できるものにしか才能がなく、それ以外の事柄は痕跡もなく彼の頭を素通りしていった。そして彼を夢中にさせるものといえば、不思議なもの、彼の空想を刺激するものであり、彼はそういった世界に没入するのであった。」（同上六八三・六八四頁）

この問題に加えて、商会の経営者である父親の頭痛の種となる兆候も現れる。すなわち、ペレグリヌスの身体は、「財布」とか「帳簿」という商業関係の道具と言葉に対して生理的な拒絶反応を示しはじめる。「しかし奇妙に思われたのは、ペレグリヌスが「為替」（Wechsel）という言葉を聞くたびに、痙攣を起こすことであった。彼が言うには、その言葉を聞くと、ナイフでガラス板をひっかく音を聞いた時のように、嫌な気分になるということであった。」（同上六八四頁）

これらの病的反応や不適応症状は、一九世紀初頭に生まれた「ロマン主義情緒を過度に備えた人間」の特徴を、多少誇張して描いたものと思われる。ホフマンの診断によると、当時流行した「ロマン主義情緒」は、「現実世界へ参入することの拒絶」、「創造的独白への偏愛」、「体系的学習の嫌悪」、「不思議な空想世界での幸福感」、「実業に対する病的嫌悪」などを主特徴とするようである。その特徴の幾つかは、現代の日本の青年たちにも当てはまるように思われる。ホフマンがこれらの症状を示す主人公にどのような「治療」を施したのか、興味深いところである。

（2）青春遍歴と帰還後の発症

テュス家においても、息子が青年期を迎える頃に父子の葛藤が生じる。すなわち、ペレグリヌスが十代半ばに達すると、進路の問題が浮上してくる。父親は、商会の経営者として当然のことながら、一人息子に後継者になるための修行を積ませようと考える。けれども、この件で相談を持ちかけた友人たちは、いったん大学へ行かせることを勧める。父親は大学教育の効果には懐疑的であるが、大切なひとり息子なので、イェーナ大学へ入れてやる。[33] ところが、三年間の学業を終えて戻ってきたペレグリヌスの性格は、父親が危惧したとおり、全く改善されていなかった。[34]

友人の助言に従って失敗した父親は、今度は自分の思いどおりの方法をとる。商売の世界へざぶんと放り込めば、おのずから泳ぎ方を覚えるだろうという判断である。父親は、息子の世話を依頼する手紙を持たせて、ペレグリヌスを北ドイツの商業都市ハンブルクの友人のところへ行かせる。そのままそこで奉公させようという算段であった。ところが案に相違して、息子はハンブルクの相手に書状と書類を渡したあと、行方をくらましてしまう。両親には「一年後に戻る」旨を認めた便りを送ったきり、音信を断ってしまう。この行動は、当時の多くの小説、ゲーテの『ヴィルヘルム・マイスター』、ティークの『フランツ・シュテルンバルト』などにも見られるが、当時のドイツで流行していた青春遍歴であった。普通でないのは、ペレグリヌスがインドまで行ったらしい

（33）イエーナ大学は、一八世紀末に自由な気風とすぐれた教授陣で隆盛を見ていたが、一八〇〇年以降、教授陣の引き抜きと激しい学生運動のせいで解散の危機を迎えていた。ホフマンはこの事情と、イエーナが「ロマン主義発祥の地」であることを踏まえて、ここに用いていると思われる。Wistoff: Die deutsche Romantik in der öffentlichen Literaturkritik, S.139ff. を参照。

（34）『蚤の王』六八五頁に、「思ったとおりだ！　ぼんやり屋のハンスは、ぼんやり屋のままで戻って来おった！」という父親の言葉が見られる。

ことである。
約束の一年をはるかに過ごし、ペレグリヌスは三年後に両親の館へ戻って来る。ところがわが家には錠が下ろされていて人の気配がない。そこへ隣人が証券取引所から戻って来る。テュスが両親の安否を尋ねると、隣人の答えはテュスの思いもよらないものだった。父も母も亡くなったというのである。

「ペレグリヌスは、言葉もなくその隣人の前に立ちつくしていた。人生の痛みが初めて彼の心を切り裂いた。彼は、自分がこれまで楽しく住まってきた、美しくきらめく世界が目の前で瓦解してしまうのを見た。」（同上六八六頁、強調は引用者）

呆然として何もできないテュスに代わって、隣人が役所で手続きをしてくれ、彼は両親の家へ入ることができた。すると不思議なことに、以前から奉公していた女中アリーヌがどこからか現れる。テュスはアリーヌを見、昔のままの家具調度を見て回った後、この物語全体を規定することになる奇妙な決断を下す。

「ほら、すべてが出ていったときのままじゃないか、これからもこのままにすれば良いのだ！」（同上六八七頁、強調は引用者）

"Ja, es ist noch alles so wie ich es verlassen, und so soll es auch bleiben!"

この宣言とともに、彼は非常に問題の多い生活に入る。外部との交渉をできる限り制限し、屋敷に引きこもった暮らしを始めるのである。それだけではない。父の誕生日、母の誕生日、復活祭の初日、ペレグリヌス自身の洗礼日、クリスマスという五つの祝日には、両親が健在であった時と同じ仕方で豪華な食卓を整えさせ、昔のように両親の話に耳を傾けたり、招待客の質問に答える振りをする。数十年の歳月を遡行して、「幸せな少年時代」を人工的に甦らせようとするのである。

物語冒頭に置かれた「クリスマスの夜」の描写は、三六才のテュスが陥っている病的状況を提示している。——彼は親の言いつけを守って、大広間でクリスマスの飾りつけが終わるのを子供部屋で待っている。合図のベルが鳴り、大広間の扉が開かれる。彼が広間へ跳び込んでゆくと、金のリンゴやくるみで飾られたツリーがきらめき、その周りに色々な玩具が置かれている。

「「お父さん、お母さん！　アリーヌ！」ペレグリヌスはうっとりしてそう叫んだ。「どうだねペレグリンちゃん、上手にできただろう。喜んでもらえるかね。もう少し近づいて見てごらん。このお馬さん、栗毛馬に乗ってごらん」とアリーヌが言った。」（同上六七八頁）

いい歳をした男が、木馬に乗り、自分で買い揃えた玩具で遊び、絵本を開き、マルチパンにかぶりつく。老女中を使って昔のクリスマスを再現する男の姿は、いかなる事情があるにせよ、グロテスクとしか言いようがない。しかもテュスは、そのような「隠遁生活」をもう六年以上も続けている。このまま時が経てば、おそらく彼は人間嫌いの男やもめとしてこの館でむなしく朽ちてゆくことになるだろう。これが物語の現在における主人公の病状である。

二　様々な心理療法

（1）女性恐怖症の克服

クリスマスを架空の父母とともに祝ったテュスは、役目を終えたクリスマス・ツリーと玩具を抱えて夜の街に出る。貧しい家庭の子供たちに、それをプレゼントするためである。今年は出入りの製本職人レマーヒルト家へ行き、一家を驚かせる。ところがそこへ謎の女性が飛び込んでくる。季節はずれの薄ものの銀ドレスを身にまとって、テュスに親しげな態度をとる。この女性の登場をきっかけとして、ホフマンの真骨頂たる幻想世界が、散文的な商業都市のただ中に開かれることになる。

『蚤の王』で語られる「不思議な物語」は、とても奇妙なものである。それは『蚤の王』の登場人物たちの「前世」に起こった事件に起源を持つ。――昔、キプロス島ファマグスタ郊外の草むらで、セカキス王の娘ガマヘー王女が昼寝をしていた。そこへ蛭の王子が地中から現れ、王女の血を吸って死なせてしまう。それを目撃したアザミの花、蚤の王、ふたりの自然科学者が、手を尽くして王女を生き返らせたという話である。――

『蚤の王』の筋が進むにつれて、ペレグリヌスが「セカキス王」、友人ペープシュが「アザミ」、美女デルチェが蘇生した「ガマヘー王女」、蚤使いリューヴェンヘックとテュス家の下宿人シュヴァマーが、王女を不完全な形で蘇生した一七世紀のオランダ人生物学者であることが判明してくる。しかし、オランダ人学者と蚤の王以外の人物は、一九世紀のドイツに生まれ変わった今、「前世の記憶」をほとんど喪失している。

話をクリスマスの夜に戻すことにしよう。レマーヒルト家を辞したテュスは、行き場がなく寒さに震える美女を仕方なく自宅に連れ帰るが、それを見た女中のアリーヌは、テュスが娼婦を連れ込んだと勘違いして主人を非難する。しかし、テュスはそんなことのできる男ではなかった。

「結婚ほどペレグリヌス・テュス氏に似合わないものはなかった。というのも、彼はもともと引っ込み思案だった上に、とりわけ女性に対する病的な嫌悪感（Idiosynkrasie）を示していたのである。女性のそばにいるだけで、額に冷や汗が吹き出した。きれいな女の子に話しかけられでもすると、緊張の余り、口も利けずに震えだす始末だった。」（同上六八〇頁）

ところが、テュスの「女性嫌い」（Misogynie）は、ショック療法によってあっけなく解消される。テュスは謎の美女を抱えて帰宅する途上で、彼女への恋に燃え上がってしまう。

「そこでテュスは羽毛のように軽い女性を子供のように抱き上げ、広いマントにしっかりとくるんだ。しかし、このかぐわしい荷物を抱えて一区画行ったところで、激しい恋の陶酔が彼の心を捉えてしまった。彼は、自分の胸にしっかと掴まっている愛しい女性の首や胸に燃えるようなキスを浴びせながら、半ば夢中で街を走り続けた。」（同上六九五頁）

魅力的なデルチェの出現によって、消滅しかかっていた三六才の男の情熱が一気に燃え上がる。ところが皮肉なことに、彼はその翌日からすぐにこの恋の情熱と戦わなくてはならなくなる。その事情は複雑であるが、要点だけ紹介しておこう。

——オランダ人学者の手で蘇生した王女ガマヘーは、リューヴェンヘックの姪の「デルチェ・エルヴァーディンク」に生まれ変わる。しかしリューヴェンヘックがおこなった蘇生術がとても稚拙なものだったので、「蚤の王」（Meister Floh）が肝心な所を手伝ってやった。その結果、デルチェは蛭に吸われた傷口を蚤の王に定期的に吸ってもらわないと生き続けることができない。ところが、物語が始まるクリスマスの夜、リューヴェンヘックが虜にしていた蚤の王が、鉄製の鎖を破ってテュスの懐に逃げ込んでしまう。その結果、テュスが自発的に蚤の王を引き渡さないかぎり、蚤の王は誰の支配下にも入らないことになる。──

テュスは、デルチェを自宅に連れ帰った深夜、姿を見せた蚤の王からその事情を聞く。そして蚤の王を保護することを誓う。蚤の王はテュスの気高い決意に対して礼を述べ、部下が製作した「魔法のレンズ」を与える。それを瞳にはめると、視神経をとおして相手の思考を読むことができるレンズである。

このようにして、蚤の王を取り戻そうとするリューヴェンヘック、生命維持のために蚤の王を譲り受けようと手練手管を使うデルチェ、「約束」を守るべく美女の誘惑に抵抗するテュスらが繰り広げる、幻想的な喜劇の幕が開かれる。

(2) 現実嫌悪の治療

テュスの「女性嫌い」は、積極的な美女の登場によって一瞬のうちに治癒した。しかし、主症状である「引きこもり」の治療には、もう少し時間が必要である。『蚤の王』で語られる出来事のすべてが、テュスの治療プロセスと関係していると思われる。テュスが両親の死の衝撃から癒されるには、様々な病因の解消が必要である。それを促すのが、インド旅行以来の友人ペープシュとテュスの庇護下に入った蚤の王である。

まず旧友ペープシュの果たす役割を見ることにしよう。彼は、当初、テュスに匹敵する人物と構想されていたようである。その痕跡は、『二人の友の七つの冒険からなるメルヒェン』（Ein Märchen in sieben Abenteuern zweier Freunde）という「副題」に見ることができる。また第一章でテュスの生い立ちが描かれ、第二章でペープシュのデルチェに対する原因不明の情熱が描かれるという風に、二人の青年を交互にクローズ・アップする構成も、その名残と考えられる。それが、物語の流れの中でテュスを主人公とするものに変化してしまったようである。

『蚤の王』におけるペープシュの役割は、おもに次の二点に要約される。第一の役割は、孤独なテュスの唯一の親友として、主人公の人間不信を拭い去る役割である。テュスに親しげに声を掛けてくる知人や親戚がみな、魔法のレンズによる審査に合格することができない。彼らは口では優しいことを言うが、内心ではテュスを馬鹿にし、彼の財産を狙っている。[35] その中にあって、ペープシュただ一人がその審査に合格している。彼は他の人とは逆に、テュスに対して厳しいもの言いをするが、心の方は温かいのである。

ペープシュはもう一つ大切な役割も担っている。彼はデルチェと遭遇することで、主人公よりも早く「前世の事件」の記憶を取り戻している。

「ペレグリヌス、このことを長い間君には黙っていた、いや自分でもはっきり認識できなかったので、内緒にせざるをえなかったのだが、今、君に知らせておく。僕はアザミのツェヘリートなのだが、偉大なセカキス王の娘、愛らしいガマへー王女に対する僕の求婚の権利を諦めるつもりはない。」（同上七四〇・七四一頁）

ペープシュは、すでに何年も前からデルチェを熱愛している事実をペレグリヌスに伝える。それによって、蚤の王をめぐる奇怪な事件に巻き込まれた人間が、テュス一人ではないことを彼に知らせている。ペープシュは、その意味において、不思議な世界への「案内人」の役を勤め、また同じ悩み抱える「同行者」の役割も担っている。テュスの「病」が「孤独な世界への引きこもり」であったことを考慮すれば、今、蚤と蠱惑的な女性と幽霊

(35) その具体的例は、第Ⅱ部第二章第二節「上層市民階級批判」の所で引用したので、そちらを参照されたい。

が繰り広げる奇怪な事件に、テュスが一人だけで巻き込まれることの危険性は明白である。旧友ペープシュがこの奇妙な体験を共有してくれることで、ペレグリヌスはすでに半ば怪しくなっている理性を護ることができるのである。

では次に、蚤の王が主人公の治療に果たす役割を見ることにしよう。(36) 蚤の王が果たす役割は多岐にわたっているが、おもに次の三点にまとめることができる。第一の役割は、テュスの関心を外の世界に向けることにある。テュスは人との交際を断っていたが、蚤の王が彼の懐に逃げ込むことで、美女のデルチェ、友人のペープシュ、卑劣漢のクナルパンティ、フランクフルト市の参事などとの交渉が生じている。また「魔法のレンズ」を与えることによって、テュスの目を周囲の人間に向けている。これによって、テュスの主症状である「自己への耽溺」(Selbstsucht) から、彼を引っ張り出すことに成功している。(37)

第二に、蚤の王はテュスの精神の再生にとって重要な契約行為をおこなっている。それは自分の運命をテュスの「心」に委ねるという行為である。純粋で心根の優しいテュスは、蚤の王の要請に応えて、彼を守るという誓いをする。ところが、デルチェが掻き立てた恋の情熱は、彼の良き意志をたびたび脅かす。制御できない「恋の情熱」も、他者の運命を左右する「約束」も、生まれてこの方ずっと幼児的空想世界にこもっていたテュスが経験したことのない試練であった。テュスは幾度もデルチェの誘惑に負けそうになる。しかし、幸運に助けられて蚤の王との約束を守り続ける。彼はその試練に耐える度に少しずつ成長してゆく。彼の退行していた自我が、他者との交渉、友人との濃密な感情の交流を経験することで、次第に充実してゆくのである。

蚤の王が果たした第三の役割は、テュスを「小さな幻想世界」から「大きな幻想世界」へ導くことにあったといえる。そもそも、テュスが赤ん坊の時から拒絶していた世界とは、彼の父親が暮らす「ドイツ」という閉鎖的な世界であった。インドへの放浪も、私的空想世界への引きこもりも、この狭い世界に対する消極的反抗にすぎなかった。

ところが、今、蚤の王がテュスに開いてくれた世界は、狭くて陳腐な人間社会を超越した広大な宇宙であった。ペレグリヌスは、愛する存在を奪い去る冷酷な現実に衝撃を受けて、死が存在しない「幼児的幻想世界」へ退行していたのだが、新たに導き入れられた世界で、現実とは全く異なる生命の営みを経験する。百年以上も生きる学者、植物から生まれ変わった人間、蛭や精霊から生まれ変わった人間、そして高度な文化を持つ蚤などが、平気な顔をしてフランクフルトを闊歩していることを悟る。平板に思えた現実が、不気味な下等生物や不思議な植物の世界そして神話の王国とも繋がっていることを、教えられるのである。ペレグリヌスは、天体・鉱物・植物・動物・人間・精霊・幽霊が織りなす宇宙を知る。その認識が、彼の病の源であった喪失の苦痛を最終的に解消してくれる。

第三のセラピストとして、製本職人の長女レースヒェンの名も加えておかねばならない。蚤の王のレンズを用いてテュスが知ったことは、フランクフルトに住む大多数の人間が利己的な存在であるという、吐き気を催すような現実であった。(38) テュスの厭世観、人間嫌いをますます強めるような事実に対抗して彼を救ったのが、すでに紹介したペープシュであった。けれども、青年に未来への希望を与えられるのは、友人ではなく、やはり恋人であった。製本職人の娘レースヒェンの愛に触れた主人公は、人の心を詮索し、猜疑心に苦しむことの愚かさを悟る。欺かれる危険をおそれず、人を信じること、友に胸襟を開くことの重要性を悟る。主人公は、私心なき愛と可憐な姿を備えた恋人レースヒェンを得て、「心の病」から完全に回復するのである。

(36) このメルヒェンの主人公を、ペレグリヌスではなく、表題に掲げられている「蚤の王」と考える研究者もいるが、筆者はその見解は取らない。
(37) ペープシュもテュスの Selbstsucht を非難している。七三九頁を参照。
(38) テュスはこのレンズを一一度用いて一〇人の思考を読みとっている。善良なペープシュの思考と、夢の中で混乱したデルチェの思考を除く八人が、悪意ある思考を示していた。

三　治療後の問題と解決策

（1）結末に見られる問題

不思議な体験を経たペレグリヌスは、ついに心の病も癒えて、美しい製本職人の娘と婚約する。友人のペープシュも、前世から続く恋を実らせてデルチェと結婚することになる。レースヒェンとの婚約が成った夜、テュスは不思議な夢を見る。

――彼は王の姿をして玉座に腰をおろしている。彼は、それぞれの場所を占める異界の者たちに、各人にふさわしい運命を授ける。彼の判決に従って、精霊は姿を消し、蛭は地中に潜りこむ。愚かな生物学者は赤ん坊に姿を変えられ、女中アリーヌの揺りかごに入れられる。王となったペレグリヌスは、両腕にペープシュとデルチェを抱きしめて二人の結婚を祝福する。――

それからしばらくして、テュスが郊外に買った屋敷で二組の結婚式が執りおこなわれる。ところがその翌朝、ペープシュとデルチェの姿が消えてしまう。その代わりに、屋敷の庭にアザミの大きな花が咲き終わって萎れているのが発見される。そのアザミの花には、藤色と黄色の縞模様をしたチューリップの花が巻きついて萎れていた。それが、ついに結ばれたペープシュとデルチェの前世の姿、すなわちアザミのツェヘリートと王女ガマヘーの姿であった。その姿は、一途な「憧れの実現」がすなわち「死の瞬間」であることを象徴するものであった。こうして一組は、ロマン主義的な「愛死」（Liebestod）を遂げ、もう一組は幸福な家庭生活に入る。

けれども、ペレグリヌスとレースヒェンの新生活は、手放しで祝福できるものであろうか。『蚤の王』の結末で語られる新婚生活にも、『黄金の壺』の場合とは別の問題が隠されているように思われる。その点を最後に見ておくことにしよう。

ペレグリヌスとレースヒェンが営む新居については、次のように言われている。

「ペレグリヌス・テュス氏は、市の近くにとてもすてきな屋敷を購入していた。そしてここである日、彼の結婚式と彼の友人ペープシュとデルチェ・エルヴァーディンクの結婚のお祝いをすることになった。」（同上八一二頁）

また結婚後の彼らの暮らしぶりは、なぜか伝聞形式をとって語られる。それによれば、結婚一年後にはペレグリヌス・ジュニアが生まれている。蚤の王は、新婚家庭を訪れて昔の恩人の役に立ったり、クリスマスごとに精巧な玩具をプレゼントしているらしい。

けれども、一番気にかかるのは、結婚後のテュスの生き方であろう。わずかな記述から推測する限り、彼が商会の経営者になっている様子はない。逆に、セカキス王であることを認識した後、すばらしい魔力を身につけた気配もない。どうやら彼は、人との交渉が不可欠な商売を避け、父の遺産で暮らしているように見える。『蚤の王』は、作中の不思議な展開とは対照的に質素な結末を迎えている。われわれはこの結末をどう見るべきであろうか。再びホフマンのメルヒェン一般の問題として考察することにしたい。

(2) 現実的な解決法

『蚤の王』というメルヒェンも、ホフマンの多くの作品同様、様々な解釈を許容する特性を備えている。本章では、ロマン主義的な主人公の「心の病」とその「治療過程」を語る話として読み解いた。この考察を要約すると、次のように言える。

この作品の冒頭に描かれる主人公の「幼年期への引きこもり」は、瓦解した幸福な世界を「魔術的観念論」

（magischer Idealismus）によって再構築する試みである。これは、オリンピアと愛の世界を築いたナタナエルの状態、バンベルクで詩的な隠棲生活を送ったゼラーピオンの状態の類似形態にほかならない。このタイプの人物は、ホフマンの作品に繰り返し現れ、ホフマンが創出した「ロマン主義的人物像」の典型をなすものである。ただ『蚤の王』において注目すべき点は、この状態が物語の冒頭に置かれ、物語の進展によって克服されるべき問題として提示されていることである。

ところが作品の結末に見たように、ホフマンはロマン主義の後にくる理念を提示していない。この世に生まれ落ちた時から現実世界を嫌い、空想世界に生きてきたテュスが、その空想世界を捨てた後に赴くべき世界が存在しないのである。彼はただ父の家を出て、郊外に新しい家庭を築いたにすぎない。いったい彼はどのように変わったのであろうか。

第二節に示したように、テュスの変貌は「心」のレヴェルに局限されている。主人公の閉塞状況を打破する者として蚤が登場し、それが一貫して主人公の心身を活気づける活動をしている。テュスに「世間」や「現実世界」を教えたのは、魔法のコンタクトレンズであった。しかし、『蚤の王』の結末は、テュスの「社会復帰」という形をとっていない。『黄金の壺』の結末が、無条件な「ロマン主義王国の措定」ではなかったように、『蚤の王』の結末も、テュスの完全な社会適応を語らない。彼はフランクフルト郊外の屋敷で、穏やかな家庭生活を営むのである。

すでに述べたように、この結末部は、ホフマンが病床にあって、筆禍事件で消耗しきった時に口述したものである。[39] その意味において、この結末部には多くを期待すべきでない。明らかなことは、ホフマンが社会で経済活動をする生活を最後まで理想と見なしていないことである。他方、現実を拒絶した「私的世界への埋没」は、この物語によって否定された生き方であった。その条件下で彼がかろうじて見いだした生き方が、『蚤の王』の結末に描かれていると考えられる。すなわち、都市の郊外に屋敷を構え、愛する家族とともに芸術や文学の世界に遊ぶ暮らしが、ホフマンがイメージした「最良の生活」であったと言えるかもしれない。これはいかにもすっきりしない解決ではあるが、ホフマンが死の間際に提示した「現実的解決」と見ることができよう。

（39）「最終章」後半部が「クナルパンティ事件」後に、脊髄の病に苦しみつつ口述された。ホフマン自身も結末の弱さを自覚している。

第四章　ロマン主義者への変身――『ブランビラ王女』（一八二〇）

前章では、ドイツのフランクフルトを舞台に、前世と現世とが綯い交ぜになった物語を紹介した。本章では、イタリアのローマを舞台に、神話と夢と喜劇とが織り合わされたカプリッチョを取り上げる。この作品はホフマン文学のなかでもっとも独創的なものであり、世界文学中にも類がないといえるだろう。この作品の真価をもっとも早く認めたハイネは、次のように絶賛している。

「王女に忠誠を誓う王子」
ティーレによる挿絵

「しかし、『ブランビラ王女』は類い希なる美女だ。この風変わりな作品によって頭がくらくらしない人間は、頭をもっていないに等しい。ホフマンは全く独創的だ。ホフマンをジャン・パウルの模倣者などと言う人間は、ホフマンもジャン・パウルも分からぬ奴だ。両者の文学は、正反対の性格をもっているのである。」

"Aber Prinzessin Brambilla ist eine gar köstliche Schöne, und wem diese durch ihre Wunderlichkeit nicht den Kopf schwindlicht macht, der hat gar keinen Kopf. Hoffmann ist ganz original. Die, welche ihn Nachahmer von Jean Paul nennen, verstehen weder den einen noch den andern. Beider Dichtungen haben einen entgegengesetzten Charakter." (40)

またフランスの作家ボードレールも、ホフマンの作品を高く評価する中で、とりわけ『ブランビラ王女』を気

に入っている。論文『笑いの本質』（一八五五）第六章において、この作品の独創性を詳細に論じているのである。(41)

『ブランビラ王女――ジャック・カロー風のカプリッチョ』（Prinzessin Brambilla. Ein Capriccio nach Jakob Callot）は、一八二〇年春から秋にかけて書かれている。(42) 発表当初には好意的な書評も多く見られたが、彼の死後、一九世紀ドイツの文学界でホフマンの作品が否定的な評価を被るに従って、この作品も等閑に付されるようになった。また二〇世紀初頭に起こったホフマン再発見の機運も、この作品の再評価にはつながらなかった。ようやく一九六〇年代になって、『ブランビラ王女』が本格的な研究の対象となる。I・シュトローシュナイダー＝コールスが、『ロマン主義的イロニー』（一九六〇）において、『ブランビラ王女』を「ロマン主義的イロニー」（romantische Ironie）の代表的創作と称揚したのを皮切りに、W・プライゼンダンツが『詩的想像力としてのフモール』（一九六三）において、「応用されたファンタジーとしてのフモール」（Humor als angewandte Phantasie）の典型をこの作品に見出した。その後一九七七年には、H・アイレルトが『物語技法における劇場』において、ホフマン時代のドイツ演劇批判という視点からこの作品にあらたな照明を当てた。

　このように、『ブランビラ王女』はもっとも遅れて理解された傑作である。この間に幾つかの論文も発表されているが、この作品の独創性はまだ十分に解明されていない。筆者は、この作品こそが、第I部第三章で取り出した「人間存在の二重性」（Duplizität des Seins）を認識する過程を、創作において表現するものと考えている。

（40）Heine: Briefe aus Berlin, 3. Brief, S. 52.
（41）『ボードレール全集』第四巻、二二八―二三五頁を参照。
（42）この作品は、ブレスラウのヨーゼフ・マックスという出版者が一八二〇年一〇月に「一八二一年」の年号をつけて出版した。『手紙』第二巻二七五頁の注を参照。

この作品は中編程度の長さにすぎないが、通常の小説に見られる「筋」（Fabel）が方々で寸断されており、その内容も錯綜しているので、その要約を示してもほとんど役に立たない。そこで本章では包括的な筋の紹介は断念し、『ブランビラ王女』を読んでもらうことを前提にして、この作品の解釈を提示したい。(43)

一　カロー風のカプリッチョとは何か

最初に『ブランビラ王女』の副題に注目してみる。「ジャック・カロー風のカプリッチョ」（Ein Capriccio nach Jakob Callot）という副題は、『ブランビラ王女』に特徴的な二つの要素を指示している。まず「カプリッチョ」を取り上げることにしよう。

（1）カプリッチョ的性格

R・グリムによれば、「カプリッチョ」という概念がドイツ文学のジャンルとして登場したのは一九世紀初頭のことであり、しかもこのジャンルは、数十年間に数編の作品で用いられる過程で急速に俗化してしまったらしい。(44)また『ブランビラ王女』を、このジャンルで唯一の傑作であるとしている。

「結論を先取りして言うならば、ホフマンが、ドイツ文学におけるカプリッチョというジャンルをうち立てたのであり、同時にそれを芸術的完成度において最高のもの、後の作品が二度と到達できない高みへ至らしめたのである。」(45)

非常に興味深い偶然であるが、「絵画」における「カプリッチョ」の発展に、ジャック・カロー（一五九二―一六三五）が一役買っている事実がある。すなわち、ジャック・カローの『諸人物のカプリッチョ』（Capricci di varie figure, 1617）というシリーズが、「カプリッチョ」を絵画作品に用いた最初期の例とされている。フィレンツェの人物をモデルにとった連作『諸人物のカプリッチョ』を繙いてみると、グロテスクな踊り手も散見されるが、むしろ当時の貴族や農民のスケッチが中心となっている。(46) 全体の印象としては、カローの版画集『諸人物のカプリッチョ』とホフマンの『ブランビラ王女』との間に直接の関連はないように思われる。

ホフマンが『ブランビラ王女』執筆にあたって用いたカローの版画は、この連作とは異なる別の作品集であった。そこで生じる疑問は、はたしてホフマンが連作『諸人物のカプリッチョ』の存在を承知していたか否かということである。しかし、この点に関する資料は現在のところ見つかっておらず、真相は明らかではない。ただ、ホフマンが他人の作品から引用をおこなう際に出典を示すことが多いという理由から、彼がカローの『諸人物のカプリッチョ』の名を挙げていないこのケースでは、カローの版画の表題が『ブランビラ王女』のヒントになったとは想定しにくいように思われる。

確実なのは、ホフマンが「音楽ジャンル」のカプリッチョを念頭に置いて創作したことである。彼は「序文」において、「音楽家がカプリッチョに求めるような内容をイメージする」（二一一頁）ことを読者に求めている。その際、ホフマンはどのような形式と内容をイメージしていたのであろうか。「カプリッチョ」の一般的な特徴

(43) 『ブランビラ王女』の邦訳としては、『ドイツ・ロマン派全集』第三巻（国書刊行会一九八三年）のほかに、ちくま文庫版『ブランビラ王女』（一九八七年）もある。
(44) Grimm: Die Formbezeichnung 'Capriccio' in der deutschen Literatur des 19. Jahrhunderts, S.111ff. を参照。
(45) Grimm: Die Formbezeichnung 'Capriccio' in der deutschen Literatur des 19. Jahrhunderts, S.102.
(46) Schröder: Jacques Callot, Bd.II, S.976-1026 を参照。

を参照することで、それを明らかにしてみよう。

R・グリムの説明によると、カプリッチョとは、マニエリズムに根をもつ、きわめて「技巧的」（artistisch）な性格のものであり、「自然な現実」とは逆の方向を目指すものである。また芸術家の「想像力の産物」は「自然」に劣るものではないとする新プラトン主義に立脚するものであり、反古典主義的なジャンルであるとされている。(47) 音楽の「カプリッチョ」の特徴を見ると、それは作品の細部を決めてしまわず、複数の主題を緩やかにつないでゆく形式であり、考え抜いた構成よりもむしろ作曲家のファンタジーの中で高まる気分に応じて曲が生み出される形式であり、また全く異質なエピソードを意識的に繋いでゆく作品形式であると説明されている。(48)

ここに挙げたカプリッチョの性格が、『ブランビラ王女』の特徴と多くの共通点を持っていることが分かる。『ブランビラ王女』で一番眼につくのが、複数の物語を編みあわせる手法である。中心をなすストーリーは、「ジッリオとジァチンタの物語」と言えるだろうが、そのほかに、各章に必ず置かれる「仮面芝居」、チェリオナティがドイツ人と議論をする「カフェ・グレコ」、さらに「ウルダルガルテン国の物語」という物語内物語が、中心ストーリーを中断する形で次々と現れてくる。

『ブランビラ王女』には、カプリッチョの特徴とされている「技巧性」、「特殊な思いつき」、「即興性」も現れている。ホフマンは作品の一貫性を破壊する形で、語りを交替させてゆく。物語はあちこちに跳ぶ。即興的な奇想を繰り広げすぎて、収拾がつかなくなることもある。その場面で作者がおこなう弁解を引用してみよう。

「私が忠実に写している奇妙なカプリッチョの原本（Originalcapriccio）では、この箇所が空白になってしまっています。音楽用語で言えば、転調の際の経過音が飛んでしまっているようなものでして、十分な準備もないままに新たな和音が鳴らされることになります。」（『ブランビラ王女』二九八頁、強調は引用者）

物語の収拾に窮したとき、ホフマンはこのような虚構をでっち上げ、その場面の決着を放り出し、いきなり別の物語をはじめている。このような禁じ手が可能になるのは、この作品が「カプリッチョ」と称されているからである。

もうひとつ、カプリッチョ的な特徴を挙げることができる。第六章冒頭には、「刀」と「タンバリン」が人間の言葉を語り出す場面が置かれている。このような非常識な試みは、まさに「自然らしさ」とか「リアリティ」を重視する文学観に対する真っ向からの挑戦である。

これら少数の例によっても、『ブランビラ王女』がたしかにカプリッチョと呼ぶにふさわしい独特な特徴を帯びていることは理解される。またホフマンが、この形式を存分に活用していることも窺うことができる。けれども、ホフマンがこの破天荒な形式にこめた意図を知るには、さらに詳しい検討が必要だと思われる。次の特徴の検討に移ることにしよう。

(2) カローの版画の役割

副題に示されているもうひとつの要素、「カロー風」（nach Jacob Callot）と『ブランビラ王女』との関係を見ることにしよう。そのためにはまず、『ブランビラ王女』の成立事情に遡らなくてはならない。作品成立の直接の契機は、ホフマンがコーレフ博士から、『狂人たちのダンス』（Balli di Sfessania, 1622）という二四枚組の銅版

（47）Grimm: Die Formbezeichnung 'Capriccio' in der deutschen Literatur des 19. Jahrhunderts, S.104ff. を参照。

（48）引用順に、Grimm: Die Formbezeichnung 'Capriccio' in der deutschen Literatur des 19. Jahrhunderts, S.107、Feldges/Stadler: E.T.A. Hoffmann, S.123（＝ホフマンが参照したと思われる当時の Musikalisches Lexikon の記述の再録）、Rieman: Musiklexikon, S.146f. からの抜粋である。

画集を貰ったことにある。(49) 本書「序論」で詳しく紹介したコーレフ博士が、一八二〇年一月二四日、ホフマン四四才の誕生祝いとして贈ったのである。このエッチングは表紙と二三枚の版画から構成され、それぞれの絵には一組のコメディア・デラルテのキャラクターが描かれている。ホフマンはこの贈り物を貰ってまもなく『ブランビラ王女』の構想を得たらしく、四ヶ月後の五月二一日には、校正係のアドルフ・ヴァーグナーに第五章の原稿を送った記録がある。けれども、『ブランビラ王女』執筆に関する資料はごく僅かで、現在のところヴァーグナー宛の手紙一通しか残っていない。(50)

けれども、カローの版画集とホフマンの『ブランビラ王女』とを対照することで、非常に多くの興味深い事実が明らかになる。まず、ホフマンが『ブランビラ王女』を構想する過程で二四枚の中から八枚の絵を選び、ストーリーにあわせた配列をおこなっていることが分かる。次に、版画の原版とホフマンが挿絵画家ティーレに模写させた挿絵との間に、幾つかの相違があることも分かる。その相違点とは、まず背景の風景が消去され、逆に人物の足下に雲状の楕円形の舞台が描き加えられている。この変更はホフマンの指示によるものと考えられる。また女性の顔立ちが、オリジナルに比べて均整が取れた美しい顔に変えられている。この変更もホフマンの指示によるものと推定される。もうひとつの相違点は、挿絵の人物が原画を鏡に映したように左右裏返しになっている点にある。その結果、挿絵の登場人物は左利きに描かれている。この変更がホフマンの指示によるものか、それとも挿絵制作技術上やむをえない措置だったのかは不明である。ただ、登場人物が左利きであることが作中で利用されている事実から、ホフマンがこの「裏返し」を承知していたことはたしかである。

ホフマンが、カローの挿絵をきわめて重視していたこと、この作品を構成する不可欠な要素と見ていたことも確実である。「序文」における作者の言葉を引用しておこう。

「作者は親愛なる読者に恭しくお願い申しあげます。どうか作品全体の土台（die Basis des Ganzen）、すなわちカローの幻想的に戯画化された挿絵から目を離さないでください。また音楽家がカプリッチョに求めるようなものをイメージしてください。」(同上二一一頁)

では作者がこれほど重視するカローの版画は、『ブランビラ王女』においてどのような役割を果たしているのか、それを具体的に検証することにしよう。まず最初に、カローの原画が、『ブランビラ王女』という作品が構想される直接の契機となっている事実を指摘しておこう。すなわち、カローが描いたコメディア・デラルテの人物が、ホフマンの想像力を刺激する「媒体」、ホフマンの言葉を借りて言えば、想像力を起動させる「梃子」(Hebel)の作用を果たしたと考えられる。[51] ただし、産み出された物語は、呆れるほどカローの原画の世界から隔たっている。この独特な素材加工の技法こそが、第Ⅰ部第四章で明らかにしたホフマンの「カロー風」(Callots Manier)の具体的な実践例といえる。

作品完成後には、カローの絵は別の役割を引き受けている。すなわち、『ブランビラ王女』全八章に一枚ずつ置かれた挿絵は、各章のクライマックスを視覚的に示す役割を果たしている。言い換えれば、ジッリオとジァチンタが「変身」を遂げるプロセスを分かりやすく提示している。挿絵が示す場面を言葉で表すと、おおよそ次のようになる。

(49) Schröder: Jacques Callot, Bd.II, S.1080-1093を参照。
(50) この手紙の内容は後ほど引用する。
(51) 第Ⅰ部第四章で述べたように、ホフマンは、詩的想像力を喚起するには「梃子」(Hebel)となる外的刺激が不可欠だと考えている。

第一章—コメディアの仮面を被ったジッリオとブランビラ王女の上半身の出現
第二章—ブランビラ王女との出会い
第三章—ジッリオの分身の出現
第四章—ジッリオと分身との踊り
第五章—王女との過激なダンスとその結果起こる人格交替
第六章—新旧両自我の決闘による古い自我の敗北
第七章—ブランビラ王女との仲違い
第八章—ブランビラ王女に対する忠誠の誓い

右に見るとおり、挿絵は、自惚れた悲劇俳優ジッリオがコメディアの仮面をつけ、幻の王女に引き回される中で、真の喜劇俳優に成長するまでの諸段階を示している。挿絵の効用は、言葉で表現すれば比喩や寓意でしかない「分身」や「人格交替」という現象を、目に見える形で読者に伝える点にある。

奇妙な語りと絵の相乗効果から産み出される不思議な世界は、次第に読者の頭を麻痺させ、読者の目を眩ませる麻酔作用を発揮する。その結果、読者は、アレゴリカルな解釈とリアルな解釈との間を揺れつつ、八つの章を辿ることになり、主人公ジッリオと同じように、狐につままれたような状態で結末へと導かれてゆく。

二　中心理念

では『ブランビラ王女』は、絵と言葉が織りなす奇想の集積なのかというと、必ずしもそうではない。たしかに「序文」前段において、ホフマンは、この作品は重々しい内容を持つものではないと断り、「幾刻のあいだ深刻さを忘れ、時には羽目をはずすこともある精霊の大胆かつ気紛れな遊戯に身を委ねる」（二一一頁）ことを、読者に要請している。だがそれに続く後段では、「辻褄のあわない出来事や妖怪騒ぎの寄せ集めでは、メルヒェンに魂を与えることなどできない」と述べ、メルヒェンの魂は、「深い根底、なんらかの哲学的な人生観から汲まれた中心理念（Hauptidee）によって獲得される」と述べている。[52] すなわち、読者は、相矛盾するかに見える二つの要請に適切に応える「読み」を求められている。ここからは、「メルヒェンの魂」、「中心理念」とは何かに注目して、検討を進めることにしたい。

（1）「ウルダルガルテン神話」の罠

『ブランビラ王女』と真剣に取り組んだ研究者たちは、ホフマンが「メルヒェンの魂」あるいは「中心理念」と呼んだ理念をやすやすと見出した。シュトローシュナイダー＝コールスもプライゼンダンツも、「ウルダルガルテン神話」という物語内物語に「中心理念」の表現を見ている。シュトローシュナイダー＝コールスは、そこに描かれる「ウルダルの泉」を「ロマン主義的イロニー」のアレゴリーと解釈した。プライゼンダンツは、それ

（52）ホフマンの「メルヒェン」にとって最大の課題が「理念」の発見であることは、第Ⅰ部第四章で明らかにしておいた。ホフマンのここでの発言は、彼自身がそのことを自覚していたことの良い証拠である。

を「ファンタジーの現象形態としてのフモール」のアレゴリーと解釈している。(53) これらの研究書は、ホフマン研究にとどまらない広い視野から著されたものであり、その大きなテーマへの『ブランビラ王女』の取り込み方はおおむね適切である。しかしアイレルトやS・フィッシャーが正しく批判しているとおり、両書とも自説に都合の良い概念化をおこないすぎる傾向がある。(54) ゆっくり読めば、「中心理念」を提示するかに見える「ウルダルガルテン神話」とは、この錯綜した物語の意図や意味を性急に求める読者（そういう読者は、いつの世にも存在するようである）のために、ホフマンが用意した「偽《にせ》の理念」であることが分かる。(55) われわれは、「中心理念」を安易に物語内物語に求めるべきではない。むしろ作品を構成する複数の物語のつながりを丹念に探るべきであろう。

（2）三つの物語の相関関係

『ブランビラ王女』内においてある程度のまとまりをもつ「物語」は、次の三つと言えるだろう。まず中心的物語として、ローマを舞台に繰り広げられるジッリオとジァチンタの変容を語る物語がある。そこに挿入される異質な物語として、王女ミュスティリスの呪いと救済をめぐるウルダルガルテンの「神話」がある。そして悲劇作家キアーリと香具師チェリオナティ（＝変装したバスティアネロ公爵）との対立話として、イタリア演劇のヘゲモニーをめぐる「悲劇派」と「喜劇派」の戦いの物語がある。『ブランビラ王女』の結末で正体を見せたバスティアネロ公爵がおこなう「謎解き」に、この三者の関係が明らかにされている。難解な説明であるが、まずはそのまま引用してみよう。

「全く陰険なことに、あの悪霊（Dämon）は、王女（＝ミュスティリス）にかけた呪いを解く方法を、奴が絶対に不可能だと思った奇蹟に委ねていたのだ。――すなわち、劇場という小さな世界の中で、真のファンタジーとフモールに心を満たされているのみならず、その内面の気分（Stimmung des Gemüts）を、まるで鏡に見るように客観的に認識し、さらにその気分を生き生きと、それが強大な魔力のように劇場を含む大世界（＝現実世界）にまで及ぶほどに活発な形に現す、そのような力を持つ男女が、発見されなくてはならなかったのだ。——そういうわけで、「劇場」は、少なくともある意味において、人々が覗き込むことの出来る「ウルダルの泉」の役割を果たす必要があったのだ。——私は、お前たちがきっとこの呪いを解くことができると思ったので、すぐにその旨を友人の魔術師ヘルモートに知らせたのだ。彼がすぐにやってきて私の宮殿に入ったこと、われわれがお前たちのことで随分骨折りをしたことは、知ってのとおりだ。」（『ブランビラ王女』三二四・三二五頁）

この謎めかした説明は、一読して理解できるものではないので、少しパラフレーズして、筋の展開との対比関係を分かりやすく示してみたい。

〈1〉「呪い」とは、デーモンが仕掛けた偽の呪文によって、王女ミュスティリスが「陶器人形」に変えられてしまったこと指す。

〈2〉「呪いを解く方法」を分かりやすく言えば、「ファンタジー」と「フモール」を表現できる男女一組

---

(53) 両者の解釈については、Strohschneider-Kohrs: Die romantische Ironie in Theorie und Gestaltung, S.400-420とPreisendanz: Humor als dichterische Einbildungskraft, S.50-67を参照。

(54) アイレルトとフィッシャーの批判は、Eilert: Theater in der Erzählkunst, S.92ff.とFischer: E.T.A. Hoffmanns "Prinzessin Brambilla", S.12を参照。

(55) 「ウルダルガルテン神話」には、「偽の賢者」が現れて、知恵者たちに「偽の呪文」をわざと解読させる話がある。この「ウルダルガルテン神話」自体が、『ブランビラ王女』の中で「偽の呪文」の役割を担っていると考えれば、分かりやすいだろう。

の俳優が現れて、観客の心をファンタジーとフモールで満たすこと、しかも、その作用が舞台がはねた後も、人々の心に残るほどの演技を見せることである。

〈3〉 バスティアネロ侯爵は、この使命を果たす人物としてジッリオとジァチンタに白羽の矢を立て、「ブランビラ王女」の虚構を用いて、フモールとファンタジーの神髄を二人に伝授したのであった。

〈4〉 バスティアネロは、二人の主人公について、次のような比喩を用いた解説もおこなっている。

「いわば、お前(=ジァチンタ)がファンタジーで、フモール(=ジッリオ)が舞い上るためには、まずその翼を必要とするのだ。けれどもフモールの胴体がなければ、お前は単なる翼でしかなく、風の戯れとして虚空に消えてしまうことだろう。」(同上三二四頁)

バスティアネロの言葉を安易に論拠とすることは、「神話」に中心理念を見るのと同様の誤りを犯す危険があるが、『ブランビラ王女』の複数の物語世界を統合する思想を、右に引用した「真のファンタジーとフモールの体得」と見ることは可能だろう。この膨らみのある言葉を切り詰めて言えば、人間精神にとって重要なのは、「ファンタジーとフモールとの調和的相互作用」であり、「幻想と理性の自由な交流」であるという認識である。もちろん、このように定式化した理念は陳腐なものでしかなく、ホフマンの思想を十全には表現しえない。そもそもカプリッチョ『ブランビラ王女』の本領は、「抽象的な理念」の中にあるのではなく、語りの内容と形式とが戯れる仕組み、新鮮な幻想、滑稽なイメージなどにある。そうでなければ、このような奇妙な形式を選ぶ必要はないのである。ここでは、ホフマンが序文で「中心理念」と呼んだものを、仮に「ファンタジーとフモールの体得」と表現しておく。『ブランビラ王女』という作品が発する「意味」は、『ブランビラ王女』の読解から得られる認識の総体と見なくてはならないだろう。

三　ホフマンが夢見た世界

『ブランビラ王女』をホフマンの他の作品と分かつ最大の要素は、「ローマ」という舞台とそこに盛り込まれた「イタリア情緒」である。そのことは、彼の六編のメルヒェンと比較すれば明らかになる。ホフマンは、このカプリッチョが「メルヒェンと紙一重しか異ならない」（二六〇頁）と述べているが、そのことは日常世界に神話世界を介入させる構図についてのみ当てはまる。それ以外の点で『ブランビラ王女』に近い雰囲気を持つ作品は、イタリアを舞台とし、コメディア劇の性格を強く持つ『フォルミカ氏』（Signor Formica, 1819）という「ノヴェレ」（Novelle）であろう。(56)『ブランビラ王女』を刻印する第三の特色として、「イタリア」に関わる諸要素の役割を紹介しよう。

（1）憧れの国イタリア

最初に伝記的事実を踏まえておくと、ホフマンのイタリアに対する思い入れは相当深い。彼は二七才の時、親友ヒッペルをイタリアへの「大旅行」（grand tour）に熱心に誘っている。

（56）『フォルミカ氏』は『ブランビラ王女』成立へのステップであると考えられる。Eilert: Theater in der Erzählkunst, S.65ff. も参照。

「精霊が現れて、僕たちを惨めな日常に縛りつけている鎖から解き放ってくれたら、君は何をする？――僕ならすぐに旅の杖を手に取り、イタリアへ赴いて、一人前の作曲家になる修業をするだろう［…］」（一八〇三年一二月一〇日、『手紙』第一巻一七七頁）

「僕が永久に、心の底から君の友人であるように、僕の友のままでいてくれ。そしてイタリア旅行のことを考えてくれ。」（一八〇四年五月一四日、『手紙』第一巻一九二頁）

「君が僕のことを忘れて、僕抜きでベルリンから大旅行に出発しようとしていると想像しただけで、ぼくはすっかり動揺してしまった。［…］もうひとつ言っておく。金持ちのような旅行はやめよう。僕の懐がもたないし、君の懐も痛まないに越したことはない。それに贅沢しても楽しみが増えるわけでもない。できれば二人きり、せいぜい従者一人で良い。いつ出発する？　どこで落ち合う？」（一八〇六年三月六日、『手紙』第一巻一九七頁、強調はホフマン）

このように、ホフマンはしきりに友人を動かす努力をしている。ヒッペルが同行しないととても旅費が足りないという事情があったと推定される。しかし、ヒッペルがためらっているうちに好機は去り、一八〇六年にはナポレオン軍が侵攻してくる。すでに紹介したように、ワルシャワで勤務していたホフマンは失業し、旅行どころの話ではなくなっている。

しかし、ホフマンがその後もずっとイタリア旅行を望んでいた事実は、彼の作品に現れている。『大晦日の冒険』（一八一五）を皮切りに、『アーサー宮廷』（一八一五）、『Gのイエズス教会』（一八一六）、『顧問官クレスペル』（一八一六）、『総督と総督夫人』（一八一七）、『フォルミカ氏』（一八一九）に、イタリアが繰り返し描かれている。これら「イタリアもの」の頂点に位置するのが、『ブランビラ王女』といえるだろう。

イタリアの土を踏むことができないホフマンが、イタリアを舞台とする話を書く際に利用したのは、同時代人の旅行記や地図であった。『フォルミカ氏』や『ブランビラ王女』の執筆に際して、モーリッツ、ゲーテらの「イタリア旅行記」を読み、友人の貸本屋クラロフスキーの店にあるイタリア地図、ローマ関係の書物を借りている。ホフマンが『ブランビラ王女』執筆時以後、晩年までその夢を抱いていたことは、一八二一年初めに書かれた『群盗』冒頭に、ヒッペルとホフマンを模した二人の男がイタリアへ旅立つ場面が置かれていることから分かる。しかし、ホフマンの夢はついに叶うことなく、地図と旅行記から得た舞台に彼の空想を載せた「傑作」だけが残された。

このような伝記的事実を踏まえれば、ホフマン作品において、「イタリア」が非常に強い情緒的・象徴的意味を帯びていることも納得しうるであろう。舞台がイタリアである場合、すでに物語世界は現実を一歩離脱していると考えても間違いない。イタリアは、ドイツと対照的な性格を賦与され、「芸術家の楽園」という役割を与えられている。ドイツを舞台とする作品に不可避的に生じる現実諷刺（Satire）や社会批判という苦い要素も、「イタリアもの」では背景に退いてしまう。

『ブランビラ王女』冒頭に描かれるジァチンタとジッリオの貧しい暮らしも、チェリオナティの口車に乗せられる愚かなローマ庶民も、ドイツを舞台とする作品とは異なり、決して社会批判や人物諷刺に向かうことはない。『ブランビラ王女』の舞台ローマも、その意味において、すでにある程度の「ロマン化」（Romantisierung）が施されている。『ブランビラ王女』の世界は、『黄金の壷』や『蚤の王』などの世界とは異なる前提で構想されているのである。

(2) カーニヴァル

ホフマンは舞台をローマにするだけでなく、物語をカーニヴァル初日から最終日の間に設定している。これは他のイタリアものにも見られぬ特徴である。ただ、彼が「不思議な物語」を紡ぐ際に「祝祭日」を選ぶことは多い。すでに見たように、『くるみ割り人形』と『蚤の王』では、「クリスマスの夜」が夢幻的メルヒェンに欠かせぬ舞台となっていた。『黄金の壺』では、爽やかな「キリスト昇天祭」が、『大晦日の冒険』では、吹雪舞う「大晦日の夜」が物語にふさわしい雰囲気を醸成している。

ホフマンが途方もない物語を構想した時、「カーニヴァル」に目をつけたのは当然と思われる。ホフマンは、「日常性の軛《くびき》」から精神を解放することが文学の使命であると考えている。現実世界に張りめぐらされている社会秩序、世間智、分別などを棚上げするカーニヴァルは、このような作家にとって恰好の機会である。(57) 目に見えぬ人間の心を、目に見えぬ形で縛る諸規範が廃棄される時と場を得ることで、ホフマンの目指す「人間改造」実験に好都合な陶酔状況が出現する。

カーニヴァルは、他の祝祭と比べても、決定的にすぐれた特徴を備えている。クリスマス、キリスト昇天祭、大晦日などは、「不思議な世界」が介入する好機とはいえるが、その不思議に遭遇できるのは主人公を含めて一握りの人間にすぎない。主人公は、不思議な体験を周囲の人々と共有することが困難なのである。ところが、ジッリオとジァチンタが体験する「不思議な世界」は、チェリオナティが演出しているとはいうものの、ローマの中心街で繰り広げられ、人々の喝采に支えられ、大勢の人々を楽しませる形で展開されている。カーニヴァルのローマという特殊な時空の下ではじめて、多数の人間を包み込む幻想空間の形成が可能になったのである。

『ブランビラ王女』を貫流する「カーニヴァル的時間」の重要性も、忘れてはならないだろう。中心的な筋である「ローマの物語」は、カーニヴァル前夜（＝ジァチンタの針仕事）に始まり、カーニヴァル最終日（＝王子の服従）で閉じられている。けれどもその間の時の流れはひどく曖昧で、夜と昼との交替があるだけで、ほとんど時間感覚が麻痺したなかで錯綜した出来事が生じている。(58) このような時間意識の混濁、歪み、消失は、カーニヴァルの陶酔と不思議な世界の介入が醸成したものである。陶酔した精神の経験形式を巧みに描くこの手法は、とても一九世紀初めの作家のものとは思われない。後に引用する不思議な諸場面、ジッリオのピストイア宮殿訪問の場や、ジァチンタが衣装に血をつけて刑務所に入れられるというシュールな幻想は、精神の陶酔の中で明滅する夢とも現《うつつ》ともつかぬ状態の卓越した表現となっている。リアリズムを飛び越えるホフマンの現代性が、この作品にくっきりと現れているといえよう。

(3) 仮装と仮面

「ローマ」という場所、「カーニヴァル」という時に加えて、登場人物たちの「仮装」と「仮面」も重要な働きをしている。筆者が知る限り、『ブランビラ王女』における仮装と仮面の機能を詳しく考察した研究は見られないが、主人公たちの「人格変容」に決定的な作用を及ぼすのは、仮装と仮面にほかならない。しかも、この作品で仮装が果たす役割はありきたりのものではなく、複数の役割を担っている。

この作品でまず最初に作用する仮装の機能は、よく知られた「顔(=同一性)の消去」である。最初、美男俳優ジッリオは醜い仮装を嫌がる。自分のお気に入りの顔を消すことに抵抗しているのである。ところが、「ブラ

(57)『ブランビラ王女』におけるカーニヴァルの役割については、C・マグリスの論文がある。Magris: Die andere Vernunft, S.81-107を参照。
(58) この作品が一九世紀を通じて、訳の解らぬ作品とされた主な理由はここにあると思われる。友人ヒツィヒも、ホフマンに『ブランビラ王女』の感想を求められて、「確たる背景もない茫漠たる舞台で、うつろな影絵を使ってぼんやりした空想と夢想を繰り広げる」ことを批判し、「ウォルター・スコットを見習う」ことを勧めるという愚を犯している。Hitzig:E.T.A. Hoffmanns Leben und Nachlass, S.336を参照。

ンビラ王女」という餌に釣られて滑稽な仮面を被り続けるうちに、次第に仮装がもたらす快感に目覚めていく。それはすなわち「匿名性が生む解放感」である。人は仮面をつけることで、「日常の仮面」から解放されるのである。カーニヴァルが進むにつれて、ジッリオは仮装がもたらす「変身の喜び」にも目覚めている。衣装を替えるだけで、自分の望む存在に変われるのである。

仮装を伴う踊りはまた、「純粋な感性」を回復する機能も持っている。第六章冒頭において仮装して踊る男女がそれを示している。――女は男に向かって、「踊りの間は理性など捨ててしまいましょう!」(二九二頁)と呼びかける。男もそれに応えて、二人は次第に踊りの速度を上げていく。激しい踊りの果てに、二人は自分の「人格」も「理性」も振り落としてしまう。こうして彼らの「人格の変容」がもたらされることになる。もちろん、現代人はここで描かれる「人格喪失」、「理性放擲」を肯定的に理解することに慣れていない。理性の放棄に対して、恐怖心さえ抱いているといえるだろう。けれども、理性を捨てられない人間は、二人が体験した快感を知らずに一生を終えることになる。(59)

『ブランビラ王女』では、二種類の「仮装」が重要な働きをしているといえよう。そのひとつは「王子と王女」の仮装で、ヨーロッパの仮装では普遍的なものであろう。すでに作品の冒頭において、ジァチンタは王女の姿でカーニヴァルに出たいと望んでいる。ジッリオも、舞台での王子役をこよなく愛している。この二人が、カーニヴァルの混沌の中で、望みどおり王子と王女に変わってゆく。それは身なりだけの変装ではなく、チェリオナティが考案した「コルネリオ王子」と「ブランビラ王女」という架空の王族への変身である。

ホフマンは、「王子―王女」のモティーフを媒体として、「ローマの物語」を「ウルダルガルテン神話」に結びつけている。すなわち、「ジッリオとジァチンタの人格変容」を、すでに紹介したミュスティリス王女の「呪いを解く条件」と設定することで、全く異質な二つの物語に依存関係を創り出しているのである。

もう一種類の仮装は、パンタローネ、プルチネッラなど、「コメディア」の仮装である。ホフマンは、一組の男女を「王子と王女」に変身させる途上で、コメディアの滑稽な衣装の着用を主人公に強制している。ウルダルガルテンからローマへ来た神話世界の一行も、彼らにそぐわぬコメディア・デラルテの衣装をまとって入城している。滑稽な衣装をまとうことの意味は何であろうか。

コメディアの衣装は、両者が到達すべき精神を象徴していると考えられる。すなわち、ジッリオは、王子に憧れる「ナルシス的幼児性」を卒業して、自分を客観的に眺め、自己愛の滑稽さを認識できる喜劇俳優へと成長しなくてはならない。ウルダルガルテンの一行は、ないがしろにしたために「沼」になってしまったウルダルの「泉」を、コメディアのフモールの力で浄化しなくてはならない。つまり、ジッリオもウルダルガルテンの一行も、イタリア喜劇の俳優となって、「真のフモール」を体得しなくてはならないのである。ホフマンは、前節で紹介した「ファンタジーの中でのフモールの回復」という理念を魅力的に表現するために、わざわざ「男女の恋物語」と「神話世界の救済物語」を関連づけ、さらにその理念に重みを賦与するために、その男女を「イタリア喜劇の俳優」に仕立て上げるのである。

カーニヴァルのローマに展開される奇妙な「幻想劇」は、ジッリオとジァチンタがコルソの路上で愉快な即興劇を演じられる段階に到った時（第七章末～第八章）、メルヒェン的な大団円を迎える。そこで合唱隊が歌う「イタリア賛歌」が、紋切り型の言葉使いながら、この作品において「イタリア」が持つ意味を明らかにしている。――「蒼い空」、「陽気な雑踏」、「カーニヴァルの幻想」、「日常の苦しみを悦びに転化する力」――ホフマンがここに象った「イタリア」は、アルプスの南の実在の国ではなく、『ブランビラ王女』を読んでいる間、読者の心の中に拡がる世界である。その世界は、メルヒェン的な澄みきった国ではなく、騒々しくて陽気な国、その

(59) ゲーテもイタリアでカーニヴァルを詳しく「観察」しながらも、その楽しみに入ってゆけなかったことを記している。彼の理性がカーニヴァル的眩暈に耐えられなかったのであろう。Goethe: Italienische Reise, Annalen, S.533-570 を参照。

気になれば何時でも訪れることのできる「心のなかのイタリア」である。

四　物語を中断する物語群

ここまで「ローマの物語」の舞台と時と衣装を中心に見てきた。その結果、作品の「周辺」を構成する興味深い箇所が、視野から失われてしまった。そこで本節では、『ブランビラ王女』の特色である複数の「挿話群」について考察をおこないたい。本章冒頭で「カプリッチョ」的特性のひとつとして挙げたように、『ブランビラ王女』には、「筋」に直接つながらない挿話がいくつかある。その中でも、「物語への語り手の介入」と「カフェ・グレコの場」は大きな比重を占めている。これら「周辺の場」の機能を見ることにしよう。

「語り手の介入」がおこなわれる場面を数えると、まとまった箇所だけで七箇所ある。L・ケーンは、物語における「枠」(Rahmen)の機能として、「物語を安定させる働き」を挙げている。(60) マットやシュトローシュナイダー＝コールスは、ホフマンが用いる「枠」の機能を、読者を正しく作品世界へ導く機能と見ている。(61)『ブランビラ王女』における「語り手の介入」も、「枠」と同様の機能を担っていることが分かる。第二章冒頭の語り手の言葉を引用してみよう。

「親愛なる読者よ、『ブランビラ王女』という奇想天外な物語を、あのカローの大胆な筆使いのごとき流儀で語ろうとしている作者が、少なくともこの冊子の最後の言葉にいたるまでは、不思議な世界に身を置いてくださるように、そしてこの話の幾分かを信じてくださるようにお願いしても、あなたはお怒りにはなりますまい。しかし、ひょっとするとあなたは［…］素敵な銅版画に眼もくれず、すでに機嫌をそこねてこの本を放り出してしまわれたかもしれない。だとすれば、私がカローのカプリッチョの魔法の世界へ誘うために、今、申し上げようとしていることは手遅れとなり、私にとっても『ブランビラ王女』にとっても、誠に遺憾なことであります。」（『ブランビラ王女』二二八・二二九頁、強調は引用者）

語り手が、現在進行しつつある話題や登場人物に関して、ユーモラスな逸脱的解説を加える手法は、ローレンス・スターンが確立したユーモラスな語りの形式であり、ドイツでは、ジャン・パウルが好んで用いる手法である。ホフマンは、この両作家から多くを学んでいるが、実際には逸脱的解説をほとんど用いていない。ホフマンは、意外なことに、脇道にそれる話にそれほど価値を置いていない。彼が「語り手」として顔を出すのは、右の例に見るように読者が彼独特の幻想世界について来られない危惧を感じた時である。シュトローシュナイダー＝コールスも、ホフマンとジャン・パウルの作風の違いに関して、次のような特徴を指摘している。

「ホフマンも、（ジャン・パウルと）同じ様に主観的な小説手法、とりわけ「話者の介入」（**Autoreinschaltung**）の手法を用いている。しかし、彼のメルヒェンには、全く特別な意味でジャン・パウルの語り口の「過激化」（**Radikalisierung**）、ロマン主義の特質（**romantisches Spezifikum**）ともいうべき発展と変化が見られる。その新たな可能性とは、虚構性の自覚の提示が、単に作者のコメントや逸脱的言辞や介入によって表現されたり、ジャン・パウルに見られるように、虚構性を暴露する場で読者との対話が作品全体を支えたりしない点にある。ホフ

(60) Köhn: Vieldeutige Welt, S.112ff. を参照。
(61) Matt: Die Augen der Automaten, S.166 と Strohschneider-Kohrs: Die romantische Ironie in Theorie und Gestaltung, S.400 を参照。

マンにおいては、むしろ虚構性の意識的な強調が、独立した物語の層として、独自な一構成部分として形成されるのである。」(62)

分かりにくい表現であるが、シュトローシュナイダー＝コールスがこの引用で述べているホフマンの手法、「虚構性」自体を「独自な一構成部分」として形成する例の最適のものが、「カフェ・グレコの場」である。「狂言回し」の役割を担うチェリオナティが、コルソ通りの脇道に実在する有名な喫茶店で、ローマ在住のドイツ人芸術家たちと語り合う長い場面は、二箇所存在する。この箇所が『ブランビラ王女』で占める「物語レヴェル」（Erzählebene）は、明らかに他の部分と異なっている。レヴェルの相違を明示する箇所を引用することにしよう。ドイツ人たちが「ウルダルガルテン神話」の続きを語るようチェリオナティに頼んだ時、彼はドイツ人たちに次のように答える。

「私がその物語をここで繰り返したなら、ここまでわれわれにつき添い、あの（ピストイア宮での）講義の場にも居て、すべてをご存じの「ある方」（einer Person）にひどい退屈を惹き起こすことになる。すなわちその「ある方」とは、われわれが今、登場して演じている物語、『ブランビラ王女』というカプリッチョの読者にほかならない。」（『ブランビラ王女』三一〇頁、強調は引用者）

「しかし、ひとこと言っておくが、作者が私を考案した時には、私をもっと別の人物にするつもりだったのだ。君たちが私を時おり非常に軽々しく扱うのを作者が見たなら、彼は、私が堕落してしまったと思うかもしれないではないか。」（同上、強調は引用者）

シュトローシュナイダー＝コールスは、このような性質の言説を「物語レヴェル自身との戯れ」（Spiel mit der eigenen Erzählebene）という言葉で表現している。(63) 筆者がここで付け加えたいことは、その「戯れ」のおこなわれる箇所が「カフェ・グレコ」の場に集中しているという発見である。二つの例外を除けば、登場人物による「虚構性への自己言及」は、すべてカフェ・グレコでなされているのである。(64)

物語の展開とは無関係に置かれ、チェリオナティとドイツ人芸術家が、「ドイツ人とイタリア人の冗談の相違」、「ウルダルガルテン物語」、「慢性二元論」などをテーマに、ドイツ語を使って議論する場は、あたかもローマの劇場で上演される『ブランビラ王女』という喜劇の幕間に、観客たちが集うビュッフェのごとき「場」となっている。(65)

この例のように、『ブランビラ王女』には、「物語世界」の脇で登場人物同士または登場人物と観客が、作品について批評をおこなう場面もある。このような小説技法は物語世界を破壊する危険性を孕んでいる。ホフマンもそのことは承知していたらしく、虚構性への言及はもっぱらチェリオナティに委ねられている。

『ブランビラ王女』の仕掛けといえば、すでに取り上げたもの以外にも多くの諷刺が隠されている。特筆すべきは、作中で笑いのめされるキアリ神父の「演技法」が、ゲーテが『俳優用の規則集』（Regeln für Schauspieler,

---

(62) Strohschneider-Kohrs: Die romantische Ironie in Theorie und Gestaltung, S.343f. 参照。強調は引用者による。ジャン・パウルとの相違については、同書 S.147ff. や 341ff. にも詳しい論究があり、参考になる。

(63) Strohschneider-Kohrs: Die romantische Ironie in Theorie und Gestaltung, S.390 を参照。

(64) 例外は、「ピストイア宮」の場面（二九六頁）と作品の「末尾」（三二五頁）のみである。

(65) むろん『ブランビラ王女』はドイツ語で書かれている。しかし、物語の舞台はローマであるから、ジッリオたちがイタリア語を話しているとするのが「物語上の約束」である。ところが、カフェ・グレコでは、チェリオナティが「ドイツ語で話す」ことを明言している。筆者の知る限り、過去にこの発言に注目した研究はない。この設定が、「カフェ・グレコの場」が他の場面と異なる「特殊な場」であることの合図だと考える。

1803）で推奨している演技法であるという指摘である。ほかにも、カルロ・ゴッツィのパロディーやフケー諷刺などの存在も指摘されている。(66) けれども『ブランビラ王女』は、個々の諷刺を度外視しても、その大仕掛けな構想によって十分面白いものに仕上がっている。

五　『ブランビラ王女』が発する理念

四点に注目して『ブランビラ王女』を考察した。それは、「カロー風のカプリッチョ」という作品形式、複数の筋を束ねる「中心理念」、「カーニヴァルのイタリア」という舞台、「虚構性と戯れる虚構」という構成であった。この考察によって、「序文」でホフマンが表明していた、矛盾とも見える「冗談」（Scherz）と哲学的な「中心理念」（Hauptidee）の結合というコンセプトが、ユーモラスな仕方で実現されていることも分かった。締めくくりとして、ホフマンがこの奇妙な作品でいかなるメッセージを読者に向けて発したのかを考えてみたい。

語り手はある箇所において次の様に述べている。

「おお親愛なる読者よ、ひょっとしたらあなたも私のように、人間の精神こそがこの世で考えられるかぎり、もっとも不思議な童話（das allerwunderbarste Märchen）であると、お考えではなかろうか。――われわれの胸中には、何と素晴らしい世界が秘められていることだろう。［…］この財宝の存在を真に意識している人は、実に恵まれている。

更に恵まれた才能を持ち、幸せ者と誉められるべき人は、自分の内面にあるペルーの宝石の存在を見通すだけでなく、それを地上へと掘りだし、研磨し、その宝石からより燦然たる輝きを取り出せる人である。」（『ブラン

ビラ王女』二六〇頁、強調は引用者）

ホフマンはここで、いささかの自負をもって、彼の考える「作家の使命」について語っている。彼が『黄金の壷』以来磨き上げ、『ブランビラ王女』によって完成した創作法が、ここで明らかにされている。――メルヒェン世界とは、人間の内面に秘められてある「宝石」であって、そのことを認識できる人は、すでに日常性という桎梏を越えてより深い世界を経験できる。けれども、芸術家はもう一歩踏み出さなくてはならない。内面の原石を坑道から取り出し、それに適切な形を与え、丹念に磨き上げること、それが芸術家の才能である。この過程を経てはじめて宝石が最高の輝きを発する。すなわち芸術としての「メルヒェン」が完成するというのである。

ホフマンが、「内面世界」、「ファンタジーの王国」を説明する際に、繰り返し「宝石」の比喩を用いる事実から、宝石のイメージがホフマンの創作観にとって本質的なものであると推測できる。ホフマンはまた、上の引用に続く箇所で同様の思想を別の比喩を用いて語っている。

「[…] しかし、夢を発明した人はもっと誉められてよかろう。夢といっても、眠りという、やわらかな布団に寝ている状態でしか現れない夢のことではなく――われわれが生涯見続け、しばしば浮世の重荷をその翼に乗せてくれ、ひどい苦痛も欺かれた希望の悲嘆も癒してくれるあの夢のことである。その夢こそが、われわれの心の中で輝き始めた天上の光にほかならず、その夢こそが、無限の憧れによって、いつの日にか願いが叶うことを示しているのである。」（同上二六〇頁、強調はホフマン）

(66) ゲーテ、ゴッツィのパロディーについては、Eilert: Theater in der Erzählkunst, S.158-188 と S.110-117 を参照。フケーのパロディーについては、Max: E.T.A. Hoffmann parodiert Fouqué, S.156-159 を参照。

ここで、ホフマンは「夢」を発明した人を誉めている。これは、『ドン・キホーテ』において、サンチョ・パンサが「睡眠」を発明した人を讃えていることのもじりである。しかし、それに続く考えがホフマンの見解をよく表現している。夢を人間の内面世界からのメッセージとする考えは、ロマン派に限らず、古代ギリシアからユング派の深層心理学まで連綿と続く考えであるが、ホフマンの「夢」礼賛はそれとは少し異なっている。ホフマンは、人が睡眠中に見る「自然な夢」よりも、人間が覚醒時に「思い描く夢」の方を高く評価している。つまり彼がここで讃える「夢」とは、彼の創作の萌芽に近いものであることが分かる。ホフマンが考える文学の使命とは、現実世界での苦悩、人生への絶望などから人々を連れ出し、空想世界を体験させることで慰めと希望を与えることである。

「夢」という観点から『ブランビラ王女』を顧みると、「内面世界の写像」とも言うべき場面が見つかる。ジッリオが夕暮れにピストイア宮殿に忍び込む場面である。この印象的な場面を引用してみたい。

「一押しすると、鍵のかかっていないドアは静かに開いた。そして彼は墓地の静寂の支配する柱廊広間に入っていった。彼が訝しげにあたりを見回した時、心のはるか奥底から過去のぼんやりした形象が立ち昇ってきた。自分が過去にここにいたことがあるような気がした。だが心の中では何も明確な像も結ばなかったし、ぼんやりした形象を見極めようとする試みもうまくいかなかった。その時、彼は急に恐怖に捉えられ、名状しがたい胸苦しさが、冒険を継続する勇気を彼から奪ってしまった。宮殿を立ち去ろうとしたその刹那、まるで霧の中から現れたかの様に、突然、彼の自我（Ich）がこちらへ向かって歩いてきた。彼は驚愕のあまりあやうく気を失うところであった。」（同上二八〇頁、強調は引用者）

この描写で始まる「ピストイア宮殿の場」自体が、特別な意味を帯びている。ジッリオに謎の既視体験や幻視体験を起こさせる「ピストイア宮殿」は、人間の「内面界」を形象化したものと解釈できそうである。右の場面には、人が自分の無意識領域を探索するときに感じる、懐かしさと恐怖の入り混じった感覚、フロイトの言う意味での「懐かしくて不気味」(heimlich-unheimlich)な感覚が実によく表現されている。(67) この場面に続いてピストイア宮殿で起こる一連の不思議な出来事——煌々たるシャンデリアの下での不思議な集会、ジッリオの鳥への変身と鳥籠への幽閉、チェリオナティが見えない梯子を昇ってくる場面など——は、単に幻想という言葉で片づけられないリアリティ、「夢の迫真性」(Traumwirklichkeit)とでも呼びたい幻想喚起力を備えている。このことは、ホフマンが「内面界」の造形に成功していることを示していよう。(68)

もうひとつ、『ブランビラ王女』で語られる「ジァチンタの投獄」に関するエピソード、まるで狐につままれたようなエピソードも、われわれがよく夢の中で経験することの「写像」と考えられる。夢の中では脈絡の合わない事柄が矛盾なく起こる事実は、誰もが経験していることであるが、「ジァチンタの投獄」のエピソードは、ジッリオが白日夢に陥った状況を巧みに表現したものと見なすことができる。

ホフマンは、ほかの作品においても、「アトランティス」の「幻」やテュスの見る「象徴夢」などを描いてい

(67) フロイトの『不気味なもの』(一九一九)における「不気味さ」の定義が、「自己の内面」に対して人が抱く感情をよく表している。Freud: Das Unheimliche, S.235f. を参照。

(68) R・ミュールヘアは、その『ブランビラ王女』論において、ピストイア宮殿を自我が降りて行く「死者の宮殿」(Totenpalast)であると解釈している。その解釈によれば、ウルダルの泉に映る顔は、自分の「死に顔」(Totenlarve)であるとされる。その解釈は『ブランビラ王女』を「死」のモティーフと関係づけている点で同意できないが、ピストイア宮殿の「不気味さ」に着目した点だけは評価に値する。ただし、筆者の考えでは、この宮殿の不気味さは「死」の不気味さではなく、「無意識界」の不気味さなのである。Mühlher: "Prinzessin Brambilla", S.185-214 を参照。

る。しかし、それらの夢は作品のフィナーレを飾るメッセージの器として機能していた。それに対して『ブランビラ王女』では、本物の夢に近い、とりとめのない世界の創造がおこなわれている。それを可能にしたのは、『ブランビラ王女』でホフマンが宣言した手法、すなわち「物語の舞台を登場人物の内面に置く」（二六〇頁）という手法であったと考えられる。

われわれは、ホフマンが『ブランビラ王女』に実現した独創的な試みを明らかにしてきた。ホフマンは気まぐれに主観的空想像を書き殴ったのではない。事実はまさにその反対であって、彼は一七世紀の版画から得たイメージから物語を紡ぎ、ローマに関する文献や地図を研究し、イタリア演劇を研究し、その上でおのれの想像力が産み出した形象を書き加えている。ホフマンがここまで苦労して目指したもの、それが何であったかを示す言葉は、先ほど引用した文章の中に収められていた。

「更に恵まれた才能を持ち、幸せ者と誉められるべき人は、自分の内面にあるペルーの宝石の存在を見通すだけでなく、それを地上へと掘りだし、研磨し、その宝石からより燦然たる輝きを取り出せる人である。」

「原石を地上へと掘り出し、研磨し、最高の輝きを引き出す」とは、作家においては、内面の形象を「言語化」し、読者に強力な作用を及ぼす「芸術作品」を完成することにほかならない。ホフマンは「夢」に関しても同じことを言っていた。彼は自然な夢よりも、人間が明確な意識の中で紡ぎだす「夢」の方を高く評価していた。その夢は目覚めとともに消えてしまうものではなく、明瞭な形をもつ夢の像である。

このことから次のような結論を下すことができるだろう。すなわち、ホフマンは人間精神が天然の「素材」から作り上げる「作品」を最も高く評価するのであると。換言すれば、人に備わる精神、理性、感性を総動員して、目に見えぬ「自然の像」を「文学的形象」へもたらすことが、ホフマンの考える「芸術活動」なのである。(69)

『ブランビラ王女』は、彼の全創作中で、「内面世界の形象化」という点においてもっとも成功した作品である。ホフマンは、アドルフ・ヴァーグナー宛の手紙において、『ブランビラ王女』執筆中の自信と不安の入り交じった微妙な感情を次のように披露している。

「ねえ君、この途方もないカプリッチョをどう思う。この作品は、その構図においては、僕のメルヒェン中でもっとも大胆なもの（das kühnste meiner Mährchen）になるはずなのだが、おお、神様——君も承知のように、この世に生を受けた者につきものの弱さのせいで、たとえ最高の助走をしていても、空高く跳び上がることに失敗し、つまずいて倒れることだってあるのだ。」（『手紙』第二巻二五四頁、強調は引用者）(70)

幸いなことに、ホフマンは「最高の助走」を「最高の跳躍」に結びつけることに成功した。『ブランビラ王女』は、巧みに形象化された「夢」を含むという意味においても、全体がみごとに研磨された「宝石」に仕上がっているという意味においても、ホフマンの芸術の理想を体現する傑作といえる。『ブランビラ王女』は、ホフマンが明瞭な意識の中で紡ぎだした「理想の夢」であり、彼の内面から掘り出して磨き上げた「燦然たる宝石」なのである。

（69）この芸術観に照らせば、ホフマンが作品集の表題に込めた意図もよく理解できる。最初の作品集『カロー風の幻想作品集』における「幻想」（Fantasie）と「作品」（Stück）との結合も、第二作品集『夜景作品集』の「夜」（Nacht）と「作品」（Stück）との結合も、「目に見えぬ自然の形象化」というホフマンの芸術活動の神髄を正確に表示している。

（70）名宛人のヴァーグナーは、ホフマンの友人だった人物で、リヒャルト・ヴァーグナーの叔父にあたる。彼はホフマンの『夜景作品集』と『ブランビラ王女』の校正を手伝っているが、その校正の仕方は杜撰なものだった。

第五章　フモールの到達点
——『牡猫ムルの猫生観』（一八二〇・一八二二）

ホフマンは四六才で逝去しているが、その有為転変に満ちた生き方のために、息の長い作品を書くチャンスに恵まれなかった。多くの作品中、「長編小説」（Roman）と呼ばれるものは二作品を数えるのみである。第一作『悪魔の霊液——カプチン会修道僧メダルドゥスの遺稿』（Die Elixiere des Teufels. Nachgelassene Papiere des Bruders Medardus eines Kapuziners, 1814/1815）は、彼がドレースデンの劇団から解雇通告を受けた直後の一八一四年三月四日に想を得たものである。[71] 失職によって生じた不安な日々を、怪奇長編小説の執筆によって埋めている。この作品は、イギリスのマシュー・グレゴリー・ルイスの『修道士』（The Monk, 1796）のモティーフを換骨奪胎した恐怖小説であり、ホフマンは「この小説が生活の霊液となってくれる」（『手紙』第一巻四五六頁）こと、つまり、彼にお金と作家としての評判をもたらすことを切望しつつ筆を進めた。それはゴシック・ノヴェルの常套的道具立てが醸し出す恐怖に、ホフマン独自の無意識描写、分身モティーフを加えた密度の高い作品に仕上がっている。

けれども、無名の音楽監督だったホフマンが、出版者を見つけることは容易ではなかった。ワルシャワ時代の

「ムル」
ホフマンによる装丁画

同僚で、ホフマンと同じように失職してベルリンで書店を営んでいたヒツィヒに、「報酬はいくらでも構わない」（『手紙』第一巻四六九頁）という条件で、ドゥンカー（Duncker & Humblot）を斡旋してもらっている。ようやく一八一五年に第一部が出版されているが、たいした評判を得ることはできなかった。(72) この作品の不運はフランスでも続き、一八二九年に別人の作品としてフランス語に翻訳されたため、バルザックの『長寿の霊液』（L'Elixir de longue vie, 1830）、ゴーチェの『アルベルチュス』（Albertus, 1832）、ネルヴァルの『オーレリア』（Aurélia, 1854）などに、多大の影響を与えたにもかかわらず、長い間ホフマンの作品と認識されなかった。(73) また序論で紹介した理由から、『悪魔の霊液』のような怪奇小説の伝統は、一九世紀ドイツ文学には受け継がれなかった。(74)

二作目の長編『牡猫ムルの猫生観ならびに偶然の反故に含まれた音楽監督ヨハネス・クライスラーの断片的伝記』（Lebens-Ansichten des Katers Murr nebst fragmentarischer Biographie des Kapellmeisters Johannes Kreisler in zufälligen Makulaturblättern, 1820/22）（＝以下『牡猫ムル』と略記）執筆時には、状況はすっかり変わっていた。(75) ベルリンで人気作家となっていたホフマンには、常に数社から原稿依頼が舞い込む状況で、ホフマンは執筆の約束をしては「手付金」（Vorschuß）を貰い、それを遊興費に充てていた。『牡猫ムル』の出版権は、公務

(71)『日記』二四八頁及び『手紙』第一巻四五四頁を参照。
(72)『悪魔の霊液』の売れ行きが芳しくなかったことは、出版者がそのことを嘆いている一八二六年の記録から分かる。『手紙』第二巻五六頁を参照。
(73) 稲生永氏の論文「ホフマン変幻」一二八頁を参照。
(74) W・フロイントは、ドイツで怪奇長編小説が広まらなかった原因として、ドイツでは「小説《ロマーン》」というジャンルが「市民的で教育的な指向性と緊密に結びついていた」事実を挙げている。フロイント『ドイツ幻想文学の系譜』（翻訳）二頁を参照。
(75) 現在『牡猫ムルの人生観』という邦訳が定着している。しかしムルは自分の後輩たる猫たちに宛てて自伝を書いているのだから、ここは「猫の生活」に関する「見解」でなくてはならない。

員に復職したヒッツィヒの書店を譲り受けていたデュムラー（Ferdinand Dümmler）が、ライバルたちを押しのけて手に入れていた。

『牡猫ムル』第一巻は、一八一九年春から比較的スムーズに書き継がれ、同年一二月初旬に出版されている。ところが、この年の一〇月、ホフマンが「プロイセン王直属調査委員会」のメンバーに任命されたことで、第二巻の執筆が大幅に遅れる。第二巻は一八二一年夏に執筆と印刷をほぼ同時におこなう形で進められて、同年一二月初旬に出版されたのであるが、二年間の空白は『牡猫ムル』の評判にとっては致命的であった。遅れた第二巻が出版された時には、書評を含めてほとんど何の反響も得られなかったのである。(76)

第II部第二章で詳述したように、一八一九年から一八二一年のホフマンは「直属調査委員会」の仕事を精力的にこなしている。その一方で数本の文庫本用の作品を書き、さらに錯綜した構成を持つ晩年の三大傑作を、ほぼ同時進行的に書き進めている。しかも、ホフマンは『牡猫ムル』執筆の際にも、いつもの流儀どおり、何ら文字にした構想なしに書き進めているらしい。(77) 被疑者取り調べの調書や大部の報告書を作成する一方で、入り組んだ構造の小説を下書きなしに書き進む才能は並のものではない。むろん、このような状態で書かれた作品であるから、細かな矛盾や欠点からは免れえない。晩年のホフマンにもう少し執筆時間が与えられていれば、もっと完成度の高い作品が生まれたであろうという想定をしてみたくなる。けれども、きちんと推敲を繰り返す作家には、『牡猫ムル』のような奇抜な構成の作品は書けなかっただろうという推測もなりたつ。『牡猫ムル』は、一種の文学的曲芸という性格を備えている。

一　『牡猫ムル』の基本的特徴

ホフマンの作品には長い表題を持つものが多い。その中でもこれから考察する小説の表題が一番長いように思われる。『牡猫ムルの猫生観ならびに偶然の反故に含まれた音楽監督ヨハネス・クライスラーの断片的伝記』（Lebens-Ansichten des Katers Murr nebst fragmentarischer Biographie des Kapellmeisters Johannes Kreisler in zufälligen Makulaturblättern）。このような表題のつけ方は、当時の「ユーモア文学」に常套的な手段であった。ところがホフマンは、もう一捻り加えて、奇抜な表題に小説の内容をぴったり対応させている。すなわち、表題どおりに小説を「猫の生活観」として描き、「ならびに」（nebst）という前置詞で導かれる「付録」をつけ、その「付録」も表題どおりに「音楽監督クライスラーの伝記」にしている。通常のユーモア小説の表題が奇を衒った看板にすぎないのに対して、ホフマンは名と実を一致させることで逆に読者の意表を突いている。

シュタイネケの詳しい「受容史」によれば、『牡猫ムル』の主筋をなす「牡猫ムルの自伝部分」（＝以下『ムル自伝』と略記）は、一九七〇年頃までまともな研究対象とされることもなかったらしい。(78) ホフマン研究の先駆者ミュラーが、一九〇三年に『ムル自伝』という夾雑物を除いた「クライスラー伝記の断片」（＝以下『クラ

（76）ただし『牡猫ムル』の「未完の二重形式」はすでに同時代の関心を惹き、一八二六年には『牡猫ムル続編』、その後には「クライスラー伝補遺」などの模倣作が書かれている。Heigenmoser:Bildungsroman, Individualroman, Künstlerroman, S.164 を参照。

（77）シュタイネケはクラシカー版の注釈において、ホフマンが『牡猫ムル』執筆の際にも、二つの部分を別々に構想したのではなく、作品として書かれてある順に執筆したと推測している。Klassiker-Ausgabe, Bd.5, S.913 を参照。一方、秋山六郎兵衛氏は訳書の解説で両者が別の時期に成立したと推測している。ホフマン（秋山六郎兵衛訳）『牡猫ムルの人生観』下巻三〇八頁を参照。筆者は、以下に示すように両者を分けて執筆することは困難であると考える。

（78）Klassiker-Ausgabe, Bd.5, S.923ff. を参照。

イスラー伝記』と略記）だけを整えて出版したという逸話は有名であるが、それほどまで『ムル自伝』は軽視されていたのである。現在ではそのように偏った読み方はされなくなっているが、それでも「牡猫ムル」を単なる「俗物猫」と見なす見解は根強い。(79) けれども最近ようやく、『牡猫ムル』という小説が「動物小説」でくるんだ「芸術家小説」という単純な作品でないことが理解されてきている。『牡猫ムル』の中で『ムル自伝』が果たす役割が、徐々に認識されてきたのである。われわれもまず『ムル自伝』部分の考察から始めることにしたい。この部分を特徴づけるキー・ワードは、「パロディー」と「動物文学」の二つである。

（1）『ムル自伝』のパロディー性

①『トリストラム・シャンディ』のパロディー

『牡猫ムルの猫生観ならびに偶然の反故に含まれた音楽監督ヨハネス・クライスラーの断片的伝記』という表題自体が、ある有名作品のパロディーである。この表題をつけたのが「作者」（Autor）ムルではなく、「編者」（Herausgeber）ホフマンであることは、ムルが関知しない「反故」（Makulaturblätter）への言及によって明らかになる。その有名作品とは、イギリスのユーモア作家ローレンス・スターン（Laurence Sterne, 1713-1768）の『紳士トリストラム・シャンディの生涯と意見』（The Life and Opinions of Tristram Shandy, Gentleman, 1760-67）である。奇抜な形式をもつこの小説と『牡猫ムル』の関係については、P・シャーの論文をはじめ、詳しい考察がなされているので、ここでそれを繰り返すことはしない。(80) 重要なのは、ホフマンが「モデル」として一八世紀イギリスのユーモア小説を挙げていることである。この表題の採用によって、ホフマンは、『牡猫ムル』がスターン文学に繋がるユーモア小説であることを鮮明にしている。

しかし、ホフマンはスターンの技法を模して『牡猫ムル』を書いたわけではない。前章で述べたように、ホフマンは、『トリストラム』の特徴である長いエピソードやユーモラスな逸脱という手法をほとんど使わない。彼

が踏襲しているのは「ユーモア」であり、それをホフマン流の「フモール」として表現しようと試みている。(81)
その独自な構想のひとつが、牡猫を作者にしたことである。スターンとホフマンの小説の題を比べると、ホフマンのフモールが明らかになる。すなわち "Life" と "Leben"、"Opinion" と "Ansichten" という逐語的対応関係を辿っていくと、必然的に "Tristram Shandy" に "Murr" という名前が対応する。最後に残るのは "Gentleman" と "Kater" の対応である。「良い生まれの人間、紳士」(gentleman) に対応する箇所に「牡猫」(Kater) を持ってきたところに、この小説のパロディ性とフモールが表現されている。むろん両作品の共通性は表題部分に限られるものではなく、作品全体にフモールが貫流しているのであるが、そのことは本章の結論部で述べることにする。

スターンの小説では、トリストラムが自らの人生を語ると見せながら、受胎にまで遡る「前史」を細々と語る所にユーモアが表現されている。ホフマンは、スターンがおこなう「語り」(das Erzählen) と「内容」(das Erzählte) をずらせる手法を、ある仕掛けによってさらに極端な形に押し進めている。すなわち、「作者」ムルが「語った内容」(das Erzählte) の方々に、作者が「語っていない内容」(das Nicht-Erzählte) を挟み込んだのである。スターンは、「トウビー」部と「作者による語り」部分を組みあわせて、『トリストラム』を構成しているが、ホフマンはそれをもっと過激なものに変形している。

表題に関しては、M・ノイマンが別の作品のパロディーである可能性を指摘している。それはゲーテの『わが

(79) Werner: E.T.A. Hoffmann, S.193ff. や Mayer: Der deutsche Bildungsroman, S.113ff. などには、過去に定着した「ムル像」が残っている。
(80) Scher: 'Kater Murr' und 'Tristram Shandy', S.24-42 を参照。
(81) 「フモール」という言葉は、単純に「ユーモア」と訳せない場合があるので、本書では英語風とドイツ語風の読みを併用する。"humoristischer Schriftsteller" には、なじみのある「ユーモア作家」という訳語を用いる。

生涯から―詩と真実』（Aus meinem Leben. Dichtung und Wahrheit, 1811-17）である。(82) しかし、ゲーテの作品と『牡猫ムル』の関係は、表題よりも小説形態の方に明瞭に見られるので、段落を改めて考察することにしたい。

②ドイツ文学のパロディー

ドイツ文学に視点を移すと、一八世紀ドイツ文学の諸潮流がパロディーの対象とされていることが分かる。ホフマンはムルを介在させることで、自らの姿を隠し、安全な場所から自由なパロディーを試みている。まず「文体」に注目すると、「疾風怒濤」（Sturm und Drang）の高揚した自我感情が「猫の口」から表明されるだけで、パロディーに変化してしまっている。その例を挙げてみよう。

「おお自然よ、聖なる自然よ、お前の至福、お前の陶酔が、私のふるえる胸を貫く。お前の神秘的な息づかいが、私を取り巻く。」（同上三〇三頁）

「この昂揚せる感覚、高貴なるものに対する抗い難き衝動は、いずこよりわが心に訪れしか。[…] 甘き憂愁が、わが心を満たす。故郷の大地への憧れが湧き上がる。おお麗しき祖国よ、汝にわが涙を注がん、汝にこの哀しくむせぶミャーオを贈らん。」（同上三〇七頁）

疾風怒濤と並ぶ一八世紀の文学潮流であった「感傷主義」（Empfindsamkeit）も、恰好のパロディーの対象とされている。

「ものを感じる魂の持ち主、幼子のごとき心情の持ち主たるみなさま、私と同じ真心をお持ちのみなさま、私はあなた方のためにこの本を著したのです。一掬の美しき涙をお恵みいただけるなら、それは私を慰め、鈍感な批評家の冷たい言葉に傷ついた心を癒してくれるでしょう。」（同上三〇〇頁）

「ああ優美な婦人よ、あの方を恋に病むこの胸に押しつけ、二度と放さずにおくことができさえすれば！——ああ、あの不実な方は鳩小屋に入ってしまい、私をむなしく屋上に残していった。——この貧しく、味気なく、愛なき時代にあっては、真の魂の共感（wahre Sympathie der Seelen）は、かくも得がたいものなのでしょうか。」（同上三〇四頁）

次に自伝の「形式」に目を移すと、古典主義作家ゲーテの代表作『ヴィルヘルム・マイスターの修業時代』（Wilhelm Meisters Lehrjahre, 1794-1796）が、パロディーの対象とされていることが分かる。『ムル自伝』各章の「見出し」がそのことを端的に示している。

第一章「存在の感覚、少年時代」（Gefühle des Daseins. Die Monate der Jugend）

第二章「青年の体験、われもまたアルカディアにありき」（Lebenserfahrung des Jünglings. Auch ich war in Arkadien）

第三章「修業時代、偶然の気まぐれないたずら」（Die Lehrmonate. Launisches Spiel des Zufalls）

（82）Neumann: Unterwegs zu den Inseln des Scheins, S.274を参照。

第四章「高き文化の有益なる成果、成熟に向かう壮年時代」(Ersprießliche Folgen höherer Kultur. Die reiferen Monate des Mannes)

これら各章の「見出し」を見れば、『ムル自伝』の骨格が『ヴィルヘルム・マイスター』に代表される「教養思想」(Bildungsidee) に従って構成されていることが分かる。

ムルによるゲーテ文学のパロディー的模倣は方々に見られる。第二章の「われもまたアルカディアにありき」というモットーは、ゲーテが『イタリア紀行』(Italienische Reise, 1816-17) 冒頭に添えたモットーを拝借したものである。(83) 第四章のムツィウス葬儀の場は、『マイスター』第八巻のミニヨンの葬儀のパロディーと考えられる。また『ムル自伝』の「作者の前書き」冒頭は、『詩と真実』冒頭の「断り書き」に非常に似ている。(84) ムルの高慢な「序文」は、『詩と真実』を出版したゲーテの高慢さへの当て擦りと考えられる。その一節を引用してみよう。

「真の天才 (dem wahren Genie) に生まれついた者の自信と落ち着きをもって、私の伝記を世間に公表する。どのようにすれば偉大な牡猫へ自らを陶冶できるか (sich zum großen Kater bildet) を、皆が学び、私がすぐれた存在であることを十全に認め、私を愛し、誉め、崇め、敬い、少し崇拝するように。」(『牡猫ムル』三〇一頁)

スターン、ゲーテに限らず、ホフマンが『牡猫ムル』でおこなう「引用」は多方面にわたる。その総数は、明白なものだけで古今三六人の作家からの引用一〇〇箇所に上るという研究報告もある。(85)

そもそも、『ムル自伝』に多くの引用が含まれることは、その成り立ちからして当然といえる。なぜなら、牡猫ムルが人間の言葉を習得するのに利用した教材とは、飼い主アブラハムが読む書物であったのだから。つまり、ムルの言語習得は、文学作品からの「引用」とほぼ同義をなしているのである。このことを掘り下げて検討すると、非常に大きな問題に遭遇する。H・メイアーは、『物語芸術における引用』において、次のように述べている。

「ムルが用いる言語は、引用と引用的文学表現ではち切れんばかりである。その言語は蓄積された文学言語として、広い意味での「一個の途切れることなき引用」(ein einziges und fortlaufendes Zitieren) とでも言えそうである。」(86)

コーフマンはそれをさらに押し進めて、「牡猫の全生活、その体験の総体が、ひとつの文学的引用、すなわち彼が本で読んだことの反復であるとさえ言えよう」と述べている。(87) この二人の研究者が『ムル自伝』に見出したのは、『ムル自伝』がパロディーの「集合体」であると言う事実である。

しかし『ムル自伝』の性質をさらに突き詰めて観察すると、メイアーやコーフマンが指摘しなかった事実が明らかになる。それは、『ムル自伝』が「言語活動」、「自伝」、「創作」に付随する「模倣性」という問題を、読者

(83) ゲーテでは、"Auch ich in Arkadien!" となっている。ムルが馬車で行った「アルカディア」がどんな場所だったかを見れば、表題と中身のずれが醸し出す滑稽さが明らかになる。Goethe: Italienische Reise の表題を参照。
(84) 両方とも「前書きの必要性」を強調する言葉で始まっている。しかし筆者の知る限りでは、この箇所の類似性を指摘している注釈は見られない。Winkler, Klassiker, Ellinger のどの版の注釈においても、このことは指摘されていない。
(85) Klassiker-Ausgabe, Bd.5, S.940 を参照。
(86) Meyer: Das Zitat in der Erzählkunst, S.122 を参照。
(87) Klassiker-Ausgabe, Bd.5, S.940 から引用。

に突きつけている事実である。多くの研究者は、『ムル自伝』に見られる「引用過多」をムル固有の問題に矮小化することで、この事実との対決を回避してきた。ムルを「俗物」（Philister）あるいは「教養俗物」（Bildungsphilister）とする解釈がそれである。(88) ムルを「俗物猫」とすることで、『ムル自伝』が密かに暴露する不愉快な問題から目を背けてきたのである。その意味において、『ムル自伝』は比類のない「パロディー文学」と言える。それは「文学」自体の「パロディー性」の問題、換言すれば、「文学作品」の独創性と自発性に対する根本的な問いかけをおこなっているのである。

(2)「動物文学」としての『ムル自伝』

①「動物寓話」から「動物小説」へ

動物を主人公にする「物語」の歴史は古く、ヨーロッパではギリシア時代まで遡る。しかし『牡猫ムル』という小説は、イソップの寓話や一七世紀のラ・フォンテーヌの「動物寓話」から大きく隔たっている。またホフマン自身がその名を挙げている、シャルル・ペローの童話からも隔たっている。ムルが自伝で直系の先祖として敬意を表しているティークの童話劇『長靴をはいた牡猫』（Der gestiefelte Kater, 1797）が、「動物文学」というジャンルの中で、ひとつの分岐点を形成しているように思われる。その決定的な分岐点は、ティークの劇中で次のように示されている。

「芸術批評家（平土間で）　牡猫が口をきくって？　いったいこれは何だ？
フィシャー　これじゃ、まともな幻想の中へ入り込めないじゃないか。
ミュラー　こんな風にだまされるくらいなら、もう二度と芝居を見ない方がましだね。」(89)

『長靴をはいた牡猫』に登場する観客たちは、すでに「啓蒙」の洗礼を浴びているために、猫が人間の言葉を話すという「欺瞞」に耐えられない。観客が劇に求めるのは、「まともな幻想」(vernünftige Illusion)である。ティークが、長い間おこなわれてきた「約束事」を否定的な形で主題化した後では、何らかの説明なしに猫が人間の言葉を話すことは許されなくなった。

ティークの喜劇を踏まえたホフマンは、動物文学の新形式をいろいろと試みている。『クライスレリアーナ』(Kreisleriana, 1810/14)では、ミロという猿が紹介されている。この猿は、ドイツ語の読み書きとピアノの演奏法を習得した後、アメリカに送られた幼なじみの雌猿ピピに宛てて、身につけた教養を自慢する手紙を書いている。ここには『牡猫ムル』の萌芽的形態が見られる。

『カロー風の幻想作品集』には、もう一匹、人間の言葉を話す動物が登場している。『犬のベルガンサの最近の運命に関するニュース』(Nachricht von den neuesten Schicksalen des Hundes Berganza, 1814)で紹介される犬である。セルヴァンテスの作品『ヴァリアドリッドの復活病院におけるスキピオとベルガンサの会話』に登場したブルドッグが、南ドイツのバンベルクに現れて、ヴァリアドリッドからドイツへ至った経緯、ドイツ語が話せる理由、さらに現在のドイツの芸術に関する批評まで語っている。ベルガンサと「私」の対話で構成される小説形式は、ホフマンが愛読したディドロの『ラモーの甥』(Rameau's Neffe)のスタイルを模倣しているようだが、これも『牡猫ムル』に見られる「対話形式」を先取りする試みと言えよう。

これら二つの試行的作品を経て、ホフマンはついに「近代動物文学」の模範となる形式の創出に成功する。彼

(88) メイアーは、後にニーチェが用いた言葉を適用して、ムルを「教養俗物」と呼ぶのが適切と考えている。Meyer: Das Zitat in der Erzählkunst, S.122を参照。

(89) Tieck: Phantasus, S.499f.を参照。

が編み出した新機軸とは、人間の言葉を理解するが、人間の言葉を話さない動物を「語り手」に据え、動物の視点から人間界を描くという手法である。ホフマンが『牡猫ムル』で採用したこの手法は、後の動物文学の基本形となる。(90)

日本人になじみの深い「動物文学」である夏目漱石の『吾輩は猫である』(一九〇七)も、ホフマンと同じ手法を採用している。「吾輩」は、昔話や童話の猫と違って口をきかないのである。われわれが『牡猫ムル』と対比しうる有名な猫小説を持っていることを考慮して、『吾輩は猫である』と『牡猫ムル』との比較に少しページを割くことにしたい。

②『吾輩は猫である』と『牡猫ムル』

『吾輩は猫である』連載の終わり頃、藤代素人の「猫文士氣燄錄」によってムルの存在を指摘された漱石は、連載の最終回で「カーテル・ムル」の名を出し、ムルの存在を知らなかったと猫に弁解させている。(91) ところが、吉田六郎氏の指摘のとおり、「吾輩」がその箇所でムルに関して述べている逸話、「この猫は母と対面するとき、挨拶のしるしとして、一匹の肴をくわえて出掛けたところ、途中でとうとう我慢がし切れなくなって、自分で食ってしまった[…]」という話は、「猫文士氣燄錄」にはひとことも言及されていないのである。この事実は、漱石が藤代の文章とは別の筋から『牡猫ムル』についての情報を得たことを示している。(92) ヨーロッパの「猫文学」に詳しい友人を通じて、漱石が『牡猫ムル』の内容をある程度承知していたという吉田氏の推論が説得力がある。事実関係はさておき、藤代素人と夏目漱石のユーモアに富んだ文学的問答自体が筆者には興味深い。藤代素人が猫の口述を筆記したという体裁で蘊蓄を傾ければ、漱石の方も、ムルの存在を知らなかったと弁解しつつ、知らないはずの小説のエピソードを披露している。どうやら人は猫文学に関わると、おのずから猫めいた、とぼけたユーモアが身につくように思われる。

では次に両作品の類似点と相違点を概観しよう。『吾輩は猫である』の最大の魅力は、「吾輩」が猫の特性であ
る「闇夜でものを見る目」と「誰にも悟られぬ忍び歩き」の能力によって、猫独特のアングルから人間観察をおこなっている点にある。またその観察の対象が、高等学校「教師」とその仲間のインテリであり、その連中が一般に持たれている「教師像」、「インテリ像」とずれていることが、猫の観察を一層面白くしている。明治時代の日本文学には、まだ「語り手の機能」を云々する雰囲気はなかったと思われるが、本場ヨーロッパで小説を研究してきた漱石は、動物を語り手とする新種の「動物小説」を日本文学に導入したのである。

他方、ホフマンの猫は、「吾輩」よりも手間をかけて当時の人間の生態を写し取っている。すなわち、ムルは珍しい「天性の才能」に磨きをかけて、人間の言葉を学んでいる。人間の「言葉」を学ぶことは、すなわち人間の「思考」や「感情」を学ぶことである。

「吾輩」と「ムル」に共通するのは、猫の特性を用いて猫の視点から人間社会を観察している点である。この観察によって、猫たちは、傲慢にも「万物の霊長」とか「理性的存在」とうぬぼれている生き物がいかに滑稽な動物であるか、いかに愚かな存在であるかを暴き出している。この手法の成功の秘訣は、動物と人間の関係においてリアリズムの論理に従いつつ、その動物の観察内容を「仮想的に」人間の言葉で表現する点にあると考えられる。『吾輩は猫である』では、「吾輩」の観察自体が「文字に定着された」形式を採り、『牡猫ムル』では、「猫が書いた」という虚構が採用されているが、その基本構図は共通している。

(90) 今日出版されている動物小説のほとんどが、この小説形式を用いていると言えよう。
(91) 藤代素人「猫文士氣燄錄」四頁と夏目漱石『吾輩は猫である』五一一頁を参照。
(92)「猫文士氣燄錄」と吉田六郎「『吾輩は猫である』論」三一一頁以下を参照。

創作意図と基本構図の類似性を確認した上で、両作品の相違点も指摘しておこう。第一の相違点は、『吾輩は猫である』における「猫界」の描写の乏しさである。『吾輩は猫である』を構成する一一章のうち、最初の二章には「車屋の黒」や「二弦琴の師匠家の三毛子」など、「吾輩」の住む「猫界」が描かれている。しかし第三章以降では、「猫文学」の本来の舞台であるべき動物界が消滅してしまい、苦沙弥家に出入りする人間の生態ばかりが描かれている。それに対して『牡猫ムル』では、ムルが存在の意識を得る瞬間、川に捨てられた体験、母との出会い、犬との交際、結婚、離婚、サロン訪問等、ムルの世界が非常に詳しく描かれている。

第二の相違点として、藤代素人も指摘しているとおり、主人公たる猫の「造型」の度合が挙げられる。(93)「吾輩」は、主人の気まぐれで苦沙弥家に住み着いたまま、名前もつけてもらえず、特別な才能もなく、恋愛も不良行為もなく慎ましく暮らしたあげく、酔っぱらって瓶に落ちて溺死してしまう。小説内での役割においても、「吾輩」の「観察者＝語り手」としての機能は、物語の進展とともに形骸化してゆき、小説後半部では「語り手」ですらなくなっている。それに対して、ムルの方は、捨て猫にされる点でこそ「吾輩」と同様であるが、アブラハムに助けられてからは天才猫ぶりを発揮し、本の表紙を飾る立派な学者猫へ成長している。『牡猫ムル』は、天才猫がおのれの「模範的猫生」を同時代及び後代の猫属に伝えるために、自らペンを執って書き綴る「偉猫伝」にほかならない。(94)「吾輩」があくまで居候として謙虚に「観察者」の立場に控えているのに対して、ムルは自らが主人公であり、報告者でもある存在、すなわち「自伝作者」にまで偉くなっている。

この相違の最大の原因は、『吾輩は猫である』の成立事情にあると言えよう。すなわち、漱石は『吾輩は猫である』を長編小説として構想したのではなく、一回読み切りと考えていたものだから、長編小説の骨組みがもとから存在しないのである。『牡猫ムル』は、世界文学で初めて、全く異質なテクストを小説内に併存させた実験小説である。両小説は確固たる小説構造の有無において対照的である。

（3）「未完小説」としての『牡猫ムル』

『牡猫ムル』の本領である「二重構造」を考察する段階に至ったが、その前に、第三の基本的特徴として、この小説の「未完性」を指摘しておきたい。この特徴は、『牡猫ムル』の構造と関連する重要な特徴と思われるからである。

これまでのところ、『牡猫ムル』が未完の長編小説か否かという議論には決着がついていない。ホフマンは『牡猫ムル』第二巻末尾の「編者のあとがき」において、「第三巻」の内容を予告している。また彼が出版者から第三巻分の「前金」を受け取っているという事実もある。熱心なホフマン研究者W・ハーリヒは、この結末の「欠如」を補うべく、ホフマンの伝記と諸作品の記述を動員して、第三巻で書かれるはずだった『クライスラー伝記』に関する詳細な「謎解き」を試みている。(95)「イレネーウス侯」のモデルとしてプロイセン宰相ハルデンベルクを想定し、登場人物それぞれのモデルを挙げるなど、その仮説は非常に興味深い。しかし残念ながら、ハーリヒの推論を裏付ける確証が乏しい。

『牡猫ムル』には、もうひとつ「未完の作品」が含まれている。それは壮年期を迎えたばかりで急逝したムルの『自伝』である。同じく第二巻末の「編者のあとがき」において、ホフマンはムルの死を次の様に読者に伝えている。

---

(93) 藤代は、「夏目の猫の書き方も大躰に於て吾輩と變りないが、猫の長所を発揮する上に於て少しく物足らぬ感がある。」と批評している。藤代素人「猫文士氣燄録」五頁を参照。

(94) ムルが羽根ペンの扱いに苦労する場面も詳しく描かれている。

(95) Harich: E.T.A. Hoffmann, Bd.2, S.224-286 を参照。

「むごい死が、素晴らしい人生行路のただ中において、利口で、学識を身につけた、哲学的で、文学的な牡猫ムルを突如さらっていった。彼は一一月二九日から三〇日にかけての夜、短いながらも激しい苦しみの後に、賢者の落ち着きと平静さをもって瞑目した。これもまた早熟の天才がうまく育たぬという実例である。[…]哀れなムルよ。お前の友ムツィウスの死が、お前自身の死の先触れだったのだ。[…]私はお前が好きだった、多くの人間たちよりもな。[…]」(『牡猫ムル』六六三頁)

「あとがき」におけるホフマンの報告によれば、第二巻までのように整った『ムル自伝』の続編は存在せず、ムルが書き溜めたメモやコメントだけが残されていることになっている。すなわち、壮年期までのムルの生活を描いた『自伝』も、永遠に未完作品となったのである。

『牡猫ムル』には、さらにもうひとつ「未完」の作品が存在している。それは、この小説で所々掲載された『クライスラー伝記』である。編者の説明によれば、この伝記は本にはなったが、一般には出回らなかったとされている。ムルが「吸い取り紙」に利用した『伝記』は、その一七断片が収録されているにすぎず、しかも興味をそそる結末部分が不明なままで終わっている。ホフマンが出版元のデュムラーに対して、「すでに着手した」と述べていた第三巻の原稿は、ホフマンの遺稿の中には一枚も存在しなかったそうである。シュタイネケはこの事実を踏まえて、ホフマンの頭の中にのみ着手された構想が存在したのだろうと推測している。(96) すなわち、読者は『クライスラー伝記』の結末に関する構想すらも窺うことができない。このように見ると、『牡猫ムル』を構成する両伝記および両者を統合する小説という三つのテクストすべてが、未完ということになる。

二　『牡猫ムル』の二重構造

（1）「二重小説」になった経緯

『牡猫ムル』はきわめて実験的な小説であるが、ホフマン自身はその独創性を正面切って強調してはいない。むしろこの虚構実験を隠すように、「前書き」において編者の過失と述べている。その虚構の事情に耳を傾けることにしよう。

ムルは一八一〇年代にドイツのある都市の屋根裏で生まれている。母猫が留守の間に、ムルとその兄弟は老婆によって川へ捨てられ、溺れかかって橋桁にしがみついていた。そこに魔術師アブラハムが通りかかり、ムルを拾って帰ったとされている。ムルはアブラハムの仕事机の上に座り、主人が声を出して読書をするのを聞き、文字面を目で追ううちにドイツ語を習得する。また密かな練習によって手の構造の違いを克服し、羽根ペンの使い方まで身につける。こうして生まれた天才猫は、おのれの偉大な事績を後代の猫に伝えるべく自伝を書く。(97)

ホフマンの「友人」がその原稿をホフマンに渡し、出版の仲介を依頼する。ホフマンはその原稿をぱらぱらと読んでみて、よく書けているので、ウンター・デン・リンデン通りの出版者デュムラー氏に出版を委ねる。ところが、できあがってきた見本刷りに目を通したホフマンは驚く。ムルの自伝が、各所で別の文書によって中断されているのである。彼がその原因を調べてみると、ムルが、インクの「吸い取り紙」や「下敷き」として、手元にあった『クライスラー伝記』を内容とする本のページを破りとって、自分の原稿に挟み込んでいたことが判明

（96）Klassiker-Ausgabe, Bd.5, S.911 を参照。
（97）ムルは「人間の言葉」で書く自伝を読める猫の出現に関して、全く心配をしていないように見える。

する。ホフマンは、『クライスレリアーナ』以後のクライスラーの動向を伝えるこの伝記断片が貴重であると考えて、中断箇所の初めと終わりに「反故」(Mak.Bl.)、「ムル続き」(M.f.f.) という目印だけを加えて、そのまま見本刷りの形式を残すことにした。その結果、全く異質な作品断片が交互に登場する小説が成立した。ホフマンは、世界文学史上類を見ない「二重小説」(Doppelroman) の成立を、このような偶然の所為と説明している。

(2)『ムル自伝』の世界

『ムル自伝』の舞台は、アブラハムが暮らすジークハルツヴァイラーと呼ばれている。ムルが拾われた場所が、イレネーウス侯の宮廷から市街へ至る橋のたもとであること、その後アブラハムが転居した形跡がないことからそう推測される。ジークハルツヴァイラーという架空の町は、ホフマンが名目だけの音楽監督として暮らしたバンベルクを模した町で、「小都市」(Städtchen) と書かれている。アブラハム家で様々な哲学、文学の知識を身につけたムルは、クライスラー家への転居後に自伝を書く。それが『ムル自伝』である。この自伝は、すでに表題に見たとおり四章からなり、最初の記憶、読書能力の獲得、母親との再会、馬車に乗っての遠出と放浪、浮気女との恋、結婚、離婚、猫の「学生組合」(Burschenschaft) への入会、その弾圧と仲間の死、犬たちが作る貴族的サロンへのデビューと色恋沙汰、クライスラー宅への転居まで、ムルの幼年期から壮年期までの体験を順に記している。

ムルの世界を形成するのは、「主人」としての人間、飼育動物界の「貴族」を自負する犬族、「市民」的な猫族である。この身分社会構造は、当時のドイツ社会を反映したものになっている。ムルの自伝で興味深いのは、学者猫ムルと社交犬ポントーとの対照、「本の知識」と「現実の知恵」とがなすコントラストである。これは当時の学者、教養人、市民階級が、貴族支配下において経験していたことの戯画である。ムルは問題に直面するたびに書物の知識に頼るが、そのことがさまざまな種類の滑稽を惹起する。一例として、ポントーがムルに「世間智」

（Weltklugheit）について教える場面を引用してみよう。

「ポントーは話を続けた。「［…］人が、人目につかない場所にいる時、公道にいる時と全く違うふるまいをするというのは、本性に因るものだね。――ところで、「些細なことにおいては正直であれ」という教訓も、なかなか深い世間智から汲まれた基本原則（Grundsatz）だと言えるな。」

私（＝ムル）は、ポントーが述べた基本原則のことについて沈思黙考した。そして何かの書物に、次のように書かれていたことを思い出した。「おのれの行動が普遍的原理となるように振る舞うべし」あるいは「全員が自分のことを配慮して行動してくれるように、人は望むべきである」と。私はこの原理とポントーの世間智とをうまく調和させようと試みたが、どうしてもうまくいかなかった。」（『牡猫ムル』四〇〇頁）

学者猫ムルは、カントの『道徳形而上学原論』（Grundlegung zur Metaphysik der Sitten, 1785）を読み、有名な「定言的命法」（kategorischer Imperativ）もうろ覚えながら学んでいる。しかし、ムルが学んだ学問は、ポントーが実践してみせる「世間智」に比べると、全く何の役にも立たない。市民階級の学者たちが当時営々と築いていた「観念論哲学」という学問的構築物が、現実の社会では何ら有効性を持たないことが揶揄されている。

ムルの自伝に見られるもうひとつの諷刺は、当時の「身分社会」に向けられたものである。ホフマンは、犬族を貴族階級、猫族を市民階級として描くことで、人間世界を舞台にしては書けないことを表現している。たとえば、ムルがポントーに連れられて、侯爵の上席家庭教師の家に飼われているグレイハウンドのサロンを訪れる場面を見てみよう。

「私はできるかぎり身なりを整え、クニッゲの本を読み、いざという時にはフランス語もできるところを見せるために、ピカールの最近作にも目を通した。［…］敵対的な性質を持つ者たちの只中で心臓がどきどきした。何匹かのプードルは、まるで「あの卑しい牡猫は、高貴なわれらに混じって何をしているのだ」とでも言いたげな軽蔑のまなざしで、私を見つめた。［…］」（同上六四二頁）

この記述は、ホフマンが貴族のサロンを訪問した時の実体験に基づいていると推定される。当時の身分社会にあって、市民が貴族との交際の中で感じていた気後れや、貴族たちが市民に対して示した侮蔑的態度が、動物の世界を舞台にすることで直截に表現可能となっている。ホフマンのサロンに対するアンビヴァレントな態度の根底には、このような不快な経験があったと想像される。

ところが、ムルの自伝を繰り返し読むと、いくつか腑に落ちぬ点が目につくようになる。もっとも奇妙なのは、ムルの居住地にまつわることがらである。ムルの話を読み進むと、ムルの住む町がどうも「小都市」とは解しがたい記述が出てくる。この印象は幾度読んでも生じるものであり、読者の側の錯覚では片づけられない。その原因を探ってみると、実際、『牡猫ムル』のテクストに、途中から「大都市」を暗示する記述が登場している。思わせぶりな部分がほとんどであるが、たとえば、ポントーが新しい飼い主の優雅な暮らしぶりを語る場面は、明らかに大都市を描いたものである。(98)

「より高級な訪問、A伯爵夫人、B男爵夫人、C大使夫人などの訪問が、三時半までの時間を埋めてくれる。この訪問で男爵は一番大切な仕事を終えたことになり、四時にはくつろいで食事をとるのだが、これも通常はレストランでなされる。食後はコーヒーを飲みに行き、ビリヤードをひと勝負、天気が許せば少し散歩もする。僕（＝ポントー）は徒歩、男爵は馬のこともある。そうこうしていると劇場が開く時間が近づいてくる。男爵がそれを逃すことは決してないのである。［…］」（同上六一七頁）

ここに描かれている男爵の生活は、「小都市」ジークハルツヴァイラーのものとは考えにくい。これはあきらかにホフマンが暮らすベルリンの都市貴族の生態である。ジークハルツヴァイラー描写にベルリン描写が混入している例は、アブラハム家の近所で火災が発生する場面でも見られる。この場面の描写は、一八一七年七月二九日にホフマン家の向かいで起こったシャウシュピールハウスの大火事から得られている。けれども、この事実をもって、矛盾であると目くじらをたてる必要もないだろう。人口数千人の少都市でも、猫の目には大都市と見えた可能性は排除できないし、なにより小説はガイドブックではないのであるから。

(3)『クライスラー伝記』の世界

『クライスラー伝記』のモデルは単純明快である。なにしろ「クライスラー」という人物は、ホフマンが『牡猫ムル』の一〇年前に書いた『クライスレリアーナ』(Kreisleriana, 1810/14)という短編集の中にしか存在しない「虚構の人物」であるから。しかし『クライスラー伝記』は、普通の伝記とは異なる性格を持っている。そのひとつは、『伝記』のクライスラーが、『クライスレリアーナ』に描かれたクライスラーとずいぶん異なる人物に描かれていることである。そのほかの特徴としては、「伝記」には似つかわしくなく、推理小説のような記述がなされていることや、登場人物の「会話」が非常に大きな部分を占めていることが挙げられる。R・ローゼンの調査によると、『クライスラー伝記』の二五%余りしか「地の文」が存在せず、「対話」と「手紙」が全体の七五%を占めているそうである。(99) これら『クライスラー伝記』の特徴を順に考察してみよう。

(98) ローゼンやシュタイネケもこの矛盾を指摘している。Rosen: E.T.A. Hoffmanns 'Kater Murr', S.77 および Klassiker-Ausgabe, Bd.5, S.968f. を参照。
(99) Rosen: E.T.A. Hoffmanns 'Kater Murr', S.87f. を参照。

①『クライスラー伝記』の内容

『クライスラー伝記』の舞台は、ジークハルツヴァイラー近郊で営まれるイレネーウス侯の宮廷「ジークハルツホーフ」とそこから数キロ離れたカンツハイムのベネディクト会修道院である。(100) 物語は、クライスラーがイレネーウス侯の宮廷に現れる場面から始まる。しかしムルによって無造作に破り取られた伝記は寸断されており、順序が入れ替わっている箇所も存在する。クライスラー伝の配列を整理し、内容を吟味すると、興味深い構造が明らかになる。すなわち、クライスラー伝は一七の断片から成るが、時系列的に見て最後に置かれるべき部分が冒頭に置かれており、第二断片から第一七断片は、切れ切れの形ながら正しい時間順に配列されている。「伝記」の筋をおおまかに紹介しておこう。

【第一章】ジークハルツヴァイラーに宮廷ができた経緯、すなわち小さな侯爵領を持っていたイレネーウス侯が、ナポレオンによるドイツ領の編成替えの結果領土を失い、年金生活者となって「ジークハルツホーフ」を作ったことが語られる。バイエルン王国を想起させる「大公国」の音楽監督をしていたクライスラーがその職を捨て、アブラハムを頼ってこの小宮廷に現れ、侯爵の息女ヘドヴィガの歌の先生に雇ってもらう。

【第二章】侯爵が選んだ娘の結婚相手で、イレネーウス同様に領地を失った元ナポリ領主の次男ヘクトールが現れる。彼はヘドヴィガの婚約者として横暴にふるまう一方で、ヘドヴィガの学友を勤めるユーリアを誘惑しようとする。ユーリアを愛するクライスラーは、ヘクトールの過去の犯罪を知るアブラハムの助けを借り、その犯罪の証拠であるミニチュア画を利用して、ユーリア誘惑をやめさせようとする。ところが、ヘクトールは部下を使って、クライスラーを射殺しようとする。ピストルが発射され、血糊が付いたクライスラーの帽子だけが発見された場面で、「第一巻」は閉じられる。

【第三章】クライスラーはピストルの一撃を食らったが、側頭部のかすり傷で済む。逆にその刺客を刺し殺してしまい、近郊のベネディクト会修道院に身を隠す。宮廷では、イレネーウス侯爵の愛人で、市民階級出身の女官長にしてユーリアの母であるベンツォン夫人が、娘の政略結婚を目論んでいる。すなわち、ユーリアをイレネーウス侯の跡継ぎである精神薄弱のイグナッツの妃にしようと画策している。ユーリアとクライスラーに肩入れするアブラハムは、ベンツォンの野望を知り、その政略結婚が娘の幸せにならないことを説くが聞き入れられない。他方、修道院に逃れたクライスラーは、教会音楽を作曲して安らかな日々を過ごすが、ローマで聖者と崇められているツュプリアーヌスという厳格な僧が派遣されてきて以来、修道院の生活は陰鬱なものになってしまう。

【第四章】ツュプリアーヌスが、ヘクトールの兄で、過去に弟と同じ悪事を働いたことが分かる。クライスラーは再びミニチュア画を用いて、聖人面した僧の汚れた過去を暴いて修道院の平和を回復する。そこへアブラハムからクライスラー宛の手紙が届く。アブラハムの手紙には、侯爵夫人の「霊名日」（Namenstag）に、必ずジークハルツホーフへ戻るようにという要請が記されていた。

※この手紙の記述の後に、ムルの急逝を報告する「編者のあとがき」が添えられて、「第二巻」は閉じられる。

第二～第一七断片で語られたことの粗筋を整理すると、以上のとおりである。ところが、全く予備知識のない状態で、いきなり「霊名日の祝祭」の顛末を読まされる読者は面食らうことになる。時間的に最後に置かれる

(100) カンツハイムの修道院のモデルは、バンベルクから数キロ離れたベネディクト会修道院 Kloster Banz である。小説で言及されるシトー会女子修道院は、近くの Ebrach に存在し、『悪魔の霊液』の舞台ともなっている。

べき「第一断片」の内容を紹介しておこう。

【第一断片】アブラハムは、侯爵夫人の霊名日の祝いにこと寄せて、「クライスラーとユーリア」用の祝祭を密かに計画していた。しかし、手紙で要請しておいたにもかかわらず、クライスラーが現れなかった。立腹したアブラハムは、接近しつつあった嵐を利用して「祝賀行事」を大混乱に陥れる。その混乱が治まった夕暮れ、宮廷から市街の自宅へ戻る途上、橋の袂で溺れかかっている子猫を見つけて家に連れて帰る。――後日、霊名日の事件の顛末をクライスラーに語り終えたアブラハムは、自分はこれから旅に出ると言って、ムルをクライスラーに託す。クライスラーがムルの世話を引き受ける所で話は中断される。――

②『クライスレリアーナ』との相違点

ドイツにおけるホフマン・ファンのクライスラー崇拝は、日本人の理解を超えるものがある。すでに同時代において、ホフマンが産み出したクライスラー像は好評を博していた。一八一四年九月、ベルリンに戻った翌日、ホフマンは友人ヒツィヒの家で、フケー、シャミッソー、ティークなどに引き合わされているが、ヒツィヒはホフマンのことを「あの有名なクライスラー」と紹介している。ホフマン自身も、時折手紙などで「クライスラー」の名を用いている。その後一八三八年には、ローベルト・シューマン（Robert Schumann, 1810-1856）が、『クライスレリアーナ』（Kreisleriana, 1838）を作曲して、クライスラーへの熱狂を表現し、彼の名を音楽界にも広めている。すでに引用したように、シュペングラーも、クライスラーをヨーロッパ近代の芸術家像として高く評価した。(101)

このような事情もあって、クライスラーを再登場させた『クライスラー伝記』は、後代のファンによって熱狂的に受容された。別の作品の登場人物を再登場させるという、後にバルザックも体系的に活用した文学的手法について見ると、ホフマンは、大好評を博した二人の人物に限ってこの手法を用いている。ひとりは、『黄金の壺』の主人公アンゼルムスで、一八一三年一〇月二九日から一一月一一日の「ドレースデン包囲戦」（Belagerung von Dresden）での体験を描いた幻想的作品『まぼろし』（Erscheinungen, 1817）にアンゼルムスを再登場させている。もうひとりが、ここで取り上げているクライスラーである。(102)

両方の例に言えることだが、彼らは同一人物でありながら、再登場の際の性格が元の作品とは変わっている。『クライスレリアーナ』のクライスラーは、芸術への熱狂に捉えられて市民社会からはみ出し、狂気に脅えるアウトサイダーとして描かれていた。ところが、『牡猫ムル』に再登場したクライスラーは、三〇才ぐらいの好青年に描かれており、一七、八才のユーリアの恋人役を演じている。

③犯罪小説としての『クライスラー伝記』

ホフマンは、ムルが吸い取り紙に利用した本は、クライスラー「伝記」であると説明している。ところが断片を読むと、たしかに主人公はクライスラーであるが、彼は若い娘二人に同時に愛され、彼女らを悪党から護るために命がけで戦い、襲撃者を刺殺している。しかも、彼の生い立ちに関する会話を別にすれば、『クライスラー伝記』で語られるのは、侯爵とベンツォン夫人の過去と現在の犯罪、それに対抗して戦うクライスラーとアブラハムの行動ばかりである。

イレネーウス侯とベンツォン夫人の過去の悪事とは、侯がベンツォンとの不倫で生まれた娘アンゲーラを密か

---

(101) シュペングラーの評価は、第Ⅰ部第二章第二節の傍注を参照されたい。
(102) 作品名や人物名に言及する例はほかにもあるが、それは除外する。

にイタリアへ遠ざけたこと、不倫の暴露を怖れて、アブラハムの妻キアラを魔女と讒言して幽閉させたことである。ところが謎のジプシー女の手によって赤ん坊が取り替えられた結果、侯女ヘドヴィガが侯爵の実子でない可能性がほのめかされている。またヘドヴィガの許婚のヘクトールが、アンゲーラ殺人に関与していた事実も明らかにされている。クライスラーの出生にも秘密があることがほのめかされている。ベンツォンが現在進めている計り事は、娘ユーリアを侯子の妻、将来の侯爵夫人にしようという企みであった。

小宮廷を舞台に、不倫と企みと出生の謎が入り乱れる物語は、ホフマンの最初の長篇『悪魔の霊液』で展開された宿命の連鎖を想起させる。主人公たちの出生の秘密が複雑に絡み合う設定、悪人による無垢な少女の誘惑、殺人者との結婚や兄弟殺し、小宮廷と修道院という舞台、そして物語の展開とともに徐々に謎を解明するという分析的構成などは、両方の小説に共通する点である。その意味において、『クライスラー伝記』は非常に犯罪小説に近い。

しかし、『クライスラー伝記』は、その人物構成からして『悪魔の霊液』のような「運命小説」（**Schicksalsroman**）にはなりえない。他方、この伝記は、『クライスレリアーナ』のような「芸術家小説」（**Künstlerroman**）でもない。『クライスラー伝記』は一度成功した『クライスレリアーナ』の人気の上に作られており、厳しい眼で見れば、この『伝記』自体は小宮廷を舞台にした中途半端な犯罪小説にすぎない。『クライスラー伝記』にも幾つかの謎が見られる。ひとつの謎は、「ジークハルツホーフ事件」の結末である。ユーリアとヘドヴィガの政略結婚の成否、アブラハムの妻の消息、悪党ヘクトールの消息である。(103) しかし、第三巻が書かれなかった以上、彼女らのその後の消息は永遠の謎である。

もうひとつの謎は、クライスラーの伝記的事実に関わることである。『クライスラー伝記』では、彼がナポレオン侵攻後の時期に「大公国」（**Großherzogtum**）の宮廷で音楽監督をしていたとされているが、『クライスレリアーナ』によれば、その頃、彼は貧しい音楽教師をしていたように書かれている。(104) この問題は、『クライスレリアーナ』と『牡猫ムル』という二つのテクストにまたがる間テクスト的（intertextual）な問題である。(105)

（4）『ムル自伝』と『クライスラー伝記』の接続

『ムル自伝』と『クライスラー伝記』は、その「冒頭」と「末尾」の二箇所で接続されており、両者の接続手続きは、『クライスラー伝記』の第一断片内でおこなわれている。冒頭部分の接続については、『クライスラー伝記』でアブラハムが溺れている猫を助ける場面（三二七頁）と、『ムル自伝』でムルがアブラハムのポケットに入れられた記憶を語る場面（三〇四頁）とが、同じ出来事の別角度からの描写となっている。

結末部分の接続については、第一断片末尾（三一七・三一八頁）で、旅に出るアブラハムがクライスラーにムルを託す場面と、『ムル自伝』の末尾でムルが次のように記述しているところが対応している。

「師（＝アブラハム）は旅に出なくてはならなくなり、私を友人の音楽監督ヨハネス・クライスラーに預けるのが賢明と考えた。住まいの変化にともなって、わが猫生の新しい時代が始まるので、若猫よ、君が多くのことを学んだこの時期に関する自伝を閉じることにする。」（『牡猫ムル』六四六頁）

---

(103) ベンツォン夫人は「帝国伯爵夫人」の称号を手に入れて、ユーリアの侯爵家嫁入りの身分上の資格をすでに獲得している。『牡猫ムル』六六二頁を参照。

(104) クライスラーが大公の宮廷を去った事情は『牡猫ムル』三五七頁を参照。

(105) 『牡猫ムル』の「間テクスト性」（Intertextualität）に関する考察は、すでにリカルダ・シュミットによって試みられている。Schmidt: Ein doppelter Kater?, S.42ff. を参照。

ところが、両部分の「接合部」を丹念に検討すると、通読する際には目立たない矛盾の存在が明らかになる。両部分の記述を時系列に沿って配置することで、それを明らかにしてみよう。

【小説の記述から分かること】

〈〇〉 前史―『クライスレリアーナ』時代のクライスラーは、せっかく完成した作品を火にくべるような人物であったと紹介されている。(106)

〈一〉 『クライスラー伝記』第二断片～第一七断片に記されている出来事。

〈二〉 『クライスラー伝記』第一断片で、アブラハムが語る侯爵夫人「霊名日」の祝賀行事の様子とアブラハムが起こした混乱の話。

〈三〉 『ムル自伝』で、ムルが語る幼年期から青年期までの諸事件。

〈四〉 第一断片に書かれている、アブラハムのクライスラー訪問と二人の会話。アブラハムはその訪問の最後の場面でムルをクライスラーに託している。

【小説の記述から推論されるその後の経緯】

〈五〉 クライスラーがムルを預かって飼育する。

〈六〉 クライスラー家に移ったムルが『自伝』を執筆する。その際、手元にあった『クライスラー伝記』を破り取って吸い取り紙に使っている。

〈七〉 一八一九年秋、『ムル自伝』第一巻が完成した時、ホフマンの「友人」がホフマンに出版を依頼する。第一巻は一八一九年末に出版される。(107)

〈八〉 ムルが『自伝』第二巻を執筆し、その末尾に「クライスラー家に移ることになった」と書く。その後、第二巻が出版される直前の一八二一年一一月二九日に急死する。

〈九〉　一八二一年末、ホフマンは、ムルの死の報告と第三巻の予告を含む「編者のあとがき」を添えて、第二巻を出版する。(108)

このように整理することで、いくつかの矛盾や謎が浮上する。第一の謎は、「小説の舞台」に関わる謎である。〈一〉～〈三〉に見られるように、『ムル自伝』は『クライスラー伝記』直後の時期のアブラハムの生活を描いている。ところが、『クライスラー伝記』の登場人物たちは、冒頭でただ一度言及されたきり、『ムル自伝』には一切登場しなくなる。アブラハムが深く関わった「宮廷の事件」は、全く話題にもならない。両テクストに常時登場する人物はアブラハムひとりであるが、彼の住居も交際相手も、同じ時期の同じ町とは思えないほど異なっている。(109)

第二の謎は、『ムル自伝』執筆以後のムルの飼い主が誰かという謎である。「前書き」にあるように、ムルの原稿をホフマンに渡す「友人」とはいったい誰なのかが、まず問題になる。シュタイネケやネーリンクは、この「友人」をアブラハムと見ている。しかしその説に従うと、ムルがいつアブラハムの手に戻ったのかという新たな疑問が生じる。筆者の考えでは、この「友人」をベルリンに転居した「クライスラー＝ホフマン」と見る解釈

(106)『牡猫ムル』では、この箇所で一度だけ『クライスレリアーナ』時代のクライスラーへの言及がなされている。五三七頁を参照。
(107)「編者の前書き」の日付は、「ベルリン一八一九年一一月」となっている。
(108)ホフマンの報告を読むと、ムルはホフマンの家で死んだようである。
(109)『ムル自伝』三〇七頁に、アブラハムが「上階にある小部屋に住んでいて」、「貴族たちが尋ねてくる」とあるのが、両部分を繋ぐ唯一の接点である。『クライスラー伝記』では、アブラハムは宮廷の庭園に建てられている漁師小屋に住んでいる。

が、もっとも妥当だと思われる。この奇抜な解釈の論拠を示すことにしたい。

ホフマンは「前書き」において、この友人に関して次の様に述べている。

「編者は、一心同体ともいうべき友人を持っておりまして、彼のことなら我がこと同様によく知っております。」（『牡猫ムル』二九七頁）

"Besagter Herausgeber hat einen Freund, mit dem er ein Herz und eine Seele ist, den er ebenso gut kennt, als sich selbst."

筆者は、『砂男』を解釈する際、ホフマンがひとつの表現に「比喩的意味」と「文字どおりの意味」を重ね合わせるトリックを用いていると指摘した。今、『牡猫ムル』の「前書き」において、ホフマンが同じトリックを用いていることが分かる。すなわち、われわれ読者は、右の編者の言葉を比喩としてではなく、文字どおりに受け取る必要がある。そうすれば、この「友人」がホフマンの「分身」（Doppeltgänger）以外ではありえないという仮説が浮上する。この仮説に従うならば、ムルが『自伝』を執筆したのは、ベルリンの「クライスラー＝ホフマン」の家であると想定できる。そうであれば、ムルが吸い取り紙に使った『クライスラー伝記』が、ムルのそばにあった理由も無理なく理解できる。さらに、ホフマンがムルの死を自宅で目撃していることも、矛盾なく説明できる。つまり、「友人」をホフマンの分身である「クライスラー」と見ることで、『牡猫ムル』の記述をすべて矛盾なく説明できるのである。(110)

第三の謎は、『クライスラー伝記』の執筆者に関する謎である。『クライスラー伝記』がムルのクライスラーへの委託場面を含んでいることから、この伝記はムルがクライスラー家に移った後に書かれたことになる。いったい誰が『クライスラー伝記』を書いて出版し、いつクライスラーの家に持参したのであろうか。これが謎である。

この謎を取り上げている研究者はいないようであるが、筆者は、先の仮説に則って、「クライスラー＝ホフマン」を『クライスラー伝記』の「作者」と見るのがもっとも自然と考える。この仮説に拠れば、「あとがき」にあるように、ホフマンが第三巻で利用する予定の『クライスラー伝記』とムルのメモを所有していることにも納得がゆく。しかしそうだとすると、『クライスラー伝記』もまた、「伝記」（Biographie）の体裁を取った「自伝」（Autobiographie）にほかならない。『クライスラー伝記』は、小説風に加工された自伝であったと考えなくてはならない。

第四の謎というか、われわれ読者が抱く疑問として残されているのは、『牡猫ムル』第三巻がどのようなものでありえたのかという問いである。ホフマンは、第三巻に関して、『クライスラー伝記』の残りを中心にすること、ムルがクライスラー家に移ってから書いた「メモ」や「内省」を適宜挿入することを予告している。(111) ハーリヒは、ユーリアとイグナッツの政略結婚の成立、それを見たクライスラーの発狂など、第三巻における不幸な結末を想定している。(112) しかし、『クライスラー伝記』の「第一断片」のクライスラーには全く狂気の兆候はない。またその後も、クライスラーがムルを飼育しているはずである。ハーリヒの「クライスラー狂気説」は、

（110）この仮説以外に「ムルの所在」の謎を解く方法はないように思われる。この仮説が、「クライスラー＝ホフマン」という「二重身」を前提にしている点が、一般常識からして受け入れにくいかとも推定される。けれども、本書第Ⅰ部で示したホフマンの「人間観」からすると、クライスラー＝ホフマンという二重身は、きわめて自然な有り様といえる。

（111）第三巻の内容予告の原文を紹介しておく："Der Herausgeber findet es daher der Sache nicht unangemessen, wenn er in einem dritten Bande, der zur Ostermesse erscheinen soll, dies von Kreislers Biographie noch Vorgefundene den geneigten Lesern mitteilt und nur hin und wieder an schicklichen Stellen das einschiebt, was von jenen Bemerkungen und Reflexionen des Katers der weiteren Mitteilung wert erscheint."（『牡猫ムル』六六三頁）

（112）Harich: E.T.A. Hoffmann, Bd.2, S.267ff. を参照。

すでに書かれている「第一断片」の記述に矛盾しているのである。

いずれにせよ、われわれ読者は、第三巻が書かれなかったことをそれほど嘆く必要はない。というのも、『牡猫ムル』第三巻は、その構造上、非常に限定された期間の出来事しか扱えなかったからである。先に『牡猫ムル』の出来事を時系列に並べて分かったように、『クライスラー伝記』は、ムルが自伝を書き始める時点ですでに存在していた。すなわち、『クライスラー伝記』が第三巻で追加的に記述できた期間は、ムルのクライスラーへの委託時点からムルが自伝を書き始めるまでの短い期間にすぎない。それ故、記述の中心となりえたのは、第一七断片と第一断片の間の空白期間、クライスラーが修道院を去って後、アブラハムと再会するまでの間の出来事と想定される。そこでは、ベンツォン夫人の政略結婚計画の成否、アブラハムの妻キアラの行方など、宮廷の事件の続きの描写が可能であった。しかし、そのあとに来る「第一断片」の内容を見る限り、ユーリアやキアラの運命に急展開が生じたように書かれていない。これらの観察から、作者が型破りな手段を使わない限り、第三巻で決定的な「謎解き」がおこなわれた可能性はほとんどないという結論が得られる。

他方、『ムル自伝』は、ムルがクライスラー家に移ってからホフマン家で急死するまでの間の出来事すべてを含みうる。けれども、ホフマンが「あとがき」で、ムツィウスの死がムルの死の「先触れ」(Vorbote) であったと述べている事実から、ムルが第二巻の原稿を書き終えてまもなく死んだことが分かる。また、急死したムルが断片的なメモしか残していないことも報告されている。

以上の検討結果を総合すれば、『自伝』冒頭と『伝記』第一断片の冒頭の出来事（＝アブラハムとムルの出会い）、そして『自伝』末尾と『伝記』第一断片末尾の記述（＝ムルのクライスラーへの委託）がぴったりと対応し、『クライスラー伝記』の一七断片がすっきりと「環」を閉じる形式をもつ現存の『牡猫ムル』は、立派に完成した作品であると結論づけることができよう。(113)

三　『牡猫ムル』の意義

（1）「小説形式」が発する意味

過去の『牡猫ムル』研究の多くが、『ムル自伝』を『クライスラー伝記』を浮き彫りにするための細工と軽視してきたことはすでに述べた。筆者は、その見解とは逆に、むしろ『ムル自伝』が『クライスラー伝記』を包含していると考えて、作品構造の検証をおこなった。すなわち『牡猫ムル』の二重小説構造は、同じレヴェルの二作品の並立を意味するわけではなく、『ムル自伝』が『牡猫ムル』の中心を形作っていると考えた。

この視点からすると、『牡猫ムル』は、第一節で列挙したパロディーの対象以外にもうひとつ大きなパロディーの対象を含んでいるといえる。それは、ムルが常にそばに置き、前足で引き裂いては挟み込んだ『クライスラー伝記』である。この部分を計算に入れると、『牡猫ムル』全テクストの六〇％以上が、他者からの引用ということになる。私たちは今日、半分以上が他者の文章からなる小説を見つけた場合、それを「剽窃」の一語で断罪する。それは、「作者としての資格」の剥奪を意味する。しかし今、ムルに対してそのような素朴な対応をとりうるだろうか。『牡猫ムル』は、そもそも「作者とは何か？」という根本的疑問を突きつけているのである。

また『ムル自伝』の残り四〇％のテクストに、ムル自身の「見解」（Ansichten）が表現されているかというと、そのことすらはなはだ心許ない。すでに見たように、ムルは「動物小説」という特殊な小説の主人公であるから、ムルの見解や感じ方をテクストの記述から導き出すのは非常に危険である。このように多くの留保を要求する

（113）「環状をなす断片構造」を根拠に、『牡猫ムル』二巻を完成作と見なす見解はすでに存在する。それに対して、H・シュタイネッケは、現実に第三巻の構想がありえたという立場をとっている。Klassiker-Ausgabe, Bd.5, S.966f. を参照。

『牡猫ムル』の意義は、どこに求めうるのであろうか。

筆者は、ここまでの検討の帰結として、この小説の意義は読者の内面に一定の印象を喚起する特殊構造にあると考える。もちろん、作品が喚起する印象は、読者や読書状況に大きく左右されるものである。けれども、『牡猫ムル』の小説構造は、主観的要因を越えた特定の印象を創出する強力なメカニズムを備えていると考えられる。それは、反復される「語りの中断」を契機として惹起される、「語られた内容」に対する違和感の醸成である。

具体例を挙げてそのことを論証したい。『牡猫ムルの猫生観』において、ムルの大家ぶった自慢話は、『クライスラー伝記』によって繰り返し中断される。中断された文章の続きは、必ず次の部分に繋げられていて、ムルの文章は内容的には何も失っていない。しかし、切れ切れのテクストの読書がもたらす印象は、通常の読書の場合とは明らかに異なるだろう。『ムル自伝』が依拠している範型、すなわち「人格（猫格）の完成」に向かって、あらゆる体験を肥やしにして成長する存在という「教養小説の理想」、「成熟に向かう人生（猫生）行路のイメージ」は、繰り返される形式上の中断によって、内容的にもダメージを被っていると思われる。『牡猫ムル』を読み進むにつれて読者の想念に持ち込まれるのは、「教養主義的理念」の脆弱さや欺瞞性の感覚、あるいは、「人（猫）の生」は予期せぬ事故に満ちた計算不可能な生存過程にほかならないという、教養理念とはほど遠いホフマン的人（猫）生観である。

別の例を挙げれば、小説の最後に置かれている「ムルの死」も、教養理念が覆い隠している真実、すなわち「人間完成＝完璧な自伝の作成」という理想など絵に描いた餅にすぎないこと、「真の自伝」とは必然的に「断片」で終わらざるをえないという真理を示している。『牡猫ムル』の「小説形式」は、通常の自伝が隠蔽している自伝に付随する問題性も暴露している。

「物語の中断」は、古典主義理念の批判のみに用いられているわけではない。この小説で「中断」と最も親密な関係にあるのは、言うまでもなく、「断片」の形で挟み込まれている『クライスラー伝記』である。ホフマンが、『クライスレリアーナ』において、クライスラーの存在様態をアレゴリカルに表現するものとして、断片形式を用いたことは明らかである。そこでは市民の娯楽に利用される音楽家の引き裂かれた精神と人生が、形式によっても表現されていた。ホフマンが『牡猫ムル』でもそのアイデアを踏襲していることは、次の伝記作者の言葉から窺うことができる。

「伝記作者といたしましては、「ヨハネス・クライスラーはNとかBとかKといった都市に、某年の聖霊降臨祭あるいは復活祭に生まれ落ちた［…］」という文章で書き始めたいのですが、そのような均整の取れた年代的秩序（chronologische Ordnung）は、ここでは生まれようがありません。なにしろ不運な語り手である私には、口頭で断片的に伝えられるニュースしか与えられないので、私はその話を忘れないために、聞いた話をすぐに加工しなくてはならないのです。」（『牡猫ムル』二三六頁）

ところが、すでに検証したように、『クライスラー伝記』の内容は見かけほどには支離滅裂になっておらず、むしろひとつの小説世界を形作っている。しかもそこに描かれるクライスラーは、冒頭の登場場面でこそ、ギター相手に独り言を言う奇矯な人物として描かれているが（第三断片）、そのあとは、ベンツォン夫人とのフモールに関する話（第四断片）、幼年期の思い出話（第五、六断片）、ヘドヴィガとの真率な対話（第八断片）、修道院での落ち着いた作曲活動（第一三断片）、高慢な僧侶との力強い対決（第一七断片）などを通じて、剛胆かつ繊細な青年に描かれている。先入観を排して見れば、『クライスラー伝記』のクライスラーは、明らかに『クライスレリアーナ』のクライスラーとは異なる落ちつきのある人物である。ここにクライスラーの成長が示されていると考えられるが、それは考察の最後で明らかにしたい。

『クライスラー伝記』のもうひとつの特徴である、多くの「対話場面」に注目すると、対話が、登場人物の内面を明らかにする働きをしていることが分かる。向かい合う人物は、対話において互いの本質を明らかにするのである。たとえば、クライスラーはベンツォン夫人との対話の中で自己定義をおこなう（第四断片）。アブラハムは、ベンツォン夫人との対話の中で夫人の荒涼たる心象風景を見る（第一一断片）。ヘドヴィガは、ユーリアとの対話によって、自分の真の姿を見極めようとする（第一四断片）。この小説で対話が果たす機能は、そのヘドヴィガの言葉に端的に表現されている。

「お願い、私のそばについていて。あなたがどんなに不思議な魔力を私に及ぼしうるか、あなたは知らないのよ。——澄み切った鏡を見るように、あなたの魂を見させてちょうだい。私が自分の本当の姿を見つけだせるようにね。」（『牡猫ムル』五五六頁）

"Bleibe bei mir Mädchen, du weißt es selbst nicht, welch einen wunderbaren Zauber du über mich zu üben vermagst! — Laß mich schauen in deine Seele, wie in einen klaren reinen Spiegel, damit ich mich selbst nur wiedererkenne!"

この言葉に示されるとおり、向き合う存在が互いに相手の「鏡」となるとき、両者の自己認識が生じる。この考え方もホフマンによく見られるものである。

『牡猫ムル』の構造が表す意味について考察してきたが、この考察が筆者の恣意的な解釈ではないことを断っておきたい。『クライスラー伝記』の「伝記作者」みずからが、この小説に隠された意味について、次のように述べている。

「親愛なる読者よ、これらのニュースを伝えることが可能になった事情については、この本の結末までにお話しできるでしょう。その暁には、あなたも全体の断片的な性質をご容赦下さり、支離滅裂な見かけにもかかわらず、ある「一貫した糸」(ein fester durchlaufender Faden)が、全体をまとめていることをご了解いただけるかも知れません。」(同上三三六頁)

これはホフマンお得意の読者向け弁明であるが、すべてが言い訳というわけでもない。ホフマンは「支離滅裂な見かけ」の背後に、たしかに一本の糸を埋め込んでいる。段落を改めてそのことを明らかにしたい。

(2)『牡猫ムル』のフモール

クライスラーが、対話の中で自己定義をおこなう箇所があることを指摘した。その定義を手がかりに、『クライスラー伝記』のクライスラー像を明らかにしたい。クライスラーは、自分の名前に関してベンツォン夫人に次のように説明する。

「あなたは「環《クライス》」(Kreis)という言葉を取らないわけにはいかないでしょう。私たちの存在が規定され、私たちがいくら頑張っても出ることができない立派な環を、イメージなさってください。クライスラーは、この環の中をぐるぐる回っているのです。彼は、この環を創った「謎の力」(die dunkle unerforschliche Macht)と戦うときに余儀なくされる、「舞踏病」(St. Veits-Tanz)のような跳躍に疲れ果て、もともと弱い胃袋が耐えられないほど激しく、環の外の世界に憧れることがよく起こるのです。その「憧れ」(Sehnsucht)が引き起こす深い苦痛こそが、あなたが厳しくお咎めになる「イロニー」(Ironie)であるといえるでしょう。でもその際、あなたは、このイロニーという強い母親が、威厳ある王のような姿をした一人の息子を産み出したことを考慮されていない。その息子とは、ほかでもない「フモール」(Humor)のことで、彼は父親違いの行儀の悪い兄である「嘲笑」

（Spott）とは、全く異なる本性を持っているのです。」（同上三五二頁）

すでに紹介したように、『クライスレリアーナ』に描かれたクライスラーは、富裕市民のお情けに経済的に依存し、苛酷な現実を相手に苦闘する中で、ひどい「イロニー」に苦しんでいた。ところが、今、『クライスラー伝記』に再登場したクライスラーは、雇い主であるベンツォン夫人やイレネーウス侯に対して、全く卑屈な態度をとることがない。ここでのクライスラーは若く英雄的でさえある。右の引用にあるとおり、クライスラー自身が、「イロニー」から「力強いフモール」が生まれたことを明言しているが、この「フモール」こそが『クライスラー伝記』におけるクライスラーの精神を象徴している。『伝記』の結末にあたる第一断片で、スターンの『センティメンタル・ジャーニー』の一節が用いられている事もこのことと対応している。さらに、第一断片の最終場面でアブラハムがクライスラーにムルを委託する行為も、同様の象徴的意味を帯びているといえよう。

「私はこの猫を丹誠こめて育て上げた。こいつは、猫の中でも一番利口で行儀が良く機知に富んだ奴だが、この猫にはまだ「高い教養」（höhere Bildung）が欠けているのだ。お前ならそれを容易に教えることができるはずだ。そこでこのムル、それがこの猫の名前だが、これをお前に預けようと考えたのだよ。」（同上三一七頁、強調は筆者）

クライスラーへの委託の時点で、ムルはまだ自伝を書いていない。ムルはまた、後にクライスラーの言葉を無断で借用している（「編者の注釈」六四〇頁）。けれども、クライスラーの許可なくして、ムルが自分の飼い主の伝記本を勝手に利用できるはずはなかろう。してみると、ムルの『クライスラー伝記』からの「剽窃行為」は、実は、主人の意に適う行為であったと推測できるだろう。

結論を要約すると、『クライスラー伝記』を挟んだ『ムル自伝』こそが、作者ホフマンの意に叶ったものであるということになる。すなわち、『クライスラー伝記』を含まない『ムル自伝』は、特殊な才能に恵まれているが、「高い教養」を欠いた鼻持ちならぬ天才猫の自慢話、フモールを知らない虚栄心の塊の表現でしかない。『ムル自伝』は、『クライスラー伝記』を含みこむことで、ユーモラスな「自伝」となりえている。

他方、『ムル自伝』に断片的に挟まれた『クライスラー伝記』も、もっぱら被害だけを受けているわけではない。たとえば、クライスラーとユーリアが情熱的なデュエットを歌いあげる場面の後に、ムルとミースミースが「恋のデュエット」を歌う場面が置かれている。さかりのついた猫の歌と並置された結果、クライスラーとユーリアのデュエットまでが滑稽な性質を帯びている。この例が示すように、『クライスラー伝記』も『ムル自伝』と並置されることで統一性を破壊されている。そしてホフマンは、その破壊を肯定的に捉えている。すなわち、『ムル自伝』の独りよがりで滑稽な記述が、クライスラーの内面に凝縮している「ロマン主義的憧憬」と「イロニー」を相対化する作用を及ぼし、そのおかげでクライスラーはフモールの認識へと目を向けることになると考えられる。(114)

前節で、登場人物がお互いを「鏡」とすることによって、自己認識を深める例を紹介した。今、『ムル自伝』と『クライスラー伝記』にも同様の相互作用を認めることができる。すなわち、二つの伝記は、ホフマンが「フモール」獲得の過程で必要と考える自分の滑稽な姿を映す「鏡」の機能を互いに対して果たしている。(115) つまり、『牡猫ムル』の二重小説構造は、ホフマン風のフモールを象徴する構造なのである。

---

(114) シュタイネケも、「フレグマ・フロギストン」(Phlegma/Phlogiston) の比喩を用いて、ムルとクライスラーの対照性を指摘している。Klassiker-Ausgabe, Bd.5, S.984f. 並びに Steinecke: E.T.A. Hoffmanns 'Kater Murr', S.150ff. を参照。

(115) フモールへ至る過程で、おのれの「滑稽な分身」を受容することの重要性については、本書第Ⅰ部第三章第二節の考察を参照されたい。

誤解を避けるためにひとこと断っておく。今述べた結論は、『牡猫ムル』に遍在する分裂、中断を否認し、二種類のテクストの間に「見せかけの調和」を捏造するものではない。むしろ、ホフマンの冷徹な観察と、それを踏まえたフモールの精神を適切に評価するものである。つまり、ホフマンは、現実の至る所に存在する「不完全性」、「至らぬもの」、「動物的弱さ」、「人間的愚かさ」を、不確実な生を生きる人間や動物が避けえない存在条件と認めながらも、その窮屈な「存在の環《クライス》」を打ち破る精神の拡がりを「フモール」として称揚するのである。このフモールは、決して諦観を含んだ弱々しい精神ではない。ここで言われているフモールは、いったん不当な攻撃を受ければ、たちまち強力なイロニーを動員して敵を打ちのめす強い精神である。これが、その晩年に「ユーモア作家」と自称したホフマンのユーモア＝フモールであった。

現物を見ていただきたいのだが、『牡猫ムル』という小説は、三つの「前書き」、二つの「伝記」、そしてひとつの「あとがき」から成り立っている。本書では、個別の構成部分の考察から着手し、続いてテクスト相互の接続形態を分析する中で、『牡猫ムル』の謎を解いてきた。そして最後に、『ムル自伝』と『クライスラー伝記』の二重小説構造そのものが、ホフマンのフモールを体現していることを明らかにした。『ブランビラ王女』の場合とはずいぶん異なる形であるが、『牡猫ムル』も、「パロディー小説」、「動物小説」、そして「二重小説」というユニークな形式によって、晩年のホフマンが到達した認識を表現していると考えられる。

第Ⅳ部
大都市ベルリンを描く作品

E・T・A・ホフマンの文学に自然風景が少ないことを、第Ⅱ部において指摘した。これまでのホフマン研究でも、ホフマン文学の「都市性」に関する指摘はたびたびなされている。けれども、その「都市性」の具体的内容に関する包括的な研究はまだなされていない。第Ⅳ部では、ホフマン文学を「都市文学」という視点から考察したい。その際、まず問題になるのが「都市文学」の定義である。S・ヴィエッタは『文学におけるモデルネ』という著書において、「大都市文学」（Großstadtliteratur）の創始者としてボードレールの名を挙げ、大都市文学を、「騒音の中の静寂」、「華やかな営みの中の空虚」、「大都市におけるショッキングな知覚」などの経験によって定義している。[1] 一九世紀前半において、このような体験が可能な都市はドイツには存在せず、ヨーロッパ全体でも、百万人都市ロンドンとそれに次ぐ七〇万人都市パリだけが、その資格を有していたと考えられる。

そこでホフマン文学の「都市性」を考察するために、ヴィエッタが課した前提条件を少し緩和して、「騒音」、「ショッキングな知覚」などがなくても、近代都市の特性を描き出す文学作品を「都市文学」と呼ぶことにしたい。この定義も、「都市文学」の定義としてそれほど不適切ではないと考える。この定義を設定することで、ようやくホフマンの一部の作品が「都市文学」の範疇に入ることになる。それは一八二〇年頃のベルリンを舞台とする作品群である。はたしてホフマンの「ベルリン作品」が、どの程度「都市文学」でありうるかという根本的な問いを持ちつつ、個別作品を考察することにしたい。

第一章　ホフマンと都市

一　一九世紀初頭の都市

ドイツ語圏で「近代都市」（moderne Stadt）が成立するのは、一九世紀後半のいわゆる「泡沫会社設立時代」（Gründerzeit）以降と見られている。しかし、ヴィエッタはロイレッケとともに、近代都市への第一歩は一八〇〇年頃に踏み出されたと考えている。

「だが近代都市発達へのそもそもの突破口は、いつ開かれたのだろうか。それはドイツにおいては一八〇〇年頃に現れた。ユルゲン・ロイレッケは『ドイツにおける都市化の歴史』において、この時期を「境界的時期」（Schwellenzeit）と呼んでいる。――「全般にわたり継続的に数十年の間、不可逆的に進展するプロセスという厳密な意味での「都市化」（Urbanisierung）というのは、ドイツではようやく一九世紀後半になって始まったのだが、しかしそれは、それ以前に起こった伝統

「シャルロッテン通り」
奥から二軒目がホフマンの旧居

（1）Vietta: Die literarische Moderne, S.287f. を参照。

的な「都市」（Städtewesen）に関する考え方の変化、「都市」の構造の本質に関わる大きな変化、そして「近代的」（modern）な都市の成立を抜きにしては考えられない。」[2]

近代都市成立の準備期に入ったばかりとされる一八一五年時点における、ドイツ各都市の人口規模を見ることにしよう。その数字は資料によって異なるが、おおよそのイメージを掴む上では、多少の誤差を問題にする必要はないだろう。[3]

【一八一五年のドイツ各都市の人口】

ウィーン二五万人、ベルリン二〇万人、ハンブルク一三万人、ドレースデン／ケーニヒスベルク約六万人、ミュンヒェン五・四万人、ケルン五万人、フランクフルト四・二万人、ブレーメン三・八万人、ライプツィヒ三・五万人。（参考　ロンドン一〇〇万人、パリ七〇万人）

諸資料によれば、ホフマンが暮らしたベルリンの人口は、一八一五年で二〇万人、ドレースデンの人口は六万人ほどである。われわれ日本人の感覚からすれば少なく感じられるが、H・グラーザーやL・ガルは、「大都市」（Großstadt）と呼ぶ場合の目安を「人口一〇万人」に置いている。[4] 小国分立状態のドイツでは、ドレースデンやミュンヒェンなど人口が少ない都市でも王国の「首都」（Residenz）であったので、比較的立派な都市施設を備えていた。[5]

ベルリンに注目すると、この新興都市は、一八世紀半ばにフリードリヒ大王がプロイセンを強国に押し上げてから急速に拡大している。一七九七年に即位したフリードリヒ・ヴィルヘルム三世の治世にあって、一七九一年完成のブランデンブルク門に続く中心街ウンター・デン・リンデン通りには、広壮な建物が続々と建ち始めていた。このめざましい発展は、同時代の多くの人々の耳目を引いている。(6) ホフマンは、プロイセンの旧都ケーニヒスベルクという、人口六万人を抱える重要な、しかしヨーロッパ北東の辺境の都市に生い育った。(7) その晩年を新都ベルリンで過ごした作家は、同時代人がまだ十分認識していなかった「都市の魅力」を発見し、それを文学作品で表現した最初の作家であったと思われる。

二　ホフマンの作品に登場する都市

都市を文化史的に捉える場合、都市計画、住宅様式、生活様式、交通網などが大切な視点となるが、本書ではそれらの考察はおこなわない。ここでは、ホフマンという作家の目に映り、彼の精神に働きかけた都市の諸経験

（2）Vietta: Die literarische Moderne, S.278.
（3）ここで用いたドイツ各都市のデータは、Möller: Fürstenstaat oder Bürgernation, S.79 と Glaser: Deutsche Literatur, Bd.5, S.17 を参照。パリの人口については、宇佐美斉『フランス・ロマン主義と現代』一五頁を参照。ロンドンの人口については、角山・川北『路地裏の大英帝国』一〇頁、ヒバート『ロンドン――ある都市の伝記』二七〇頁を参照。
（4）Glaser: Deutsche Literatur, Bd.5, S.17 および Gall: Stadt und Bürgertum im 19. Jahrhundert, S.21 を参照。
（5）ゲーテがいたザクセン・ヴァイマル公国の首都の一八〇〇年頃の人口は、六、七千人にすぎなかった。Weigl: Schauplätze der deutschen Aufklärung, S.17 を参照。
（6）一八二一年にベルリンに来たハイネが良き報告者である。その報告『ベルリン便り』は、このあと、第三章第三節で取り上げる。
（7）Weigl: Schauplätze der deutschen Aufklärung, S.135 やＮ・ヴァイス『カントへの旅』に、ケーニヒスベルクの説明が詳しい。

の内、文学表現として定着されたものを中心に考察する。また冒頭に示した都市文学の基準によって、ベルリン以外の都市は考察の対象からはずれてしまうが、ホフマンが描いた諸都市の一覧表だけ提示しておきたい。

【ホフマンが描いたドイツの諸都市】

［グロガウ］ホフマンが故郷を離れて初めて住んだ都市。『Gのイエズス教会』、『石の心臓』の舞台であるが、詳しい描写はない。

［ベルリン］『騎士グルック』、『大晦日の冒険』、『フェルマータ』、『三人の友の生活から』、『廃屋』、『総督と総督夫人』、『B男爵』、『花嫁選び』、『ある有名人の生活から』、『錯誤』、『秘密』、『いとこのコーナー窓』、『快癒』の諸作品に、様々な形で描かれている。

［バンベルク］「作家ホフマン」誕生の地と言えよう。『クライスレリアーナ』、『ドン・ファアン』、『ベルガンサ』、『悪魔の霊液』、『ヨハネス・ヴァハト親方』、『牡猫ムル』に描かれている。

［ニュルンベルク］一六世紀の帝国都市の職人世界を描く『桶屋の親方マルティン』とデューラーを扱った『敵』の舞台として用いられている。

［ドレースデン］『黄金の壺』のほか、ドレースデン包囲戦を扱う『運命の三ヶ月』、『詩人と作曲家』、『まぼろし』の舞台として詳しく描かれている。

［ダンツィヒ］一八〇一年に訪問した町。『アーサー宮廷』の舞台として用いられている。

［フランクフルト］ホフマンの知らない町だが、『蚤の王』の舞台とされている。

【ホフマンが描いたイタリアの諸都市】

［ローマ］『悪魔の霊液』、『フォルミカ氏』、『ブランビラ王女』の舞台として詳しく描かれている。

［フィレンツェ］『フォルミカ氏』の舞台として描かれている。
［ヴェネツィア］一六世紀の出来事を扱う『総督と総督夫人』の舞台として用いられている。

【ホフマンが描いたフランスの都市】
［パリ］一七世紀パリを舞台とする『スキュデリー嬢』と『ド・ラ・ピヴァルディエール侯爵夫人』で詳しく描かれている。

この一覧に見えるように、ホフマンは数多くの都市を舞台に選んでいる。そこには中世の都市、ホフマンが住んだ都市、想像して描いた都市なども含まれる。けれども、ホフマンが物語の舞台として「都市」を好んだ事実は、この一覧表から窺うことができよう。

「整備が進む前のジャンダルメン広場」
18世紀末（？）の風景画

三　ホフマンの都市経験

ではホフマンの実際の都市体験とは、どのようなものだったのか。詳述すれば際限がないので、ここでは三度のベルリン生活に重点を置き、ホフマンの都市体験を描くことにする。また第Ⅰ部第二章の伝記的記述の続きとして、一八一四年九月以降のホフマンの生活も紹介することにする。

（1）一七七六年から一八〇七年まで

すでに第Ⅰ部第二章「ホフマンが生きた現実世界」において紹介したとおり、ホフマンはドイツ有数の大都市ケーニヒスベルクで生まれ育っている。当地の大学に学び、一九才で司法官の第一試験（Auskultatorprüfung）に合格している。彼はその故郷の町をあまり好まなかったようである。彼がケーニヒスベルクを離れたのは二〇才の時で、伯父のヨーハン・ルートヴィヒ・デルファーが住むグロガウの高等裁判所に実習生として赴任している。それ以後、ホフマンは前半生とは打って変わった流転の歳月を重ねる。四六才で死ぬまでの二六年間に、延べ一〇都市を転々とすることになる。

最初のベルリン滞在は、一七九八年八月二九日から一八〇〇年三月末までの一年七ヶ月間である。この時のホフマンは二二・二三才で、グロガウで第二試験（Referendarprüfung）に合格したばかりであった。デルファー伯父がベルリンへ栄転したので、ホフマンも願い出てベルリン大審院への転属が叶ったのであった。半年前に伯父の娘ヴィルヘルミーネとも婚約し、順調にキャリアを積みつつあったホフマンにとって、このベルリン滞在はもっとも楽しい青春時代であった。ベルリンからヒッペルに宛てた最初の手紙で、ホフマンは次のように書き送っている。

「君も早くこちらへ来なくてはいけない。新しいものがいっぱいあるぞ。芸術が好きな君の心は、この美しいベルリンで大いに満たされるに違いない。ちょうど今、芸術アカデミーでは展覧会も開かれている。」（一七九八年一〇月一五日、『手紙』第一巻一四〇頁）

一〇ヶ月後の手紙では少し調子が変わっているが、ベルリンが気に入っていることに変わりはない。

「僕はまだベルリンにいる。試補（Assessor）にも顧問官（Rat）にもならずにいる。九週間前に、本試験に必要な予備試験の申し込みをしたばかりだから、試補になるのはまだ先のことだ。僕の出世のペースは遅い。でも今の僕は音楽と絵の勉強を諦められないから、そのための時間が持てて、まんざら不満でもないんだ。」（一七九九年七月八日、同上一四六・一四七頁）

事実、この時期のホフマンは、ライヒャルト、ホルバインという有名な先生について歌唱やギターを習い、自作のギター曲を音楽出版者に売り込んだり、ジングシュピール『仮面』（Die Maske）を書いて、それを上演の口添えを願う手紙とともに王妃ルイーゼに送ったり、劇場支配人イフラントに上演を頼んだりしている。ひとことで言えば、この頃のホフマンは芸術家としてのデビューに憧れて創作活動に励んでいた。しかし、音楽家になるチャンスは訪れず、遅ればせながら「試補の試験」（Assessorprüfung）に合格して、ホフマンのベルリン滞在は終わる。

ヒッペルとドレースデン地方を旅行した後、一八〇〇年初夏に司法官試補として、新たな勤務地ポーゼンに配属されている。このポーランドの町でホフマンがおこなった悪戯のことはすでに述べた。その結果、すでに発令されていた「顧問官」（Rat）昇任辞令の任地を変更され、一八〇二年春、ポーランド辺境の町プロックへ左遷されている。

人口三千人のプロック勤務を二年間で赦され、ホフマンは、一八〇四年春、ワルシャワへ転勤している。この都市は当時およそ七万人の人口を持ち、ポーランド分割後、プロイセン第二の大都市となっていた。(8) ホフマ

（8） Safranski: E.T.A. Hoffmann, S.157を参照。

ンが赴任した当時のワルシャワは、享楽的で蠱惑的な性格を強く帯びていたらしい。(9) 辺境から出てきたホフマンは、最初とまどいを覚えたようだが、この都市が彼の気に入るのに時間はかからなかった。ホフマンは裁判所の仕事をさっさと済ませ、作曲や音楽サークルでの活動を心から楽しんでいる。

ところが、一八〇六年一一月、ナポレオン軍がワルシャワに進駐してきて、「南プロイセン高等裁判所」(Südpreußische Regierung) は閉鎖となる。妻子を妻の実家に帰したホフマンはウィーン行きを画策するが実現せず、ワルシャワ退去を命ぜられたため、一八〇七年六月、当てもなく首都ベルリンに向かった。

(2) 一八〇七年から一八一四年まで

ホフマンの二度目のベルリン滞在は、一八〇七年六月一八日から一八〇八年六月初旬までの一年間である。ベルリンに入ったホフマンは、後に『大晦日の冒険』の舞台となるホテル「ツム・ゴルドネン・アードラー」(Zum Goldnen Adler) に宿を取り、ついでシャルロッテン通り四二番地、フリードリヒ通り一七九番地の下宿へと移っている。不運に追い打ちをかけるように、八月二〇日頃、ポーゼンから一人娘ツェツィーリアの死と妻の重病を知らせる便りが届く。その時のホフマンの苦境を示すヒツィヒ宛の手紙が残されている。

「先日あなたがお訪ね下さった時、私は最悪の気分でした。けれどもそれが極度の状況の悪さのせいであったことをご理解下さい。現在、私は自分でも驚愕せざるをえないひどい状況に置かれています。加えて今日着いたポーゼンからの知らせも、私の心を慰めてくれるものではありませんでした。娘ツェツィーリアが死んでしまい、妻も重体だというのです! 今、茫然自失の状態からようやく気を取り直し、このまま手を拱いて破滅してしまわないために何をすればよいかということを、少し考えられる状態になったばかりです。」(一八〇七年八月二二日、『手紙』第一巻二二〇頁)

ホフマンが講じた手だてとは、音楽監督としての求職広告を新聞に出すことであった。その広告には幾つか反応はあったが、よい話は少なかった。就職活動でさんざん挫折を味わった後、ようやく翌年四月になってバンベルクの劇団と話がまとまり、半年後の一八〇八年九月一日に着任することが決まる。だが一八〇八年五月七日のヒッペル宛の手紙を読むと、赴任までの生活は困窮の極限にあったらしい。

「僕はくたくたになるまで働き、健康まで犠牲にしている。なのに一銭ももらえない。君に僕の窮状をうまく伝えることはできない。今や最悪状態に達した。五日前からパン以外何も口に入れていない。こんな事は初めてだ！」（『手紙』第一巻二四二頁、強調はホフマン）

同情したヒッペルの金銭的援助でこの苦境を凌ぎ、一八〇八年六月にベルリンを発ったホフマンは、ポーゼンへ妻を迎えに行き、九月一日にバンベルクに到着した。

その後、ホフマンは一八〇八年九月から一八一三年四月までをバンベルクで、一八一三年四月から一八一四年九月までをライプツィヒ、ドレースデンで過ごす。その音楽監督時代については、第Ⅰ部第二章で詳しく紹介したので、ここでは繰り返さない。

（9）Safranski: E.T.A. Hoffmann, S.157-163を参照。

(3) 一八一四年から一八二二年まで

ホフマンの三度目にして最後のベルリン滞在は、一八一四年九月二六日に始まり、一八二二年六月二五日の逝去まで続くことになる。ベルリン到着時の宿は、前回と同じデーンホフ広場の「ツム・ゴルドネン・アードラー」であった。その後、フランス通り二八番地三階に質素なアパートを借りている。しかし、今回のベルリン生活は、前回とは対照的に上々の滑り出しを見せる。ベルリンへ着いた翌日には、ヒツィヒがシャミッソー、ティーク、フケーなどを招いた歓迎パーティーを開いてくれた。最初の二巻が出たばかりの『カロー風の幻想作品集』は、早くもベルリンで好評を博していた。また無給で仮採用中の公務も順調にこなし、正式採用の展望も開けていた。一八一五年の正月には『大晦日の冒険』、『フェルマータ』などの執筆も再開している。

ベルリン大審院への正式採用の目途が立った一八一五年七月、ホフマンはベルリンの一等地、ジャンダルメン広場の王立劇場西側、タォベン通り三一、シャルロッテン通り三九番地にマンションを借りている。そのマンションは角家の三階に位置し、天井は低いが、女中部屋や台所を除いた広さが一二八㎡もあった。(10) その住まいの真正面にはシャゥシュピールハウスが立っていた。月曜と木曜の朝に開かれる定例の会議には、現在「ベルリン博物館」(Berlin Museum)になっている、リンデン通り一四番地の「大審院」(Kammergericht)まで徒歩で通ったという。

ベルリン随一の並木通り、ウンター・デン・リンデンの南側に広がる「フリードリヒス・シュタット」(Friedrichsstadt)と呼ばれる碁盤状の街区は、新しく開発された高級住宅街であった。その中心をなすのが、フランス、ドイツ両教会と王立劇場が立つジャンダルメン広場であった。そこでは週二回の市《いち》が立ち、周辺には劇場客用のレストラン、カフェーなどが次々に開かれ、様々なサロンも設けられていた。一七九七年にこの広場に置かれた王立劇場が、一八〇二年にラングハーンス設計の立派な劇場に新築されていたからであった。(11) すでに述べたように、ホフマン自身、一八一六年八月にオペラ作曲家としてこの劇場で華麗なデビューを果たしている。

文化史上有名なラーエル・ファルンハーゲンは、イェーガー通り五四番地の両親の家、ベーレン通り四八番地、マウアー通り三六番地など、フリードリヒス・シュタットにサロンを開いている。(12) アルニム、アーダム・ミュラー、ブレンターノを中心とする反ユダヤ主義者たちも、「キリスト教ドイツの会」(Die Christlich-Deutsche Tischgesellschaft) をその近所に開き、ザヴィーニィ、フィヒテ、ツェルターなどの名士を集めていた。(13) 有名人となったホフマンは、近くのカフェーやイタリア・レストラン、ワイン・シュトゥーベをひいきにし、作品でも利用している。中でも有名なのは、一八一八年に開店する「ルター・ウント・ヴェーグナー」(Luther & Wegner) である。同じマンションに居を構えていた性格俳優デヴリアンとホフマンは、この店でワインを飲みつつ、深夜まで歓談に耽った。(14) 多くの人々が、二人の有名人を一目見ようとここを訪れたことはよく知られている。

(10) Wirth: Taubenstrase No.31-III, S.41 を参照。
(11) Schneider: Berlin, S.215 に一八一五年当時の劇場やブランデンブルク門の情景が描かれている。
(12) Scurla: Rahel Varnhagen, S.15f. および 343f. を参照。
(13) Böttger: Bettina von Arnim, S.113 を参照。
(14) 店はフランス通りとシャルロッテン通りの角にあった。この店とホフマンたちに関する逸話がある。ある時、店主がホフマンとデヴリアンに「付け」の支払いを請求し、気を悪くした二人は他店に引っ越した。すると店の客が激減し、困った店主は謝罪して、二人戻ってもらったという。またホフマン死後の記録によると、経営者のルターは、ホフマンが残した借金総額の半分近い債権を持っていた。だが彼は、ホフマンに儲けさせてもらったと述べて、潔く全債権一一一六ターラーを放棄している。ホフマン晩年の大審院での「年俸」が一六〇〇ターラーであることを考えると、今日の金額にして少なく見積もっても数百万円にはなる。『手紙』第三巻三〇七頁以下、Glaser: Deutsche Literatur, Bd.6, S.269 を参照。

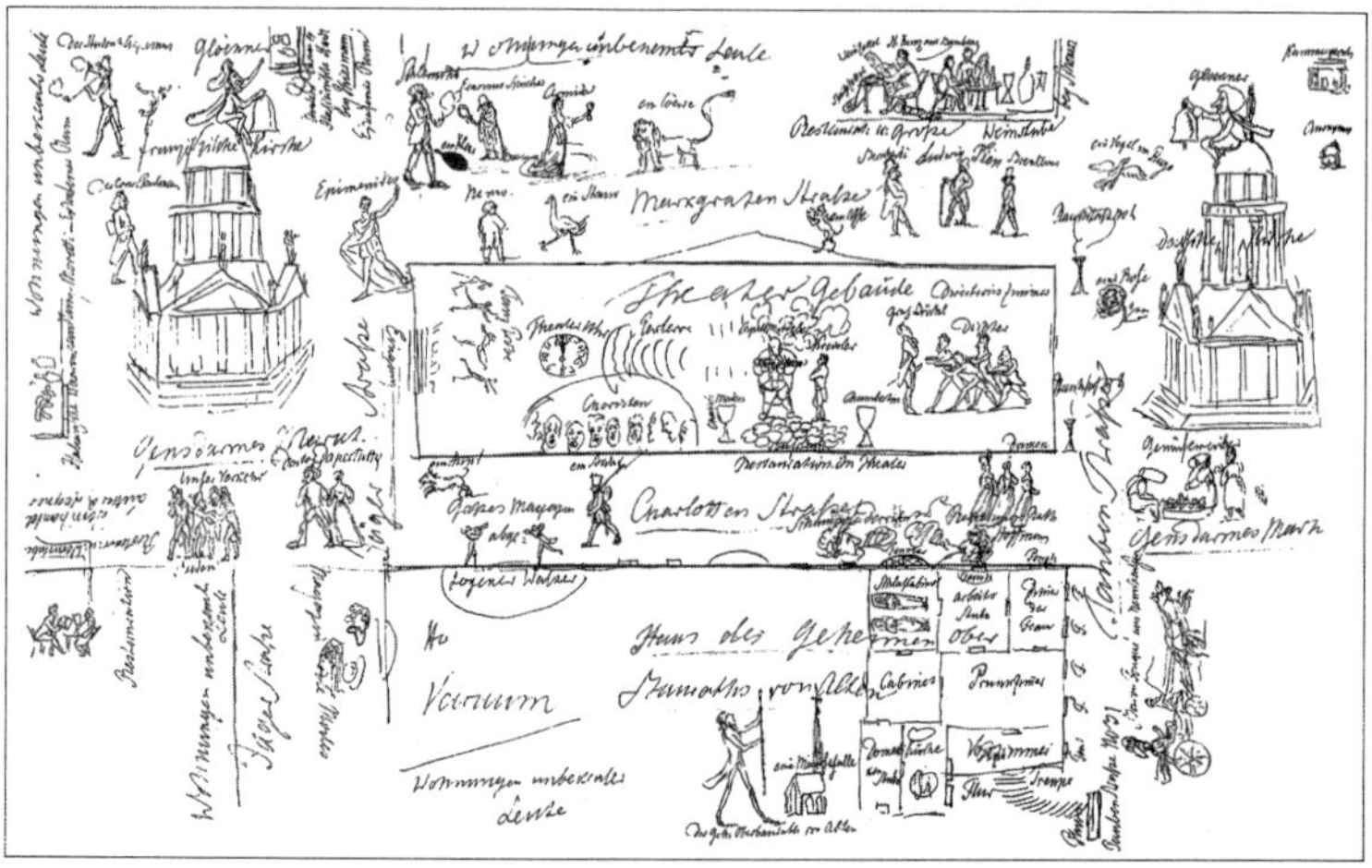

「ホフマンのマンション（中央右下）から見たジャンダルメン広場」
ホフマンによるスケッチ（1815）

第二章　夜のベルリン幻想

近代的大都市と怪奇幻想とを混淆した「都市幻想小説」という文学領域を開拓したのは、E・T・A・ホフマンではないだろうか。ローデンベルクは、一八八五年の著作において、ホフマンを「ベルリン小説の父」（Vater des Berliner Romans）と呼んでいるが、ホフマンがドイツ都市小説のジャンルで果たした役割は、これまで十分に認識されてこなかった。(15) ベルリンを舞台に展開される小説を考察するにあたって、まず最初に、ホフマンの本領がもっともよく発揮されている「夜のベルリン物語」三編を取りあげよう。

一　流浪の音楽家と孤独な青年――『騎士グルック』（一八〇九）

一八〇九年一月一二日、ホフマンは丁重な手紙を添えて、『騎士グルック』（Ritter Gluck）の原稿をライプツィヒの音楽新聞編集者に送っている。これは二度のベルリン滞在を色濃く反映した作品である。(16) 冒頭はのどかな描写で始まる。

(15) ヘルムスドルフも筆者と同じ見解を述べている。Hermsdorf: Literarisches Leben in Berlin, S.398を参照。
(16)『カロー風の幻想作品集』収録の際には、「一八〇九年の思い出」（Eine Erinnerung aus dem Jahre 1809）という時期を偽った副題が付加されている。

「ベルリンの晩秋は、なお数日の晴天に恵まれるのが常である。心地よい日差しが雲間より差し込むと、通りを吹く生暖かい風から湿り気が抜ける。そんな折には、洒落者、晴れ着の妻子を伴った市民、僧侶、ユダヤ女性、試補見習い、娼婦、大学教授、お針子、ダンサー、将校などが、色とりどりの列をなしてウンター・デン・リンデンを通り、ティアガルテンへ向かう姿が見受けられる。程なくしてクラウスやヴェバーの店先の席はすべてふさがる。人参コーヒーが湯気を立て、洒落者たちは葉巻に火を点ける。様々な会話や議論が繰り広げられる。戦争や和平について、女優のベートマン夫人が最近はいていた靴がグレーだったか緑だったかについて、『封鎖された商業国』と粗悪な貨幣についてなどの話が。」(『騎士グルック』一四頁)

ところが、語り手である「私」は、市民たちの散策やコーヒーと煙草の仲間に入っていない。「私」は「自分のファンタジーに身を任せ、自分の想像力が産み出した人物たちと、学問、芸術について語り合い」、道行く大勢の人々も、「私の空想世界の仲間を追い散らすことはない」(一四頁)という。しかし耐えがたいのは拙劣な音楽である。「下劣なワルツの呪われた三重奏」、「バイオリンとフルートの出す金切り声のような上声部」、「汚らわしいオクターブ」など、楽団の演奏のひどさに「私」は閉口する。

そこに奇妙な男が現れる。男は「私」がベルリン子でないと聞いて、喜んでワインの相手をする。二人の会話から、「私」が音楽のディレッタントで、男が音楽に精通した人物であることが明らかになる。しかし男は芸術の盛んなはずのベルリンを毛嫌いしている。

「私は死せる魂のように、この地の荒涼たる空間をあえぎつつさまようべく呪われているのだ。」(同上二〇頁)

男は奇妙なことを言って、ベルリンに自分と同じ精神の持ち主がいないことを嘆く。当地の音楽家は「芸術や芸術センスに関するおしゃべりに耽って、作品を作ろうとせず」、たまにその気になっても、「ラップランドみたいに冷え切った作品」しか作曲できないという。

それから数ヶ月後、「私」は、初対面の日に突如姿を消したあの男を劇場の入り口で発見する。男は暗闇の中、劇場から響いてくるグルックの『アルミーダ』に聞き耳を立てていた。「私」はその男を家へ連れて行こうとするが、男は、自分は誰の家にも行けないと言う。そして「私」が劇場に行くつもりであったことを察して、「これから『アルミーダ』を聞かせてあげよう」と言い、自分の家に案内する。男の家はフリードリヒ通りの脇道にある粗末なアパートの上階で、古めかしい調度が置かれている。男が『アルミーダ』の楽譜を取り出し、「私」に譜めくりの役をするよう指示する。しかし、「私」が開いた楽譜には音符が一つも書かれていない。ところが、男はその楽譜を読みながら巧みにピアノを演奏をするばかりか、即興の変奏まで交えて「前奏」を弾き切る。

「私が夢の王国から戻った時、この曲を書いたのだ。しかし私は俗なる者たちに聖なるものを知らせてしまったのだ。[…] そのせいで私は、死せる魂のように俗物どもの間をさまようべく呪われてしまった。」(同上二二三頁)

男はそう語った。男の正体を計りかねた「私」が、辛抱できずに「あなたは誰なのだ?」と問う。すると男はわざわざ別室に退き、盛装に着替え、ろうそくを手に持って戻ってくる。微笑みを浮かべた男が、「私が騎士グルックだ!」("**Ich bin der Ritter Gluck!**")と言い放って、物語は閉じられる。

すでに一九五九年の論文『E・T・A・ホフマンの現実』において、ハンス・マイアーがこの作品を取り上げ、「当時三三才のホフマンの事実上の処女作が、彼の後の文学作品全体の基本構造をすでに萌芽の形で含んでいる」

と、この作品を高く評価している。(17) その上でマイアーは、謎の男を一七八七年にウィーンで没したグルックの「幽霊」と見るべきか、それともグルックに心酔した「狂人」と見るべきかを問うている。マイアーが示していない第三の可能性として、男の出現自体を「私」の想像力が産み出した「幻」と見る解釈もある。いずれにせよ、ホフマンが意図的にこの小品を謎めいたものにしていることは、後にこの作品を再録する際に「一八〇九年の思い出」と偽っている事実からも窺える。そして作者の意図どおり、われわれ読者は今でも、グルックを自称する男の正体について頭をひねり続けている。

心地よい晩秋の午後、華やかなティアガルテンの描写で始まったベルリン物語であるが、周囲と隔絶されておのれの空想世界にこもる孤独な青年と、ベルリンを嫌いつつもこの街に呪縛されている男の登場によって、すぐさま色調を変えている。物語の後半部はすべて、厳寒のベルリンの夜の闇とアパートの暗がりの中で展開されている。粗末なアパートのろうそくの明かりの下では、謎の男が「グルックの幽霊」であっても、グルックと思い込んでいる「狂気の音楽家」であっても、その不気味さにおいて大差はない。「私が騎士グルックだ!」という最後のせりふが、その不気味さにおいて効果的である。

この短編は『総合音楽新聞』（Allgemeine Musikalische Zeitung）用に書かれたものであるが、「音楽批評」すら幻想形式で書いてしまう点で、たしかにホフマンの本領が現れているといえるだろう。ホフマンの処女短編は、すでにドイツ文学史上初の「都市幻想小説」であったと考えられる。(18) また筆者は、『騎士グルック』に登場する二人の人物に関して、次のような仮説を提出したいと考える。すなわち、音楽愛好家である「私」は、はじめてベルリンに来て芸術を楽しむ「一七九八年のホフマン」、謎の男は職を求めて苦闘する「一八〇七年暮れのホフマン」を形象化しているという仮説である。(19) この解釈に従えば、ホフマンが一八〇八年末にバンベルクで書いた『騎士グルック』は、数ヶ月前にベルリンで味わった極限の苦悩を、二度のベルリン体験を重ねあわせる技巧で描いたものと理解できる。再録の際に偽りの日付を加えた理由は不明であるが、謎の男のモデルが一八〇七年暮れのホフマン自身であることを隠すための「謎めかし」（Mystifikation）という可能性が考えられる。

二　大晦日に甦る「失われし夢」――『大晦日の冒険』（一八一五）

一八〇八年には「自称音楽家」に過ぎなかったホフマンは、音楽監督として六年間苦労の多いキャリアを積んだ後、「流浪の熱狂家」（der reisende Enthusiast）となってベルリンに舞い戻ってきた。ベルリン帰還後最初に書かれた作品である『大晦日の冒険』（Die Abenteuer der Silvester-Nacht）は、バンベルクにおける恋の「思い出」

（17）厳密にいうと、一七九九年のジングシュピール『仮面』（Die Maske）と一八〇三年に"Der Freimüthige"誌に掲載された『ある修道僧が首都の友人に宛てた手紙』（Schreiben eines Klostergeistlichen an seinen Freund in der Hauptstadt）という処女作品が存在するが、『騎士グルック』を「事実上の処女作」と呼ぶことは正当であろう。

（18）ドイツ文学史上最初の「都市描写」は、リヒテンベルクがロンドン見聞を記した「手紙の記述」（一七七五）とされている。文学作品では、ティークの短編『妖しの杯』（Der Pokal, 1811）に、都市を舞台とする幻想作品が見られるが、その舞台はイタリアの都市である。通常、ドイツの都市を描く「大都市文学」（Großstadtliteratur）の先駆けと見なされるのは、ホフマンの『いとこのコーナー窓』（一八二二）であるが、『騎士グルック』は小説の舞台としての都市の活用法において「都市文学」の名に相応しいと考える。

（19）この解釈を支持する有力な証拠として、ヒツィヒに宛てた一八〇七年七月七日の手紙が挙げられる。ホフマンは、劇場でグルックの『アルミーダ』上演があることを報告し、「ある事情で」それを聞きに行けないと述べている。その事情とは、手紙から推測されるように、「手持ちの金が尽きて」いたことであった。『手紙』第一巻二一四頁を参照。またホフマンが、一八〇七年当時、「謎の男」と同じフリードリヒ通りに住んでいた事実も、ひとつの間接的証拠と言えよう。

とイタリア旅行の「夢」が、「大晦日のベルリン」を舞台に演じられる奇妙な物語である。[20]

「私は心に死を、氷のように冷たい死を懐いていた！　つららのようなそれは、灼熱した私の神経を突き刺していた。帽子もオーバーも失念したまま、私は吹きすさぶ夜の闇の中へ荒々しく跳びだした。」（『大晦日の冒険』二五六頁）

このように奇抜な表現で始まる第一章において、「流浪の熱狂家」は、ベルリンの裕福な法律顧問官家の大晦日の夜会で、バンベルク時代の恋人に再会する。「なんだって、ユーリエがここに？」――驚いた熱狂家は、隣の客の紅茶をひっくり返す醜態を演じる。ユーリエの表情は、「天使のように愛らしい顔」と「嘲るような不気味な顔」との間を絶え間なく変化する。彼女の熱狂家に対する態度も、時にはそっけなく、時には親しげで、その真意がとらえがたい。大広間では有名なピアニスト、ベルガーが演奏を始める。その時、どうしてそうなったのかは不明だが、熱狂家はユーリエと二人きりで広間脇の小部屋にいる。昔のままの愛らしいユーリエを見出したと思った彼は、変わらぬ激しい恋心を打ち明ける。するとそこへ蜘蛛のような足と蛙のような目をした男が入ってきて、「私の妻はどこへ行ったんだ」と叫ぶ。ユーリエは立ち上がり、「皆の所へ戻りましょう。夫が私を探していますわ。あなたは今日も愉快な方だったわ。昔のままね。お酒だけは控えめになさい。」（二六〇頁）と言って、蜘蛛足の男と手をつなぎ、笑いながら広間に出ていった。あまりにひどい恋の結末に怒り狂った熱狂家は、冒頭の引用のとおり、帽子もオーバーも被らずに顧問官の家を跳び出したのだった。

熱狂家は「大晦日」という日に関するひとつの「迷信」を信じている。この日を悪魔が悪戯を仕掛けてくる不吉な日と思っているのである。今年、悪魔が彼に仕掛けた悪戯とは、昔の恋人ユーリエを使っての嘲弄であった。バンベルクを去ってから二年も経つのに、今なお生々しく現れてくるのは、ユーリエと下劣な商人グレーペルの政略結婚とその際に被った屈辱の記憶であった。(21) この章に描かれた情景は、悲惨なバンベルクの日々における、当初は甘く、最後には苦々しい結果に終わった「芸術家の恋」の悪夢的回想といえる。

悪夢を再現した夜会から逃れた熱狂家は、吹雪の中をひたすら走る。

「いつもならウンター・デン・リンデンを行き来するのは楽しいだろう。しかし、凍てつく吹雪の大晦日の夜に、そうするのはやめた方がよい。だが帽子も被らずオーバーも着ていない私がその事実に気づいたのは、熱に浮かされていた体が激しい寒気に襲われた時になってからだった。私はオペラ座橋を渡り、王宮の脇を通り、脇にそれて造幣局脇の水門橋を渡って、イェーガー通りのティーアマンの店の前に来ていた。」（同上二六一頁）

こうして第二章は始まる。熱狂家はティーアマンのレストランに入りかけて、店から出てきた軍人一行をよけた拍子にビア・ケラーを目にする。急にイギリス・ビールが飲みたくなり、そのビア・ケラーに入る。ビールとパイプ煙草を注文した熱狂家は、この大衆的な店ですっかりいい気持ちになる。そこへ背の高い常連風の男が、店主に燭台で先導されて入ってきて、ビールと煙草をやり出す。二人が煙幕のような紫煙に包まれた頃、小柄な

(20) この作品が、バンベルク在住のクンツが発行する『カロー風の幻想作品集』第四巻用に、ベルリン帰還直後の正月に書かれたという事情と作品の構成との間には、以下に見るように、驚くべき対応関係が見られる。

(21) ホフマンはバンベルクで歌唱指導をしていた時、二〇才年下の生徒ユリアーネ・マルク（愛称ユーリア、ユーリエ）(Juliane Mark, 1796-1865) に片思いの恋をした。そのユーリアがハンブルクの商人グレーペルと婚約した後、ある行楽の際に酒を飲んでグレーペルと大喧嘩をし、マルク家への出入り差止めを食らっている。『日記』一七三頁（一八一二年九月六日）、『手紙』第一巻三五〇頁を参照。いわゆる「ユーリア体験」に関しては、吉田六郎『ホフマン』一八八―二七三頁の詳細な報告を参照されたい。

男がやってきて、部屋の鏡に覆いをさせてから入り、熱狂家と背の高い男の間に腰を下ろす。時とともに三人の会話が弾み出す。しかし熱狂家がある画家の描いた肖像画を誉めて、「まるで鏡から取ってきたみたいだ」と言ったとたん、小柄な男が怒り出す。それをなだめようとして、背の高い男が、「馬鹿なことはよしなさい。さもないと店から放り出されるよ。そうなったらひどい姿を鏡で見ることになるよ。」と言うと、なぜか小柄な男はますます猛り狂う。そして背の高い男に向かって、「ははは！　よく言ってくれたな。だが俺はすてきな影は持ってるからな。可哀想なお仲間よ、俺は影は持ってるぜ。」（二六四頁）と、捨てぜりふを吐いて店を出ていった。その言葉を耳にした背の高い男は、すっかり意気阻喪して、店を去ろうとする。熱狂家が男を見ると、ろうそくに照らされた男の周囲には全く影がなかった。熱狂家は、今ベルリン中がその話で持ちきりの人物に会えた嬉しさに、「ペーター・シュレミール！　ペーター・シュレミール！」と呼びながら後を追う。しかし彼が外に出た時には、シュレミールは七マイルを駆けるブーツでジャンダルメン広場の塔を越え、夜の闇に消えてゆくところであった。

この第二章では、ホフマンが戻ったばかりのベルリンの街がリアルに描かれている。顧問官の家からティーアマンのレストランまでのルートも現実の地図どおりである。ビア・ケラー内の描写も興味深い。繁華街の酒場で気の合う仲間と酒を酌み交わす情景は、ビールとワインの違いこそあれ、ホフマンがもっとも愛し、実践した集いの様子である。ホフマンはそのリアルな舞台に、「謎の男」を二人登場させている。ひとりは、出版されたばかりのシャミッソーの話題作の主人公である。この措置は、親しくなったシャミッソーに対する敬意の表現と考えられる。(22)

第三章は、店を追い出された熱狂家が、馴染みのホテル「ツム・ゴルドネン・アードラー」へ行くところから始まる。自宅に鍵を置き忘れたので、一晩泊めてもらうことにしたのである。熱狂家がホテルの部屋に入り、夜会のことを思い出して「ユーリエ！」と叫ぶと、部屋の隅で誰かの声が聞こえる。明かりを持って見に行くと、ビア・ケラーで会った小柄な男が眠っていて、「ジュリエッタ！」と寝言を言っている。不審に思って熱狂家が男を起こして話を聞くと、ホテルの者が間違って、塞がっている部屋へ案内したことが判明する。小柄な男は先ほどの非礼を詫び、二人は和解する。そこで小柄な男は思い切って自分の秘密を打ち明ける。鏡の前に立っても姿が映らないのである。「これであなたは私の永遠の苦悩の理由をご存じだ。」そう言って、男はベッドに倒れ込む。熱狂家も男のいびきに誘われて眠り込んでしまう。熱狂家はまどろみの中で、男が書き物をしているのを見るが、再び眠り込んでしまう。彼がようやく昼前に目覚めた時、男は姿を消してしまっていた。テーブルには、男が書いたばかりの不思議な話が置かれていた。それが第四章で紹介される『失われた鏡像の話』（Die Geschichte vom verlornen Spiegelbilde）であった。

『大晦日の冒険』は、ここまで粗筋を辿ってきた、ベルリンを舞台にした三章と、それと同じ分量を占める第四章『失われた鏡像の物語』とで構成されている。『大晦日の冒険』を考察する論文の大多数は、最初の三章をほとんど扱わず、内容がまとまっている第四章を解釈の対象としている。[23] それも仕方のないことであるが、ここでは通常の扱いとは逆に、最初の三章に焦点を当てている。それによって、この作品が『影をなくした男』の単なる模倣作品ではないことを示そうというわけである。

すなわち、『大晦日の冒険』には、ホフマンの「バンベルク体験」、「イタリアへの憧れ」、「ベルリン体験」の三者が、幻想的な形で合成されているのである。独立しているかに見える第四章も、次の点において先行する三

（22）『影をなくした男』（Peter Schlemihls wundersame Geschichte, 1814）の冒頭に収録されているヒッツィヒのフケー宛ての手紙に、ホフマンがこの物語の朗読を初めて聴いた時の熱狂ぶりが報告されている。Chamisso: Sämtliche Werke in zwei Bänden, Bd.II, S.20を参照。

（23）ハーリヒは、『失われた鏡像の物語』を『影をなくした男』を模倣した「片手間仕事」（Gelegenheitsarbeit）、前の三章をその「枠物語」と説明している。Harich: E.T.A. Hoffmann, Bd.2, S.35ff. を参照。

章と関連している。まず『失われた鏡像の物語』は、第一章に描かれたバンベルクでの「ユーリエとの恋」の「イタリア風変奏」と読むことが可能である。「熱狂家」を鏡像をなくした「エラスムス」に、「ユーリエ」を「ジュリエッタ」に、「蜘蛛足の男」を「ダペルトゥット博士」に、「バンベルク」を「フィレンツェ」に置き換えれば、バンベルクでホフマンが経験した愛の至福、愛する女性の妖女への変質、恋の背後に隠されていた陰謀などが、『失われた鏡像の物語』において幻想的に変奏されていることが見えてくる。

さらに別の視点から見れば、『失われた鏡像の物語』をホフマンが長年見てきた「願望夢」（Wunschtraum）の形象化と解釈することも可能であろう。

「とうとうその時がやってきた。エラスムスは、これまでずっと心に育み続けてきた望みを叶えることができるのだ。踊るような心とぎっしりふくらんだ財布を持って、彼は北国の故郷を離れ、暖かく美しいイタリアの地に向かうべく馬車に乗り込んだ。愛らしい貞淑な妻は涙を流し、息子ラスムスの鼻と口をきれいに拭ってやってから、馬車の中に入れてやった。お父さんがお別れのキスをたっぷりできるように。」（同上二六八・二六九頁）

第四章冒頭のこの文章がホフマンの「夢」を雄弁に語っている。すでに『ブランビラ王女』の章で述べたように、ぎっしりふくらんだ財布を持ってイタリア行きの馬車に乗り込むこと、これこそが、ホフマンが終生熱望して果たさなかった夢であった。イタリアへ行き、美しい女性と恋に落ちること、これもホフマンが妻に内緒で抱いていた願望であろう。もしホフマンがイタリアに行っていたなら、彼がエラスムスの轍を踏んだ可能性は低くないと推測される。

エラスムスが、元旦の早朝にベルリンのホテルでこの物語を書いている事実も重要と考えられる。ホフマンが『大晦日の冒険』を書いたのも、一八一五年元旦から一〇日までの時期である。(24) 彼は一八一四年一一月にヒッペルに宛てた手紙で、「ここ（＝ベルリン）に留まることで、長い放浪生活の終わりとなる港を見つけたい」という希望を表明している。(25)このことを考慮すると、ホフマンがベルリンという「港」で迎えた最初の正月に、現在のベルリンを舞台として、過去のバンベルクでの「苦い夢」と、未来の「イタリア旅行の夢」を組み合わせたカロー風の幻想作品が、『大晦日の冒険』であったと推測される。

三　幽霊が似合う都会の夜――『花嫁選び』（一八一八）

一八一八年の秋に、『花嫁選び―全くありそうもない出来事が次々と起こる物語』（Die Brautwahl. Eine Geschichte in der mehrere ganz unwahrscheinliche Abenteuer vorkommen）は書かれている。この物語は、プロイセン政府の暦《こよみ》出版局の執筆依頼に応えたもので、「ベルリン・ポケットカレンダー閏年一八二〇年版」（Berlinischer Taschenkalender auf das Schaltjahr 1820）に掲載された。ホフマンは、この小説を掲載するカレンダーがベルリン市民向けのものであることを考慮し、ベルリンの通りや店名をたくさん入れ、ローカル・カラーあふれる物語を書いてやった。ところが、暦出版局はホフマンの配慮に感謝するどころか、滑稽な内容にクレームをつけたのである。(26)出版局の人間は、この注文がどれほど愚かで失礼なものであったか、一年後に思い知る

(24) 一八一五年一月六日に原稿を書き終わり、一月八日に清書を終えている。『日記』二五八頁および四六二頁の注釈を参照。

(25)『手紙』第二巻二七頁（一八一四年一一月一日）を参照。

(26) 編集者は幻想作家ホフマンに向かって、次回からは「現実にありそうな範囲内で」（im Gebiet der Möglichkeit）物語を書くように依頼した。

ことになる。すなわち、ホフマンは翌年号に、『花嫁選び』以上に支離滅裂な『錯誤』を寄稿したのである。有名作家の「玉稿」を没にもできず、出版局はその作品と続編『秘密』とをおとなしく掲載している。(27) この話からも窺われるように、一八一六年から一八二一年にかけてホフマンの人気は頂点にあり、まだ書かれてもいない作品を出版者たちが奪い合う状況であった。

『花嫁選び』は、その様な状況で書かれたやっつけ仕事のひとつとして、研究者の評価は高くない。その評価は誤りではないが、作品の前半部には、ホフマンの「ベルリン幻想物語」の真骨頂を示す魅力的な場面がある。その場面を導く冒頭から引用してみたい。

「秋分の日の夜、枢密官房書記官トゥスマンは、毎晩二、三時間を過ごす喫茶店を出て、シュパンダウ通りにある住まいへと帰るところであった。この枢密官房書記官は何事につけても正確で、時間厳守であった。彼は、マリア教会とニコライ教会の鐘が一一時を打ち終わるまでの間に、上着と長靴を脱いでしまう術を身につけていたので、最後の鐘がカラーンと鳴り響く頃には、ゆったりとしたスリッパに足を入れ、ナイトキャップを被ることができた。今日は鐘が鳴る時刻が近づいていたので、いつもの習慣を破らないため、急ぎ足で(それは殆どすばやい跳躍のように見えたが)ケーニヒ通りからシュパンダウ通りへ折れようとした。その時、そばで奇妙な物音がして彼を立ち止まらせた。」(『花嫁選び』五三二頁)

物音の主は、旧市庁舎の塔のドアをどんどん叩く背の高いやせた男であった。トゥスマンがその訳を問うと、「秋分の夜にこのドアを叩くと未来の花嫁の姿が見える」という奇妙な説明が返ってくる。トゥスマンは信用しないが、マリア教会の鐘が鳴ると同時に塔の上に花嫁姿の女が現れた。彼はその姿を見てうっとりし、嬉しさの余りいつもの就寝規則を忘れて、やせた男に誘われるまま、アレクサンダー広場に面したワイン・シュトゥーベについて行く。

この章の主役となるトゥスマンは、四八才の誕生日を控えた謹厳実直、ユーモアゼロという叩き上げプロイセン官吏である。彼にとって大切なことは、「枢密官房書記官」(Geheimer Kanzleisekretär)というささやかな称号をつけて名前を呼んでもらい、それにふさわしい敬意を払ってもらうことである。彼の唯一の楽しみは、毎晩行きつけの喫茶店で新聞に目を通し、持参した本を読み、一杯の良いビールを飲んで数時間を過ごすことである。ワインは教会から帰った後一杯飲むだけで、何杯も飲むことなどない。彼の生活指針は、啓蒙主義の提唱者トマージウス教授の著書『あらゆる社会において良き助言を与え、人を分別あるおこないへと導く政治的賢明さについての短い構想』の教えからなっている。(28) この本の教えに従えば、人生のあらゆる問題に対処できると確信している俗物である。

二人がワイン・シュトゥーベに入ると、やせた男の知り合いのユダヤ人の老人がいる。『大晦日の冒険』と同じく、ここでも男三人の集いができるが、やせた男とユダヤ人の会話はトゥスマンにはさっぱり理解できない。やせた男がレオンハルトという名の金細工師であることが判明する。ところが、彼は「昔のベルリンは良かった。」と言って、一五八一年にザクセン選帝候がベルリンを訪問した時の壮麗な行列の話や、「一五七二年に」近くのノイマルクトで、貨幣鋳造責任者のリッポルトが魔法使いとして処刑された話を語る。ユダヤ人の老人は、処刑の話を聞くと、わがことを語られている人のように、両手で顔を覆ってうめき声を洩らす。(29)

(27)『錯誤』と『秘密』については、このあと第四章第一節で紹介する。
(28) ハレ大学創設者でもある啓蒙主義者トマージウスについては、Weigl: Schauplätze der deutschen Aufklärung, S.35ff. に詳しい。
(29) Münzmeister Lippold は「一五七二年」に拷問によって、君主毒殺の企てを自白させられ四つ切り刑にされる。処刑直後に無実が証明され、名誉を回復される。Bildarchiv Preußischer Kulturbesitz: Juden in Preußen, S.108 にリッポルトの挿絵がある。

ところが、鈍感なトゥスマンは、この二人が一六世紀末にベルリンに生き、二百年後の今も生きている存在ということに気づかない。彼は先ほど自分を喜ばせた花嫁の話を始める。市庁舎の塔に現れた花嫁は、彼が結婚するつもりのアルベルティーネだったというのである。しかし、その言葉を聞いたレオンハルトは、トゥスマンを猛烈に攻撃し始める。

「お前があの若くて美しいアルベルティーネ・フォスヴィンケルと結婚するだって？　おいぼれて、みじめったらしい衒学者のお前が？　トマージウスで覚えた「政治的賢明さ」とやらをひっくるめた学問全部を動員しても三歩先のことすら見えない人間が、あの娘と結婚しようなどという考えは、さっさと捨ててしまった方がいいね。さもないとお前は今夜中に首の骨をへし折られることになるぞ。」（同上五四三頁）

鈍感なトゥスマンも、さすがにこの暴言に立腹して抗議を始める。するとレオンハルトが、「トゥスマン、気をつけな。お前が相手にしているのは普通の人間じゃないんだぜ」と言う。その時、レオンハルトの顔は狐の顔に変化している。ユダヤ人の老人もそれに対抗して魔法を披露し始める。それを見た枢密官房書記官は、この二人が「普通の人間」でないことにようやく気づく。トゥスマンはショックで気を失いそうになりながら、やっとのことで酒場から逃亡する。

第一章を見ることで、人気作家になったホフマンが、「文庫本」（Taschenbuch）に書いた作品の傾向を窺うことができる。(30)『騎士グルック』に表現されていた芸術的熱狂、『大晦日の冒険』に刻印されていた激しい情動は、この作品ではすっかり姿を消している。ホフマンは、流行作家にふさわしく人物を的確に描写し、面白いストーリーを紡ぐ術を身につけている。流行作家としてのキャリアを積むことで、ロマン主義的「熱狂家」からユーモラスな「ストーリー・テラー」への変身を遂げたといえよう。それ故、ここで注目すべきは、作品に表れた思想や社会観などではなく、描写の技とストーリーの巧みさである。

さて怪しい男たちから逃れたトゥスマンだが、わが家の暖かい布団に潜り込むことはできなかった。その後に起こったことは、トゥスマン自身の口から語られる。――彼はあのワイン・シュトゥーべを出て、再び旧市庁舎のあるケーニヒ通りの角まで戻るが、その時、市庁舎に急にろうそくの明かりが灯り、トゥスマンの背が伸び始める。普段なら見えない高さの窓から中を覗くと、アルベルティーネが青年とワルツを踊っている。怒ったトゥスマンは窓を叩いて大声で呼んだ。

「するとその時、何者かがケーニヒ通りを走ってきて、通りすがりに私の両足をかっさらって、大声で笑いながら逃げていった。枢密官房書記官たるこの私の体が、哀れにも汚らわしい横町の糞尿の中にどすんと落ちた。「夜警！　敬愛すべき警察官殿！　警邏隊諸君！　ここへ来てくれ！　足を盗まれた！　泥棒を捕まえてくれ！」と私は叫んだ。けれども、市庁舎の中も急に暗くなってしまい、私の声は闇夜にむなしく響くばかりだった。

私がほとんど絶望しかけた時、さっきの男が駆け戻ってきて、狂ったように走り抜けざまに私の顔に両足を投げてよこした。私はすっかり度肝を抜かれていたが、それでもできるだけのことをして、胴体を足の上に載せて立ちあがらせることに成功した。急いでシュパンダウ通りへ曲がり、わが家の鍵を手にして玄関の前に立ったが、今度は、そこに私が、この私その人が立っており、この顔にあるのと同じ大きな丸い目で私をにらんでいたの

（30）「文庫本」は、マンネリ化した「文芸年鑑」（Musenalmanach）の後に流行した手帳サイズの娯楽本で、当時の文学作品のほとんどがまずこれに掲載された。Kleßmann: E.T.A. Hoffmann, S.335ff. および Toggenburger: Die späten Almanach-Erzählungen E.T.A. Hoffmanns, S.29ff. を参照。

だ！」（同上五五九頁、強調は引用者）

トゥスマンは近くに居合わせた夜警に助けを求める。しかしその男をよく見ると、先ほどのレオンハルトであった。レオンハルトは、アルベルティーネとの結婚を諦めると誓えば、恐ろしいことはもう起こらないと説得する。しかし頑固なトゥスマンは、あくまでその交換条件を拒絶する。

「するとその瞬間、あの金細工師が私の体をどんと押し、私の体はくるりくるりと回り始めた。私の体は目に見えない力に操られ、シュパンダウ通りを行きつ戻りつワルツを踊り始めた。腕にはパートナーの代わりに、私の顔を引っかく箒が張りつき、おまけに目に見えない腕が棍棒で私の背中を殴りはじめた。それだけじゃない、箒とワルツを踊る枢密官房書記官トゥスマンが、幾組も私の周りで動き回っていたのだ。」（同上五六〇頁、強調は引用者）

箒相手のワルツに疲れ果てて気を失ったトゥスマンが目を覚ますと、彼は朝日を浴び通りに高くそびえるプロイセン選帝侯の騎馬像に跨っていた。

四　夜のベルリン幻想の特徴

「夜のベルリン」を主な舞台とする三編の幻想物語を取りあげ、興味深い情景を取り出した。『騎士グルック』では、ティアガルテンで夢想したり、劇場でオペラを見たりしている「私」の姿に、二二才の時のホフマンが、そして幽霊か狂気の音楽家か判らぬ人物には、三一才の時のホフマンの相貌が描かれていることを見てとった。ホフマンが、一〇年の時を隔てたおのれの「分身」を、ベルリンで遭遇させたと解釈したのである。そして、その「青年」像が『カロー風の幻想作品集』で「流浪の熱狂家」を自称する男の姿に発展し、「謎の男」が『クライスレリアーナ』のクライスラー像に繋がってゆくと考えられる。

『大晦日の冒険』では、その「流浪の熱狂家」が三度《みたび》ベルリンに戻った冬、彼が共感を抱くロマン主義的人物、つまり理想世界を求めて彷徨する人物に遭遇する様が描かれる。それが「影をなくした男」や「鏡像をなくした男」である。彼らは、至福を求める旅の果てにだまされ、「影」や「鏡像」を失い、市民社会からドロップ・アウトしてしまった人物であった。

彼らはみな、ヨーロッパでよく知られた「さすらいのユダヤ人」(der ewige Jude) の面影を帯びている。「グルック」を名乗る男は、音楽の聖なる秘密を世俗の輩に洩したことで呪われたと言っている。エラスムスは、芸術を目指しながら、官能的な愛に幻惑されて鏡像を悪魔に譲り渡したことで呪われている。けれども、謎の男、エラスムス、そしてホフマンの分身である「流浪の熱狂家」に共通するのは、彼らがいずれも、芸術家として高い理想を求める過程でアウトサイダーにされてしまった「悲劇的存在」という点である。

ところが、『花嫁選び』では、「さすらいのユダヤ人」の面影をいっそう強く帯びていながら、「永遠の彷徨」に耐える術を知るレオンハルトやリッポルトとおぼしきユダヤ人が登場する。彼らは、上に挙げた芸術家たちとは違って、超人間的特徴を帯びている。超能力を備え、二百年の生命を保っている。実は、このタイプの人物像はすでに『黄金の壷』に登場している。霊界で犯した罪のために人間界に追放された火の精リントホルストがその「原型」である。一八一八年の『小人ツァヘス』にも、アルパーヌスという長命な魔術師が登場している。

ホフマンが好むこれらの魔術師たちは、啓蒙主義理念を体現する「理性的人間」の対極の存在として描かれている。彼らの使命は、啓蒙されたと称する人間の愚かさと社会の平板さを笑い、理性の名の下に抑圧された心躍る体験を魔法の力で復活させることである。『花嫁選び』で、レオンハルトが啓蒙主義の信奉者トゥスマンに加える数々の悪戯は、その奇抜な魔的幻想によって平板な現実を圧倒している。

ではこれらの作品の中で、ベルリンという都市はどのような役割を担っているか。この点を検討してみたい。まずホフマンの見解を聞くことにしよう。『ゼラーピオン同人集』において、特定の都市を舞台にすることのメリットは、次のように説明されている。

「私の考えでは、舞台となる場所を正確に表示することは、一般的に言って悪いことではない。それにより作品全体が、歴史的事実の「見かけ」(Schein)を得て、それが緩慢なファンタジーの飛翔の手助けになるし、また舞台とされる土地を知っている人々には、その舞台のイメージが鮮やかなものになるから。」(『ゼラーピオン同人集』一四四頁)

ホフマンは、「ベルリン物語」においても、ここで言われている効果をあげているだろうか。それを具体的に検証してみよう。

ホフマンの幻想小説においてもっとも独創的な手法は、ありふれた日常世界に幽霊や妖精などの「異界の存在」を巧みに紛れ込ませ、不思議な事件を引き起こす手法であった。むろん、その頃流行していたゴシック・ロマンスや運命悲劇にも、多くの幽霊や超常現象は描かれていた。しかしその舞台は貴族の館、荒城、墓地など、いわゆる「幽霊が出る場所」と相場が決まっていた。ホフマンの作品はその点でまったく異なっている。彼が導入した新機軸は、幽霊に似つかわしくない都市の雑踏や人々の集う場所に幽霊を出現させる手法にあった。

しかも、幽霊は白衣をまとったり、血塗れであったりするわけではない。ホフマンの物語に登場する幽霊が惹起する恐怖は、恐怖小説のそれとは性質が異なる。ホフマンの物語では、幽霊の姿が恐怖を感じさせるのではない。ホフマンが構築するのは、人が一見普通に見える人間を見て、「ひょっとして…では？」という疑念を抱く世界、あるいは、普段、何気なくその前を通っている建物に不気味な謎を見いだす世界である。『騎士グルック』における謎の男の不気味さ、『大晦日の冒険』のビア・ケラーの場面の不気味さ、『花嫁選び』のワイン・シュトゥーベの不気味さは、現代の都会に見られる不気味さの先取りといえるだろう。

ホフマンはその幻想小説によって、幽霊の存在を信じない人に向かって、「あなたもトゥスマンと同類の鈍感な人間か？」と問いかけている。そう言われれば、私たちが暮らす二一世紀の都会も、「謎」に満ちた空間であることを認めざるをえない。それどころか、未知の人間と未知の空間で構成される大都市こそが、きわめて不気味な世界であることが分かる。誰もが誰もを知っている村落共同体では、その種類の不気味さは存在しない。

話をホフマンの時代に戻せば、当時の小都市では市門で旅行者に対する身分照会がおこなわれていたし、よそ者が入り込めば人々にすぐに気づかれた。ところが、ベルリンのように匿名化が進みつつある大都会では、次第にそのコントロールは緩んでいた。だからこそ、グルックを自称する男もアパートを借りることができ、影のない男や幽霊たちも繁華街の飲み屋でくつろぐことができる。ホフマンは、成長しつつある大都市の隠れた側面、「謎と秘密に満ちた場所」としての都市を発見した。

当時のベルリンはヨーロッパで五番目の大都市に過ぎず、一〇〇万人の人口を持つロンドンには比肩すべくもなかったが、解放戦争後のウンター・デン・リンデン界隈の興隆はめざましかった。ホフマンが描いた大都市像は、小国が分立していた一九世紀ドイツの物理的限界に制約されながらも、「大都市の魅力の発見」という意味では、一九世紀後半に続々と登場する大都市小説や推理小説のアイデアを先取りしている。

物語の舞台をベルリンにしたことの別の効果は、ホフマン自身も述べているように、作品のリアリティの獲得である。それは『花嫁選び』においてもっとも効果をあげている。すなわち、『花嫁選び』でテーマとされる「官僚根性」、「軽佻浮薄な芸術傾向」、「増大する反ユダヤ感情」のいずれもが、読者が住む一八一八年ベルリンの現実を反映していた。中でも一番強烈な諷刺は、トゥスマンの姿に代表される首都の「官僚」に向けられている。一六世紀生まれの幽霊が、先に紹介したような奇抜な方法で小役人を嘲弄する情景は、何千人ものトゥスマンの同類を抱える首都の人々には、大層愉快に感じられたと推測される。(31) その作品を掲載したのが政府機関の雑誌だったから、出版局の困惑も想像に難くない。

舞台に使われる名所が読者に与える影響も軽視できないだろう。上に取り上げた三作品では、ティアガルテンとツェルト、フリードリヒ通り、イェーガー通りのビア・ケラー、ホフマンの定宿「ツム・ゴルドネン・アードラー」、旧市庁舎、シュパンダウ通り、アレクサンダー広場のワイン・シュトゥーベなどが舞台とされていて、ベルリンを知っている読者には、それぞれの場所の記述そのものが興味を引く。日頃見慣れている場所が、小説の中で冒険の舞台に変ずるのである。

夜のベルリンを描く物語の考察はこの辺で終わりにし、章を改めて、昼のベルリンを描く物語に目を転じることにしよう。

第三章　白日のベルリンの魅力

本章では『三人の友の生活から』（一八一六）と『廃屋』（一八一七）を順に考察し、次にその「変種」ともいうべき『フェルマータ』（一八一五）と『総督と総督夫人』（一八一七）を一括して取りあげる。この時期に多く書かれた文庫本（Taschenbuch）向けの娯楽作品は、その芸術的完成度において初期のものには及ばない。けれども、ここで扱う作品は当時のベルリンの雰囲気を色濃く映していて、「ベルリン物語」という観点から見ると、なかなか興味深いものである。

一　麗しき五月のティアガルテン ――『三人の友の生活から』（一八一六）

（1）のどかなベルリン情景

五月末の「聖霊降臨祭」の午後、三人の若者が、散策の人々で賑わうティアガルテンにあるヴェーバーのツェルトで再会を祝っている。[32] その場面から『三人の友の生活から』（Ein Fragment aus dem Leben dreier Freunde）

（31）ゴーゴリは、ホフマンの二〇年後に、ベルリン以上に人工的な首都ペテルブルクを舞台にして、同様の趣向の幻想作品『鼻』（一八三六）や『外套』（一八四二）を書いている。

（32）ヴェーバーのツェルトの名は、一七六〇年頃にそこに張られた四つのテント（=Zelt）に由来する。ホフマンの時代には、立派なカフェ・レストランになっていた。場所は、現在 Kogreßhalle が立っている辺りである。Bruyn: E.T.A. Hoffmann, S.229, 304 を参照。

は始まる。三人は順に自分の近況を語る。まずアレクサンダーが、最近叔母から相続した住居に叔母の亡霊が出て困っている話をする。次にマルツェルが、下宿の隣人が精神を病んで示す奇妙なふるまいの話をする。最後にゼヴェリーンが、ここ数日彼の心を捉えて放さないロマンティックな予感の話を始める。ところが突然、ある光景が彼らの目に飛び込み、ゼヴェリーンの話を中断する。

一人の若者が、家族と散策に来ていた愛らしい少女にそっと紙切れを渡し、少女がそれを胸元に隠したのである。彼らの眼はその少女に釘付けになる。彼女は両親の目を盗んでその紙切れを読んだ。

「その時、哀れな少女の頬にさっと朱がさし、愛らしいつぶらな瞳から大きな涙の粒がこぼれおち、胸のあたりが動揺で激しく波打つのを彼らは見た。少女はその紙切れを細かく千切り、それがあきらめきれない美しい希望の破片であるかのように、ひとひらまたひとひらと吹く風にのせるのであった。」(『三人の友の生活から』一一九頁)

美しい令嬢が見せたこの情景が、三人の心を奪ってしまう。ゼヴェリーンの話は忘れられ、三人は、目にした出来事について様々な推測を試みる。その結果、あの紙切れは逢い引きを断る恋人からの伝言に違いないという結論に達した。少女一家が立ち去ると、賑やかだったツェルトもすっかり寂しく思われ、会話も途切れがちになってしまい、彼らはそそくさと家路につく。ゼヴェリーンは近くのイェーガーホーフへ、マルツェルはフリードリヒ通りの下宿へ、アレクサンダーはさらに遠くの相続したマンションへ帰る。彼らはその後も時おり集いをもつが、なぜか話が弾まない。数週間後にゼヴェリーンがベルリンから姿を消したのをきっかけに、友人たちが離れ離れになって、物語の前半は終わる。

この物語は、『冬園』(Wintergarten)という含蓄のある名前の雑誌に掲載された。話の内容は非常に限定されている。爽やかな五月の祭日の様子、公園の一角にある有名なカフェのテラスに腰をおろす人々、再会を喜び近況を語り合う青年たち、素敵な服をまとった少女と裕福な市民の情景、青年たちが偶然目にした少女の涙、それが青年たちの心に投げかけた波紋。ここまでに語られているのはそれだけである。物語の後半はその後日談になる。少女の涙を見た日から二年後の聖霊降臨祭の日、彼らは予感に導かれて同じ場所に来合わせる。二年前と同じ場所に腰を下ろした三人は、順に自分の恋の告白をする。すなわち、三人ともあの令嬢に一目惚れしていたのである。最初にマルツェルが語り始める。

「名も知らぬ少女が誰かに恋していて、僕が彼女に近づけば、僕は希望のない苦しみの中で滅ぶことになる、彼女の恋の苦悩、憧れ、愛する男に対するひたむきな心など、僕にとっての不幸を色々味わうという確信、まさにその確信が、僕の心を燃え上がらせた。」（同上一二八頁）

こう述べるマルツェルは、他人の許婚《いいなずけ》に惹かれるタイプ、つまりゲーテが描いたヴェルター的性格の持ち主である。彼は、少女を探し求めてベルリンの通りをさまよっていて、偶然通りかかった「ノイエ・グリューン通り」（Neue Grünstraße）で、戦友からことづかっていた手紙の名宛人の屋敷を見つける。[33] マルツェルは、ケルン近郊で負傷入院している戦友の消息を伝えに、枢密顧問官アスリングという人の屋敷に入ってゆく。するとそこに探し求めていた少女がいた。彼女はこの家の令嬢パォリーネ・アスリングであった。マルツェルは、パォリー

（33）少女の家の位置と通りの名は、現実に忠実に描かれている。当時の地図を見ると、Neue Grünstraße はベルリン市街の南端に位置する。この名の通りは現存するそうである。『一九世紀欧米都市地図集成』第Ⅰ集八四頁、Bruyn: E.T.A. Hoffmann, S.306 を参照。

ネのいとこの戦友ということで歓迎され、当家での夜の集まりに出入りし、パォリーネの心を獲得する。けれども彼は、彼女にはすでに許婚がいることを確信している。ついにある日、マルツェルは恋心を打ち明けた上で、別れを告げようとする。(34) ここで最初の謎解きがおこなわれる。彼が「君には恋人が居るんだろ?」といって、ティアガルテンで見たパォリーネの落涙の話をすると、それを聞いた彼女は腹を抱えて笑い転げる。

あの「涙」の訳は、次の様なことであった。——彼女は洋品店「ブラーミック」(Bramigk)でフランス製の帽子を注文していて、それをあの日の翌日に予定されていた「歌の会」(Singetee)に被ってゆくつもりでいた。ところが、その店の店員がティアガルテンにメモを持参した。それには到着した帽子の縫製が悪いので仕立て直しが必要とあった。パォリーネはがっかりして、ぽろりと涙を流したというのである。——この散文的な告白を聞いている間に、彼は、今まで熱愛していた少女のことを、「馬鹿で、愚かで、嫌なおめかし娘」(alberne törichte, widrige Putznärrin)(一三四頁)と感じ始める。話を聞き終わった時、マルツェルのパォリーネへの情熱はすっかり冷めてしまっていた。彼は急な体の不調を口実にして彼女のもとを辞去する。

彼はパォリーネに恋していなかったことを自覚する。彼が望んでいたのは、「叶わぬ恋」をすること、「教会の柱に身を隠して恋人の結婚式を見つめ、これでいいのだ!と叫んでその場に倒れ伏す」(一三三頁)ことだったのである。フリードリヒ通りの下宿へ戻る道すがら、ジャンダルメン広場の「志願兵受付所」を通りかかった彼は、衝動的に志願の手続きを済ませ、下宿へ戻って簡単な身支度を整えたその足で入隊し、ベルリンを立ち去った。

マルツェルの告白によって、物語の中心に置かれていた「少女の涙」の謎は解かれた。しかしもうひとつの謎解きが用意されている。その謎解きの前にゼヴェリーンの告白が挿入される。「視幻者」(Visionär)と呼ばれるゼヴェリーンの恋の告白は短い。——彼は令嬢の涙を見たその日、友人たちと別れてすぐ、ウンター・デン・リンデンの一筋南の大通りをひた走りに走り、ライプツィヒ門(Leipziger Tor)を抜け、ブライテ通り(Breite

Straße）に入った所で、ゆっくりウンター・デン・リンデン通りを歩いてきた少女一行に追いついた。あとをつけて少女の家も探り当てた。少女の出現で彼の告白は中断されていたが、ヴェーバーの店でゼヴェリーンが話しかけていたのは、彼の夢に現れる「生命の象徴のバラと死の象徴のカーネーション」の話であった。

ゼヴェリーンは、涙をこぼした少女を目にした瞬間、彼女こそが夢に現れた「バラの精」であると確信した。内気な彼は、少女の家の前をうろついたり、少女の名前を木の幹に刻むなど、一連のロマンチックな行動をとった後、思い切って少女がバラの精であることを告げる手紙を書く。その手紙に、「明日の正午に窓辺に立っていてくれ。僕たちの愛の至福の目印として摘みたてのバラを胸に飾って。［…］もし僕を拒むのなら、同じ時刻にカーネーションをつけていてくれ」（一二八頁）と書いたのである。

翌日の正午、ゼヴェリーンが胸をときめかせて彼女の家に行くと、彼女の父親がカーネーションの花束を頭に被って立っていた。カーテンの陰ではパォリーネが笑い転げていた。それを見たゼヴェリーンは、恥ずかしさの余りそのまま軍隊に直行し、早々とベルリンから姿を消したのであった。

ゼヴェリーンの姿はノヴァーリスを想起させる。「バラとカーネーション」の予感がその明らかな表現である。これがノヴァーリスのメルヒェン『ヒヤシンスとバラ』（Hyacinth und Rosenblüth, 1799）のパロディであることは、当時の読者には明らかだった。マルツェルが他人の恋人に惹かれるヴェルター的「感傷主義者」（der Empfindsame）として描かれたのを受けて、少女を「バラの精」と思いこむゼヴェリーンが、「ロマン主義者」（der Romantiker）として描かれている。いずれも当時多くの青年が染まっていた風潮であった。

最後に告白するアレクサンダーは、先の二人と異なり、すでに結婚している。したがって、彼はその女性との

（34）ゲーテの「ヴェルター」的な心性の表現がここに見られる。「僕は彼女に愛を告白し、そして彼女を断念しようと思った。」（一二三頁）

なれそめを語る。——冒頭で語られていたように、彼は啓蒙主義を信奉する官吏であるが、その「啓蒙主義者」(Der Aufgeklärte) が、皮肉にも幽霊の出没に悩まされていた。ある日、彼は向かいの家に美少女を見かける。しかし彼女と知り合う機会もないまま休暇が終わり、地方へ赴任する。半年後に官吏の職を辞してベルリンへ戻る。

その時からようやく例の美少女の家に出入りするようになり、刺繍の型、楽譜、文庫本などを届けるといった地味な交際を続ける。そのうちに両親の信頼も得、少女の好意も得たところで、前から耳にしていた少女の許婚のことを尋ねてみた。すると彼女は、少し前には好きな人がいたが、「その人はとうの昔に気が狂って慈善病院に収容されたそうなの。」(一四二頁) と答える。それを聞いたアレクサンダーは、結婚を申し込み承諾を得る。唯一の問題、住居に出没する叔母の幽霊の問題は、少女の父親が解決してくれる。叔母の霊が出没するのは、彼女がむかし結婚式当日に花婿に逃げられたことに起因していると判断した花嫁の父は、二人の結婚式を叔母の結婚式と同じ日に設定し、叔母の結婚式と同じ仕方で執り行なうことで、首尾良くその霊を鎮めた。

アレクサンダーが話を終えた時、マルツェルとゼヴェリーンはある予感に襲われる。ちょうどその時、二年前と同じ情景が再現される。あの時と同じ紳士が妻を伴って現われ、その後ろからあの少女がやって来たのである。ところが彼女はこちらに向き直るや、「ああ、もういらしてたの!」と嬉しそうに叫ぶ。アレクサンダーが彼女の手を取り、「わが友よ、これが僕の愛妻パォリーネだ!」と妻を紹介して物語は閉じられる。

(2) 読者への激励

この物語は「少女の涙」という謎かけで始まり、二年後に同じ情景を再現し、そのヒロインがアレクサンダーの妻になっていたという「落ち」(Pointe) をつけて、見事に物語の幕を閉じている。だが物語の結末は、全くホフマンらしからぬ市民的ハッピー・エンドである。整った形式と平凡な結末を持つこの作品を「ベルリン物語」

という観点から評価してみよう。

何よりも目を引くのが、物語全体に漂う晴朗な雰囲気である。このゆったりした雰囲気を醸し出しているのが、二度にわたり登場人物たちが集う「聖霊降臨祭のティアガルテン」である。祝祭日を物語で使うことは、すでに指摘したように、ホフマンの常套手段である。『黄金の壷』や『騎士グルック』では、この祝祭日の市民的快楽は、突然生じる幻想的事件によって中断されるのが常であった。ところが『三人の友の生活から』では、そのような怪奇的、幻想的現象に代わって、愛らしい少女が涙をこぼす事件が提示される。当時有名だったD・ホドヴィエツキー（Chodowiecki, 1726-1801）やP・ハッケルト（Hackert, 1737-1807）の絵のような愛らしい少女が、全編の関心の中心に置かれている。この筋立てが、ビーダーマイアーの先駆けという印象を惹起する。このように市民的な社会風俗に終始する物語は、ホフマンの作品では非常に珍しい。話題が遺産相続、ロマンチック・ラヴ、市民的結婚といった通俗な事柄ばかりというのもホフマンらしくない。

ホフマンがこのような物語を書いた理由は、幾つか推定される。ひとつの理由として、ホフマンの生活状況の変化が挙げられる。すでに述べたように、彼はこの頃身分の安定した大審院判事になり、念願のオペラ『ウンディーネ』の上演にも成功している。生活、芸術の両面において最も幸福な時を迎えていたと想像される。この大きな変化が、『三人の友の生活から』における怪奇的素材やロマン主義的モティーフの扱いに反映している。アレクサンダーのマンションに出没する幽霊は、クライストの『ロカルノの女乞食』（Das Bettelweib von Locarno, 1810）のパロディで、少しも恐くはない。幽霊は単に「啓蒙主義者」を困惑させる小道具として用いられているにすぎない。同様の矮小化は、「ロマン主義的熱狂」の描写にも見られる。『クライスレリアーナ』において芸術家の目標とされていたロマン主義的な憧憬や予感は、この作品では内気な青年の夢想に貶められ、市民の父娘の笑いの種にされている。このようなスタンスの変化は、ホフマンの生活観の変化を映すものと考えられる。

しかしホフマンは豹変したわけではない。ホフマンは『三人の友の生活から』執筆の際に、掲載紙の性格と読者層に対する配慮をおこなった結果、上のような作品を書いたと考えられる。この作品の魅力は、のどかなベルリンを舞台にし、そこでウイットの効いた物語を展開した点にある。その観点から作品を眺めると、ホフマンがこの目的を達するために特殊な細工を施していることが分かる。

その細工というのは、現実の陰鬱な側面を慎重に排除するという操作である。なかでも明瞭に排除されているのが「戦争」の話題である。三人のうち二人が「先ごろ終わったばかりの出陣に加わった」（一〇五頁）とあるのに、マルツェルもゼヴェリーンも、ひとことも戦争の話をしない。マルツェルの戦友の負傷に関しても、「ひざの皿が粉々になりかけた銃創は危険なものだったが、［…］、若くて健康な青年だから、しばらくしたら松葉杖を使わずに歩ける希望もある［…］」（一三〇頁）と無邪気なものにされている。マルツェルとゼヴェリーンは、少女に失恋した後にも戦場に赴いたとされているが、二年後の再会の際もその話題は一切省略されている。この他にも、花婿に逃げられた話やマルツェルと取り違えられる「精神病の青年」も登場するが、それらはすべて、三青年の「恋物語」を味つけするための道具として使われている。つまり「戦争」や「精神病」や「独身暮らし」は、機知に富んだ「ベルリン恋物語」を語るための手段でしかない。

このわざとらしい細工こそが、ホフマンがこの作品で企図したことを明らかにするヒントになっている。ホフマンは、当時の人々、一八一六年のベルリン市民が「文庫本」に切実に求めていたものを提供したと考えられる。一〇年に及ぶ戦争の動乱を終えたばかりの一八一六年のベルリンの現実は、すでに第Ⅱ部で見たように、のどかな情景には遠いものであった。国家は戦争によって疲弊し、政府が反動的政策を始め、人々は解放戦争時に喧伝された国民の統合や民主化の期待が裏切られるのを感じつつ、生活の建て直しに精力を奪われていた。ホフマンは、現実を限りなく忠実に写しつつ、そこから「暗い過去」だけを抜き取ることで、読者が親しめる「仮想現実」を描いたのである。それは「本当の現実」に打ちひしがれたベルリンの人々に、しばしの間、快活さと微笑みをもたらす工夫であったと考えられる。

二　目抜き通りに潜む謎――『廃屋』（一八一七）

（1）「都市の遊歩者」の誕生

『廃屋』（Das öde Haus）は、ベルリン一の繁華街で時代の流れに置き去りにされたように立っている館をめぐる話である。[35] 話題の中心となる古い館、その隣の高級菓子店（Konditorei）、友人のK医師の家などは、すべて現実のモデルを写し取ったものである。ところが作中では、"Berlin"という表記ではなく、"＊＊n"という表記が用いられ、"Unter den Linden"も"Allee"という呼び方をされている。この謎めかしを創作上の効果と関連させる理由は、この作品では見当たらない。むしろ、モデルとされる人から苦情が寄せられるのを予防するために、この措置がとられた可能性が高い。というのも、当時のドイツでは、話題になった小説の場合、読者は熱心にモデル探しをおこなったらしい。モデルの番地まで明らかなこの小説では、なんらかの予防措置が欠かせなかったと想定される。[36]

語り手テーオドールは、去年の夏しばらく＊＊nに逗留した時の体験談を語りはじめる。

（35）この二階建ての廃屋は、一八二四年に立て替えられるまで実在したそうである。場所はウンター・デン・リンデン九番地、現在ロシア大使館が建っている場所である。Bruyn: E.T.A. Hoffmann, S.307を参照。

（36）『秘密』という短編では、登場人物が作者ホフマン宛の手紙で、ホフマンが『錯誤』という短編で自分のことを書いたため、多くの読者が自宅に押しかけて迷惑を被ったと、苦情を申し立てている。『秘密』一六〇・一六一頁を参照。

「当地で再会した多くの旧友たち、自由で陽気な生活、芸術や学問上の刺激が、僕をすっかり虜にした。かつてない楽しい気分だった。僕は以前から好きだった楽しみに一心にふけっていた。すなわち、しばしばひとりで通りをぶらつき、街角に飾られた銅板画やポスターのひとつひとつを眺め、遭遇する人物を観察し、そのうちの何人かについては、ひそかにその人の運勢を占ったりもした。〔…〕」
(『廃屋』四六〇・四六一頁)

テーオドールの職業や年齢については何も書かれていないが、方々旅をして気づいたことをメモしていること、何日も廃屋の周りをうろついていること、医師や、薬学を学んだ友人がいることなどから、気楽な作家か古手の大学生などと察せられる。そんなある日、一軒の家が彼の目にとまる。

「ウンター・デン・リンデン通り」
1820年頃の風景画

「もう僕は何度もこの並木道(Allee)を歩いていたのだが、ある日突然、一軒の家が僕の目にとまった。その家は、奇妙にほかの建物と対照をなしていた。」(同上四六一頁)

テーオドールはこの奇妙な家に訳もなく惹かれる。華麗な家並みに混じってひっそりと立つ古ぼけた家が、彼の好奇心を刺激したのである。興味深いことに、この家に目をつけたのはテーオドールだけではなかった。友人で、彼と「気質の似た」（geistesverwandt）P伯爵が、すでにその建物に興味を抱いて調べていた。(37) 伯爵の調査によると、その廃屋は隣の菓子店が倉庫として使っていて、一階の窓は壁で固めてオーヴンを置き、二階はカーテンで覆ってクッキー置き場にしているという話だった。(38) テーオドールはありふれた説明を聞いてがっかりするが、生まれながらの「極端な視霊者」（überspannter Geisterseher）である彼は、奇妙な気配の漂う家に対する興味を捨て去らない。

しばらくして彼を驚かせる出来事が起こる。彼が並木道に来ていつものように廃屋に目をやると、二階のカーテンが動いてちらりと腕が見えたのである。オペラグラスを取り出して見ると、指輪や腕輪で飾られた女の腕がクリスタル瓶を窓辺に立てた後すぐに見えなくなった。しばらく呆然としていて我に帰ると、彼の周りに大勢の野次馬が集まっている。この発見を契機に、テーオドールは積極的な調査を始める。まず廃屋の隣の菓子店へ行ってココアを注文し、店の人間にさりげなく隣家のことを尋ねると、P伯爵の話は全くの誤情報で、菓子店が廃屋を借りている事実はなかった。それどころか、S伯爵夫人の所有だというその古い家には、老管理人と老いぼれ犬しかいないはずなのに、時々女の歌声や笑い声が聞こえ、夏でも嫌な匂いの煙が立ちのぼるという話だった。彼は不気味な風体の管理人の姿も確認する。テーオドールはこの情報から、若い女性が何らかの事情でその管理人に監禁されていると推論する。その夜、彼は「幻視」（Vision）と言えるほど明瞭な女性の姿を夢に見て、彼

(37) P伯爵のモデルは、大貴族のピュクラー＝ムスカウ伯爵（Hermann Graf von Pückler-Muskau, 1785-1871）だと考えられる。彼はこの作品で「誤情報」ばかりをもたらす事情通として登場している。筆者は、次節で扱う『錯誤』のS男爵のモデルもこの伯爵であると推察している。

(38)「隣の菓子店」とは、当時有名だった「フックス菓子店」（Konditorei Fuchs）である。この店と廃屋との対照が面白さを醸し出している。ハイネはこの店を評して、「この店の装飾は、鏡、花、マルチパンの人形［…］が一杯で素晴らしい。エレガンスそのものだ。だがここで出されるものは、ベルリン一高くてまずい」と述べている。Heine: Briefe aus Berlin, S.15 を参照。

女こそが廃屋に幽閉されている人物だと確信する。

　それ以後、彼は毎日その家の張り込みを続ける。ある夜などは、ドアが半開きになっているのを見つけ、住所を尋ねるふりをして廃屋の中を窺ったりもする。そしてついにある日の午後、ブラインドが上げられた二階の窓辺に女性の姿が現れる。だが大勢の人が行き交う並木道では、立ち止まって観察することができない。テーオドールは仕方なく、通り中央の並木の下に設けられたベンチに座り、振り返る姿勢で廃屋を眺める。そこにイタリア人行商人がやって来たので鏡を買い、それに映して窓辺の女性の観察を続ける。鏡に映った女性は、まさしく彼の夢幻に現れた女性であった。隣に座った紳士が話しかけてきて、ようやく彼は我に返る。テーオドールが窓辺の女性のことを確認すると、紳士は、それは陰干しされていた肖像画だと言った。テーオドールは自分の空想癖を恥じて、その廃屋のことを忘れることにする。

　ところがある日、行商人から買った鏡の曇りを除こうと息を吹きかけると、その鏡に夢で見た女性の姿が映る。この体験をしてから、彼はふたたびその女性に夢中になる。彼女を求めて廃屋の周りをうろつき、研究も交友も忘れて次第にやせ衰えてゆく。ある日、薬学を学ぶ友人が置いていった精神医学の本のページをめくっていると、彼の症状と同じものが「偏執妄想症」（fixer Wahnsinn）の症状として記述されていた。自分が精神病に罹っていることに驚いた彼は、友人のK博士のもとへ急ぐ。[39] ところが、テーオドールが鏡に息を吹きかける実験をおこなうと、鏡を覗いていたK博士の顔も蒼白になる。どうやら博士の目にも女の姿が見えたようである。

　テーオドールは、社交界の集まりで「動物磁気」（animalischer Magnetismus）の議論を耳にし、自分の病の謎を解くヒントを得る。[40] 人間の内面に生じた異常が、外部の「精神原理」の介入を招くことがあるという説明と、その実例として語られるイタリア人将校とその恋人のテレパシーによる「同時死」の話を聞いて彼は驚愕する。心配になったテーオドールはその足で廃屋へ急ぐ。偶然開いていた玄関を通り、古い家具で飾られた蒸し暑い広間へ入ってゆくと、「よくいらっしゃいました、いとしい方。結婚の時が参りました。」と呼ぶ女の声がする。見ると、狂気に歪んだ表情の女性が立っていた。魅入られたようにその女を見つめていると、その醜い表情の奥に、夢にみた美しい女性の面影が透けるように現れてきた。彼が凝然と立ち尽くしていると女が抱きついてきた。そこへ管理人が現われ、鞭をふるって女を遠ざける。管理人は、女があやうくテーオドールを絞め殺すところだったと言い、彼女のことを黙っているよう言い含めて追い払う。

後日談。テーオドールは、ある夜会で彼が幻にみた女性にそっくりの女性と出会う。事情通のP伯爵の情報によれば、彼女はあの廃屋の狂女の姪で、「エトヴィーネ」という名の令嬢である。病気の叔母の容体を見に、母親と一緒に首都へ出てきたということであった。(41) テーオドールは、狂女の世話を引き受けたK博士を訪れ、秘密厳守の約束の下に、廃屋の女性の正体を教えてもらう。それによれば、廃屋に隠れ住んでいた狂女は、故Z伯爵の長女アンゲリカで、その狂気は、S伯爵と彼女との不幸な恋、魔術を使うジプシーとの交際などが原因らしい。アンゲリカが屋敷を離れることを嫌がったので、Z伯爵は彼女を領地へ連れ帰るふりをして内緒でそこに住まわせていた。Z伯爵の死後、アンゲリカの妹ガブリエレとその娘「エトモンデ」が廃屋を訪れ、重病の管理人を見てアンゲリカの世話をK博士に委ねたとのことだった。

『廃屋』という作品も、『三人の友の生活から』と同じく、冒頭に提示される「廃屋の謎」とその謎解きという

(39) K博士のモデルは、宰相ハルデンベルクの侍医でフンボルト大学教授だったコーレフ博士である。この人物の詳細については、本書の序論第二節を参照されたい。

(40) 『ゼラーピオン同人集』に、「私は首都に出てきた。その頃、磁気催眠術が流行の真っ最中であった。」(二六六頁)と書かれている。その体験はバンベルクへ赴く前のこととされているから、一八〇七・八年のベルリン滞在時と推定できる。

(41) 後にK博士はこの女性を「エトモンデ」と呼ぶ。この名前の食い違いについては、ホフマンの記憶違い説、K博士の勘違い説がある。可能性として、P伯爵が言う「エトヴィーネ」を誤情報と読むこともできる。そうすると、これはハーリヒが考えるようなホフマンのミスではなく、P伯爵の軽率さを強調する意図的な措置と考えられる。

構造を持っている。それも『三人の友の生活から』よりも単純な、たったひとつの謎と謎解きという構成である。作者の課題は、どのようなプロセスを辿って、どのような謎解きにいたるかという一点に尽きる。ホフマンは、謎を深め、解明を遅らせる手段として、「P伯爵の偽情報」、「精神感応」（Rapport）、「鏡像の謎」などを用いている。そうしておいて、今度は謎解きの手段として、一人の伯爵をめぐる「姉妹の争い」と「魔術を使うジプシー女」の話を用いている。しかし、どれにもホフマンらしい独創性は感じられない。ひとことで言えば、「謎解き」にはまったく何の魅力もない。ところが、都市文学という観点から見ると、『廃屋』はほかの作品にない特長を備えている。それがこの作品の魅力だと考えられる。もっとも重要なのは、主人公テーオドールが廃屋に対して示す異常なまでの関心である。先ほど引用したテーオドールの言葉から、彼の特異なメンタリティーを読みとることにしよう。

「僕はかつてない楽しい気分だった。僕は以前から好きだった楽しみに一心にふけっていた。すなわち、しばしば一人で通りをぶらつき、街角に飾られた銅板画やポスターのひとつひとつを眺め、遭遇する人物を観察し、そのうちの何人かについてはひそかにその人の運勢も占ったりした。展示されている芸術作品や豪華な品物の豊かさだけでなく、壮麗な繁華街の光景自体が僕をそのような行為に駆り立てたのである。」（同上四六一頁）

"Nie war ich heitrer, und meiner alten Neigung, oft allein durch die Straßen zu wandeln, und mich an jedem ausgehängten Kupferstich, an jedem Anschlagzettel zu ergötzen, oder die mir begegnenden Gestalten zu betrachten, ja wohl manchem in Gedanken das Horoskop zu stellen, hing ich hier mit Leidenschaft nach, da nicht allein der Reichtum der ausgestellten Werke der Kunst und des Luxus, sondern der Anblick der vielen herrlichen Prachtgebäude unwiderstehlich mich dazu antrieb."

このような感性の持ち主に関する的確な解説が、W・ベンヤミンによってなされている。彼は、そのボードレール論において、新たに登場した大都市の遊民を「遊歩者」（Flaneur）と呼び、この人種の性格描写とその存在の意味づけをおこなっている。

「通りは遊歩者の家となった。市民が四囲を囲まれた家でくつろぐように、遊歩者は家々の玄関先でくつろぐ。油絵が市民の家の広間の装飾となるように、ペイント塗りの煌く看板が遊歩者の家の飾りとなる。彼にとっては、その辺りの外壁がメモ帳を載せる書き物机の役目をし、新聞スタンドが書棚の、カフェテラスが、仕事のあとわが家の様子をゆったり見下ろす出窓と同じ役目をした。」(42)

ここで「遊歩者」として紹介されている人種は、近代都市の発展とともに生まれてきた種族で、都市に育まれ、都市文化を担う存在に成長することになる。彼らは、大都市という空間の独自性に気づき、それを意識化し始めた先駆者である。ベンヤミンが特徴づけているように、同じ都市に住んでいながら、遊歩者の行動は「生活者」や「市民」の行動とは対照的である。遊歩者は、どこかへ行くためにではなく、街をぶらつく。彼は、仕事に追われる人の目を逃れる些細な事象に関心を寄せる。彼は時間を惜しんだりしない。彼は心惹かれるものにのめり込んでゆく。

『廃屋』のテーオドールが、ベンヤミンのいう「遊歩者」の気質を備えていることは、先に引用した文章から明らかであろう。また、テーオドールが廃屋の謎に迫る際に見せる粘り強い行動は、一九世紀後半の探偵小説に

（42）Benjamin: Charles Baudelaire, S.35.

登場する「私立探偵」を思い起こさせる。ベンヤミンは、ホフマンとはまったく関係のない文脈において、遊歩者のことを「意に反してなった探偵」（Detektiv wider Willen）と評しているが、この点でも、テーオドールは「遊歩者」の特徴を示している。(43)

しかし、テーオドールは、その動機において探偵小説の探偵と微妙に異なっている。両者とも現実の利害を離れ、謎の解明に取り組む点では共通する。だが、探偵が異常な事件に対する知的好奇心から解明に向かうのに対して、テーオドールは、謎めいたもの、神秘的なものに対する偏愛に動かされている。そして、その偏愛の起源を問えば、平凡な現実の背後に隠れた「不思議なものの表徴」を見つけたいという「ロマン主義的心性」にほかならない。この点において、ロマン主義的な視幻者テーオドールは、数十年後に現れる合理主義的探偵とは一線を画している。(44)

また『廃屋』の記述で興味深いのは、このような遊歩者的・探偵的心性の持ち主が、テーオドール一人ではないという事実である。友人のP伯爵が、彼に先立って廃屋に興味を抱いたという記述がその証拠である。またテーオドールが廃屋の二階をオペラグラスで見ていると、周囲の人々も真似をしていたという記述も、一般市民の中に遊歩者の「心性」（Mentalität）が芽生えていたことを暗示している。

(2)「都市文学」の誕生

上で「都市」に関する感受性の発達の例証をおこなったが、「文学」に関する感受性にも、同様の傾向が見られることも指摘しておこう。それは、前節で論じた『三人の友の生活から』の模倣作品の出現に示されている。ホフマンは、公園での些細な出来事を「核」として、『三人の友の生活から』という物語を紡ぐことに成功した。この小説を読んだ友人のコンテッサ（Carl Wilhelm Salice Contessa, 1777-1825）は、早速このユニークな創作法の「模倣」に飛びつく。彼は、『三人の友の生活から』出版後、ただちにホフマン宛の「公開書簡」を雑誌に掲載する。彼はその「書簡」において、自分もその「少女の涙」の現場に居合わせたと主張して、次のようにホフマンの「嘘」を咎めている。

「読後には、腹立ちのあまり一晩中眠れなかった。親愛なる友よ、君は一体どうやってあの単純な出来事から、ひとつの真実（＝少女の涙）以外は、嘘八百からなる物語を紡ぎ出したのかね？」（『手紙』第三巻六六頁以下）

このように大がかりな下準備をしておいて、コンテッサ自身が「真実を語る」という口実のもとに、『宝探し』（Die Schatzgräber, 1818）という虚構の物語を語っている。

コンテッサの行為は、『廃屋』においてP伯爵がおこなっていることに似ている。奇妙な建物であれ、ユニークな小説であれ、興味深い試みはすぐに同調者や模倣者を呼び寄せるのである。一八〇〇年頃のベルリンに、すでにこのような「流行のメカニズム」が形成されていたことが窺える。[45] このことから分かるように、ホフマンは確かに卓越した「都市観察者」であったが、孤独な一匹狼（Einzelgänger）ではなかった。ホフマンが発見して描いた「都市性」や「都市の魅力」が、同時代の読者に受け入れられる素地はすでに整っていたと推測され

（43）ベンヤミンは、探偵という職業の成立が、遊歩者にメリットをもたらしたことも指摘している。つまり、悪徳のひとつであった「あてのない散策」（Müßiggang）が、社会的非難を浴びなくなるのに役立ったという。Benjamin: Charles Baudelaire, S.39を参照。

（44）もちろん、テーオドールの流れを汲むロマン主義的探偵も存在する。彼らは、事件の不思議さに惹かれ、不思議な結末を望む者たちである。

（45）本章第二節で論じた『大晦日の冒険』において、ホフマンがシャミッソーの小説『ペーター・シュレミールの不思議な物語』をすぐに「模倣」していることも、同じ傾向の現れといえよう。

る。

ドイツ「都市文学」の萌芽期に関してひとつの推論をおこなうならば、『廃屋』の考察で見た「奇妙な建物に対する関心」は、一八〇〇年頃に芽生え、数十年間だけ続いたと考えられる。すなわち、テーオドールの時代以前には、歴史的事件の舞台となった城館や有名な建造物を別にすれば、普通の家に興味を示すこと自体がなかったと考えられる。たとえ怪しげな建物が存在しても、事件でも起こらない限り、人々が探索をすることはなかったと推測される。他方、ベルリンが名実ともに現代的大都市に成長した一八七〇年以降では、『廃屋』に取り上げられたような「謎の建造物」が無数に存在していたと推定される。[46] ベンヤミンの時代の遊歩者も、大都会における圧倒的な量の謎の中で、廃屋ひとつに関心を示す意欲を喪失していたのではなかろうか。その意味において、「繁華街」(Prachtstraße)と「廃屋」(ein ödes Haus)のコントラストが生む面白さは、初期の都市文学だけが捉えたひとつの都市風景、一枚のスナップ・ショットであったといえよう。

(3)『三人の友の生活から』と『廃屋』に描かれた都市

上記二作品に共通して見られる都市の特徴を指摘しておこう。『三人の友の生活から』には、当時のひとつの「流行」が描かれている。一人の青年は、ウンター・デン・リンデンの一筋南の通りを走って少女一行に追いついている。あとの二人は、翌日からウンター・デン・リンデンやティアガルテンをぶらついて少女の姿を捜し求めている。現代人の目には迂遠に見える行動も、その頃ベルリンで流行っていた「散歩」(Spaziergang)の習慣を踏まえれば、何の不思議もない。すなわち、当時の上流階級の間では、昼頃にこの通りをそぞろ歩く習慣が広まっていたのである。[47]『廃屋』でも、この散歩は描かれている。テーオドールが例の家に女性の姿を認めても立ち止まれないのは、ウンター・デン・リンデンを散歩する群衆のせいである。現代の大都市では考えられないことであるが、人口二〇万人弱で、市民たちの行動にまだ統一性が残されていた一八二〇年頃のベルリンでは、一人の女性を求めてウンター・デン・リンデンを歩き回ることは、あながち馬鹿げた探索法でもなかったのである。

『廃屋』には、当時のベルリン市民の交際規模を映す記述も見られる。テーオドールは、廃屋に隠れていた女性を世話するK医師と友人である。彼はある夜会でその女性の姪にも出会っている。これらの偶然は、当時のベルリン「社交界」が小さなサークルで成り立っていたことを反映している。封建時代の共同体的性質はすでに失われているが、匿名性が支配する大都市になりきっていない時期のベルリンが描かれている。見方を変えれば、これらの作品に描かれた状況は、当時のベルリンの雰囲気、人々の暮らしのリズム、時間感覚、交際形式を映し出している。この二作品は、なんら特筆すべき筋も構成も備えていないが、その都市描写において、ある種、魅力的な「ベルリン物語」たりえている。

(46) ベルリンの人口は一八二〇年以降急増している。一八二〇年二〇万人、一八五〇年四〇万人、一八五五年四五万人、一八七〇年九〇万人という概数が見られる。Glaser: Deutsche Literatur, Bd.6, S.39、池内紀『ぼくのドイツ文学講義』一一五頁、平田達治「ヴィルヘルム・ラーベにおける大都市像」一一七頁を参照。

(47) ハイネも「ベルリン便り」でこの流行を紹介している。「いまちょうど名士たちの散歩時間の正午である。着飾った人々の群が、リンデンを行き来しているところだ。」、「早春の天気のいい日には、一二時半頃ティアガルテンに行きなさい。[…]国王陛下が散歩されている時間だ。」Heine: Briefe aus Berlin, S.13 および S.22 を参照。この習慣については、Seibert: Der literarische Salon, S.138ff. も参照。

三　過去を秘める美術館
――『フェルマータ』（一八一五）・『総督と総督夫人』（一八一七）

ヴィエッタによれば、都市を「近代都市」たらしめるのは、単なる人口規模ではなく、「都市計画」という官僚的合理主義的コンセプトを基礎にして、行政機構、銀行、会社などの経済機構および出版社、映画館、テレビ局などの情報娯楽機構が整っていることである。(48) ホフマンの時代のベルリンには、ヴィエッタが条件として挙げているものは揃っていなかったが、それでも「王宮」の周辺に、芸術アカデミーの「美術館」（一七八六年整備）、ブランデンブルク門（一七九一年完成）、劇場（一八〇二年新築）、大学（一八一〇年創設）などが、次々に整備されていた。(49) ホフマンは、近所の文化施設に足繁く出入りしている。たとえば、彼の住居の真向かいの王立劇場へは、劇場監督から入手した無料入場券やコネなどを使って頻繁に通い、自らも『ウンディーネ』の作曲家として華々しいデビューをしている。(50) また近所で開かれる「若き歌の会」（jüngere Liedertafel）という音楽愛好家の会では、すぐれた演奏家としても活躍している。(51)

画家としての活躍は、音楽におけるほどではないが、『小人ツァヘス』、『牡猫ムル』などに自作の「挿絵」を用いている。また、徒歩で数分の所にあるウンター・デン・リンデンの「芸術アカデミー」（Akademie der Künste）にも足繁く通っている。そこで毎年開かれる「秋の美術展」には特に強い関心を持っていたようで、この展覧会を舞台にした作品を幾つも書いている。(52) 主要な二作品では、出展作品の「一枚の絵」に焦点が当てられ、その絵にまつわる因縁話が展開される。舞台となる「芸術アカデミー」は、物語の「枠」（Rahmen）を形成しているにすぎないが、ここでは、その「枠」部分に注目して話を進める。

最初の作品『フェルマータ』（Die Fermate）は、ベルリンに落ち着いて創作を再開した直後の一八一五年一月末、『大晦日の冒険』に続いて書かれている。この作品は、ホフマンが「文庫本」向けに書いたもっとも初期の作品である。(53) その冒頭を見てみよう。

「『イタリアのロカンダの集い』と題された、フンメルの陽気で生き生きとした作品は、その絵が展示されていた一八一四年秋のベルリン美術展で多くの人々の目を楽しませ、一躍有名になった。」(『フェルマータ』五七頁)

この絵を鑑賞した二人の人物が、ウンター・デン・リンデン通りを横切り、向かいのイタリア料理店「サラ・タローネ」へ入ってゆく。(54) フンメルの絵に描かれていたワインと同じものを飲みながら、ホフマンの「分身」とおぼしきテーオドールが、青春の思い出を友人に向かって語り出すことで、「枠内物語」(Binnenerzählung) が

(48) Vietta: Die literarische Moderne, S.273ff. を参照。
(49) 現代的な意味での「美術館」は、ホフマンの死後に建設が始められ、一八三〇年に完成した。それはシンケルの手になるもので、「美術館」という目的で建造されたヨーロッパ最初の建物だった。現在もベルリンに「旧博物館」(Altes Museum) の名前で残っている。Ziolkowski: Das Amt der Poeten, 391ff. を参照。
(50) ホフマンはある時期、劇場監督ブリュールのコネで無料入場を認められていた。その見返りとして、スポンティーニのオペラ台本のドイツ語訳など、幾つかの手伝いをしている。
(51) ホフマンの死後、このサークルのメンバーが、ホフマンに捧げた弔辞が参考になる。『手紙』第三巻二八一・二八二頁を参照。
(52) 次に取り上げる二作品以外に、アカデミーの展覧会で、絵に描かれた娘の視線を感じた体験を語る『流浪の熱狂家のメモ』(一八二二) という小品も残されている。Klassiker-Ausgabe, Bd.5, S.572f. を参照。
(53) 掲載誌は、Frauentaschenbuch für das Jahr 1816 von de la Motte Fouqué である。
(54) 「サラ・タローネ」は、ホフマンが通った実在のイタリア・レストランである。場所はウンター・デン・リンデン三二番地、シャルロッテン通りとの角である。

始まる。それは、彼がイタリア人歌手姉妹に誘われて、故郷のケーニヒスベルクを出てイタリアへ行き、そこで音楽家として大成する話である。物語の落ちとして、フンメルが描いている情景が、テーオドールとイタリア人歌手姉妹の再会した情景そのままであったことが語られる。テーオドールが思い出話を終え、二人がレストランを出るところで物語は閉じられる。

一八一七年秋に書かれた『総督と総督夫人』(Doge und Dogaresse)も、まったく同じ趣向の物語であるが、語りの形式が少しだけ異なっている。

「一八一六年九月にベルリン芸術アカデミーが展示した作品のカタログに、「総督と総督夫人」という題の作品があった。それはアカデミー会員であるすぐれた画家C・コルベが描いた絵で、特別な魅力で観客を惹きつけ、その絵の前の場所は、めったに人気《ひとけ》が絶えることがなかった。」(『総督と総督夫人』三五五頁)

ようやくその絵の前から人波が去り、二人の青年画家がその絵に見入っていると、一人の老人が現れ、この絵にまつわる話を知っていると言う。三人はアカデミーの離れの静かな部屋に移動する。そこで老人が物語を始める。それは「一四世紀のヴェネツィアを舞台にした悲恋」であり、老ヴェネツィア総督とその若き妻アヌンツィアータ、その恋人アントーニオにまつわる物語であった。老人は物語を終えるやどこかへ立ち去る。二人の青年が話の余韻を胸にもう一度コルベの絵を眺めたところで作品は閉じられる。

この二作品の「枠内物語」の舞台は、ケーニヒスベルク、南ドイツ、イタリア(『フェルマータ』)とヴェネツィア(『総督と総督夫人』)であるが、ここでは取り上げない。筆者が注目しているのは、「枠」部分において「展覧会の絵」が果たす役割である。すなわち、美術展に飾られた「一枚の絵」が、前節で取り上げた『三人の友の生活から』における「少女の涙」、『廃屋』における「廃屋」と、同様の役割を果たしていると見ることができる。この解釈をもう少し詳しく説明することにしたい。

『フェルマータ』と『総督と総督夫人』において、多くの市民が美術展の絵を鑑賞しつつ通り過ぎてゆく。人気のある絵の前には人だかりもできる。しかし、彼らの目には、描かれた「絵」以上のものは明らかにならない。そこに芸術家である主人公たちがやって来る。すると、その絵に秘められていた「謎」が思いがけない仕方で開示される。その「謎」は主人公の体験であったり、一四世紀の史実であったりするが、物語を形成する構図は両者に共通している。そこにはひとつの「発見」が現れている。

ジオルコフスキーは、『詩人の使命』という著書において、「ジャンルとしての画廊における会話」という章を設け、ドイツ・ロマン主義においてこのモティーフが持つ重要性を指摘している。(55) またジオルコフスキーは、一八三〇年にシンケルの設計で建てられた王立美術館の意味を次のように説明している。

「ロマン主義的美術館は、芸術の殿堂と芸術家のパンテオンだけを意味したわけではなかった。それは同時に「通《つう》」(**Kenner**)にとっての理想的な場所であることが明らかになった。このことは自明な事柄の確認ではない。というのも、美術館は、人々の芸術鑑賞の仕方に変化をもたらし、芸術作品を歴史的現象として理解する道を開いたのである。」(56)

(55) W・ヴァッケンローダーの『芸術を愛する修道僧の真情の披瀝』(Herzensergiessungen eines kunstliebenden Klosterbruders, 1797)で描かれる「画廊での対話」以降、このモティーフがよく現れるというのである。本節で取り上げている作品もこの範疇に入る。

(56) Ziolkowski: Das Amt der Poeten, S.450.

ホフマンは、シンケル設計の美術館を見ることなく死んでいる。しかし、その当時のベルリンで一番の美術館であった「芸術アカデミー」の展示場を物語の舞台に選び取った時、ホフマンは、都市において「美術館」が持ち始めていた機能をいち早く認識していたと推測される。ホフマン自身が遊歩者の目をもっていたのである。彼の目に映った美術館は、たんなる過去の名品の陳列場所ではなかった。ベンヤミンの表現を敷衍すれば、市民が「画集」を眺めるように、遊歩者は美術館をぶらつくといえよう。遊歩者ホフマンは、展覧会場をぶらつきながら、さまざまな空想、絵画が喚起する多様な幻想に身を任せたと考えられる。美術館こそは、ホフマンの創作方法である「カロー風の幻想」にとって理想的な空間であった。『フェルマータ』と『総督と総督夫人』は、そのカロー風の幻想の産物であった。この意味において、美術館が幻想の素材の宝庫であることを示す作品も、「都市文学」の一形態に数え入れることができるだろう。

美術館の機能に関して、同様のことが現代の美術館についても言えそうなものである。世界の有名美術館には、当時のベルリンのアカデミーが比肩すべくもない名品が飾られている。ところが、『フェルマータ』のような物語は、現代の巨大美術館では起こりそうもない。先に「繁華街」と「廃屋」について見たように、時代的要因が関与している。すなわち、一九世紀の小さな美術館で可能であったこと、鑑賞者の個人的体験と絵の主題が重なり合う可能性、またホフマン自身が経験しているように、絵の出展者と鑑賞者が親しく知り合う可能性などは、巨大建造物と化した現代の大美術館では失われてしまっている。(57) 美術館の機能も都市の表情も、従って「都市文学」の内実も、時代とともに変化し続けているのである。

四　昼のベルリンの描写

本章では「白日のベルリン」を描いた四作品を取り上げ、その作品が示す「都市文学性」を明らかにしてきた。その考察から得られた知見を確認して、この章を締め括ることにしたい。

まず指摘できることは、ホフマンが一八一五年頃のベルリンの相貌を非常に的確に観察している事実である。これには、ホフマンのベルリン体験の特殊性が関係していると想定される。すなわち彼は、それぞれ数年の間隔を置いて、三度ベルリンに住んでいる。それもただ漠然と住んでいたわけではない。初回には、初めて首都に来た青年の新鮮な目で見つめている。二回目には、失業者として粗末なアパートに住み、占領下の首都を眺めている。そして三度目が、ここで取り上げた諸作品に描かれる復興中のベルリンである。異なる時期に異なる条件下でベルリンを眺めたことが、この都市の変化に対する感受性を高めたと考えられる。

ホフマンの「都市描写」のもうひとつの特徴は、物語の舞台として非常に有名な場所を使用するが、しかしその場所を描写しない点にある。ホフマンがものを見る眼を重視していることは、すでに方々で確認してきたが、その能力とは、客観的現実を写しとることではなく、精神が見たものを造形することを意味していた。ホフマンはこの原則に従って「ベルリン」を描いていると思われる。ただ写実的でない方法で都市を描くとは、どういうことなのだろうか。そのことを、ハイネの「ベルリン描写」とホフマンの「ベルリン物語」を対比することで明らかにしよう。

(57) ホフマンは『総督と総督夫人』執筆をきっかけにしてコルベと親しくなり、挿絵を描いて貰っている。現代にあって、美術鑑賞がひとつの「体験」に転じうる可能性が残されているのは、小さな美術館においてであろうか。

法律家の資格を取るためにベルリン大学に入学したハイネは、ライン地方の新聞と特派員契約を結んで、ベルリン事情を伝える三通の報告書『ベルリン便り』(Briefe aus Berlin) を送っている。(58) ハイネはその第一号において、読者をベルリン中心部の「郵便馬車駅」に立たせる体裁を取り、そこから西側に伸びるウンター・デン・リンデン通りの施設を順に紹介してゆく。若きジャーナリストの闊達な描写は、当時の目抜き通りを生き生きと描きだしていて、現代の読者にも当時の様子がよくイメージできる。

それに対して、ホフマンの「ベルリン物語」には、ウンター・デン・リンデンという繁華街の具体的描写は非常に乏しい。ホフマンが用いる手法は、ハイネの活写とは発想からして異なっている。具体的には、次の二つの手法が指摘できよう。ひとつは、『廃屋』の菓子屋の場面で用いたような、リアルな会話の再現である。この例の場合、ホフマンは店名すら挙げていないが、それが有名な「フックスの店」であることは無言の前提となっている。そこで客と店主が交わす会話場面を描くことで、描写とは異なるリアリティが効果的に演出されている。

もうひとつの手法は、『フェルマータ』の「芸術アカデミー」に代表されるように、有名な地名だけを挙げて、あとは一切の描写を省略する方法である。この手法は、相手があらかじめその場所に関する知識やイメージを持っていることを前提とすることで、わずらわしい説明をカットする高等戦術である。この手法も、ライン地方の読者のために詳しい報告をおこなうハイネとは対照的なスタンスをとっている。

けれども、ホフマンはこの章で取り上げた作品で、どのような芸術的造形を達成したと言えるのだろうか。ここには、ホフマンの想像力が産み出したすぐれた「像」はほとんど見あたらない。たとえば、『三人の友の生活から』に見られる怪談話も、『廃屋』で語られる貴族の因縁物語も、『総督と総督夫人』で語られる歴史物語風の悲恋も、厳しい眼で見れば、独創性のない二番煎じばかりである。ここでは、「夜のベルリン物語」に見られた不気味な幻想や滑稽な幻想すら影を潜めてしまっている。

おそらく、われわれはここで取り上げた作品に過剰な期待を抱くべきではないだろう。これらの作品の意義は、ベルリンの街角を舞台として物語を紡ぎ出すこと自体にあると評価するのが、もっとも適切だと思われる。『三人の友の生活から』においても、『廃屋』においても、ホフマンにとって肝心だったのは、ただひとつ、人々の目が集中する「白昼の大都市」のただ中に、それまで誰も気づかなかった「謎」を探り当て、その「謎」を核とする「物語」を展開することであった。

意外な場所に謎を発見した後の仕事、すなわち「謎の解明」という作業は、作品を終わらせるためには不可欠ではあるが、ホフマンの関心からすれば副次的な作業にすぎなかったのだろう。前章で扱った「夜のベルリン幻想」では、グルックの幽霊、鏡像をなくした男、二百年生きる人物などの超常的人物を登場させ、鏡像の剥奪や下半身の略奪という超現実的事件を盛り込むことで、読者の空想を飛翔させることが可能であった。しかし真昼の都市を舞台とする物語では、そのような手法は有効ではなかった。そこで作者が試みたのが、「都市に潜む意外な謎」の提示という手法であったと考えられる。

(58) Rheinisch-Westfälischer Anzeiger 紙に、一八二一年「一月二六日」、「三月一六日」、「六月七日」の日付で、ベルリンの社交界、文芸動向、出来事などを報じている。すでに幾度か引用したように、ホフマンに関する記事も多い。

第四章　一八二〇年代ベルリンの風俗

第二章で夜のベルリン幻想、第三章で白昼の謎を主題とする作品を考察した。本章では、先の二章とは全く異なる視点から、ホフマン晩年の諸作品を取り上げる。すなわち、当時のベルリンに関する社会史・文化史的な関心を中心に据え、残された作品の記述から、当時の社会や文化に関する興味深い記述を収集することに主眼を置く。最初に取り上げる『錯誤』とその続編『秘密』は、ホフマンが出版の義務を果たすために書いた、最も不出来な作品である。そこには当時の首都の様子を示す生《なま》の素材が多く含まれている。(59) 次に取り上げる『ゼラーピオン同人集』の「枠物語」（一八一九―一八二一）との関連では、当時ベルリンの中心街に点在した「作家のサークル」や「サロン」の実態を瞥見する。最後に、ホフマンの事実上の文学的遺書ともいうべき『いとこのコーナー窓』（一八二二年四月）を取り上げ、晩年のホフマンが都市を見る眼差しの特徴を提示する。

一　復古期のベルリン風俗――『錯誤』（一八二〇）・『秘密』（一八二一）

（1）大衆向けの娯楽読み物

『錯誤』（Die Irrungen）と『秘密』（Die Geheimnisse）が、ホフマンのほかの作品よりも諷刺の強い作品になったひとつの理由は知られている。第二章において、プロイセン暦出版局が『花嫁選び』の内容にクレームをつけ、立腹したホフマンが、さらにどぎつい内容の作品を翌年寄稿したことを紹介しておいた。その作品がここで扱う

『錯誤』とその続編の『秘密』である。両作品の粗筋を一括して簡単に紹介しておこう。
——主人公テーオドール・フォン・S男爵は、裕福な叔父を持つハンサムな青年で、ベルリン社交界の人気者である。ある日、彼は行きつけのクラブで奇妙な新聞広告を目にする。それは「婦人物の札《さつ》入れ」の「拾い主」に宛てた依頼広告で、拾得者に対して「来年七月二四日に『ゾンネ』というホテルに出頭する」か、それとも直接「ギリシアのモレア島パトラス駐在プロイセン領事のもとに出頭する」か、どちらかの手続きをとるように依頼していた。S男爵は自分がその札入れの拾い主であることに気づく。札入れの持ち主が美しい女性だと見当をつけた男爵は、一年待ってベルリンのホテルを訪ねるよりも、すぐにギリシアへ旅立つ方を選ぶ。大層な旅支度や送別会をした後、彼は勇躍ギリシアに向けて馬車を走らせるが、半日ばかり行った馬車駅で、例の新聞広告が一年前のものであることを教えられる。つまり当日が広告に指定されていたホテルへの出頭日だった。S男爵はあわててベルリンに取って返し、ホテル「ゾンネ」に部屋を取る。

このようにして始まった滑稽な物語は、札入れの落し主でギリシア解放を切望する「ギリシア公妃」と、彼女を虜にしているユダヤ人学者シュヌスペルポルトの対決、そしてベルリン社交界の寵児S男爵の馬鹿げたふるまいの描写を、二本の柱として展開される。最後にシュヌスペルポルトがその魔力によって公妃を幻惑し、彼女をS男爵とくっつける陰謀に成功したかと見えた瞬間、公妃が探し求めていた本当の恋人で、ギリシア解放のために戦う勇者である「テオドロス」が姿を現し、ユダヤ人学者の企みは水泡に帰す。——(60)

(59) ホフマンの文庫本向けの作品を考察したトゲンブルガーは、この作品を「イロニーと諷刺」という点から、「華々しい花火」に喩えて評価している。ところどころに、ホフマンらしい煌めきが見られることは否定できない。Toggenburger: Die späten Almanach-Erzählungen E.T.A. Hoffmanns, S.232 を参照。

(60) この小説は一八二〇年前半に執筆されているので、一年後の一八二一年三月に勃発するギリシア解放戦争を予見した形になっている。ホフマンは『秘密』結末において、自分の「空想」が「現実」を先取りしていたことを自慢している。

（2）都市上層階級の戯画

すでに第Ⅱ部第二章第二節において、ホフマンが時代錯誤の貴族支配を批判している例を幾つか挙げておいた。ここでは、もっと現実に密着した形で、中層市民階級出身の作家が、一八二〇年にベルリンで暮らす中で経験し、腹立たしく思っていた「身分差別」の具体例を見ることにする。

①都市貴族の生態

『錯誤』における諷刺のおもな対象は、いうまでもなく主人公テーオドール・フォン・S男爵である。ホフマンは、この人物に代表される「貴族階級」への諷刺を意図している。しかし、作中では攻撃の標的はあくまでS男爵個人に絞り、叔父のアハティウス・フォン・F男爵を分別ある人に描いている。(61) この措置の必要性については後で論じるが、まずS男爵像に示される当時の「貴族」という存在の問題性を列挙してみよう。作品冒頭では、次のように言われている。

「男爵は、特別なことにほとんど遭遇しないのだが、身辺に起こることすべてを何か特別なことだと思い、自分は特別で人並みはずれた体験をするように定められた人間だと思いこむ種類の人間だった。」（『錯誤』一一七頁）

S男爵は、常に特別な事件（アヴァンチュール、冒険旅行）に憧れているが、日常の生活は、美食、おしゃれ、サロンでのおしゃべり、下手な詩作や演奏の繰り返しである。彼は、おしゃれ仲間の伯爵からズボンのウエストが八分の一インチ分太すぎると指摘されると、「慌てて帰宅し、召使いに服を脱ぐのを手伝わせ、「その服をどこかへやってしまえ！」」（一一九頁）と命令する小心かつ専横な人間である。
ホフマンがこのような記述によって諷刺するのは、贅沢な「寄生虫的存在」としての貴族である。この種の貴族はひどくホフマンの神経に障ったようで、『牡猫ムル』でも「フォン・ヴィップ男爵」という遊び人の贅沢な暮らしを、皮肉をこめて描いている。
ホフマンは、「柔弱」と「傲慢」が結びついた「貴族的ナルシシズム」も巧みに写し取っている。S男爵が自分の「臆病」を美化する様子は次のように描かれる。

「おお自然よ、甘く残酷な自然よ、お前はなぜ私の精神のみならず体まで、かくも華奢で敏感に作ったのだ。蚤に刺されただけでも痛みを感じるほどに。なぜ、ああ、なぜ私は血を見ると、それも自分の血を見ると失神してしまうのか！」（『秘密』一八〇頁、強調は引用者）

この例に見られるように、S男爵は、自分の人間としての弱さをすべて「高貴な生まれ」のせいにしてしまい、臆病を「華奢」と言い替えて恥じることがない。身勝手な自己正当化が、交際相手を苛立たせる貴族特有の悪弊であった。それを示す好例をもうひとつ引用する。

（61）筆者は、S男爵のモデルを、『廃屋』のところで紹介したピュクラー＝ムスカウ伯爵と推測している。その間接的証拠として、①作中で、ピュクラー＝ムスカウ伯爵が、ライヒャルト夫妻と気球に乗った「友人の伯爵」（gräflicher Freund）という表現で言及されている。②その家柄と莫大な財産によって、ベルリン社交界の寵児であった。③現実に、恋人の気を引くために鹿に馬車を引かせたり、気球で旅立ったものの、ポツダムに不時着したりしている。これらの点は、S男爵のふるまいと酷似している。ところが奇妙なことに、両者の関係を明言している研究書も注釈も見あたらない。ピュクラー＝ムスカウ伯爵の奇抜なふるまいについては、Kleßmann: E.T.A. Hoffmann oder die Tiefe zwischen Stern und Erde, S.395ff. を参照。

「夜一〇時ちょうどにボーイが部屋に現れ夕食の用意をした。まもなく上等なラグーが煮立った。男爵は自分の精神状態にふさわしい美的な飲み物の摂取が必要だと思い、シャンパンを注文した。そして鶏のフライを最後の一切れまで貪り食ってしまうと、今度はこう叫んだ。「精神が高貴なものを予感している時、現世的欲求など如何ほどの意味があろうか！」」（『錯誤』一三七頁、強調は引用者）

ホフマンは、S男爵を槍玉に挙げることで、彼が社交界で知り合った貴族たちの見苦しいエゴイズムを鋭く描いている。

ただ、その諷刺は少しでも度を超すと、危険な事態を招くことになる。余りにも具体的な諷刺をおこなうと、諷刺の対象になった貴族に気づかれ、その人間の勘気を被るおそれがあった。

②ギリシア熱

当時、西欧各国の世論のテーマになっていたのが、ギリシア解放問題であった。ヨーロッパ人は、異教徒トルコ人からのギリシア解放を応援していた。S男爵のギリシア行きの話は、そのような社会風潮を取り込んだものである。(62)

「「見知らぬ素晴らしき人よ、はるかなる神々の国の人よ、わが心の恋人よ、以前からあなたへの憧れが私の胸に燃えていた。いままでそれに気づかなかっただけだ。黄金の留め金のついた青い札入れこそが、あなたを愛する私の心を映し出す魔法の鏡だった。出発だ。あなたのもとへ！　穏やかな空の下、私の恋のバラが花咲く国にむけて出発だ！」と、男爵は極度の高揚の中で叫んだ。そしてすぐにギリシア旅行のための真剣な準備を始めた。」

（『錯誤』一二七頁、強調は引用者）

そこで男爵が始めた「真剣な準備」とは、ギリシア風の衣装をブティックに注文すること、ギリシア語を習うこと、ギリシア関係のガイドブックを読むことであった。仕上げに旅行用馬車とギリシア語通訳とボディガードを雇って、旅の支度がすべて整った。いざ出発という時の様子も皮肉に描かれている。

「S男爵は必要な送別の挨拶のために三日をかけた。ロマンチックなギリシアへの旅、謎に満ちた冒険、ひょっとしたら今生の別れとなるかもしれない訪問、これだけでも繊細な令嬢方を恍惚とさせるに十分ではなかったか？　ギリシアのことをうまく説明できるように、男爵がガスパレ・ヴァイスの店で買ったギリシアの島の娘の絵を見せられた時、美女たちの胸からため息が漏れなかったであろうか？」（同上一三四頁）

現実世界でも、プロイセン王国の首都では、ギリシア解放運動が色々と話題にされていた。(63) しかし、右の例に見られるように、多くの貴族や市民を熱狂させていたのは、トルコ支配下にあった現実のギリシアではなく、一八世紀末からヴィンケルマンを筆頭とする古典主義者たちによって美化されていた「ヨーロッパの故郷」、

(62) 一九世紀はじめに、ヨーロッパ各国でギリシア・ブームが起こっていた。パルテノン神殿の彫像が切り取られ、大英博物館へ搬入されたのもこの頃である。ドイツでも、ギリシア風の服装が流行し、ギリシア風の名前をつけることが流行した。Schlaffer: Epochen der deutschen Literatur in Bildern, S.169-173 を参照。

(63) この点についても、ハイネの『ベルリン便り』が正確な報告を載せている。「他所と同じように、当地でもギリシア問題がおおいに話題になりました。しかし、ギリシア熱はもうかなり冷めてきました。青年たちが熱狂的にギリシアに共感を示し、年輩の理性的な人々は首を振っています。」という報告などが見られる。Heine: Briefe aus Berlin, S.18 と S.31 を参照。

「神々の国」、「蒼い空の南国」、「エキゾチックな島」としてのギリシアであった。ホフマンは、大層な旅支度を整えて出発しながら、その日のうちに舞い戻ってくるS男爵を描くことで、「偽りのギリシア熱」を笑いものにしている。

③ベルリン社交界

S男爵は、ヒーローになろうとして、さまざまな愚行をおこなっている。彼がそのような企てをする動機とは、社交界での評判の獲得である。彼は、恋人の前でいいところを見せようと、見栄えのよい馬乗り演技をおこなうが、恋人と公衆の前でぶざまに落馬する。そのことが社交界の噂になった時、男爵は次のような泣き言を洩らす。

「あの忌々しい落馬（Fall）以来、僕はすっかり流行遅れになって（aus der Mode gefallen）しまった。どうしてあの致命的な事件がB（= Berlin）中に知れ渡ったのか、僕が顔を出す所で皆が、馬鹿にしたような同情顔をして、ひどい落馬で怪我をしなかったかと尋ね、しかも遠慮なく僕の前で高笑いをする。まったく笑い者になることよりひどいことはない。笑い者にされた後に待っているのは、誰にも相手にされない状態（völlige Bedeutungslosigkeit）だけだ。」（『秘密』一九二頁、強調は引用者）

この告白が語っているように、男爵が恐れることは社交界で笑い者になること、もっとも恐れることは、社交界で無視されることである。彼の行動の指針は社交界での評判であり、それゆえ、失墜した評判を回復するためならどんな手段も厭わない。

ところが、ホフマン自身は社交界自体を馬鹿げた組織として描いている。彼は、「サロン」（Salon）の別名である「芸術的なお茶会」（ästhetischer Tee）を、本物の「紅茶」（Tee）になぞらえて笑いものにしている。つまり、サロンの令嬢や婦人を「茶葉」に、燕尾服の青年を「煮立たぬぬるま湯」に、詩人を「砂糖」に、学者を「ラム酒」に、ニュースを持って訪れる客を「ビスケット」に喩えている。(64) また『ゼラーピオン同人集』でも、サロンでおこなわれる朗読会の退屈さ、質の低さが、例を挙げて嘲笑されている。(65) これらの諷刺の背後には、不快なサロン体験が存在すると想定される。ホフマンは、有名作家・作曲家になってから多くのサロンに招待されたが、気取った社交形式が気に入らず、二度と招待されないような不躾な態度をとったそうである。ホフマンの「社交界諷刺」や「サロンの戯画」は、それだけにリアルかつ辛辣である。

(3) ユダヤ人差別問題

『錯誤』と『秘密』には、ユダヤ人とされる人物が三人登場する。魔術師のシュヌスペルポルトと銀行家父娘のナタナエルとアマーリエ・ジムゾンである。一九八〇年代に本格的ホフマン伝を相前後して出版したザフランスキーとクレスマンは、この三人と『花嫁選び』に登場する二人のユダヤ人の描き方から、ホフマンの「ユダヤ人観」を検討している。(66) われわれも、これらの文献を参照しつつ、当時のユダヤ人問題の実態とホフマンのユダヤ人観を具体的に検討してみたい。

---

(64)『秘密』一七八頁を参照。
(65)『ゼラーピオン同人集』九四二頁を参照。ただその一方で、同人たちがサロンの婦人たちの機嫌を取ろうとあくせくしている事実も、ユーモラスに暴露されている。七五八頁を参照。ホフマンのサロン批判は原理的なものではなく、形式張って退屈な実態に向けられている。
(66) ザフランスキーの伝記は一九八四年、クレスマンの伝記は一九八八年に出版されている。ユダヤ人観については、Safranski: E.T.A. Hoffmann, S.395f. と Kleßmann: E.T.A. Hoffmann oder die Tiefe zwischen Stern und Erde, S.443-447 を参照。

この作品における「ユダヤ人中傷」箇所を調べると、それが「手紙」の記述に多いことがわかる。シュヌスペルポルトは、S男爵宛の手紙の中で次のように書いている。

「ナタナエル・ジムゾンこそが、奴の立派な娘が私のことをそう形容している当の人種であること、すなわちハムや腸詰めソーセージを口にするけれども、本当はユダヤ人であることを、あなたはご存じないでしょうね。」(『秘密』一九四頁、強調は引用者)

また同じ手紙の別の箇所では、次のような讒言もなされている。

「あの銀行家には注意しなさい。奴は、単にタルムードと呼ばれているけれども、善良なキリスト教徒を堕落させる術を使うのです。」(同上一九八頁)

また依頼されてS男爵の行動を見張るフォン・Tという貴族は、依頼人であるF男爵への報告書の中で、「あの馬鹿者(=S男爵)は、忌まわしいユダヤ娘(das fatale Judenkind)を夢中で抱きしめました」(一九七頁)と記している。

これら書簡中の記述は、当時広まっていたユダヤ人観を知る上で有効である。けれども、それを直接ホフマンのユダヤ人観の表現と見なすわけにはいかない。ホフマンの考えを直截に表現するユダヤ人描写を見ると、次のように否定的なイメージで描かれている。すなわち、『花嫁選び』のデュメルル男爵は、爵位を金で買いとった成金ユダヤ人と描かれている。『錯誤』、『秘密』に登場するジムゾン父娘は、貴族との政略結婚をめざす野心的な銀行家父娘に描かれている。「成金ユダヤ人」、「野心的な銀行家」というユダヤ人像には、明らかにホフマンのユダヤ人観が現れている。
ところが、次に引用する極端なユダヤ人差別の場面では、逆にホフマンの公正さが顔を覗かせる。少し引用が長くなるが、その場面を紹介したい。
S男爵は友人の騎兵大尉と乗馬に出かけ、最近の引きこもった暮らしぶりの理由を尋ねられる。

「当然テーオドール（＝S男爵）は、それについて筋の通ったことは言えなかった。彼はただある困ったこと、彼が被った苦悩［…］の責任が、ナタナエル・ジムゾンと父親同様に支配好きな娘にあるとだけ言った。その父娘が前から我慢ならなかった騎兵大尉は、そのユダヤ人がどんな害を加えたのか知りもしないくせに、ののしりはじめた。それを聞いた男爵も次第に興奮し、しまいには自分が被ったことの責任をすべてその銀行家になすりつけ、ひどい仕返しをしてやると誓う始末であった。」（同上二〇〇・二〇一頁、強調は引用者）

この時ちょうど二人はジムゾン家の前を通りかかる。ジムゾンが客たちと遅い午後の食事をしているのを見て、男爵は悪辣ないたずらを思いつく。夕闇に紛れてこっそりジムゾン家の庭に近づき、恐ろしい声音で叫ぶ。

「ナタナエル・ジムゾン、ナタナエル・ジムゾン、家族と飯を食らっておるのか。毒でも食らえ、ユダ公め（verruchter Mauschel）、われこそは汝の悪霊なり！」（同上二〇一頁）

S男爵はこのように叫んで、すばやく姿を消そうとした。ところが、天罰てきめん、S男爵がいくら馬に拍車をあてても、馬はいななき騒ぐだけで動かない。近づいてきたジムゾンと招待客は、「悪霊」（Dämon）の正体が男爵であることを知る。ジムゾンは冷静な態度で男爵の卑劣な行為に応対する。S男爵の出入り差し止めを通告したのである。(67) この例は、当時のユダヤ人蔑視の具体例を示している。当時ベルリンに住んでいたユダヤ人が、どのような差別や中傷を被っていたかが示されている。

この問題を歴史的に概観すると、たしかに一八二〇年頃のベルリンにおいて、「ユダヤ人問題」が大きな争点になっていたことが分かる。すなわち、シュタインとハルデンベルクによるプロイセン近代化政策の一環として、遅まきながらプロイセンでも一八一二年に「ユダヤ人解放令」（Emanzipationsedikt）が布告されていた。しかし、一八一五年以降に反動勢力が力を増すに従って、法律上は市民としての権利を得たはずのユダヤ人に対する様々な制限措置が加えられていった。ユダヤ人の公職からの排除、教職からの排除などである。

この反ユダヤ活動の中心になったのが、アヒム・フォン・アルニム、アーダム・ミュラー、クレメンス・ブレンターノらが、「ユダヤ人解放令」に反対して一八一一年に結成した「キリスト教ドイツの会」（Christlich-Deutsche Tischgesellschaft）である。この国粋主義的団体は、当時の法律に公然と違反して、会則によってユダヤ人排除を定めていた。この団体の集会でアルニムがおこなった『ユダヤ人の目印について』（Über die Kennzeichen des Judentums, 1811）という演題の演説文を読むと、冗談の形を取りつつ、ユダヤ人を使った人体実験を奨励し、ユダヤ人迫害を扇動している。(68) 同様の演説『有史以前・以後における俗物』（Der Philister vor, in und nach der Geschichte, 1811）において、ブレンターノも、ユダヤ人を「主イエスを十字架に架けた罪を背負う者たち」、「エジプトでの苦難に生き残った蝿ども」と侮辱している。(69) ロマン主義作家として文学史に名を残す人物たちが、このように愚劣な、悪意と偏見に満ちた演説をおこなって、それに会員が喝采を送っている事実、またその会員にベルリン大学学長フィヒテやザヴィニー教授などの学者、クライスト、ツェルター、ライヒャルトなどの芸術家がいた事実は、ドイツにおけるユダヤ人差別問題の根の深さを感じさせる。このテーマに関しては多くの研究書が出版されている。詳細はそちらに譲るが、この時代にあっては、アルニムがおこなったように、貴族がユダヤ人を公然と侮蔑しても咎めを受けないのが常態であった。(70)

では『秘密』を書いたホフマン自身は、実のところ、ユダヤ人をどのように見ていたのだろうか。上に見たように、ホフマンのユダヤ人の描き方は多くの場合差別的である。銀行家（ジムゾン父娘）、金に汚いユダヤ人（『花嫁選び』のマナッセ）、尊大な成り上がり貴族（『花嫁選び』のデュメルル男爵）など、型にはまったユダヤ人像がホフマンのユダヤ人観を表している。この事実から、「ホフマンはユダヤ人差別においても、時代の流れに乗った」とするザフランスキーの指摘はある程度正当である。[71] しかし、S男爵の悪ふざけの場面で明らかなように、ホフマンは、ユダヤ人差別が何ら正当な根拠をもたない、差別者側の偏見の産物であること、差別する側の勝手な言いがかりでなされていることを、はっきりと表現している。この場面を読めば、ホフマンは決して「反ユダヤ主義者」（Antisemitist）ではないとするクレスマンの主張は正当であると分かる。[72] たしかに、ユダヤ人差別を試みて大恥をかく馬鹿な貴族の話は、反ユダヤ主義者には絶対に書けなかっただろう。ホフマンのユダヤ人に対する態度に見られる「曖昧さ」は、どうやら彼が所属していた「中層市民階級」の社会的位置と関係しているように思われる。そのことを少し詳しく考察してみよう。

(67) ユダヤ人を侮辱するこの悪ふざけを現実におこなったのは、ホフマンの飲み友達でユダヤ人嫌いの俳優デヴリアンである。『同時代人の証言』S.579ff. を参照。
(68) Arnim: Schriften, S.359ff. を参照。この演説の問題性に関しては、Härtl: Romantischer Antisemitismus という論文を参照。
(69) Brentano: Werke, Bd.2, S.965f. 参照。同書 S.1209 の注釈によれば、ブレンターノはこの演説で会員の絶賛を博し、大いに喜んで講演原稿を印刷して配布したそうである。
(70) アルニムは、このユダヤ人侮辱の件でモーリッツ・イッツヒがおこなった抗議を無視し、決闘の申し出も拒否して、イッツヒに襲われるという刑事事件を起こしている。その事件の後も恥じることなく「ユダヤ人改宗協会」の設立を提案している。Bötger: Bettina von Arnim, S.114 および Härtl: Romantischer Antisemitismus, S.1163f. を参照。
(71) Safranski: E.T.A. Hoffmann, S.395 を参照。
(72) Kleßmann: E.T.A. Hoffmann oder die Tiefe zwischen Stern und Erde, S.446 を参照。

(4) 中層市民階級の板挟み状態

貴族階級とユダヤ人に向けられた諷刺の様態を考察してきたが、その考察の中で、両者に向けて嘲笑や諷刺の矢を放つ者自身の立脚点の問題性が浮上してきた。現代人の「人権意識」からすれば、世襲貴族の揶揄は正当で、社会的弱者であるユダヤ人に対する嘲笑は不当と映る。けれども、そのような第三者的な価値判断を留保し、ホフマンが置かれていた立場を検討すれば、ホフマンが創作に持ち込んだ態度こそ、当時彼が属していた階層、「市民階級出身の中級官吏」という層が生きていた状況を反映していることが見えてくる。

アルニムやブレンターノに見られた反ユダヤ感情は、ユンカー層特有のものではなく、程度こそ異なれ、市民階級にも根を張っていたと推察される。他方、当時の社会史の記述や伝記を読むと、市民階級の公務員のほとんどが、家柄によって良い地位を得ている貴族の上司を戴いていたことがわかる。H・ゲルトは、一八〇〇年頃のプロイセン官僚組織では、「身分による優遇」(ständische Privilegierung)、「依怙贔屓による昇進」(Günstlingswirtschaft) がおこなわれていて、市民階級出身の公務員の憤りを買っていた事実を指摘している。(73) 市民階級出身の公務員たちは、家柄や身内の引きによって高い地位に上ってゆく貴族連中を苦々しく思いつつも、自らの社会的栄達を図るために、職場や社交場などで彼らの機嫌を取り結ぶこともあったと推測される。(74) ホフマン自身を例にとると、彼は、一方でユダヤ人のヒツィヒに出版のこと、金のこと、有名人との交際のことなどで、幾度となく世話になっている。彼の死後、未亡人になったミーシャに助言をして、彼女を夫の負債から救ってくれたのもヒツィヒである。またコーレフ博士とも親しく交際し、『ブランビラ王女』のアイデアの源泉となるカローの版画なども貰っている。ところがその一方で、上に挙げたような否定的なユダヤ人像を登場させたり、ユダヤ人嫌いの俳優デヴリアンと親しくつきあったりもしている。

ホフマンと貴族の関係を見ても、同様のことが言える。ホフマンは『ウンディーネ』の作者、フケー男爵と親しく交わり、王立劇場総監督のフォン・ブリュール伯爵や大貴族の文人ピュクラー=ムスカウ伯爵とも交際している。その一方で、モデルが特定されないように隠蔽工作を施しつつ、貴族階級を笑いのめす諷刺小説を書いている。

このような矛盾を孕む処世は、ホフマンを含む中層市民階級が置かれていた社会構造に由来すると推察される。彼らが貴族を公然と批判できなかった理由は明らかである。社会の中枢を占める貴族と対決すれば、必然的に職業上、生活上の不利益を被る仕組みになっていたのである。[75] 他方、各社会領域で社会に同化しようと努力していた有能なユダヤ人との交際は、中層市民たちに多くの利益をもたらしたようである。感情の上では「社会的劣等者」と見下しながらも、ユダヤ人との交際から得られるメリットは享受していたと考えられる。中層市民層が、自分たちの上下に存在する両社会集団に対して屈折した両価的感情を抱きつつ、その時々によって曖昧な態度で身を処していたことが、ホフマンの作品にも反映していると考えられる。

(73) Gerth: Bürgerliche Intelligenz um 1800, S.75を参照。プロイセンの官僚層について詳しい研究をおこなっているH・ブルンシュヴィックも、当時の市民階級が入りこめた公務員の職は、実質上「法律職」と「行政職」に限定されていたことを指摘している。Brunschwig: Gesellschaft und Romantik in Preußen im 18. Jahrhundert, S.218f. を参照。

(74) A・リンケがその著書で指摘しているように、一八〇〇年前後のドイツ市民は、「貴族的生活への憧れ」と「市民的堅実さや市民道徳の誇り」の間で、揺れ動いていたのが実状らしい。このことは、ホフマンが置かれていた状況にも当てはまるだろう。Linke: Sprachkultur und Bürgertum, S.72ff. の「市民の欲望に満ちた眼差し」という章を参照。

(75) ホフマンは、貴族から二度も不当な制裁を受けている。一度目は、ポーゼンで von Zastrow 一派のカリカチュアを描いただけで左遷され、二度目は、卑劣な警察長官 von Kamptz を揶揄しただけで「懲戒手続き」にかけられている。

二　文学サークル――『ゼラーピオン同人集』（一八一八―一八二一）

一八一八年から一八二一年に執筆された『ゼラーピオン同人集』（Die Serapions-Brüder）の「枠物語」には、ホフマン家で開かれていた会をモデルとする集いが描かれている。当時の文学サークルの様子を見ることにしよう。まず冒頭で語られるサークル再結成の経緯に注目したい。

「そう、勿論私たちは昔と同じではない。一二才も齢をとったし、年ごとに人を天上から地上へ引きずりおろす泥もかぶってきた。むろん最後には、土の下に横たわることになるわけだ。そのことを度外視しても、この一二年間、数々の事件や企てに巻き込まれなかった者は誰一人としていない。この時期に起こった多くの恐ろしい出来事が、私たちの魂を揺さぶらず、心に深い傷痕を残さずに、通り過ぎることなどなかった。[…] 昔のことも昔の集いに期待したことも水に流し、新たな志をもとに新たな絆を産み出すことができるかどうか、試してみようではないか。」（『ゼラーピオン同人集』一〇・一一頁）

この枠物語の舞台は、「大都市」（große Stadt）にあるテーオドールの家の居間である。ここで言われている「一二年」が、単なる虚構でないことをまず明らかにしたい。ホフマンの伝記によれば、モデルとなった現実の会合は、一八一八年一一月一四日に開かれている。この日付から一二年を引くと、一八〇六年一一月一四日という日付が得られる。この年の一一月といえば、フランス軍がワルシャワに侵攻し、ホフマンが司法官の職を失うという事件が起こっている。右の引用文の一節、「この時期に起こった多くの恐ろしい出来事」（alles Schrecken, alles Entsetzen, alles Ungeheure der Zeit）が、ナポレオン軍によるプロイセン侵攻を意味することも確実である。

そうすると、ここで言われている「一二年間」が、ホフマンが職を失った一八〇六年一一月から、名のある作家として会を開いた一八一八年一一月までの期間を表しているという結論が得られる。

つまり、この枠物語で語られているのは、フランス軍の侵攻後にさまざまな辛酸をなめた中年作家の文学サークル再建の試みである。彼らが定めた「ゼラーピオン原理」という会の基本原則の中に、一見奇異に思える「くつろぎ」（**Gemütlichkeit**）が大切な要因として含められている理由は、上の事情を考慮すると納得がゆく。ホフマンの同世代の人々は、一〇年間の苦労を経てようやく落ち着きを得たのであった。それゆえ、彼らは交際においても心地よい雰囲気を重視したのであった。[76]

ホフマン家の「客間」（**Prunkzimmer**）を思わせるテーオドールの家で、週に一度開かれる会の様子を見ることにしよう。当日、主人であるテーオドールが「パンチ」（**Punsch**）を用意していると、七時ごろ同人が集まってくる。仲間内での話題は、上演中のオペラや劇評、芸術談義、サロンの話などと多彩であるが、中心行事はメンバーの自作の朗読とそれに対する批評である。『くるみ割り人形』、『スキュデリー嬢』などの名作に混じって、不出来な作品も朗読される。それらには辛辣な批評が加えられる。たとえば『花嫁選び』の朗読の後、「その物語が印刷されなくて幸いだ。さもないと批評家たちの裁きの場で、ひどい目にあうところだ。」（五九八頁、強調は引用者）という厳しい感想も述べられる。[77] 二、三編の作品の朗読と批評が済むと、午前零時頃になり散会となる。

この会の規模は、冒頭の発足時点で四人、後に新メンバー二人を加えて六人になる。この集いの運命は現実的

（76）「ゼラーピオン原理」の内容は、第I部第四章第二節で明らかにした。ここでは「文学サークル」の実態に焦点を絞ることにする。

（77）もちろんホフマンは、この物語が二度も印刷される事実を承知で書いている。虚構の論理を用いたユーモアである。

に描かれており、主人役のテーオドールの病気やメンバーの転居で、会がほとんど消滅状態に陥る様子も書かれている。もちろん、この会を、ホフマン、フケー、ヒツィヒ、シャミッソー、コーレフ、コンテッサらが開いていた現実の会と同一視するわけにはいかないが、そのイメージが活写されていると推測できよう。(78)

ではこのような会が当時のベルリンに沢山あったのかというと、どうもそうではないらしい。『文学サロン』という著作において、P・ザイベルトは、一九世紀初頭ベルリンの文学サロンを詳しく紹介している。ザイベルトはそこで、ホフマンの『ゼラーピオン同人集』に描かれた集いの特徴をふたつ指摘している。

ひとつの特徴は、『ゼラーピオン同人集』のモデルとされたティークの『ファンタズス』(Phantasus, 1811-17)、同じ形式を持つゲーテの『ドイツ避難民の談話』(Unterhaltungen deutscher Ausgewanderten, 1795)、アルニムの『冬園』(Wintergarten, 1809) などとの相違である。これらの枠物語はいずれも、『デカメロン』の伝統に従って、世俗を離れた場所を舞台としている。それに対して、ホフマンの『ゼラーピオン同人集』だけが、芸術談義の舞台を大都市の中心に置くという新しい試みをおこなっている。これがホフマンの文学サークルの特徴である。

ザイベルトは、彼が否定的に評価するもうひとつの特徴も挙げている。

「『ゼラーピオン同人集』のサークルは、単に男だけの会という点でサロンと異なっているわけではない。オトマールの話の中で、「芸術的お茶会」(ästhetischer Tee) は、はっきりと拒否されている。サロンが、意見交換の場として、また流動する人々の集う場として都市を活用するのに対して、ホフマンの虚構の会は、都市というものを閉鎖的組織によって対抗する必要のある脅威と感じている。」(79)

ザイベルトによれば、当時もっとも栄えていたのが、「サロン」(Salon) で、ほかに啓蒙主義者や国粋主義者が作った「思想的結社」(Gesellschaft)、同好の士が集まった「クラブ」(Klub) などが存在した。(80) そうした会の中にあって、「ゼラーピオン・クラブ」の特色は、「志」（Gesinnung）を拠り所にした会であること、「閉鎖的な男の集い」であること、自作の朗読を中心に据えたプロの「文学サークル」であるという三点に集約される。これらの特色は、第一の点で道楽的な「クラブ」に対するアンチテーゼであり、第二の点で「芸術的お茶会」や「サロン」に対するアンチテーゼであり、第三の点で「思想的結社」に対するアンチテーゼであった。(81) ホフマンの「文学サークル」は、クラブが盛んであった当時においても珍しい種類の会であったといえよう。

三　末期の眼に映る庶民の情景——『いとこのコーナー窓』（一八二二）

ホフマンは生涯一貫して、ありのままの現実を「写す」ことを、本来の芸術活動の前段階と見做している。本書で取り上げたすべての作品に見たように、彼は、魅力的な現実を写すことではなく、現実世界という舞台に独創的ファンタジーを展開することを目指していた。そんな作家が、ただ一作、ベルリンのジャンダルメン広場で開かれる市《いち》の情景をスケッチしている。それが『いとこのコーナー窓』（Des Vetters Eckfenster）である。その市《いち》

(78) ゼラーピオン同人全員が、ある意味でホフマンの「分身」といえる。他方、人物の特徴から、テーオドールをホフマン、ロータルをフケー、ツュプリアンをシャミッソー、オトマールをヒツィヒ、ジルヴェスターをコンテッサ、ヴィンツェンツをコーレフ博士の写しとする対応関係も見られる。『ゼラーピオン同人集』一〇三六頁を参照。

(79) Seibert: Der literarische Salon, S.268 を参照。

(80) 当時のサロンに関する研究書はおびただしい。特に Wilhelmy: Der Berliner Salon im 19. Jahrhundert および Scurla: Rahel Varnhagen が詳しい。

(81) Seibert: Der literarische Salon, S.427f. を参照。

の様子を見ることにしよう。

「広場全体が、ひとつの人間の集合（Volksmasse）のように思われ、その中へりんごを投げ込んでも、地面に落ちることがないように見えた。様々な彩りが、小さな点をなして陽射しの中に煌いていた。まるで風に揺れて波打つ巨大なチューリップ畑のようであった。その光景はとても素敵だったが、長く見ていると疲れを感じさせた。また刺激に弱い人は、夢を見る直前に訪れる心地よいもうろう状態のようなめまいを感じるようだった。」（『いとこのコーナー窓』五九九頁）

右の観察をおこなったのは、作家である「いとこ」ではなく、語り手である「私」の方である。病気の「いとこ」は、「私」が試みたこの写実的描写を聞いて、「君には作家の才能のかけら（das kleinste Fünkchen）すら、備わっていないようだね。」（六〇〇頁）と厳しく批評する。そしてプロの作家なら、群衆の中からでも、「市民生活の多彩な情景」（die mannigfachste Szenerie des bürgerlichen Lebens）を取り出すことができると言って、お手本として、市場に蠢く任意の人物を選び出しては、その人にふさわしい「人生」を語ってみせる。それは、フランスから移住してきたユグノーであったり、端切れを売る老婆であったり、盲目の傷痍軍人であったりする。

「いとこ」が巧みに構想する「架空の人生」を聞いた「私」は、「いとこ」が語る話は、「どれひとつとして事実ではない」（kein Wörtchen wahr）だろうが、その生き生きとした描写を耳にすると、すべてが「信じられる」（plausibel）ものに変わることを認めている。[82] 二人が市《いち》を観察しているうちに午後一時になり、市は閉じられる。病気の作家は、世のはかなさを悟ったような感慨を述べて窓辺を離れ、激痛に耐えつつ病人食に向かうことになる。

「この市《いち》は、絶え間なく移ろう人生の忠実な写しにほかならない。活発な営みやその時々の必要が人間を呼び集めるが、数刻の後にはすべてが閑散となる。混乱した騒音のごとくにとびかっていた叫び声もいまは途絶え、人気《ひとけ》の消えた場所が、戦慄を催す「終わりだ！」（Es war!）という叫びを発している。」（同上六二一頁）

ベンヤミンは、ポーの『群集の人』（The Man of the Crowd, 1840）におけるカフェの窓辺から見た「群衆描写」をほめる中で、ホフマンの「市の描写」に言及し、ホフマンの「いとこ」が、まるで劇場の二階桟敷から見るように、オペラグラスで群集を眺めている事実を指摘し、群衆描写の「現代性」においてポーよりも劣ると批評している。(83) その指摘自体は正しいが、ホフマンの群衆描写の腕を死の直前に口述によって書いた作品で評価するのは、いささか酷だと思われる。たとえば、ベンヤミンが『廃屋』をどのように読むのか、読んだのか、その評価が聞きたいところである。しかし、子どもの頃からホフマンを愛読しただけのことはあって、ベンヤミンは、ホフマンの特質をよく見抜き、次のように結論づけている。

「しかしホフマンは、その資質において、ポーやボードレールのような人々の一族に属する人物であった。」

"Und doch war Hoffmann nach seiner Veranlagung von der Familie der Poe und der Baudelaire."(84)

この言葉が、都市文学の先駆けであるホフマンの「ベルリン物語」全編に対する、名誉ある評価である。ヴィ

(82)『いとこのコーナー窓』六〇二頁を参照。
(83) Benjamin: Das Paris des Second Empire bei Baudelaire, S.46f. を参照。
(84) Benjamin: Das Paris des Second Empire bei Baudelaire, S.47.

エッタもドイツ表現主義の「都市文学」の先駆けとして、『いとこのコーナー窓』とヴィルヘルム・ラーベの『雀横町年代記』（Die Chronik der Sperlingsgasse, 1854-55）を挙げている。ヴィエッタはその中で、市《いち》の情景に見られる印象主義的「スナップショット」（Momentaufnahme）の現代性を評価している。(85)

『いとこのコーナー窓』でおこなわれる二人の対話では、正確な観察眼に加えてたくましい想像力が肝心であるという教えが、いくつもの例を交えて説明されている。ところが皮肉なことに、素人の「私」が見た市《いち》の情景が後代の研究者によって賞賛され、『いとこのコーナー窓』は、写実主義文学の先駆けという、ホフマンが夢想だにしなかった評価を得ることになる。

第五章　ホフマンの「都市文学」の意義

第Ⅳ部では、一八二〇年頃のベルリンを舞台とする全作品を考察の対象として取り上げ、それらがさまざまな形で「都市文学」の萌芽的特徴を備えていることを示した。(86) けれども、そのことは必ずしもホフマンが格別にベルリンを愛したことを意味しない。第Ⅳ部冒頭の一覧を見れば分かるように、彼はほかの都市を舞台にした作品も多く書いている。ホフマンには都市そのものに対する強い関心があったという見解の方が、むしろ真実に近いように思われる。このことは、第Ⅱ部第一章で明らかにした自然風景に対する無関心という特徴と、表裏の関係をなしていると考えられる。

ホフマンの都市好みを証拠立てるもうひとつの例として、ホフマンが舞台としたイタリア諸都市やフランクフルトを挙げることもできる。イタリア諸都市は、ホフマンの憧れの土地でありながら、彼が一度も見ることのなかった都市である。ホフマンは旅行記や地図を詳しく研究し、その街区、広場、建物を描いている。一方、フランクフルトはホフマンの憧れの都市でないけれども、発行者に敬意を表して『蚤の王』の舞台に使っている。別の例を挙げるなら、ホフマンは決してフランス贔屓ではなかったが、ルイ一四世治下のパリを舞台にしたすぐれた推理小説『スキュデリー嬢』(Das Fräulein von Scuderi, 1818) を書いている。この小説でも、街路が入り

(85) Vietta: Die literarische Moderne, S.291 を参照。
(86) 杓子定規に言えば、ベルリンを舞台とする作品の内、『B男爵』、『ある有名人の生活から』、『快癒』を取り上げていない。しかし、この三編は都市文学とは関係がないので、事実上「ベルリン物語」はすべて網羅したことになる。

組み、建物が複雑な構造をもつ大都市空間が、作品の謎解きの鍵になっている。時代を遡れば、一六世紀ニュルンベルクを舞台にした『桶屋の親方マルティンとその弟子たち』(Meister Martin der Küfner und seine Gesellen, 1819)でも、由緒ある帝国都市の職人の暮らしが活き活きと描かれている。これらの例を見れば、ホフマンが、ベルリンという特定の都市ではなく、都市空間を好んだと結論するのが正当であろう。

現代人は都市を舞台とする小説に馴染んでいるが、一九世紀初頭のドイツでは、そのことはきわめて例外的なことであった。たとえばF・ゼングレは、『願望像としての田舎と恐怖像としての都市』という論文において、「都市─田舎」というテーマを取り上げ、次のように述べている。

「泡沫会社設立時代までは、ほんの僅かのドイツ人［約五％］しか大都市に住んでいなかったこと、トライチュケが、「ドイツは世界都市(Weltstadt)なしに世界的国家(Weltmacht)になった。」と言ったことが、正当であることが指摘されている。たしかに、どこにもパリのような大都市は存在しなかった。もう少し小ぶりな(ドイツの)首都においても、バルザックやディケンズのような作家は考えられない。」(87)

ゼングレは、ドイツ特有の事情として右の確認をおこない、ドイツ文学において「田園小説」(Dorfgeschichte)や「郷土小説」(Heimatroman)が、一九世紀のみならず、現代に至るまで一貫する文学潮流であることを論証している。ところが、ゼングレはこの論証において、ひとこともホフマンに言及していない。彼は三巻からなる大著『ビーダーマイアー時代』でも、ドイツでは「恐怖像としての都市」(Schreckbild Stadt)という考えが定着していたことを述べているが、ここでもホフマンの作品に言及していない。(88) ゼングレは、ドイツ文学においては「都市文学」というジャンルが、言及に値しないほど希薄であると考えているようである。

けれども、ベンヤミンは、すでに一九三九年のエッセイにおいて、ホフマンと都市文学との近親性を指摘しているのである。

「ある私人がどんな風に群衆を眺めるのかということについて、ある小品がわかりやすい例を提供してくれる。それはE・T・A・ホフマンが書いた最後の作品である。その名は『いとこのコーナー窓』という。この作品は、ポーの短編（＝『群衆の人』）より一五年早く書かれていて、おそらく大きな都市の街路の光景を把握する試みの最も早いもののひとつと思われる。この両テクストの違いについては、書きしるしておく価値があるだろう。[…]」(89)

ホフマンは、当時のドイツ人作家には珍しく都会に興味を抱き、それを文学に描く感性を身につけていた。しかし、彼が生きたドイツには、まだ名実ともに大都市といえる空間は存在しなかった。ホフマンにはロンドンもパリも与えられていなかった。ただ不幸中の幸いというべきか、彼はその早い晩年に、ドイツ語圏でもっとも早く近代都市の萌芽が萌していた場所に住み、その周辺の街路で発見した事象を短編に取り入れることに成功した。ただ残念なことは、ベルリンを舞台にした長篇小説が書かれずに終わったことである。それが書かれていれば、ホフマンは、フォンターネに先駆けて、名実ともに「ベルリン小説の父」としての評価を得ることができたであろう。けれども、ここで考察した諸作品から、ホフマンが、一定の留保つきにせよ、「ドイツ都市文学」を確立した作家であるという結論を導くことは許されよう。ホフマンは、現実の都市「ベルリン」を写実的に描い

(87) Sengle: Wunschbild Land und Schreckbild Stadt, S.626 を参照。
(88) Sengle: Biedermeierzeit, Bd.2, S.865 を参照。
(89) Benjamin: Über einige Motive bei Baudelaire, S.124. 強調は引用者による。

たのではなく、未来を先取りする形で、ベルリンの「都市性」、「都市の光と影」を浮き彫りにしたのである。この確認をもって第Ⅳ部を閉じることにしよう。

【引用文献】

〈文献表記方法〉

〈1〉ホフマンの作品・手紙等からの翻訳と引用――次の［E・T・A・ホフマンの作品・日記・手紙等］に示したドイツ語原典を筆者が翻訳し、「作品名又は日本語略記・巻数・頁数」を（　）に入れて本文中に示した。【例】（『手紙』第二巻一〇〇頁）

〈2〉研究書等からの翻訳と引用――ドイツ語の文献については筆者が翻訳し、傍注に「著者姓（名）・書名・頁数」を略記した。正確な著者名・書名・発行所・出版年等は、「部」ごとに〈一次文献〉、〈二次文献〉、〈和書・邦訳〉に分類し、欧文文献は「著編者姓アルファベット順」、和文・邦訳文献は「著編者姓あいうえお順」に以下に掲載した。

〈3〉本書の論を構成する際に役立てたが、結果的に一度も「引用」や「参照の指示」をしなかった文献は、【主要参考文献】に一覧形式で掲載した。

［E・T・A・ホフマンの作品・日記・手紙等］

〈テクスト〉

E.T.A. Hoffmann: Sämtliche Werke in sechs Bänden. (Hrsg. von W. Müller-Seidel. Winkler München 1960-81)
1　Fantasie- und Nachtstücke
2　Die Elixiere des Teufels / Lebens-Ansichten des Katers Murr
3　Die Serapions-Brüder

4 Späte Werke
5 Schriften zur Musik
6 Nachlese

〈参照全集〉

E.T.A. Hoffmann: Sämtliche Werke in sechs Bänden. Bd. 2/1, 2/2, 3, 5. (Hrsg. von H. Steinecke/W. Segebrecht. Deutscher Klassiker Verlag Frankfurt/M 1985-) ［= "Klassiker-Ausgabe" と略記（刊行継続中）］

E.T.A. Hoffmann: E.T.A. Hoffmanns Werke in fünfzehn Teilen. (Hrsg. von G. Ellinger. Bong & Co. Berlin o.J. (1927²))

〈『日記』・『手紙』・『司法書類』・『同時代人の証言』・『音楽資料』〉

E.T.A. Hoffmann: Tagebücher. (Hrsg. von F. Schnapp. Winkler München 1971) ［＝『日記』と略記］

E.T.A. Hoffmann: Briefwechsel. 3 Bde. (Hrsg. von F. Schnapp. Winkler München 1967-69) ［＝『手紙』］

E.T.A. Hoffmann: Juristische Arbeiten. (Hrsg. von F. Schnapp. Winkler München 1973) ［＝『司法書類』］

Schnapp, Friedrich: E.T.A. Hoffmann in Aufzeichnungen seiner Freunde und Bekannten. (Winkler München 1974) ［＝『同時代人の証言』］

Schnapp, Friedrich: Der Musiker E.T.A. Hoffmann. Selbstzeugnisse, Dokumente und zeitgenössische Urteile. (Gerstenberg Hildesheim 1981) ［＝『音楽資料』］

［E・T・A・ホフマン以外の作家・研究者の文献］

【はじめに・序論】

〈一次文献〉

Benjamin, Walter: Das dämonische Berlin. [In:] Sinn und Form. Beiträge zur Literatur. 1984/4. Heft

Goethe, Johann Wolfgang: Tagebücher. Gedenkausgabe. (Artemis Zürich 1964)

Goethe: Schriften zur Literatur. Gedenkausgabe. Bd. 14. (Artemis Zürich 1950)
Hegel, G.W.F.: Werke 7. Grundlinien der Philosophie des Rechts. (Suhrkamp Frankfurt/M 1986)
Hegel: Werke 13. Vorlesungen über die Ästhetik. I. (Suhrkamp Frankfurt/M 1970)（日本語訳：竹内敏雄訳『ヘーゲル全集』18 C 岩波書店 一九九五 第一四版）
Heine, Heinrich: Die romantische Schule. [In:] Werke und Briefe. Bd. 5. (Aufbau Berlin 1972)
Heine: Briefe aus Berlin. [In:] Historisch-kritische Gesamtausgabe der Werke. Bd. 6. (Hoffmann und Campe Hamburg 1973)
Mann, Thomas: Buddenbrooks. Verfall einer Familie. [In:] Werke in 13 Bänden. Bd. I. (Fischer Frankfurt/M 1990)
Staël, Anne Germaine de (übersetzt von J. E. Hitzig u.a.): Über Deutschland. (Insel Frankfurt/M 1985 (1814^1))

〈二次文献〉

Bohrer, Karl Heinz: Die Kritik der Romantik. Der Verdacht der Philosophie gegen die literarische Moderne. (Suhrkamp Frankfurt/M 1989)
Cheauré, Elisabeth: E.T.A. Hoffmann. Inszenierung seiner Werke auf russischen Bühnen. (Winter Heidelberg 1979)
Dedner, Burghard u.a.: Romantik im Vormärz. (Hitzroth Marburg 1992)
Drohla, Gisela: Die Serapionsbrüder von Petrograd. (Suhrkamp Frankfurt/M 1982)
E.T.A. Hoffmann-Gesellschaft: Mitteilungen der E.T.A. Hoffmann-Gesellschaft e.V. 1990.
E.T.A. Hoffmann-Gesellschaft (hrsg. von Hartmut Steinecke): E.T.A. Hoffmann-Jahrbuch, Band 1. (Erich Schmidt Berlin 1992/1993)
Feldges, Brigitte/Stadler, Ulrich: E.T.A. Hoffmann. Epoche-Werk-Wirkung. (Beck München 1986)
Graat, Michael de: E.T.A. Hoffmanns Spuren in den Werken Edgar Allan Poes. [In:] E. Huber-Thoma u.a.: Romantik und Moderne. (Lang Frankfurt/M 1986)
Hermand, Jost: Geschichte der Germanistik. (Rowohlt Reinbek bei Hamburg 1994)
Hitzig, Julius Eduard: E.T.A. Hoffmanns Leben und Nachlass. (Insel Frankfurt/M 1986 (1823^1))
Hoffmeister, Gerhart: Deutsche und europäische Romantik. (Metzler Stuttgart 1978)
Kohlhof, Sigrid: Franz Fühmann und E.T.A. Hoffmann. Romantikrezeption und Kulturkritik in der DDR. (Lang Frankfurt/M 1988)
Kracauer, Siegfried: Jacques Offenbach und das Paris seiner Zeit. (Insel Frankfurt/M 1980)
Kranz, Gisbert: E.T.A. Hoffmanns Einfluss auf George MacDonald. [In:] Mitteilungen der E.T.A. Hoffmann-Gesellschaft e.V.,

33. Heft. (Bamberg 1987)
Kremer, Detlef: Romantische Metamorphosen. E.T.A. Hoffmanns Erzählungen. (Metzler Stuttgart 1993)
Malsch, Winfried: Klassizismus, Klassik und Romantik der Goethezeit. [In:] K.O. Conrady: Deutsche Literatur zur Zeit der Klassik. (Reclam Stuttgart 1977)
Ohff, Heinz: Joseph Freiherr von Eichendorff. (Stapp Berlin 1983)
Oppel, Horst: Englisch-deutsche Literaturbeziehungen. 2 Bde. (Erich Schmidt Berlin 1971)
Preisendanz, Wolfgang: Wege des Realimus. Zur Poetik und Erzählkunst im 19. Jahrhundert. (Fink München 1977)
Reber, Nathalie: Studien zum Motiv des Doppelgängers bei Dostojevskij und E.T.A. Hoffmann. (Wilhelm Schmitz Gießen 1964)
Reimann, Paul: Hauptströmungen der deutschen Literatur 1750-1848. (Dietz Berlin 1963^2(1956^1))
Roh, Franz: Der verkannte Künstler. Studien zur Geschichte und Theorie des kulturellen Mißverstehens. (DuMont Köln 1993)
Schumann, Andreas: Nation und Literaturgeschichte. Romantik-Rezeption im deutschen Kaiserreich zwischen Utopie und Apologie. (Iudicium München 1991)
Sembdner, Winfried: Heine und die Hegelschule. Die Entstehung und Veränderung von Heines Hegelbild im Kontext zeitgenössischer Philosophie und Philosophiekritik. (Lang Frankfurt/M 1994)
Voßkamp, Wilhelm: Klassik im Vergleich. DFG-Symposion 1990. (Metzler Stuttgart 1990)

〈和書・邦訳〉

イギリス・ロマン派学会（編）：『イギリス・ロマン派研究―思想・人・作品』桐原書店 一九八五年
石井靖夫：『ドイツ・ロマン派運動の本質』南江堂 一九七八年
稲生永：「ホフマン変幻」『ユリイカ』第七巻二号（青土社一九七五年）所収
今田淳：「森鷗外とE・T・A・ホフマン――ホフマン受容史の一断面」『独仏文学』第六号（山口大学一九八四年）所収
梅内幸信：「日本におけるE・T・A・ホフマン――翻訳・研究文献――」『ドイツ文学』八五号（郁文堂一九九〇）所収
梅内幸信：『悪魔の霊液――文学に見られる自己の分裂と統合――』同学社 一九九七年
梅内幸信：『童話を読み解く――ホフマンの創作童話とグリム兄弟の民俗童話――』同学社 一九九九年
オッフェンバック（酒巻和子訳）：『ホフマン物語』音楽之友社 一九八八年
川崎寿彦（編）：『イギリス・ロマン主義に向けて――思想・文学・言語』名古屋大学出版会 一九八八年
川端香男里：「ホフマンとドストエフスキイ」『ユリイカ』第七巻二号（青土社一九七五年）所収
『幻想文学』一七号 幻想文学会出版局 一九八七年

神品芳夫他：『増補ドイツ文学案内』岩波書店 一九九三年
神品芳夫他：『日本におけるドイツ語文化回顧――ＩＶＧ東京大会記念展覧会』郁文堂 一九九〇年
相良守峯：『ドイツ文学史』全三巻 第三版 春秋社 一九七七年（第一版 一九六九年）
リューディガー・ザフランスキー（識名章喜訳）：『Ｅ・Ｔ・Ａ・ホフマン――ある懐疑的な夢想家の生涯』法政大学出版局 一九九四年
『世界のオカルト文学・幻想文学・総解説』自由国民社 一九九一年
藤代素人：「猫文士氣燄録」『新小説』第一一年第五巻（八木書店 明治三九年五月）所収
藤本淳雄他：『ドイツ文学史』第二版 東京大学出版会 一九九五年（第一版 一九七七年）
『ポオ全集』第三巻 東京創元社 一九九〇年 第一一版（第一版 一九七〇年）
森林太郎：『鷗外全集』第一二巻 鷗外全集刊行會 一九二九年
吉島茂他：『ドイツ文学――歴史と鑑賞』朝日出版社 一九七三年
吉田六郎：『ホフマン――浪漫派の芸術家』勁草書房 一九七一年
吉田六郎：『「吾輩は猫である」論』勁草書房 一九六八年
「讀賣新聞附錄」明治三二年三月五日号

【第Ｉ部】

〈一次文献〉

Goethe, Johann Wolfgang: Schriften zur Kunst. Gedenkausgabe. Bd. 13. (Artemis Zürich 1954)
Spengler, Oswald: Der Untergang des Abendlandes. Umrisse einer Morphologie der Weltgeschichte. 2 Bde. (Beck München 1923)
Staël: Über Deutschland. (Siehe oben.)

〈二次文献〉

Daemmrich, Horst u.a.: Wiederholte Spiegelungen. Themen und Motive in der Literatur. (Francke Bern 1978)
Förster, Jürgen: 160 Jahre E.T.A. Hoffmann-Forschung 1805-1965. Eine Bibliographie mit Inhaltserfassung und Erläuterungen. (Fritz Eggert Stuttgart 1967)
Helmke, Ulrich: E.T.A. Hoffmann. Lebensbericht mit Bildern und Dokumenten. (Wenderoth Kassel 1975)
Korff, Hermann August: Geist der Goethe-Zeit. IV. Teil. 3. durchgesehene Auflage. (Koehler&Amelang Leipzig 1956)

Kraft, Herbert: E.T.A. Hoffmann. Geschichtlichkeit und Illusion. [In:] E. Ribbat: Romantik. Ein literaturwissenschaftliches Studienbuch. (Atenäum Königstein/Ts. 1979)

Martini, Fritz: Die Märchendichtungen E.T.A. Hoffmanns. [In:] H. Prang: E.T.A. Hoffmann. (Wissenschaftliche Buchgesellschaft Darmstadt 1976)

Matt, Peter von: Die Augen der Automaten. E.T.A. Hoffmanns Imaginationslehre als Prinzip seiner Erzählkunst. (Niemeyer Tübingen 1971)

Mayer, Hans: Die Wirklichkeit E.T.A. Hoffmanns. [In:] H. Mayer: Von Lessing bis Thomas Mann. Wandlungen der bürgerlichen Literatur in Deutschland. (Neske Pfullingen 1959)

Preisendanz, Wolfgang: Humor als dichterische Einbildungskraft. Studien zur Erzählkunst des Poetischen Realismus. (Fink München 1976^2 (1963^1))

Safranski, Rüdiger: E.T.A. Hoffmann. Das Leben eines skeptischen Phantasten. (Hanser München 1984)

Schlaffer, Hannelore: Epochen der deutschen Literatur in Bildern. Klassik und Romantik 1770-1830. (Kröner Stuttgart 1986)

Schröder, Thomas: Jacques Callot. Das gesamte Werk Handzeichnungen. 2 Bde. (Pawlak Herrsching o.J. (1971))

Sengle, Friedrich: Das Genie und sein Fürst. Die Geschichte der Lebensgemeinschaft Goethes mit dem Herzog Carl August. (Metzler Stuttgart 1993)

Winter, Ilse: Untersuchungen zum serapiontischen Prinzip E.T.A. Hoffmanns. (Mouton The Hague 1976)

Wistoff, Andreas: Die deutsche Romantik in der öffentlichen Literaturkritik. (Bouvier Bonn 1992)

Wührl, Paul-Wolfgang: E.T.A. Hoffmann. Der goldne Topf. (Schöningh Paderborn 1988)

〈和書・邦訳〉

シュレーゲル（薗田宗人他訳）：『ドイツ・ロマン派全集第一二巻――シュレーゲル兄弟』国書刊行会 一九九〇年

アルベール・ベガン（小浜・後藤訳）：『ロマン的魂と夢 ――ドイツ・ロマン主義とフランス詩についての試論』国文社 一九七七年 第二版（第一版 一九七二年）

ホフマン（石川道雄訳）：『黄金寶壺』岩波書店 一九三四年（岩波文庫）

ホフマン（秋山六郎兵衛訳）：『牡猫ムルの人生観』二巻 岩波書店 一九三五年（上巻）・一九三六年（下巻）（岩波文庫）

ホフマン（神品芳夫訳）：『黄金の壺』岩波書店 一九七四年（岩波文庫）

【第Ⅱ部】

〈一次文献〉

Heine: Briefe aus Berlin. (Siehe oben.)

Novalis: Werke, Tagebücher und Briefe Friederich von Hardenbergs. 3 Bde. (Hrsg. von H. J. Mähl u. R. Samuel. Hanser München 1978)

Ritter, Johann Wilhelm: Fragmente aus dem Nachlasse eines jungen Physikers. Faksimiledruck nach der Ausgabe von 1810. (Heidelberg 1969)（日本語訳：木野光司訳「ある若き物理学者の遺稿断章」抄、『太古の夢・革命の夢』国書刊行会 一九九二年所収）

Schubert, Gotthilf Heinrich: Die Symbolik des Traumes. Faksimiledruck nach der Ausgabe von 1814. (Lambert Schneider Heidelberg 1968)（日本語訳：深田甫訳『夢の象徴学』青銅社 一九七六年）

Tieck, Ludwig: Schriften in 12 Bänden. Bd. 6. Phantasus. (Hrsg. von M. Frank. Deutscher Klassiker Frankfurt/M 1985)

〈二次文献〉

Blasius, Dirk: Friedrich Wilhelm IV. 1795-1861. Psychopathologie und Geschichte. (Vadenhoeck & Ruprecht Göttingen 1992)

Daemmrich, Horst: E.T.A. Hoffmann. Kater Murr (1820/22). [In:] P.M. Lützeler: Romane und Erzählungen zwischen Romantik und Realismus. Neue Interpretationen. (Reclam Stuttgart 1983)

Eilert, Heide: Theater in der Erzählkunst. Eine Studie zum Werk E.T.A. Hoffmanns. (Niemeyer Tübingen 1977)

Hayes, Charles: Phantasie und Wirklichkeit im Werke E.T.A. Hoffmanns, mit einer Interpretation der Erzählung "Der Sandmann". [In:] Ideologiekritische Studien zur Literatur. Essays I. (Athenäum Frankfurt/M 1972)

Hitzig: E.T.A. Hoffmanns Leben und Nachlass. (Siehe oben.)

Kleßmann, Eckart: E.T.A. Hoffmann oder die Tiefe zwischen Stern und Erde. Eine Biographie. (Deutsche Verlags-Anstalt Stuttgart 1988)

Korff: Geist der Goethe-Zeit, III. Teil. (Siehe oben.)

Loecker, Armand De: Zwischen Atlantis und Frankfurt. Märchendichtung und Goldenes Zeitalter bei E.T.A. Hoffmann. (Lang Frankfurt/M 1983)

Matt: Die Augen der Automaten. (Siehe oben.)

Peter, Klaus: Friedrich Schlegel. (Metzler Stuttgart 1978)

Pikulik, Lothar: Frühromantik. Epoche-Werke-Wirkung. (Beck München 1992)

Planta, Urs Orland von: E.T.A. Hoffmanns Märchen "Das fremde Kind". (Francke Bern 1958)
Preisendanz: Wege des Realismus. (Siehe oben.)
Safranski: E.T.A. Hoffmann. (Siehe oben.)
Schmidt, Jochen: Die Geschichte des Genie-Gedankens in der deutschen Literatur, Philosophie und Politik 1750-1945. Bd. 2. (Wissenschaftliche Buchgesellschaft Darmstadt 1985)
Schneider, Helmut J.: Naturerfahrung und Idylle in der deutschen Aufklärung. [In:] P. Pütz: Erforschung der deutschen Aufklärung. (Athenäum-Hain-Scriptor-Hanstein Königstein/Ts. 1980)
Scurla, Herbert: Wilhelm von Humboldt. Werden und Wirken. (Classen Düsseldorf 1976)
Sengle: Das Genie und sein Fürst. (Siehe oben.)
Weigl, Engelhard: Schauplätze der deutschen Aufklärung. Ein Städterundgang. (Rowohlt Reinbek bei Hamburg 1997)
Wilhelmy, Petra: Der Berliner Salon im 19. Jahrhundert. (1780-1914) (Gruyter Berlin 1989)

〈和書・邦訳〉

今泉文子：「〈自然学〉への聖なる途――ノヴァーリスの「シェリング研究」」『シェリングとドイツ・ロマン主義』（晃洋書房 一九九七年）所収
アウグスト・K・ウィードマン（大森淳史訳）：『ロマン主義と表現主義――現代芸術の原点を求めて／比較美学の試み』法政大学出版局 一九九四年
岡地嶺：『イギリス・ロマン主義と啓蒙思想』中央大学出版部 一九八九年
川崎寿彦（編）：『イギリス・ロマン主義に向けて――思想・文学・言語』（既出）
久保田功：「アイヒェンドルフにおける風景描写」『ドイツ近代小説の展開――E・T・A・ホフマン『牡猫ムルの人生観』からトーマス・マン『ブッデンブローク家の人々』まで』（郁文堂 一九八八年）所収
神品芳夫：「アイヒェンドルフの詩における自然――メーリケと比較して」『十九世紀ドイツ文学の展望』（郁文堂 一九八一年）所収
薗田宗人：「符牒としての自然――ドイツ観念論と初期ロマン派の詩人たち」『自然とその根元力』（ミネルヴァ書房 一九九三年）所収
高辻知義他：『ヨーロッパ・ロマン主義を読み直す』岩波書店 一九九七年
広瀬千一：『ドイツ近代劇の発生――シュトゥルム・ウント・ドラングの演劇』三修社 一九九六年

【第Ⅲ部】

〈一次文献〉

Büchner, Georg: Leonce und Lena. Ein Lustspiel. [In:] Sämtliche Werke und Briefe. Historisch-kritische Ausgabe mit Kommentar. Bd. 1. (Hanser München 1974)
Freud, Sigmund: Das Unheimliche. [In:] Gesammelte Werke. Chronologisch geordnet. Bd. 12. (Fischer 1972^{4}(1947^{1}))
Goethe, Johann Wolfgang: Italienische Reise, Annalen. Gedenkausgabe. Bd. 11. (Artemis Zürich 1950)
Brüder Grimm: Kinder- und Haus-Märchen. Vergrößerter Nachdruck der zweibändigen Erstausgabe von 1812 und 1815 nach dem Handexemplar des Brüder Grimm-Museums Kassel mit sämtlichen handschriftlichen Korrekturen und Nachträgen der Brüder Grimm sowie einem Ergänzungsheft. 2 Bde. (Vadenhoeck & Ruprecht Göttingen 1986)
E.T.A. Hoffmann, C.W. Contessa und F. Fouqué: Kinder-Mährchen. (Hrsg. von H. Ewers. Reclam Stuttgart 1987)
Heine: Briefe aus Berlin. (Siehe oben.)
Tieck: Phantasus. (Siehe oben.)

〈二次文献〉

Barkhof, Jürgen: Magnetische Fiktionen. Literarisierung des Mesmerismus in der Romantik. (Metzler Stuttgart 1995)
Cheauré: E.T.A. Hoffmann. (Siehe oben.)
Drux, Rudolf: Marionette Mensch. Ein Metaphernkomplex und sein Kontext von E.T.A. Hoffmann bis Georg Büchner. (Fink München 1986)
Eilert: Theater in der Erzählkunst. (Siehe oben.)
Feldges/Stadler: E.T.A. Hoffmann. (Siehe oben.)
Fischer, Stephan: E.T.A. Hoffmanns Prinzessin Brambilla. Auf der Suche nach der verlorenen Lust. [In:] Mitteilungen der E.T.A. Hoffmann-Gesellschaft e.V., 34. Heft. (Bamberg 1988)
Grimm, Reinhold: Die Formbezeichnung 'Capriccio' in der deutschen Literatur des 19. Jahrhunderts. [In:] H. O. Burger: Studien zur Trivialliteratur. (Klostermann Frankfurt/M 1968)
Hardach-Pinke, Irene u.a.: Deutsche Kindheiten 1700-1900. Autobiographische Zeugnisse. (Athenäum Kronberg/Ts. 1978)（日本語訳：木村育代他訳『ドイツ／子供の社会史――一七〇〇－一九〇〇年の自伝による証言』勁草書房 一九九二年）

Harich, Walther: E.T.A. Hoffmann. Das Leben eines Künstlers. 2 Bde. (Reiß Berlin 1920)
Heigenmoser, Manfred: Bildungsroman, Individualroman, Künstlerroman. [In:] G. Sautermeister u.a.: Hansers Sozialgeschichte der deutschen Literatur vom 16. Jahrhundert bis zur Gegenwart. Bd. 5. (Hanser München 1998)
Hitzig: E.T.A. Hoffmanns Leben und Nachlass. (Siehe oben.)
Kittler, Friedrich A.: "Das Phantom unseres Ichs" und die Literaturpsychologie: E.T.A. Hoffmann-Freud-Lacan. [In:] F. Kittler / H. Turk: Urszenen. Literaturwissenschaft als Diskursanalyse und Diskurskritik. (Suhrkamp Frankfurt/M 1977)（日本語訳：深見茂訳「『われらの自我の幻想』と文学心理学」、『ドイツ・ロマン派論考』国書刊行会 一九八四年所収）
Köhn, Lothar: Vieldeutige Welt. Studien zur Struktur der Erzählungen E.T.A. Hoffmanns und zur Entwicklung seines Werkes.（Niemeyer Tübingen 1966)
Kranz, Gisbert: E.T.A. Hoffmanns Einfluss auf George MacDonald. (Siehe oben.)
Magris, Claudio (übersetzt von P. Walcher / P. Braun): Die andere Vernunft. E.T.A. Hoffmann. (Hain Königstein/Ts. 1980)
Matt: Die Augen der Automaten. (Siehe oben.)
Max, Frank Rainer: E.T.A. Hoffmann parodiert Fouqué. Ein bislang unentdecktes Fouqué-Zitat in der Prinzessin Brambilla. [In:] Zeitschrift für deutsche Philologie. Band 95, Sonderheft E.T.A. Hoffmann. (1976)
Mayer, Gerhart: Der deutsche Bildungsroman. Von der Aufklärung bis zur Gegenwart. (Metzler Stuttgart 1992)
Meyer, Herman: Das Zitat in der Erzählkunst. Zur Geschichte und Poetik des europäischen Romans. (Metzler Stuttgart 1961)（日本語訳：山崎義彦訳『物語芸術における引用句』東洋出版 一九九五年）
Moser, Hugo: Sage und Märchen in der deutschen Romantik. [In:] H. Steffen: Die deutsche Romantik. Poetik, Formen und Motive. (Vadenhoeck & Ruprecht Göttingen 1978^{3}(1967^{1}))
Mühlher, Robert: 'Prinzessin Brambilla'. Ein Beitrag zum Verständnis der Dichtung. [In:] H. Prang: E.T.A. Hoffmann. (Wissenschaftliche Buchgesellschaft Darmstadt 1976)
Neumann, Michael: Unterwegs zu den Inseln des Scheins. Kunstbegriff und literarische Form in der Romantik von Novalis bis Nietzsche. (Klostermann Frankfurt/M 1991)
Planta: E.T.A. Hoffmanns Märchen "Das fremde Kind". (Siehe oben.)
Preisendanz: Humor als dichterische Einbildungskraft. (Siehe oben.)
Richter, Dieter: Das fremde Kind. Zur Entstehung der Kindheitsbilder des bürgerlichen Zeitalters. (Fischer Frankfurt/M 1987)
Rieman, Hugo: Rieman, Musiklexikon, Sachteil. 12. Aufl. (Mainz 1967)
Rosen, Robert S.: E.T.A. Hoffmanns 'Kater Murr'. Aufbauformen und Erzählsituationen. (Bouvier Bonn 1970)

Safranski: E.T.A. Hoffmann. (Siehe oben.)
Scher, Steven Paul: 'Kater Murr' und 'Tristram Shandy'. Erzähltechnische Affinitäten bei Hoffmann und Sterne. [In:] S. P. Scher: Interpretationen zu E.T.A. Hoffmann. (Klett Stuttgart 1981)
Schmidt, Ricarda: Ein doppelter Kater? Christa Wolfs 'Neue Lebensansichten eines Katers' und E.T.A. Hoffmanns 'Lebens-Ansichten des Katers Murr'. [In:] E.T.A. Hoffmann-Jahrbuch. Band 4. (Erich Schmidt Berlin 1996)
Schröder: Jacques Callot. (Siehe oben.)
Steinecke, Hartmut: E.T.A. Hoffmanns 'Kater Murr'. Zur Modernität eines "romantischen" Romans. [In:] S. P. Scher: Interpretationen zu E.T.A. Hoffmann. (Klett Stuttgart 1981)
Strohschneider-Kohrs, Ingrid: Die romantische Ironie in Theorie und Gestaltung. 2. durchgesehene und erweiterte Auflage. (Niemeyer Tübingen 1977(1960[1]))
Werner, Hans-Georg: E.T.A. Hoffmann. Darstellung und Deutung der Wirklichkeit im dichterischen Werk. (Aufbau Berlin 1971)
Wistoff: Die deutsche Romantik in der öffentlichen Literaturkritik. (Siehe oben.)
Wittig, Frank: Maschinenmenschen. Zur Geschichte eines literarischen Motivs im Kontext von Philosophie, Naturwissenschaft und Technik. (Königshausen & Neumann Würzburg 1997)

〈和書・邦訳〉

稲生永：「ホフマン変幻」『ユリイカ』第七巻一二号（既出）
梅内幸信『童話を読み解く』（既出）
シュレーゲル（薗田宗人他訳）：『ドイツ・ロマン派全集第一二巻』（既出）
ツベタン・トドロフ（渡辺・三好訳）：『幻想文学 ――構造と機能』朝日出版 一九七五年（ドイツ語訳：Einführung in die fantastische Literatur. (Hanser München 1972)）
夏目漱石『吾輩は猫である』岩波書店 一九九〇年（岩波文庫改版）
藤代素人：「猫文士氣燄錄」『新小説』第一一年第五巻（既出）
ヴィンフリート・フロイント（深見茂監訳）：『ドイツ幻想文学の系譜』彩流社 一九九七年（ドイツ語原文：Literarische Phantastik. Die phantastische Novelle von Tieck bis Storm. (Kohlhammer Stuttgart 1990)）
アルベール・ベガン（小浜・後藤訳）：『ロマン的魂と夢』（既出）
シャルル・ボードレール（福永武彦編集）：『ボードレール全集』第四巻 人文書院 一九六四年

E・T・A・ホフマン（種村季弘）：『ブランビラ王女』筑摩書房 一九八七年（ちくま文庫）
吉田六郎：『「吾輩は猫である」論』（既出）

【第Ⅳ部】

〈一次文献〉

Arnim, Achim von: Schriften. [In:] Werke in sechs Bänden. Bd. 6. (Hrsg. von R. Burwick u.a. Deutscher Klassiker Frankfurt/M 1992)
Benjamin, Walter: Charles Baudelaire. Ein Lyriker im Zeitalter des Hochkapitalismus. (Suhrkamp Frankfurt/M 1974)
Brentano, Clemens: Werke in vier Bänden. Bd. 2. (Hrsg. von F. Kemp. Hanser München 1963)
Chamisso, Adelbert von: Peter Schlemihls wundersame Geschichte. [In:] Sämtliche Werke in zwei Bänden. Bd. 2. (Hanser München 1982)
Heine, Heinrich: Briefe aus Berlin. (Siehe oben.)
Tieck, Ludwig: Der Pokal. [In:] Phantasus. (Deutscher Klassiker Frankfurt/M 1985)（日本語訳：深見茂訳『怪しのさかずき』『ドイツロマン派全集第一巻――ティーク』国書刊行会 一九八三年所収）

〈二次文献〉

Bildarchiv Preußischer Kulturbesitz: Juden in Preußen. Ein Kapitel deutscher Geschichte. (Harenberg Dortmund 1981)
Böttger, Fritz: Bettina von Arnim. Ihr Leben, ihre Begegnungen, ihre Zeit. (Scherz Bern 1990)
Brunschwig, Henri (übersetzt von M. Schultheis): Gesellschaft und Romantik in Preußen im 18. Jahrhundert. Die Krise des preußischen Staates am Ende des 18. Jahrhunderts und die Entstehung der romantischen Mentalität. (Ullstein Frankfurt/M 1975 (Original 1947))
Bruyn, Günter de: E.T.A. Hoffmann. Gespenster in der Friedrichstadt. Berlinische Geschichten. (Fischer Frankfurt/M 1987)
Gall, Lothar: Stadt und Bürgertum im 19. Jahrhundert. (Oldenburg München 1990)
Gerth, Hans H.: Bürgerliche Intelligenz um 1800. Zur Soziologie des deutschen Frühliberalismus. (Vadenhoeck & Ruprecht Göttingen 1976 (entstanden 1935))
Glaser, Horst Albert: Deutsche Literatur. Eine Sozialgeschichte. Bd. 5 (1786-1815), Bd. 6 (1815-1848). (Rowohlt Reinbek bei Hamburg 1980)

Harich: E.T.A. Hoffmann. Bd. 2. (Siehe oben.)

Härtl, Heinz: Romantischer Antisemitismus. Arnim und die "Tischgesellschaft". [In:] Weimarer Beiträge, 1987/7.

Hermsdorf, Klaus: Literarisches Leben in Berlin. Aufklärer und Romantiker. (Akademie-Verlag Berlin 1987)

Kleßmann: E.T.A. Hoffmann oder die Tiefe zwischen Stern und Erde. (Siehe oben.)

Linke, Angelika: Sprachkultur und Bürgertum. Zur Mentalitätsgeschichte des 19. Jahrhunderts. (Metzler Stuttgart 1996)

Möller, Horst: Fürstenstaat oder Bürgernation. Deutschland 1763-1815. (Siedler Berlin 1989)

Safranski: E.T.A. Hoffmann. (Siehe oben.)

Schlaffer: Epochen der deutschen Literatur in Bildern. (Siehe oben.)

Schneider, Wolfgang: Berlin. Eine Kulturgeschichte in Bildern und Dokumenten. (Müller & Kiepenheuer Hanau 1980)

Scurla, Herbert: Rahel Varnhagen. Die große Frauengestalt der deutschen Romantik. (Classen Düsseldorf 1978)

Seibert, Peter: Der literarische Salon. Literatur und Geselligkeit zwischen Aufklärung und Vormärz. (Metzler Stuttgart 1993)

Sengle, Friedrich: Wunschbild Land und Schreckbild Stadt. Zu einem zentralen Thema der neueren deutschen Literatur. [In:] Studium Generale. Jahrgang 16, Heft 10. (1963)

Sengle: Biedermeierzeit. Deutsche Literatur im Spannungsfeld zwischen Restauration und Revolution 1815-1848. 3 Bde. (Metzler Stuttgart 1971)

Toggenburger, Hans: Die späten Almanach-Erzählungen E.T.A. Hoffmanns. (Lang Bern 1983)

Vietta, Silvio: Die literarische Moderne. Eine problemgeschichtliche Darstellung der deutschsprachigen Literatur von Hölderlin bis Thomas Bernhard. (Metzler Stuttgart 1992)

Weigl: Schauplätze der deutschen Aufklärung. (Siehe oben.)

Wilhelmy: Der Berliner Salon im 19. Jahrhundert. (Siehe oben.)

Wirth, Georg: Taubenstraße No.31-III. Etage, Hoffmanns Wohnung in Berlin. [In:] Mitteilungen der E.T.A. Hoffmann-Gesellschaft e.V., 28. Heft. (Bamberg 1982)

Ziolkowski, Theodore (übersetzt von L. Müller): Das Amt der Poeten. Die deutsche Romantik und ihre Institutionen. (Klett-Cotta Stuttgart 1992)

〈和書・邦訳〉

池内紀：『ぼくのドイツ文学講義』岩波書店 一九九六年

宇佐美斉：『フランス・ロマン主義と現代』筑摩書房 一九九一年
ゴーゴリ（木村彰一訳）：『新集世界の文学』中央公論社 一九七一年
角山榮・川北稔：『路地裏の大英帝国――イギリス都市生活史』平凡社 一九八二年
『一九世紀欧米都市地図集成』第Ⅰ集 柏書房 一九九三年
クリストファー・ヒバート（横山徳爾訳）：『ロンドン――ある都市の伝記』朝日イブニングニュース社 一九八三年
平田達治：「ヴィルヘルム・ラーベにおける大都市像」『言語文化研究』Ⅸ（大阪大学言語文化学部一九八三年）所収
ノルベルト・ヴァイス（藤川芳朗訳）：『カントへの旅――その哲学とケーニヒスベルクの現在』同学社一九九七年
ヴァッケンローダー（江川英一訳）：『芸術を愛する一修道僧の真情の披瀝』岩波書店 一九八八年 第三版（第一版 一九三九年）

【主要参考文献】

Behler, Ernst u.a.: Die europäische Romantik. (Athenäum Frankfurt/M 1972)
Behler: Die Aktualität der Frühromantik. (Schöningh Paderborn 1987)
Brinkmann, Richard: Romantik in Deutschland. Ein interdisziplinäres Symposion. (Metzler Stuttgart 1978)
Gay, Ruth: Geschichte der Juden in Deutschland. Von der Römerzeit bis zum Zweiten Weltkrieg. (Beck München 1992)
Gendolla, Peter: Die lebenden Maschinen. Zur Geschichte der Maschinenmenschen bei Jean Paul, E.T.A. Hoffmann und Villiers del'isle Adam. (Guttandin & Hoppe Marburg/Lahn 1980)
Götting, Ronald: E.T.A. Hoffmann und Italien. (Lang Frankfurt/M 1992)
Hausmann, Frank-Rutger (Hrsg.): "Italien in Germanien". Deutsche Italien-Rezeption von 1750-1850. (Narr Tübingen 1996)
Haym, Rudolf: Die romantische Schule. Ein Beitrag zur Geschichte des deutschen Geistes. (Weidmannsche Buchhandlung Berlin 1920^4 (1870^1))
Huch, Ricarda: Die Romantik. Blütezeit, Ausbreitung und Verfall. (Wunderlich Tübingen 1951)
Kocka, Jürgen: Bürger und Bürgerlichkeit im 19. Jahrhundert. (Vadenhoeck & Ruprecht Göttingen 1987)
Kremer, Detlef: Prosa der Romantik. (Metzler Stuttgart 1997)
Krömer, Wolfram: Die italienische Commedia dell'arte. (Wissenschaftliche Buchgesellschaft Darmstadt 1976)
Krüger, Renate: Das Zeitalter der Empfindsamkeit. Kunst und Kultur des späten 18. Jahrhunderts in Deutschland. (Schroll Wien 1972)
Marc, Julie: Erinnerungen an E.T.A. Hoffmann. (Bamberg 1965(1837^1))
Müller, Hans von: Gesammelte Aufsätze über E.T.A. Hoffmann. (Gerstenberg Hildesheim 1974)
Nehring, Wolfgang: Spätromantiker. Eichendorff und E.T.A. Hoffmann. (Vadenhoeck & Ruprecht Göttingen 1997)
Neumann, Gerhard: Romantisches Erzählen. (Königshausen & Neumann Würzburg 1995)
Paulin, Roger: Ludwig Tieck. (Metzler Stuttgart 1987)
Segebrecht, Wulf: Autobiographie und Dichtung. Eine Studie zum Werk E.T.A. Hoffmanns. (Metzler Stuttgart 1967)
Sommerhage, Claus: Romantische Aporien. Zur Kontinuität des Romantischen bei Novalis, Eichendorff, Hofmannsthal und Handke. (Schöningh Paderborn 1993)

Sorg, Klaus-Dieter: Gebrochene Teleologie. Studien zum Bildungsroman von Goethe bis Thomas Mann. (Winter Heidelberg 1983)
Wetzel, Christoph: Ernst Theodor Amadeus Hoffmann. (Andreas & Andreas Salzburg 1981)
Wiese, Benno von: Deutsche Dichter der Romantik. Ihr Leben und Werk. (Erich Schmidt Berlin 1971)
饗庭孝男他（編）：『フランス文学史』白水社一九七九年
ジャン＝リュック・スタインメッツ（中島さおり訳）：『幻想文学』白水社一九九三年
バートン・パイク（松村昌家訳）：『近代文学と都市』研究社一九八七年
前川道介（編）：『ドイツ・ロマン派全集』全二二巻 国書刊行会一九八三―一九九二年
ポール・ド・マン（山形・岩坪訳）：『ロマン主義のレトリック』法政大学出版一九九八年
ライナー・ローゼンベルク（林睦實訳）：『ドイツ文学研究史』大月書店一九九一年

#【ホフマン年譜】

【一七七六】ホフマン（Ernst Theodor Wilhelm Hoffmann）は、一月二四日、ケーニヒスベルク裁判所勤務の弁護士クリストフ・ホフマン（Christoph Ludwig Hoffmann, 1736-1797）とロヴィーザ・ホフマン（旧姓デルファー）（Lovisa Albertina Hoffmann, geb. Doerffer, 1748-1796）の三男としてケーニヒスベルクに生まれる。

【一七七八】両親が離婚。調停により、父が八才上の長男ヨーハン（Johann Ludwig）、母がホフマンを引き取る。（次男は早逝。）離婚原因は放埒な父の飲酒と生真面目な母のヒステリーとされている。母は精神を病んで部屋にこもりきりになり、活発なヨハンナ叔母と杓子定規なオットー叔父がホフマンを育てる。

【一七八二】小学校（reformierte Burgschule）入学。父がインスターブルクに刑事顧問官として転勤し、この時以降、父との縁は完全に切れる。

【一七八六】終生の友となるヒッペル（Theodor Gottlieb von Hippel, 1775-1843）と知り合う。同名の伯父はケーニヒスベルク市長にしてユーモア作家として有名である。

【一七九〇】ヒッペルがホフマンのギリシャ語とラテン語を見てやることになり、週二回デルファー家を訪ねる。ここで一層友情が育まれる。学校では辛辣な発言で級友たちから疎まれる。

【一七九二】三月ケーニヒスベルク大学に登録。デルファー家の伝統に従って法律を専攻。新入生に課せられていたカントの論理学や哲学の講義は、ホフマンの興味を全く惹かなかった。大学時代は法律の勉強と余暇の音楽、絵画の練習で過ごす。

【一七九四】彼が歌の個人授業をしていた、ワイン業者の妻ドーラ・ハットと恋愛関係になる。

【一七九五】モーツアルトの『ドン・ジョヴァンニ』を聴いて感動し作曲に励む。七月に第一試験に合格。八月にケーニヒスベルク裁判所の「実習生」（Auskultator）に採用される。

【一七九六】三月に母が逝去。六月ドーラとの関係を絶って、伯父のいるグロガウの高等裁判所に移る。そこでイエズス教会の壁画の修復に参加する。

【一七九七】四月インスターブルクの父が逝去。

【一七九八】従姉妹のミンナ（Sophie Wilhelmine Constantine Doerffer, 1775-1853）と軽率な婚約。六月伯父がベルリンへ栄転の辞令を受け取る。同月ホフマンも第二試験を好成績で修え、「試補見習」（Referendar）としてベルリンへ転勤することを希望して認められる。八月伯父に随いてベルリンに移動する。

【一七九九】ジングシュピール『仮面』などの作曲に励む。

【一八〇〇】二月第三試験を終え、三月に「試補」（Assessor）昇任辞令を貰う。五月にポーゼンへ赴任。初めて監視する人がいない気ままな暮らしに入り、この町の放埒な風潮に染まる。一二月婚約者ミンナをベルリンに訪問し、彼女の知り合いであるジャン・パウル夫妻と会う。

【一八〇一】秋ダンツィヒを訪れヒッペルと会う。

【一八〇二】二月仮装舞踏会で幹部の戯画を配布した廉で、ホフマンは「顧問官」（Rat）昇任は認められるものの、任地を急遽プロックに変更される。ミンナとの婚約を解消し、五月にプロックの新東プロイセン裁判所に赴く。七月に一旦ポーゼンに戻って親しくなっていたミヒェリーナ・ローラー（Marianna Thekla Michaelina Rorer, 1778-1859）（愛称ミーシャ）と結婚式を挙げている。

【一八〇三】プロックという辺境の町で作曲に励む。喜劇『賞金』や『首都の友人に当てた修道士の手紙』などの習作を書き、後者は初めて雑誌に掲載される。一二月ヨハンナ叔母が逝去。

【一八〇四】四月ワルシャワの南プロイセン高等裁判所への転属が叶う。ヒツィヒ（Julius Eduard Hitzig, 1780-1849）と同僚になり、ロマン主義文学を教えられる。

【一八〇五】五月音楽協会設立などに活躍。七月娘ツェツィーリア（Caecilia）誕生。ホフマン作曲のジングシュピール『愉快な音楽家』が上演される。

【一八〇六】音楽協会の施設の整備などに活躍。ナポレオン軍が一一月二八日にワルシャワを占領。フランスが樹立した新政府に忠誠を誓うか辞職するかを迫られ、後者を選んで失職。住居もフランス軍に接収され、音楽協会の屋根裏に引っ越す。

【一八〇七】一月に妻子をポーゼンの親戚へ向かわせる。ウィーン行きを画策するも叶わず、六月に多くの失職公務員同様にベルリンに赴く。八月娘逝去の知らせが届く。八月音楽監督としての求職広告を出す。一一月バンベルクから職の申し出が来る。

【一八〇八】貧窮状態で過ごす。四月バンベルクの劇団との正式契約が成立し、六月に借金をしてポーゼンの妻を迎えに行き、九月にバンベルクに到着する。しかし一〇月バンベルクでのデビューに失敗し、すぐに指揮者の座を追われる。

【一八〇九】一月『騎士グルック』を「総合音楽新聞」に投稿し、定期寄稿者の申し出をして認められる。四月に劇団から正式に解雇される。ユーリア・マルクなど富裕市民に楽譜の販売や歌のレッスンなどをして生計を立てる。二月『騎士グルック』掲載。

【一八一〇】最初のベルリン時代の友人ホルバインがバンベルクの劇場監督に就任し、監督助手に採用される。クライストの『ハイルブロンのケートヒェン』などを上演して好評を博す。しかし当てにしていた遺産は分割払いと決められ落胆する。

【一八一一】ユーリアへの恋に燃え上がる。九月オットー伯父が逝去。四月ユーリアがグレーペルと婚約。戦争のため遺産の送金が途切れ困窮する。

【一八一二】二月ホルバインがヴュルツブルクへ移り再び失職。

【一八一三】三月ゼコンダのオペラ劇団と契約し、四月にドレースデンへ移動する。フランス軍とプロイセン・ロシア連合軍が対峙する状況下でオペラの指揮をおこなう。

【一八一四】二月ゼコンダとの口論の結果解雇される。三月『黄金の壺』完成。七月ヒッペルに遭遇し就職を依頼する。ヒッペルの助力で復職が叶い、九月末ベルリンへ移動する。一〇月仮採用の大審院助手になる。クンツが『カロー風の幻想作品集』(五月第一・二巻、含『クライスレリアーナ』・一〇月第三巻、含『黄金の壺』)を出版し好評を得る。

【一八一五】七月ホフマン最後の住居となるジャンダルメン広場のマンションに落ち着く。『カロー風の幻想作品集』(第四巻、含『大晦日の冒険』)、『悪魔の霊液』(第一巻)、『フェルマータ』出版。

【一八一六】四月大審院顧問官に任命される。プロイセン王誕生祝い(八月三日)にオペラ『ウンディーネ』を王立劇場で初演し大成功を収める。『悪魔の霊液』(第二巻)、『夜景作品集』(第一巻、含『砂男』)、『子供のメルヒェン』(含『くるみ割り人形』)出版。

【一八一七】七月シャウシュピールハウス火災のため『ウンディーネ』は一三回の上演で絶えてしまう。『夜景作品集』(第二巻、含『廃屋』)、『子供のメルヒェン』(含『見知らぬ子』)出版。

【一八一八】一一月一四日「ゼラーピオン・クラブ」結成。『三人の友の生活から』出版。

【一八一九】一〇月一日「国王直属調査委員会」の委員に任命される。『ゼラーピオン同人集』(第一・二巻)、『小人ツァヘス』、『スキュデリー嬢』、『花嫁選び』、『牡猫ムル』(第一巻)、『総督と総督夫人』出版。

【一八二〇】体操家ヤーンの審理でカンプツらと厳しい対立。『ゼラーピオン同人集』(第三巻)、『ブランビラ王女』、『錯誤』出版。

【一八二一】一二月大審院上訴審判部へ昇任。『ゼラーピオン同人集』(第四巻)、『牡猫ムル』(第二巻)、『秘密』出版。

【一八二二】一月「クナルパンティー事件」発生。「脊髄の病」が悪化し、下半身麻痺から全身麻痺に進行する。六月二五日逝去。イェルサレム教区墓地(**Friedhof der Jerusalems-Gemeinde**)に埋葬される。『蚤の王』、『いとこのコーナー窓』、『快癒』出版。ミーシャはヒツィヒの助言で夫の遺産放棄を申請し、その手続き完了後すぐにポーゼンの母の家に戻り、一八五九年に亡くなるまで貧しい暮らしをする。

【一八二三】ヒツィヒが最初の『ホフマン伝記』（全二巻）を出版する。

【一八二七】ヒツィヒがミーシャの生計を助けるため、ライマー書店から『ホフマン作品集』（一〇巻・後に五巻追加）を出版してやる。

【一八二九】パリで最初の『ホフマン全集』（全二〇巻）が出版される。

【一八四四・四五】ライマーは一八二七年の作品集にT・ホーゼマンの挿絵をつけて、ドイツで最初の『ホフマン全集』（全一二巻）を出版する。［以下省略］

あとがき

私がホフマン研究を始めたのは大学院に進んでからである。その時点では、ホフマン研究を長く続ける予定はなかった。むしろ近代文学研究の第一歩としてロマン主義文学から始め、時代を下って現代文学まで研究するつもりでいた。ところが、『ドン・ファアン』と『悪魔の霊液』の筋立の平行性を論じる修士論文を書いて以来、二五年近くの歳月が過ぎ去った。その間、折に触れて「まだホフマンか？」という問いが浮かんでは消えた。たしかにホフマンは読んで面白い作家である。けれども論文で扱うには難しい作家のように思われる。奈良県立医科大学進学課程に勤務するようになってからもホフマン像が掴めず、自分が書いた論文に辟易することが度々あった。

本書のもとになる博士論文に着手したのは、一九九六年秋であった。ちょうどホフマンの作品、資料、大方の研究書を読み終えていた時期で、ようやくホフマンの全体像が得られていた。学部改組で忙しい時期ではあったが、わずかな研究時間を利用して、論文の構想、研究ノートの参照、手元にない研究書の収集、草稿の執筆などを数回繰り返した。おおよその体裁が整ったのは一九九九年夏であった。その製本原稿を持って山口知三先生を訪問し、審査に値するか否かの検討をお願いしたのが九月であった。幸い審査請求に進む許可をいただき、二〇〇〇年一月の審査を経て、三月に京都大学博士（文学）の認定を受けることができた。審査いただいた宮内弘教授、松村朋彦助教授、そして定年退官を控えた多忙な時期に主査として厳しい審査をしてくださった山口先生に、あらためて心からの御礼を申し上げる。

二〇〇一年春には、縁あって一四年勤めた大阪市立大学文学部から関西学院大学文学部に転勤した。大阪市立大学では良き先輩と同僚に恵まれ、また豊富な研究文献にも接することができた。本書で取り上げたテーマのほとんどが市大時代の研究から生まれたものである。市大文学部の諸先輩、同僚の皆さんに御礼申し上げる。また新たに赴任した関西学院大学文学部と大学叢書委員会は、着任早々にもかかわらず私の論文を「大学研究叢書」に加えることをお認めくださった。その援助のおかげで、このように速やかに研究成果を公刊することができた。関西学院大学出版会も、この大部な研究書の出版を快く引き受けてくださった。関西学院大学のふところの深さを感じている。出版のことで助言をいただいた鎌田道生教授、出版に際して大変お世話になった出版会事務局の田中直哉、浅香実加両氏にも御礼申し上げる。

また、ホフマン研究の仲間ということで『ホフマン協会年報』の図版などの転載をご快諾くださった **E.T.A. Hoffmann-Gesellschaft** 本部副代表の **Dr.Heinritz** 氏にも御礼申し上げる。本書が多少なりともホフマン研究とホフマン読者の拡大に役立つことを願うばかりである。さらに、今日まで温かく見まもってくれた母たけ、長年の研究を支えてくれた妻直子にも、ひとこと感謝のことばを申し述べておきたい。最後になったが、この本を読んでくださった読者に心から御礼申し上げる。ご意見やご批評を賜れば幸いである。

二〇〇一年一〇月二〇日

木野 光司

K.G.U.P Contents

著者紹介

木野 光司（きの みつじ）

＜略歴＞

1954年　滋賀県生まれ。

1979年　京都大学大学院文学研究科修士課程修了。

1979年　奈良県立医科大学進学課程助手を経て講師。

1987年　大阪市立大学文学部講師を経て助教授。

2001年　関西学院大学文学部教授。

近代ドイツ文学（特にドイツ・ロマン主義）を専攻。

＜主要論文・翻訳＞

Phantastisches Erzählen. Eine 'Anwendung' der romantischen Poetik?

（Literarische Problematisierung der Moderne. iudicium verlag 1992 所収）

『ドイツ幻想文学の系譜』（彩流社1997年、共訳）

『牡猫ムル』におけるフモールの諸相（「人文研究」第51巻1999年所収）

ロマン主義の自我・幻想・都市像

──E・T・A・ホフマンの文学世界──

関西学院大学研究叢書　第98編

2002年 3月 29日初版第一刷発行

著　者　　木野 光司

発行者　　山本 栄一

発行所　　関西学院大学出版会

所在地　　〒662-0891　兵庫県西宮市上ヶ原一番町1-155

電　話　　0798-53-5233

印刷所　　田中印刷出版株式会社

製本所　　有限会社神戸須川バインダリー

Printed in Japan by Kwansei Gakuin University Press

ISBN:4-907654-39-1

http://www.kwansei.ac.jp/press